中国文化文学经典文丛

孽海花

【清】曾朴/撰　　孙建军/主编

吉林文史出版社

图书在版编目（CIP）数据

孽海花 / （清）曾朴撰. — 长春 ：吉林文史出版社,
2016.6(2024.6重印)
（中国文化文学经典文丛 / 孙建军主编）
ISBN 978-7-5472-3044-2

Ⅰ. ①孽… Ⅱ. ①曾… Ⅲ. ①章回小说－中国－清代
Ⅳ. ①I242.4

中国版本图书馆CIP数据核字(2016)第134439号

NIEHAIHUA
书　　名：孽海花

撰　　者　（清）曾　朴
主　　编：孙建军
责任编辑：高冰若
封面设计：高　雪
出版发行：吉林文史出版社
地　　址：长春市福祉大路5788号
邮　　编：130117
电　　话：0431-81629352
网　　址：www.jlws.com.cn
印　　刷：三河市燕春印务有限公司
开　　本：720mm×1000mm　1/16
印　　张：25
字　　数：280千字
版　　次：2016年6月第1版　2024年6月第3次印刷
书　　号：ISBN 978-7-5472-3044-2

定　　价：68.00元

目录

目录

目录

目录

第一回

一霎狂潮陆沉奴乐岛　卅年影事托写自由花

江山吟罢精灵泣，中原自由魂断！金殿才人，平康佳丽，间气钟情吴苑。辎轩西展，遽瞒着灵根，暗通瑶怨。孽海飘流，前生冤果此生判。　群龙九馗宵战，值钧天烂醉，梦魂惊颤。虎神营荒，鸾仪殿辟，输尔外交纤腕。大千公案，又天眼愁胡，人心思汉。自由花神，付东风拘管。

却说自由神是哪一位列圣？敕封何朝？铸像何地？说也话长，如今先说个极野蛮自由的奴隶国。在地球五大洋之外，哥伦布未辟、麦哲伦不到的地方，是一个大大的海，叫作“孽海”。那海里头有一个岛，叫作“奴乐岛”。地近北纬三十度，东经一百十度。倒是山川明丽，花木美秀。终年光景是天低云黯，半阴不晴，所以天空新气是极缺乏的。列位想想：那人所靠着呼吸的天空气，犹之那国民所靠着生活的自由，如何缺得！因是一般国民，没有一个不是奄奄一息，偷生苟活。因是养成一种崇拜强权、献媚异族的性格，传下来一种什么运命、什么因果的迷信。因是那一种帝王，暴也暴到吕政、奥古士都、成吉思汗、路易十四的地位，昏也昏到隋炀帝、李后主、查理士、路易十六的地位；那一种国民，顽也顽到冯道、钱谦益的地位；秀也秀到扬雄、赵子昂的地位。而且那岛从古不与别国交通，所以别国也不晓得他的名字。从古没有呼吸自由的空气，那国民却自以为是：有“吃”，有“着”，有“功名”，有“妻子”，是个“自由极乐”之国。古人说得好：“不自由，毋宁死！”果然那国民享尽了野蛮奴隶自由之福，死期到了。

去今五十年前，约莫十九世纪中段，那奴乐岛忽然四周起了怪风大潮，那时这岛根岌岌摇动，要被海若卷去的样子。谁知那一般国民，还是醉生梦死，天天歌舞快乐，富贵风流，抚着自由之琴，喝着自由之酒，赏着自由之花，年复一年，禁不得月啮日蚀，到了一千九百零四年，平白地天崩地塌，一声响亮，那奴乐岛的地面，直沉向孽海中去。

咦，咦，咦！原来这孽海和奴乐岛，却是接着中国地面，在瀚海之南，黄海之西，青海之东，支那海之北。此事一经发现，那中国第一通商码头的上海——地球各国人，都聚集在此地——都道希罕，天天讨论的讨论，调查的调查，秃着几打笔头，费着几磅纸墨，说着此事。内中有个爱自由者闻信，特地赶到上海来，要想侦探侦探奴乐岛的实在消息，却不知从何处问起。那日走出去，看看人来人往，无非是那班肥头胖耳的洋行买办，偷天换日的新政委员，短发西装的假革命党，胡说乱话的新闻社员，都好像没事的一般，依然叉麻雀，打野鸡，安垲第喝茶，天乐窝听唱，马龙车水，酒地花天，好一派升平景象。爱自由者倒不解起来，糊糊涂涂、昏昏沉沉地过了数日。这日正一个人闷闷坐着，忽见几个神色仓皇、手忙脚乱的人奔进来嚷道："祸事！祸事！日俄开仗了，东三省快要不保了！"正嚷着，旁边远远坐着一人冷笑道："岂但东三省呀！十八省早已都不保了！"爱自由者听了，猛吃一惊，心想刚刚很太平的世界，怎么变得那么快！不知不觉立了起来，往外就走。一直走去，不晓得走了多少路程，忽然到一个所在，抬头一看，好一片平阳大地！山作黄金色，水流乳白香，几十座玉宇琼楼，无量数瑶林琪树，正是华丽境域，锦绣山河，好不动人歆羡呀！只是空荡荡、静悄悄，没个人影儿。爱自由者走到这里，心里一动，好像曾经到过的。正在徘徊不舍，忽见眼前迎着面一所小小的空屋。爱自由者不觉越走越近了，到得门前，不提防门上却悬着一桁珠帘；隔帘望去，隐约看见中间好像供着一盆极娇艳的奇花，一时也辨不清是隋炀帝的琼花呢？还是陈后主的玉树花呢？但觉春光澹宕，香气氤氲，一阵阵从帘缝里透出来。爱自由者心想，远观不如近睹，放着胆把帘子一掀，大踏步走进一看，哪里有什么花，倒是个螓首蛾眉、桃腮樱口的绝代美人！爱自由者顿吓一跳，忙要退出，忽听那美人唤道："自由儿，自由儿，奴乐岛奇事发现,你不是要侦探么？"爱自由者忽听"奴乐岛"三字，顿时触着旧事，就停了脚，对那美人鞠了鞠躬道："令娘知道奴乐岛消息吗？"那美人笑道:"咳，你疯了，哪里有什么奴乐岛来！"爱自由者愕然道:"没有这岛吗？"美人又笑道:"呸！你真呆了！哪一处不是奴乐岛呢？"说着，手中擎着一卷纸，郑重的亲自递与爱自由者。爱自由者不解缘故，展开一看，却是一段新鲜有趣的历史，默想了一回，恍恍惚惚，好像中国也有这么一件新奇有趣的事情；自己还有一半记得，恐怕日久忘了，却慢慢写了出来。正写着，忽然把笔一丢道："呸，我疯了！现在我的朋友东亚病夫，嚣然自号着小说王，专门编译这种新鲜小说。我只要细细告诉了他，不怕他不一回一回的慢慢地编出来，岂不省了我无数笔墨吗？"当时就携了写出的稿子，一径出门，望着小说林发行所来，找着他的朋友东亚病夫，告诉他，叫他发布那一段新奇历史。爱自由者一面说，东亚病夫就一面写。正是：

三十年旧事，写来都是血痕；

四百兆同胞，愿尔早登觉岸！

端的上面写的是些什么？列位不嫌烦絮，看他逐回道来。

第二回

陆孝廉访艳宴金阊　金殿撰归装留沪渎

话说大清朝应天承运，奄有万方，一直照着中国向来的旧制，因势利导，果然风调雨顺，国泰民安。列圣相承，绳绳继继，正是说不尽的歌功颂德，望日瞻云。直到了咸丰皇帝手里，就是金田起义扰乱一回，却依然靠了那班举人、进士、翰林出身的大元勋，拼着数十年汗血，斫着十几万头颅，把那些革命军扫荡得干干净净。斯时正是大清朝同治五年，大乱敉平，普天同庆，共道大清国万年有道之长。这中兴圣主同治皇帝，准了臣子的奏章，谕令各省府县，有乡兵团练平乱出力的地方，增广了几个生员；受战乱影响，及大兵所过的地方，酌免了几成钱粮。苏、松、常、镇、太几州，因为赋税最重，恩准减漕，所以苏州的人民，尤为涕零感激。却好戊辰会试的年成又到了，本来一般读书人，虽在乱离兵燹，八股八韵、朝考卷白折子的功夫，是不肯丢掉，况当歌舞河山、拜扬神圣的时候呢！果然，公车士子，云集辇毂。会试已毕，出了金榜，不第的自然垂头丧气，襆被出都，过了芦沟桥，渡了桑乾河，少不得洒下几点穷愁之泪；那中试的进士，却是欣欣向荣，拜老师，会同年，团拜请酒，应酬得发昏。又过了殿试，到了三月过后，胪唱出来，那一甲第三名探花黄文载，是山西稷山人；第二名榜眼王慈源，是湖南善化人；第一名状元是谁呢？却是姓金名沟，是江苏吴县人。我想列位国民有看过登科记，不晓得状元的出色价值。这是地球各国，只有独一无二之中国方始有的，而且积三年出一个，要累代阴功积德，一生见色不乱，京中人情熟透，文章颂扬得体，方才合配。这叫作群仙领袖，天子门生，一种富贵聪明，那苏东坡、李太白还要退避三舍，何况英国的倍根、法国的卢骚呢？话且不表。

单说苏州城内玄妙观，是一城的中心点，有个雅聚园茶坊。一天，有三个人在那里同坐在一个桌子喝茶：一个有须的老者，姓潘，名曾奇，号胜芝，是苏州城内的老乡绅；一个中年长龙脸的姓钱，名端敏，号唐卿，是个墨裁高手；下首坐着的是小圆脸，姓陆，名叫仁祥，号莽如，殿卷白折极有功夫。这三个都是苏州有名的人物。唐卿已登馆选，莽如还是孝廉。那时三人正讲得入港。

潘胜芝开口道："我们苏州人，真正难得！本朝开科以来，总共九十七个状元，江苏倒是五十五个。那五十五个里头，我苏州城内，就占了去十五个。如今那圆峤巷的金雯青，也中了状元了，好不显焕！"钱唐卿接口道："老伯说的东吴文学之邦，状元自然是苏州出产；而且据小侄看来，苏州状元的盛衰，与国运很有关系。"胜芝愕然道："倒要请教。"唐卿道："本朝国运盛到乾隆年间，那时苏州状元，亦称极盛：张书勋同陈初哲，石琢堂同潘芝轩，都是两科蝉联，中间钱湘舲遂三元及第。自嘉庆手里，只出了吴廷琛、吴信中两个。幸亏得十六年辛未这一科，状元虽不是，那榜眼、探花、传胪都在苏州城里，也算一段佳话。自后道光年代，就只吴钟骏崧甫年伯，算为前辈争一口气，下一粒读书种子。然而国运是一代不如一代了。至于咸丰手里，我亲记得是开过五次，一发荒唐了，索性脱科了。"

那时候唐卿说到这一句，就伸着一只大拇指摇了摇头，接着说道："那时候世叔潘八瀛先生，中了一个探花，从此以后，状元

鼎甲，《广陵散》绝响于苏州。如今这位圣天子中兴有道，国运是要万万年，所以这一科的状元，我早决定是我苏州人。”菶如也附和着道：“吾兄说的话真关着阴阳消息，参伍天地。其实我那雯青同年兄的学问，实在数一数二！文章书法是不消说，史论一门，纲鉴熟烂，又不消说。我去年看他在书房里校部《元史》，怎么奇渥温、木华黎、秃秃等名目，我懂也不懂。听他说得联联翩翩，好像洋鬼子话一般。”胜芝正色道：“你不要瞎说，这不是洋鬼子话，这大元朝仿佛听得说就是大清国。你不听得，当今亲王大臣，不是叫作僧格林沁、阿拉喜崇阿吗？”

胜芝正欲说去，唐卿忽望着外边叫道：“肇廷兄！”大家一齐看去，就见一个相貌很清瘦、体段很伶俐的人，眯缝着眼，一脚已跨进园来，后头还跟着个面如冠玉、眉长目秀的书生。菶如也就半抽身，伛着腰，招呼那书生道：“怎么珏斋兄也来了！”肇廷就笑眯眯的低声接说道：“我们是途遇的，晓得你们都在这里，所以一直找来。今儿晚上谢山芝在仓桥浜梁聘珠家替你饯行，你知道吗？”菶如点点头道：“还早哩。”说着，就拉肇廷朝里坐下。唐卿也与珏斋并肩坐了，不知讲些什么，忽听“饯行”两字，就回过头来对菶如道：“你要上哪里去？怎么我一点也不知道！”菶如道：“不过上海罢了。前日得信，雯青兄请假省亲，已回上海，寓名利栈，约兄弟去游玩几天。从前兄弟进京会试，虽经过几次，闻得近来一发繁华，即如苏州开去大章、大雅之昆曲戏园，生意不恶，而丹桂茶园、金桂轩之京戏亦好。京菜有同兴、同新，徽菜也有新新楼、复新园，若英法大餐，则杏花楼、同香楼、一品香、一家春，尚不曾请教过。”珏斋插口道：“上海虽繁华世界，究竟五方杂处，所住的无非江湖名士，即如写字的莫友芝，画画的汤壥伯，非不洛阳纸贵，名震一时，总嫌带着江湖气。比到我们苏府里姚凤生的楷书，杨咏春的篆字，任阜长的画，就有雅俗之分了。”唐卿道：“上海印书叫作什么石印，前天见过得本直省闱墨，真印得纸墨鲜明，文章就分外觉得好看。所以书本总要讲究版本。印工好，纸张好，款式好，便是书里面差一点，看着总觉豁目爽心。”

那胜芝听着这班少年谈得高兴，不觉也忍不住，一头拿着只瓜楞茶碗，连茶盘托起，往口边送，一面说道：“上海繁华总汇，听说宝善街，那就是前明徐相国文贞之墓地。文贞为西法开山之祖，而开埔以来，不能保其佳城石室。曾有人做一首《竹枝词》吊他道：‘结伴来游宝善街，香尘轻软印弓鞋。旧时相国坟何在？半属民廛半馆娃。’岂不可叹呢！”肇廷道：“此刻雯青从京里下来，走的旱道呢，还是坐火轮船呢？”葊如道：“是坐的美国旗昌洋行轮船。”胜芝道：“说起轮船，前天见张新闻纸，载着各处轮船进出口。那轮船的名字，多借用中国地名人名，如汉阳、重庆、南京、上海、基隆、台湾等名目；乃后头竟有更诧异的，走长江的船叫作‘孔夫子’。”大家听了愕然，既而大笑。言次，太阳冉冉西沉，暮色苍然了。胜芝立起身来道：“不早了，我先失陪了。”道罢，拱手别去。肇廷道：“葊如，聘珠那里你到底去不去？要去，是时候了。”葊如道：“可惜唐卿、珏斋从来没开过戒，不然岂不更热闹吗？”肇廷道：“他们是道学先生，不教训你两声就够了。你还想引诱良家子弟，该当何罪！”原来这珏斋姓何名太真，素来欢喜讲程朱之学，与唐卿至亲，意气也很相投，都不会寻花问柳，所以肇廷如此说着。当下唐卿、珏斋都笑了一笑，也起身出馆，向着葊如道：“见了雯青同年，催他早点回来，我们都等着哩。”说罢，扬长而去。

肇廷、菶如两人步行，望观西直走，由关帝庙前，过黄鹂坊桥。忽然后面来了一肩轿子，两人站在一面，让它过去。谁知轿子里面坐着一个丽人，一见肇廷、菶如，就打着苏白招呼道："顾老爷，陆老爷，从啥地方来？谢老爷早已到倪搭，请唔笃就去吧！"说话间，轿子如飞去了。两人都认得就是梁聘珠，因就弯弯曲曲，出专诸巷，穿阊门大街，走下塘，直访梁聘珠书寓。果然，山芝已在，看见顾、陆两人，连忙立起招呼。肇廷笑道："大善士发了慈悲心，今天来救大善女的急了。"说时，恰聘珠上来敬瓜子，菶如就低声凑近聘珠道："耐阿急弗急？"聘珠一扭身放了盆子，一屁股就坐下道："瞎三话四，倪弗懂个。"你道肇廷为什么叫山芝大善士？原来山芝名介福，家道尚好，喜行善举，苏州城里有谢善士之名。当时大家大笑。菶如回过头来，见尚有一客坐在那里，体雄伟而不高，面团圈而发亮，十分和气，一片志诚，年纪约三十许，看见顾、陆两人，连忙满脸堆笑的招呼。山芝就道："这位是常州成木生兄，昨日方由上海到此。"彼此都见了，正欲坐定，相帮的喊道："贝大人来了！"菶如抬头一看，原来是认得的常州贝效亭名佑曾的，曾经署过一任直隶臬司，就是火烧圆明园一役，议和里头得法，如今却不知为什么弃了官回来了，却寓居在苏州。

于是大家见了，就摆起台面来，聘珠请各人叫局。菶如叫了武美仙，肇廷叫了诸桂卿，木生叫了姚韵初。山芝道："效亭先生叫谁？"效亭道："闻得有一位杭州来的姓褚的，叫什么爱林，就叫了她吧。"山芝就写了。菶如道："说起褚爱林，有些古怪。前日有人打茶围，说她房内备着多少筝、琵、箫、笛，夹着多少碑、帖、书、画，上有名人珍藏的印。还有一样奇怪东西，说是一个玉印，好像是汉朝一个妃子传下来的。看来不是旧家落薄，便是个逃妾哩！”肇廷道：“莫非是赵飞燕的玉印吗？那是龚定庵先生的收藏。定公集里，还有四首诗记载此事。”木生道：“先两天，定公的儿子龚孝琪兄弟还在上海遇见。”效亭道：“快别提这人，他是已经投降了外国人了。”山芝道：“他为什么好端端的要投降呢？总是外国人许了他重利，所以肯替他做向导。”效亭道：“倒也不是。他是脾气古怪，议论更荒唐。他说这个天下，与其给本朝，宁可赠给西洋人。你想这是什么话？”肇廷道：“这也是定公立论太奇，所谓其父报仇，其子杀人。古人的话到底不差的。”木生道：“这种人不除，终究是本朝的大害！”效亭道：“可不是么！庚申之变，亏得有贤王留守，主张大局。那时兄弟也奔走其间，朝夕与英国威妥玛磋磨，总算靠着列祖列宗的洪福，威酋答应了赔款通商，立时退兵。否则，你想京都已失守了，外省又有太平军，糟得不成样子，真正不堪设想！所以那时兄弟就算受点子辛苦，看着如今大家享太平日子，想来还算值得。”山芝道：“如此说来，效翁倒是本朝的大功臣了。”效亭道：“岂敢！岂敢！”木生道：“据兄弟看来，现在的天下虽然太平，还靠不住。外国势力日大一日，机器日多一日。轮船铁路、电线枪炮，我国一样都没有办，哪里能够对付他！”正说间，诸妓陆续而来。五人开怀畅饮，但觉笙清簧暖，玉笑珠香，不消备述。众人看着褚爱林面目，煞是风韵，举止亦甚大方，年纪二十余岁。问她来历，只是笑而不答，但晓得她同居姊妹尚有一个姓汪的，皆从杭州来苏。遂相约席散，至其寓所。不一会，各妓散去，钟敲十二下，山芝、效亭、肇廷等自去访褚爱林。莑如以将赴上海，少不得部署行李，先唤轿班，点灯伺候，别着众人回家。话且不提。

却说金殿撰请假省亲，趁着飞似海马的轮船到上海，住名利

栈内，少不得拜会上海道、县及各处显官，自然有一番应酬，请酒看戏，更有一班同乡都来探望。一日，家丁投进帖子，说冯大人来答拜。雯青看着是“冯桂芬”三字，即忙立起身，说：“有请。”家丁扬着帖子，走至门口，站在一旁，将门帘擎起。但见进来一个老者，约六十余岁光景，白须垂颔，两目奕奕有神，背脊微伛，见着雯青，即呵呵作笑声。雯青赶着抢上一步，叫声“景亭老伯”，作下揖去。见礼毕，就坐，茶房送上茶来。两人先说些京中风景。景亭道：“雯青，我恭喜你飞黄腾达。现在是五洲万国交通时代，从前多少词章考据的学问，是不尽可以用世的。昔孔子翻百二十国之宝书，我看现在读书，最好能通外国语言文字，晓得他所以富强的缘故。一切声、光、化、电的学问，轮船、枪炮的制造，一件件都要学会他，那才算得个经济！我却晓得去年三月，京里开了同文馆，考取聪俊子弟，学习推步及各国语言。论起‘一物不知，儒者之耻’的道理，这是正当办法，而廷臣交章谏阻。倭良峰为一代理学名臣，而亦上一疏。有个京官抄寄我看，我实在不以为然。闻得近来同文馆学生，人人叫他洋翰林、洋举人呢。”雯青点头。

景亭又道：“你现在清华高贵，算得中国第一流人物。若能周知四国，通达时务，岂不更上一层呢！我现在认得一位徐雪岑先生，是学贯天人、中西合撰的大儒。一个令郎，字忠华，年纪与你不相上下，并不考究应试学问，天天是讲着西学哩！”雯青方欲有言，家丁复进来道：“苏州有位姓陆的来会。”景亭问是何人，雯青道：“大约是菶如。”果然走进来一位少年，甚是英发，见二人，即忙见礼坐定。茶房端上茶来。彼此说了些契阔的话，无非几时动身，几时到埠，晓得菶如住在长发栈内。景亭道：“二位在此甚好，闻得英领事署后园有赛花会，照例每年四月举行，西洋各国琪花瑶草摆列不少，很可看看。我后日来请同去吧。”端了茶，喝着两口，起身告辞。

二人送景亭出房，进来重叙寒暄，谈及游玩。雯青道：“静安寺、徐家汇花园已经游过，并不见佳，不如游公家花园。你可在此用膳，膳后叫部马车同去。”菶如应允。雯青遂吩咐开膳，一面关照账房，代叫皮篷马车一部。二人用膳已毕，洗脸漱口。茶房回说，马车已在门口伺候。雯青在身边取出钥匙，开了箱子，换出一身新衣服穿上，握了团扇，让菶如先出，锁了房门，嘱咐了家丁及茶房几句，将钥匙交代账房，出门上了马车。那马夫抖勒缰绳，但见那匹阿剌伯黄色骏马四蹄翻盏，如飞的望黄浦滩而去。沿着黄浦滩北直行，真个六辔在手，一尘不惊。但见黄浦内波平如镜，帆樯林立。猛然抬头，见着戈登铜像，矗立江表；再行过去，迎面一个石塔，晓得是纪念碑。二人正谈论，那车忽然停住。二人下车，入园门，果然亭台清旷，花木珍奇。二人坐在一个亭子上，看着出入的短衣硬领、细腰长裙、团扇轻衫、靓妆炫服的中西士女。正在出神，忽见对面走进一个外国人来，后头跟着一个中国人，年纪四十余岁，两眼如玛瑙一般，颔上微须亦作黄色，也坐在亭子内。两人咭唎呱啰，说着外国话。雯青、菶如茫然不知所谓。俄见夕阳西颓，林木掩映，二人徐步出门，招呼马车，仍沿黄浦滩进大马路，向四马路兜个圈子，但见两旁房屋尚在建造。正欲走麦家圈，过宝善街，忽见雯青的家丁拿着一张请客票头，招呼道：“薛大人请老爷即在一品香第八号大餐。”雯青晓得是无锡薛淑云请客，遂也点头。菶如自欲回栈，在棋盘街下车。

雯青一人出棋盘街，望东转弯，到一品香门前停住上楼。楼下按着电铃，侍者上来问过，领到八号。淑云已在，起身相迎。座间尚有五位，各各问讯。一位吕顺斋，甘肃遵义廪贡生，上万言书，应诏陈言，以知县发往江苏候补。那三个是崇明李台霞，名葆丰；丹徒马美菽，名中坚；嘉应王子度，名恭宪。皆是学贯中西。还有一位无锡徐忠华，就是日间冯景亭先生所说的人。各道"久仰"坐定，侍者送上菜单，众人点讫。淑云更命开着大瓶香宾酒，且饮且谈。

忽然门外一阵皮靴声音，雯青抬头一看，却是在公园内见着的一个中国人、一个外国人，望里面走去。淑云指着那中国人道："诸君认得此人吗？"皆道不知。淑云道："此人即龚孝琪。"顺斋道："莫非是定庵先生的儿子吗？"淑云道："正是。他本来不识英语，因为那威妥玛要读中国《汉书》，请一人去讲，无人敢去，孝琪遂挺身自荐，威酋甚为信用。听得火烧圆明园，还是他的主张哩！"美菽道："那外国人我虽不晓得名字，但认得是领事馆里人。"淑云道："那孝琪有两个妾，在上海讨的，宠夺专房。孝琪有所著作，一个磨墨，一个画红丝格，总算得清才艳福。谁知正月里那二妾忽然逃去一双，至今四处访查，杳无踪迹，岂不可笑呢。"众人正谈得高兴，忽然门外又走过一人，向着八号一张。顺斋立起来，与那人说话。这人一来，有分教：

裙屐招邀，江上相逢名士；

江湖落拓，世间自有奇人。

不知此人姓甚名谁？且听下回分解。

第三回

领事馆铺张赛花会　半敦生演说西林春

却说薛淑云请雯青在一品香大餐，正在谈着，门外走过一人，顺斋见了立起身来，与他说话。说毕，即邀他进来。众人起身让座，动问姓名，方晓得是姓云，字仁甫，单名一个宏字，广东人，江苏候补同知，开通阔达，吐属不凡。席间，众人议论风生，都是说着西国政治艺学。雯青在旁默听，茫无把握，暗暗惭愧，想道："我虽中个状元，自以为名满天下，那晓得到了此地，听着许多海外学问，真是梦想没有到哩！从今看来，那科名鼎甲是靠不住的，总要学些西法，识些洋务，派入总理衙门当一个差，才能够有出息哩！"想得出神，侍者送上补丁，没有看见，众人招呼他，方才觉着。匆匆吃毕，复用咖啡。侍者送上签字单，淑云签毕，众人起身道扰各散。雯青坐着马车回寓，走进寓门，见无数行李堆着一地。尚有两个好像家丁模样，打着京话，指挥众人。雯青走进账房，取了钥匙，因问这行李的主人。账房启道："是京里下来，听得要出洋的，这都是随员呢。"雯青无话，回至房中，一宿无语。次早起来，要想设席回敬了淑云诸人。梳洗过后，更找菶如，约他同去。晚间在一家春请了一席大餐。自后，彼此酬酢了数日，吃了几台花酒，游了一次东洋茶社，看了两次车利尼马戏。

一日，果然领事馆开赛花会。雯青、菶如坐着马车前去，仍沿黄浦滩到汉壁礼路，就是后园门口，见门外立着巡捕四人，草地停着几十辆马车，有西人上来问讯。二人照例各输了洋一元，发给凭照一纸，迤逦进门，踏着一片绿云细草，两旁矮树交叉，转过数弯，忽见洋楼高耸，四面铁窗洞开，有多少中西人倚着眺望。楼下门口，青漆铁栏杆外，复靠着数十辆自由车。走进门来，脚下法兰西的地毯，软软的足有二寸多厚。举头一望，但见高下屏山，列着无数中外名花，诡形殊态，盛着各色磁盆，列着标帜，却因西字，不能认识。内有一花，独踞高座，花大如斗，作浅杨妃色，娇艳无比。粉须四垂如流苏，四旁绿叶，仿佛车轮大小，周围护着。四围小花，好像承欢献媚，服从那大花的样子。问着旁人，内中有个识西字的，道是维多利亚花，以英国女皇的名字得名的。二人且看中国各花，则扬州的大红牡丹最为出色，花瓣约有十余种，余外不过兰蕙、蔷薇、玫瑰等花罢了。尚有日本的樱花，倒是酣艳风流，独占一部。

走过屏山背后，看那左首，却是道螺旋的扶梯。二人移步走上，但见士女满座，或用洋点，或用着咖啡。却见台霞、美菽也在，同着两个老者，与一个外国人谈天。见了雯青等，起身让坐。各各问讯，方晓得这外国人名叫傅兰雅，一口好中国话。两位老者，一姓李，字任叔，一即徐雪岑。二人坐着，但听得远远风琴唱歌，歌声幽幽扬扬，随风吹来，使人意远。雪岑问着傅兰雅："今天晚上有跳舞会吗？"傅兰雅道："领事下帖请的，约一百余人，贵国人是请着上海道、制造局总办，又有杭州一位大富翁胡星岩。还有两人，说是贵国皇上钦派出洋，随着美国公使蒲安臣，前往有约各国办理交涉事件的，要定香港轮船航日本，渡太平洋，先到美国。那两人一个是道员志刚，一个是郎中孙家谷。这是贵国第一次派往各国的使臣，前日才到上海，大约六月起程。"雯青听着，暗忖：怪道刚才栈房里来许多官员，说是出洋的。心里暗自羡慕。

说说谈谈，天色已晚，各自散去。

流光如水，已过端阳，雯青就同着菶如结伴回苏。衣锦还乡，原是人生第一荣耀的事。家中早已挂灯结彩，鼓吹喧阗，官场卤簿，亲朋轿马，来来往往，把一条街拥挤得似人海一般。等到雯青一到，有挨着肩攀话的，有拦着路道喜的，从未认识的故意装成热络，一向冷淡的格外要献殷勤，直将雯青当了楚霸王，团团围在垓下。好容易左冲右突，杀开一条血路，直奔上房，才算见着了老太太赵氏和夫人张氏。自然笑逐颜开，阖家欢喜。正坐定了讲些别后的事情，老家人金升进来回道："钱老爷端敏，何老爷太真，同着常州才到的曹老爷以表，都候在外头，请老爷出去。"雯青听见曹以表和唐卿、珏斋同来，不觉喜出望外，就吩咐金升请在内书房宽坐。原来雯青和曹以表号公坊的，是十年前患难之交，连着唐卿、珏斋，当时号称"海天四友"。

你道这个名称因何而起？当咸丰末年，庚申之变，和议新成，廷臣合请回銮的时代，要安抚人心，就有举行顺天乡试之议。那时苏、常一带，虽还在太平军掌握，正和大清死力战争，各处缙绅士族，还是流离奔避。然科名是读书人的第二生命，一听见了开考的消息，不管多垒四郊，总想及锋一试。雯青也是其中的一个，其时正避居上海，奉了赵老太太的命，进京赴试。但最为难的，是陆路固然阻梗，轮船尚未通行，只有一种洋行运货的船，名叫甲板船，可以附带载客。雯青不知道费了多少事，才定妥了一只船。上得船来，不想就遇见了唐卿、珏斋、公坊三人。谈起来，既是同乡，又是同志，少年英俊，意气相投，一路上辛苦艰难，互相扶助，自然益发亲密，就在船上订了金兰之契。

后来到了京城，又合了几个朋友，结了一个文社，名叫"含英社”，专做制艺工夫，逐月按期会课。在先不过预备考试，鼓励鼓励兴会罢了。哪里晓得正当大乱之后，文风凋敝，被这几个优秀青年，各逞才华，大放光彩，忽然震动了京师。一艺甫就，四处传抄，含英社的声誉一天高似一天。公车士子，人人模仿，差不多成了一时风尚。曹公坊在社中尤为杰出，他的文章和别人不同，不拿时文来做时文，拿经史百家的学问，全纳入时文里面，打破有明以来江西派和云间派的门户，独树一帜。有时朴茂峭刻，像水心陈碑；有时宏深博大，如黄冈石台。龚和甫看了，拍案叫绝道："不想天、崇、国初的风格，复见今日！”怂恿社友把社稿刊布。从此，含英社稿不胫而走，风行天下，和柳屯田的词一般。有井水处，没个不朗诵含英社稿的课艺，没个不知曹公坊的名字。不上几年，含英社的社友，个个飞黄腾达，入鸾掖，占鳌头，只剩曹公坊一人向隅，至今还是个国学生，也算文章憎命了！可是他素性淡泊，功名得失毫不在意，不忍违背寡母的期望，每逢大比年头，依然逐队赴考。这回听见雯青得意回南，晓得不久就要和唐卿、珏斋一同挈眷进京，不觉动了燕游之兴，所以特地从常州赶来，借着替雯青贺喜为名，顺便约会同行，路上多些侣伴，就先访了唐卿、珏斋一齐来看雯青。

当下雯青十分高兴的出来接见，三人都给雯青致贺。雯青谦逊了几句。钱、何两人相离未久，公坊却好多年不见了，说了几句久别重逢的话，招呼大家坐下，书僮送上茶来。雯青留心细看公坊，只见他还是胖胖的身干，阔阔儿的脸盘，肤色红润，眉目清疏，年纪约莫三十来岁，并未留须，披着一件蔫旧白纱衫，罩上天青纱马褂，摇着脱翮雕翎扇，一手握着个白玉鼻烟壶，一坐下来不断的闻，鼻孔和上唇全粘染着一搭一搭的虎皮斑，微笑的向雯青道："这回雯兄高发，不但替朋侪吐气，也是令桑梓生光！捷报传来，真令人喜而不寐！"雯青道："公坊兄，别挖苦我了！我们四友里头，文章学问，当然要推你做龙头，弟是娄尾。不料王前卢后，适得其反；刘蕡下第，我辈登科，厚颜者还不止弟一人呢！"就回顾唐卿道："不是弟妄下雌黄，只怕唐兄印行的《不息斋稿》，虽然风行一时，决不能望《五丁阁稿》的项背哩！"唐卿道："当今讲制义的，除了公坊的令师潘止韶先生，还有谁能和他抗衡呢？"

于是大家说得高兴，就论起制义的源流，从王荆公、苏东坡起，以至江西派的章、马、陈、艾，云间派的陈、夏、两张，一直到清朝的熊、刘、方、王，龙脊虎脊，下及咸、同墨卷。公坊道："现在大家都喜欢骂时文，表示他是通人，做时文的叫时文鬼。其实时文也是散文的一体，何必一笔抹倒！名家稿子里，尽有说理精粹如周、秦诸子，言情悱恻如魏、晋小品，何让于汉策、唐诗、宋词、元曲呢！"珏斋道："我记得道光间，梁章钜仿诗话的例，做过一部《制义丛话》，把制义的源流派别，叙述得极翔实。钱梅溪又仿《唐文粹例》，把历代的行卷房书，汇成了一百卷，名叫《经义》，最可惜不曾印行。这些人都和公坊的见解一样。"唐卿道："制义体裁的创始，大家都说是荆公，其实是韩愈。你们不信，只把《原毁》一篇细读一下。"

一语未了，不防菶如闯了进来喊道："你们真变了考据迷了，连敲门砖的八股，都要详征博引起来，只怕连大家议定今晚在褚爱林家公分替雯兄接风的正事倒忘怀了！"唐卿道："啊呀，我们一见公坊，只顾讲了八股，不是菶兄来提，简直忘记得干干净净！"雯青现出诧异的神情道："唐兄和珏兄向不吃花酒，怎么近来也学

时髦？”公坊道：“起先我也这么说，后来才知道那褚爱林不是平常应征的俗妓，不但能唱大曲，会填小令，是《板桥杂记》里的人物，而且妆阁上摆满了古器、古画、古砚，倒是个女赏鉴家呢！所以唐兄和珏兄，都想去看看，就发起了这一局。”珏斋道：“只有我们四个人作主人，替你洗尘，不约外客，你道何如？”雯青道：“那褚爱林不就是龚孝琪的逃妾，你在上海时和我说过，她现住在三茅阁巷的吗？”菶如点头称是。雯青道：“我一准去！那么现在先请你们在我这里吃午饭，吃完了，你们先去。我等家里的客散了，随后就来。”说着，吩咐家人，另开一桌到内书房来，让钱、何、曹、陆四人随意的吃，自己出外招呼贺客。不一会，四人吃完先走了。

这里雯青直到日落西山，才把那些蜂屯蚁聚的亲朋支使出了门，坐了一肩小轿，向三茅阁巷褚爱林家而来。一下轿，看看门口不像书寓，门上倒贴着“杭州汪公馆”五个大字的红门条。正趑趄着脚，早有个相帮似的掌灯候着，问明了，就把雯青领进大门，在夜色朦胧里，穿过一条弯弯曲曲的石径，两边还隐约看见些湖石砌的花坛，杂莳了一丛丛的灌木草花，分明像个园林。石径尽处，显出一座三间两厢的平屋，此时里面正灯烛辉煌，人声嘈杂。

雯青跟着那人跨进那房中堂，屋里面高叫一声：“客来！”下首门帘揭处，有一个靓妆雅服二十来岁的女子，就是褚爱林，满面含笑的迎上来。雯青瞥眼一看，暗暗吃惊，是熟悉的面庞，只听爱林清脆的声音道：“请金大人房里坐。”那口音益发叫雯青迷惑了。雯青一面心里暗忖：爱林在哪里见过？一面进了房。看那房里明窗净几，精雅绝伦，上面放一张花梨炕，炕上边挂一幅白描董双成像，并无题识，的是苑画。两边蟠曲玲珑的一堂树根椅儿，中央一个紫榆云石面的百龄台，台上正陈列着许多铜器、玉件、画册等。唐卿、珏斋、公坊、菶如都围着在那里一件件地摩挲。珏斋道："雯青，你来看看，这里的东西都不坏！这癸猷觚、父丁爵是商器，方鼎籀古亦佳。"唐卿道："就是汉器的椒豆、鸿嘉鼎，制作也是工细无匹。"公坊道："我倒喜欢这吴、晋、宋、梁四朝砖文拓本，多未经著录之品。"

雯青约略望了一望，嘴里说着："足见主人的法眼，也是我们的眼福。"一屁股就坐在厢房里靠窗一张影木书案前的大椅里，手里拿起一个香楠匣的叶小鸾眉纹小研在那里抚摩，眼睛却只对着褚爱林呆看。菶如笑道："雯兄，你看主人的风度，比你烟台的旧相识如何？"爱林嫣然笑道："陆老不要瞎说，拿我给金大人的新燕姐比，真是天比鸡矢了！金大人，对不对？"雯青顿然脸上一红，心里勃然一跳，向爱林道："你不是傅珍珠吗？怎么会跑到苏州，叫起褚爱林来呢？"爱林道："金大人好记性。事隔半年，我一见金大人，几乎认不真了。现在新燕姐大概是享福了？也不枉她一片苦心！"雯青忸怩道："她到过北京一次，我那时正忙，没见她。后来她就回去，没通过音信。"爱林惊诧似地道："金大人高中了，没讨她吗？"

雯青变色道："我们别提烟台的事，我问你怎么改名了褚爱林？怎样人家又说你在龚孝琪那里出来的呢？看着这些陈设的古董，又都是龚家的故物。"爱林凄然地挨近雯青坐下道："好在金大人不是外人，我老实告诉你，我的确是孝琪那里出来的，不过人家说我卷逃，那才是屈天冤枉呢！实在只为了孝琪穷得不得了，忍着痛打发我们出来各逃性命。那些古董是他送给我们的纪念品。金大人想，若是卷逃，哪里敢公然陈列呢？"雯青道："孝琪何以一贫至此？"爱林道："这就为孝琪的脾气古怪，所以弄到如此地

步。人家看着他举动阔绰，挥金如土，只当他是豪华公子，其实是个漂泊无家的浪子！他只为学问上和老太爷闹翻了，轻易不大回家。有一个哥哥，向来音信不通。老婆儿子，他又不理，一辈子就没用过家里一个钱。一天到晚，不是打着苏白和妓女们混，就是学着蒙古唐古忒的话，和色目人去弯弓射马。用的钱，全是他好友杨墨林供应。墨林一死，幸亏又遇见了英使威妥玛，做了幕宾，又浪用了几年。近来不知为什么事，又和威妥玛翻了腔，一个钱也拿不到了，只靠卖书画古董过日子。因此，他起了个别号，叫'半伦'，就说自己五伦都无，只爱着我。我是他的妾，只好算半个伦。谁知到现在，连半个伦都保不住呢！"说着，眼圈儿都红了。雯青道："他既牺牲了一切，投了威妥玛，做了汉奸，无非为的是钱。为什么又和他翻腔呢？"爱林道："人家骂他汉奸，他是不承认。有人恭维他是革命，他也不答应。他说他的主张烧圆明园，全是替老太爷报仇。"雯青诧异道："他老太爷有什么仇呢？"

爱林把椅子挪了一挪，和雯青耳鬓厮磨的低低说道："我把他自己说的一段话告诉了你，就明白了。那一天，就是我出来的前一个月，那时正是家徒四壁，囊无一文，他脾气越发坏了，不是捶床拍枕，就是咒天骂地。我倒听惯了，由他闹去。忽然一到晚上，溜入书房，静悄悄的一点声息都无。我倒不放心起来，独自蹑手蹑脚的走到书房门口偷听时，忽听里面拍的一声，随着咕噜了几句。停一会，又是哔拍两声，又唧哝了一回。这是做什么呢？我耐不住，闯进去，只见他道貌庄严的端坐在书案上，面前摊一本青格子，歪歪斜斜写着草体字的书，书旁边供着一个已出椟的木主。他一手握了一支朱笔，一手拿了一根戒尺，正要去举起那木主，看见我进来，回着头问我道：'你来做什么？'我笑着道："我在外边听见哔拍哔拍的声音，我不晓得你在做什么，原来在这里敲神主！这神主是谁的？好端端的为甚要敲他？’他道：‘这是我老太爷的神主。’我骇然道：‘老太爷的神主，怎么好打的呢？’他道：‘我的老子，不同别人的老子。我的老子，是个盗窃虚名的大人物。我虽瞧他不起，但是他的香火子孙遍地皆是，捧着他的热屁当香，学着他的丑态算媚。我现在要给他刻集子，看见里头很多不通的、欺人的、错误的，我要给他大大改削，免得贻误后学！从前他改我的文章，我挨了无数次的打。现在轮到我手里，一施一报，天道循环，我就请了他神主出来，遇着不通的敲一下，欺人的两下，错误的三下，也算小小报了我的宿仇。’我问道：‘儿子怎好向父亲报仇？’他笑道：‘我已给他报了大仇，开这一点子的小玩笑，他一定含笑忍受的了。’我道：‘你替老太爷报了什么仇？’

“他很郑重的道：‘你当我老子是好死的吗？他是被满洲人毒死在丹阳的。我老子和我犯了一样的病，喜欢和女人往来，他一生恋史里的人物，差不多上自王妃，下至乞丐，无奇不有。他做宗人府主事时候，管宗人府的便是明善主人，是个才华盖世的名王。明善的侧福晋，叫作太清西林春，也是个艳绝人寰的才女，闺房唱和，流布人间。明善做的词，名《西山樵唱》；太清做的词，名《东海渔歌》。韵事闲情，自命赵孟頫、管仲姬，不过尔尔。我老子也是明善的座中上客，酒酣耳热，虽然许题笺十索，却无从平视一回。有一天，衙中有事，明善恰到西山，我老子跟踪前往。那日，天正下着大雪，遇见明善和太清并辔从林子里出来。太清内家装束，外披着一件大红斗篷，映着雪光，红的红，白的白，艳色娇姿，把他老人家的魂摄去了。从此日夜相思，甘为情死，但使无青鸟，客少黄衫，也只好藏之心中罢了。不想孽缘凑巧，

好事飞来，忽然在逛庙的时候，彼此又遇见了。我老子见明善不在，就大胆上去，说了几句蒙古话。太清也微笑的回答。临行，太清又说了“明天午后东便门外茶馆”一句话，我老子猜透是约会的隐语，喜出望外。次日，不问长短，就赶到东便门外，果见离城百步，有一爿破败的小茶馆。他便走进去，拣了个座头，喊茶博士泡了一壶茶，想在那里老等。谁知这茶博士拿茶壶来时，就低声问道：“尊驾是龚老爷吗？”我老子应了一声“是”。他就把我老子领到里间。早见有一个粗眉大眼、戴着毡笠赶车样儿的人坐在一张桌下，一见我老子就很足恭的请他坐。我老子问他：“你是谁？”他显出刁滑的神情道：“你老不用管。你先喝一点茶，再和你讲！”我老子正走得口渴，本想润润喉，端起茶碗来，咽都咽都的倒了大半碗。谁知这茶不喝便罢，一到肚，不觉天旋地转的一阵头晕，硼的一声倒了。’”

爱林正说到这里，那边百灵台上钱唐卿忽然喊道：“难道龚定庵就这么糊里糊涂的给他们药死了吗？”爱林道：“不要慌，听我再说！”正是：

为振文风结文社，却教名士殉名姬。

欲知定庵性命如何？且听下文细表。

第四回

光明开夜馆福晋呈身　康了困名场歌郎跪月

话说上回褚爱林正说到定庵喝了茶博士的茶晕倒了，唐卿着慌的问，爱林叫他不要慌，说我们老太爷的毒死，不是这一回。正待说下去，珏斋道："唐卿，你该读过《定庵集》。据他送广西巡抚梁公序里，做宗人府主事时，是道光十六年丙申岁。到十八年，还做了一部《商周彝器文录》，补了《说文》一百四十七个古籀。我做的《说文古籀补》，就是被他触发的，如何会死呢？"公坊道："就是著名的《己亥杂诗》三百十五首，也在宗人府当差两年以后哩。"雯青道："你们不要谈考据，打断她的话头呢！爱林，你快讲下去。"

爱林道："他说：'我老子晕倒后，人事不知，等到醒来，忽觉温香扑鼻，软玉满怀，四肢无力，动弹不得。睁眼看时，黑洞洞一丝光影都没有。可晓得那所在，不是个愁惨的石牢，倒是座缥缈的仙闼。头倚绣枕，身裹锦衾。衾里面，紧贴身朝外睡着个娇小玲珑的妙人儿，只隔了薄薄一层轻绡衫裤，渗出醉人的融融暖气，透进骨髓。就大着胆伸过手去抚摩，也不抵拦，只觉得处处都是腻不留手。那时他老人家暗忖：常听人说京里有一种神秘的黑车，往往做宫娃贵妇的方便法门，难道西林春也玩这个把戏吗？到底被里的是不是她呢？就忍不住低低的询问了几次。谁知凭你千呼万唤，只是不应。又说了几句蒙古话，还是默然。可是一条玉臂，已渐渐伸了过来，身体也婉转的昵就，彼此都不自主

的唱了一出爱情哑剧。虽然手足传情，却已心魂入化，不觉相偎相倚的沉沉睡去了。正酣适间，耳畔忽听古古的一声雄鸡，他老人家吓得直坐起来，暗道："不好！"揉揉眼，定定神，好生奇怪，原来他还安安稳稳睡在自己家里书室中的床上。想到：难道我做了几天的梦吗？茶馆、仙阂、锦被、美人，都是梦吗？急得一迭连声喊人来。等到家人进来，他问自己昨天几时回来的。家人告诉他，昨天一夜在外，直到今天天一亮，明贝勒府里打发车送回来的。回来时，还是醉得人事不知，大家半扶半抱的才睡到这床上。我老子听了家人的话，才明白昨夜的事，果然是太清弄的狡狯，心里自然得意，但又不明白自己如何睡得这么死？太清如何弄他回来？心里越弄越糊涂，觉得太清又可爱、又可怕了。

'隔了几天，他偶然游厂甸，又遇见太清，一见面，太清就对着他含情的一笑。他留心看她那天，一个男仆都没带，只随了个小环，这明明是有意来找他的，但态度倒装的益发庄重。他鼓勇的走上去，还是用蒙古话，转着弯先试探昨夜的事。太清笑而不答。后来被他问急了，才道："假使真是我，你怎么样呢？"他答道："那我就登仙了！但是仙女的法术太大，把人捉弄到云端里，有些害怕了！"太清笑道："你害怕，就不来。"他也笑道："我便死，也要来。"于是两人调笑一回，太清终究倾吐了衷情，约定了六月初九夜里，趁明善出差，在邸第花园里的光明馆相会。这一次的幽会，既然现了庄严宝相，自然分外绸缪。从此月下花前，时相来往。忽一天，有个老仆送来密缝小布包一个，我老子拆开看时，内有一笺，笺上写着娟秀的行书数行，认得是太清笔迹：

我曹事已泄，妾将被禁，君速南行，迟则祸及。附上毒药粉一小瓶，鸩人无迹，入水，色绀碧，味辛刺鼻，慎兹色味，勿近！恐有人鸩君也。香囊一扣，佩之胸，当可以醒迷。不择迷药或迷香，此皆禁中方也。别矣，幸自爱！

‘我老子看了，连夜动身回南。过了几年，倒也平安无事，戒备之心渐渐忘了。不料那年行至丹阳，在县衙里遇见了一个宗人府的同事，便是他当日的赌友。那人投他所好，和他摇了两夜的摊。一夜回来，觉得不适，忽想起才喝的酒味非常刺鼻，道声“不好”，知道中了毒。临死，把这事详细的告诉了我，嘱我报仇。他平常虽然待我不好，到底是我父亲，我从此就和满人结了不共戴天的深仇。庚申之变，我辅佐威妥玛，原想推翻满清，手刃明善的儿孙，虽然不能全达目的，烧了圆明园，也算尽了我做儿的一点责任。人家说我汉奸也好，说我排满也好，由他们去吧！’这一段话，是孝琪亲口对我说的。想来总是真情。若说孝琪为人，脾气虽然古怪，待人倒很义气，就是打发我们出来，固然出于没法，而且出来的不止我一人，还有个姓汪的，是他第二妾，也住在这里。他一般的给了许多东西，时常有信来问长问短。姓汪的有些私房，所以还不肯出来见客。我是没法，才替他丢脸。我原名傅珍珠，是在烟台时依着假母的姓，褚是我的真姓，爱林是小名，真名实在叫作畹香。人家倒冤枉我卷逃！金大人，你想我的命苦不苦呢？”

雯青听完这一席话，笑向大家道：“俗语说得好，一张床上说不出两样话。你们听，爱林的话不是句句护着孝琪吗？”唐卿道：“孝琪的行为虽然不足为训，然听他的议论思想也有独到处，这还是定庵的遗传性。”公坊道：“定庵这个人，很有关于本朝学术系统的变迁。我常道本朝的学问，实在超过唐、宋、元、明，只为能把大家的思想，渐渐引到独立的正轨上去。若细讲起来，该把这二百多年，分作三个时期：第一个时期，是开创时期，就是顾、阎、惠、戴诸大儒，能提出实证的方法来读书，不论一名一物，都要切实证据，才许你下论断，不能望文生义，就是圣经贤传，非经过他们自己的一番考验，不肯瞎崇拜。第二时期，是整理时期，就是乾、嘉时毕、阮、孙、洪、钱、王、段、桂诸家，把经史诸子校正辑补，向来不可解的古籍，都变了文从字顺。第三时期，才是研究时期，把古人已整理的书籍，进了一层，研求到意义上去，所以出了魏默深、龚定庵一班人，发生独立的思想，成了这种惊人的议论。依我看来，这还不过是思想的萌芽哩！再过几年，只怕稷下、骊山争议之风，复见今日。本朝学问的统系，可以直接周、秦，两汉且不如，何论魏、晋以下！”珏斋道：“就论金石，现在的考证方法，也注意到古代的社会风俗上，不专论名物字画了。”于是大家谈谈讲讲，就摆上台面来，自己请雯青坐了首席，其余依齿坐了。酒过三巡，烛经数跋，掞今吊古，赏奇析疑，醉后诙谐，成黄车之掌录；麈余咳吐，亦青琐之轶闻。直到漏尽钟鸣，方始酒阑人散。

却说公坊这次来苏，原为约着雯青、唐卿、珏斋同伴入都，次日大家见面，就把这话和雯青说明了，雯青自然极口赞成。又知道公坊是要趁便应顺天乡试的，不能迟到八月，好在自己这回请假回来，除了省亲接眷也无别事，当下就商定了行期，各自回去料理行装，说定在上海会齐。匆匆过了一个月，那时正是七月初旬，炎蒸已过，新凉乍生，雯青就别了老亲，带了夫人，唐卿、珏斋也各携眷属。只有公坊是一肩行李，两个书僮，最为潇洒。大家到了上海，上了海轮，海程迅速，不到十天，就到了北京。雯青、唐卿、珏斋三人，不消说都已托人租定了寓所，大家倒都要留公坊去住。公坊弄得左右为难，索性一家都不去，反一个人住到顺治门大街的毗陵公寓里去。从此，就和雯青、唐卿、珏斋常常来往。

肇廷本先在京，朋友聚在一起，着实热闹，而且这一班人，从前大半在含英社出过风头的，这回重到首都之区，见多识广，学问就大不同了。把"且夫""尝思"，都丢在脑后，一见面，不是谈小学经史，就是讲诗古文词；不是赏鉴版本，就是搜罗金石。雯青更加读了些徐松龛《瀛环志略》、陈资斋《海国见闻录》、魏默深《海国图志》，渐渐博通外务起来，当道都十分器重。还有同乡潘八瀛尚书、宗荫龚和甫尚书，平常替他们延誉，同声相应，同气相求，不晓得结识了多少当世名流！隔了两年，菶如竟也中了状元，与雯青先后辉映，也挈眷北来。只有曹公坊考了两次，依然报罢，本想回南，经雯青劝驾，索性捐了个礼部郎中，留京供职。在公坊并不贪利禄之荣，只为恋朋友之乐，金门大隐，自预雅流，鞠部看花，偶寄馨逸，清雅萧闲的日月，倒也过得快活。

闲言少表。如今且说那一年，又遇到秋试之期，那天是八月初旬，新秋天气，雯青一人闷坐书斋，一阵拂拂的金风，带着浓郁的桂花香，扑进湘帘。抬头一望，只见一丸凉月，初上柳梢。忽然想起今天是公坊进场的日子，晓得他素性落拓，不亲细务，独身作客，考具一切，只怕没人料理。雯青待公坊是非常热心的，便立时预备了些笔墨纸张及零星需用的东西，又嘱张夫人弄了些干点小菜，坐了车，带了亲自去看公坊，想替他整备一下。

刚要到公寓门前，远远望见有一辆十三太保的快车，驾着一匹剪鬃的红色小川马，寓里飘飘洒洒跑出一个十五六岁、华装夺目的少年，跳上车，放下车帘，车夫几声"得得于于"，那车子飞快的往前走了。雯青一时没看清脸庞，看去好像是个相公模样，暗想是谁叫的呢？转念道：不对，今天谁还有工夫叫条子呢！嗄，不要是景龢堂花榜状元朱霞芬吧？他的名叫菱云，他的绰号叫小表嫂。肇廷曾告诉过我，就为和公坊的关系，朋友和他开玩笑，公坊名以表，大家就叫他一声“表嫂”，谁知从此就叫出名了。此刻或者也是来送场的。雯青一头想着，一头下车往里走，长班要去通报，雯青说：“不必。”说着，就一径向公坊住的那三间屋里去，跨上阶沿就喊道：“公坊，你倒瞒着人，在这里独乐！”公坊披着件夏布小衫，趿着鞋在卧室里懒懒散散的迎出来道：“什么独乐不独乐的乱喊？”雯青笑道：“才在你这里出去的是谁？”公坊哈哈一笑道：“我道是什么秘事给你发觉，原来你说的是菱云！我并没瞒人。”雯青道：“不瞒人,你为什么没请我去吃过一顿便饭？”公坊道：“不忙，等我考完了，自然我要请你呢！”雯青笑道：“到那时，我是要恭贺你和小表嫂的金榜挂名，洞房花烛了。”公坊道：“连小表嫂的典故，你都知道了，还冤我瞒你！你不过金榜挂名是梦话，洞房花烛倒是实录。我说考完请你，就是请你吃菱云的喜酒。”雯青道：“菱云已出了师吗？这个老斗是谁呢？老婆又谁给他讨的？”公坊只是微微的笑，顿了一顿道：“发乎情，止乎礼，世上无伯牙，个中有红拂，行乎其所不得不行罢了。”雯青道：“这么说，公坊兄就是个护花使者了。这个喜酒，我自然不客气的要吃定。现在且不说这个，明天一早，你要进场，我是特地来送你的。你向来不会管这些事，考具理好了没有？不要临时缺长少短，不如让我来替你拾掇一下，总比你两位贵僮要细腻熨贴些。我内人也替你做了几样干点小菜，也带了来。”说时，就喊仆人拿进一个小篮儿。

公坊再三的道谢，一面也叫小僮松儿、桂儿搬了理好的一个竹考篮、一个小藤箱，送到雯青面前道："胡乱的也算理过了，请雯兄再替我检点检点吧！"雯青打开看时，见藤箱里放的是书籍和鸡鸣炉、号帘、墙围、被褥、枕垫、钉锤等。三屉槅考篮里，下层是笔墨、稿纸、挖补刀、浆糊等，中层是些精巧的细点，可口的小肴，上层都是米盐、酱醋、鸡蛋等食料，预备得井井有条，应有尽有。不觉诧异道："这是谁给你弄的？"公坊道："除了菱云，还有谁呢？他今儿个累了整一天，点心和菜都是他在这里亲手做的。雯兄，你看他不是无事忙吗？只怕白操心，弄得还是不对罢！"雯青道："罪过！罪过！照这样抠心挖胆的待你，不想出在堂名中人。我想迦陵的紫云、灵岩的桂官，算有此香艳，决无此亲切。我倒羡你这无双艳福！便回回落第，也是情愿。"公坊笑了一笑。当下雯青仍把考具归理好了，把带来的笔墨也加在里面。看看时候不早，怕耽搁了公坊的早睡，临行约好到末场的晚间再来接考，就走了。在考期里头，雯青一连数日不曾来看公坊，偶然遇见肇廷，把在毗陵公寓遇见的事告诉了。肇廷道："霞芬是梅慧仙的弟子，也是我们苏州人。那妮子向来高着眼孔，不大理人。前月有个外来的知县，肯送千金给他师傅，要他陪睡一夜。师傅答应了，他不但不肯，反骂了那知县一顿跑掉了，因此好受师傅的责罚。后来听说有人给他脱了籍，倒想不到就是公坊。公坊名场失意，也该有个钟情的璧人，来弥补他的缺陷。"于是大家又慨叹了一回。

匆匆过了中秋，雯青屈指一算，那天正是出场的末日。到了上灯时候，就来约了肇廷，同向毗陵公寓而来。到了门口，并没见有前天的那辆车子，雯青低低对肇廷道："只怕他倒没有来接

吧！你看门口没有他的车。”肇廷道：“不会不来吧！”两人一递一声的说话，已走进寓门。寓里看门的知是公坊熟人，也不敢拦挡。两人刚踹上一个方方的广庭，只见一片皎洁的月光，正照在两棵高出屋檐的梧桐顶上，庭中一半似银海一般的白，一半却迷离惝恍，摇曳着桐叶的黑影。在这一搭白一搭黑的地方，当天放着一张茶几，几上供着一对红烛、一炉檀香，几前地上伏着一个人。仔细一认，看他头上梳着淌三股乌油滴水的大松辫，身穿藕粉色香云纱大衫，外罩着宝蓝韦陀银一线滚的马甲，脚蹬着一双回文嵌花绿皮薄底靴，在后影中揣摩，已有遮掩不住的一种婀娜动人姿态。此时俯伏在一个拜垫上，嘴里低低的咕哝。肇廷指着道：“咦，那不是霞郎吗？”雯青摇手道：“我们别声张，看他做什么，为甚么事祷告来！”正是：

此生欲问光明殿，一样相逢沦落人。

不知霞郎为甚祷告？且听下回分解。

第五回

开樽赖有长生库　插架难遮素女图

话说雯青看见霞芬伏在拜垫上，嘴里低低的祷告，连忙给肇廷摇手，叫他不要声张。谁知这一句话倒惊动了霞芬，疾忙站了起来，连屋里面的书僮松儿也开门出来招呼。雯青、肇廷和霞芬，本来在酬应场中认识的，肇廷尤其热络。当下霞芬看见顾、金二人，连忙上前叫了声“金大人、顾大人”，都请了安。雯青在月光下留心看去，果然好个玉媚珠温的人物，吹弹得破的嫩脸，勾人魂魄的明眸，眉翠含颦，靥红展笑，一张小嘴，恰似新破的榴实，不觉看得心旌摇曳起来。暗想：谁料到不修边幅的曹公坊，倒遇到这段奇缘；我枉道是文章魁首，这世里可有这般可意人来做我的伴侣！

雯青正在胡思乱想，肇廷早拉了霞芬的手笑问道：“你志志诚诚的烧天香，替谁祷告呀？”霞芬胀红脸笑着道：“不替谁祷告，中秋忘了烧月香，在这里补烧哩！”阶上站着一个小僮松儿插嘴道：“顾大人，不要听朱相公瞎说，他是替我们爷求高中的！他说：‘举人是月宫里管的，只要吴刚老爹修桂树的玉斧砍下一枝半枝，肯赐给我们爷，我们爷就可以中举，名叫蟾宫折桂。’从我们爷一进场，他就天天到这里对月碰头，头上都碰出桂圆大的疙瘩来。顾大人不信，你验验看。”霞芬瞪了松儿一眼，一面引着顾、金两人向屋里走，一面说道：“顾大人，别信这小猴儿的扯谎。我们爷今天老早出场，一出场就睡，直睡到这会儿还没醒。请两位大人

书房候一会儿，我去叫醒他。”肇廷嘻着嘴，挨到霞芬脸上道：“是几时孟光接了梁鸿案，曹老爷变了你们的？我倒还不晓得呢！”霞芬知道失口，搭讪着强辩道：“我是顺着小猴儿嘴说的，顾大人又要挑眼儿了，我不开口了！”说着，已进了厅来。

肇廷好久不来，把屋宇看了一周遭，向雯青道：“你看屋里的图书字画、家伙器皿，布置得清雅整洁，不像公坊以前乱七八糟的样子了，这是霞郎的成绩。”雯青笑道：“不知公坊几生修得这个贤内助呀！”霞芬只做不听见，也不进房去叫公坊，倒在那里翻抽屉。雯青道：“怎么不去请你们的爷呢？”霞芬道：“我要拿曹老爷的场作给两位看。”肇廷道：“公坊的场作，不必看就知道是好的。”霞芬道：“不这么讲。每次场作，他自己说好，老是不中；他自己一得意，更糟了，连房都不出了。这回他却很懊恼，说做得臭不可当。我想他觉得坏，只怕倒合了那些大考官的胃口，倒大有希望哩！所以要请两位看一看。”说完话，正把手里拿着个红格文稿递到雯青手里。

只听里边卧房里，公坊咳了声嗽，喊道：“霞芬，你嘁嘁喳喳和谁说话？”霞芬道：“顾大人、金大人在这里看你，来一会子了，你起来吧。”公坊道：“请他们坐一坐，你进来，我有话和你说。”霞芬向金、顾两人一笑，一扭身进了房。只听一阵悉悉索索穿衣服的声音，又低低讲了一回话，霞芬笑眯眯的先出来，叫桂儿跟着一径往外去了。这里公坊已换上一身新制芝麻地大牡丹花的白纱长衫，头光面滑地才走出卧房来，向金、顾两人拱拱手道：“对不起，累两位久候了！”雯青道：“我们正在这里拜读你的大作，奇怪得很，怎么你这回也学起烂污调来了？”公坊劈手就把雯青拿的稿子抢去，望字纸笼里一摔道：“再不要提这些讨人厌的东西！我们去约唐卿、珏斋、荸如，一块儿上菱云那里去。”肇廷道：“上菱云那里做什么？”雯青道：“不差，前天他约定的，去吃霞芬的喜酒。”肇廷道：“霞芬不是出了师吗？他自立的堂名叫什么？在哪里呢？”公坊道：“他自己的还没定，今天还借的景和堂梅家。”公坊一壁说，一壁已写好了三个小简，叫松儿交给长班分头去送，并吩咐雇一辆干净点儿的车来。松儿道：“不必雇，朱相公的车和牲口都留在后头车厂里给爷坐的，他自己是走了去的。”公坊点了点头，就和雯青、肇廷说：“那么我们到那边谈吧。”

于是一行人都出了寓门，来到景和堂。只见堂里敷设的花团锦簇，桂馥兰香，挂起五凤齐飞的彩绢宫灯，铺上双龙戏水的层绒地毯，饰壁的是北宋院画，插架的是宣德铜炉，一几一椅，全是紫榆水楠的名手雕工，中间已搬上一桌山珍海错的盛席，许多康彩乾青的细磁。霞芬进进出出，招呼得十二分殷勤。那时唐卿、珏斋也都来，只有荸如姗姗来迟，大家只好先坐了。霞芬照例到各人面前都敬了酒，坐在公坊下肩。肇廷提议叫条子，唐卿、珏斋也只好随和了。肇廷叫了琴香，雯青叫了秋菱，唐卿叫了怡云，珏斋叫了素云。真是翠海香天，金樽檀板，花销英气，酒祓清愁，尽旗亭画壁之欢，胜板桥寻春之梦。

须臾，各伶慢慢地走了，霞芬也抽空去应他的条子。这里主客酬酢，渐渐雌黄当代人物起来。唐卿道：“古人说京师是个人海，这话是不差。任凭讲什么学问，总有同道可以访求的。”雯青道：“说的是。我想我们自从到京后，认得的人也不少了，大人先生，通人名士，都见过了，到底谁是第一流人物？今日没事，大家何妨戏为月旦！”公坊道：“那也不能一概论的。以兄弟的愚见，分门别类比较起来，挥翰临池，自然让龚和甫独步；吉金乐石，到底算潘八瀛名家；赋诗填词，文章尔雅，会稽李治民纯客是一时之杰；博闻强识，不名一家，只有北地庄寿香芝栋为北方之英。”肇廷道：“丰润庄仑樵佑培，闽县陈森葆琛何如呢？”唐卿道：“词锋可畏，是后起的文雄。再有瑞安黄叔兰礼方，长沙王忆莪仙屺，也都是方闻君子。”公坊道：“旗人里头，总要推祝宝廷名溥的是标标的了。”唐卿道：“那是。还有一个成伯怡呢。”雯青道：“讲西北地理的顺德黎石农，也是个风雅总持。”珏斋道：“这些人里头，我只佩服两庄，是用世之才。庄寿香大刀阔斧，气象万千，将来可以独当一面，只嫌功名心重些；庄仑樵才大心细，有胆有勇，可以担当大事，可惜躁进些。”四人正在评论得高兴，忽外面走进个人来，见是菶如，大家迎入。菶如道：“朝廷后日要大考了，你们知道么？”大家又惊又喜的道：“真的么？”菶如道：“今儿衙门里掌院说的，明早就要见上谕了。可怜那一班老翰林，手是生了，眼是花了，得了这个消息，各个极得屁滚尿流，琉璃厂墨浆都涨了价了，正是应着句俗语叫‘急来抱佛脚’了。”大家谈笑了一回，到底心中有事，各辞了公坊自去。

次日，果然下了一道上谕，着翰詹科道，在保和殿大考。雯青不免告诉夫人，同着料理考具。张夫人本来很贤惠、很能干的，当时就替雯青置办一切，缺的添补，坏的修理，一霎时齐备了。雯青自己在书房里，选了几支用熟的紫毫，调了一壶极匀净的墨浆。原来调墨浆这件事，是清朝做翰林的绝大经济，玉堂金马，全靠着墨水翻身。墨水调得好，写的字光润圆黑，主考学台，放在荷包里；墨水调得不好，写的字便晦蒙否塞，只好一世当穷翰林，没得出头。所以翰林调墨，与宰相调羹，一样的关系重大哩。

闲言少叙。到了大考这日，雯青天不亮就赶进内城，到东华门下车，背着考具，一径上保和殿来。那时，考的人已纷纷都来了。到了殿上，自己把小小的一个三折叠的考桌支起，在殿东角向阳的地方支好了，东张西望找着熟人，就看见唐卿、珏斋、肇廷都在西面，荃如却坐在自己这一边，桌上摊着一本白折子，一手遮着，怕被人看见的样子，低着头在那里不知写些什么。雯青一一招呼了。忽听东首有人喊着道："寿香先生来了，请这里坐吧！"雯青抬头一望，只见一个三寸丁的矮子，猢狲脸儿，乌油油一嘴胡子根，满头一寸来长的短头发，身上却穿着一身簇新的纱袍褂，怪模怪样，不是庄寿香是谁呢？也背着一个藤黄方考箱，就在东首，望了一望，挨着第二排一个方面大耳很气概的少年右首，放下考具，说道："仑樵，我跟你一块儿坐吧！"雯青仔细一看，方看清正是庄仑樵，挨着仑樵右首坐的便是祝宝廷，暗想这三位宝贝今朝聚在一块儿了。

不多会儿，钦命题下来，大家咿咿哑哑的吟哦起来，有摇头皮的，有咬指甲的，有坐着摇摆的，有走着打圈儿的，另有许多人却挤着庄寿香，问长问短，寿香手舞足蹈的讲他们听。看看太阳直过，大家差不多完了一半，只有寿香还不着一字。宝廷道："寿香前辈，你做多少了？"寿香道："文思还没来呢！"宝廷接着笑道："等老前辈文思来了，天要黑了，又跟上回考差一样，交白卷了。"雯青听着好笑，自己赶着带做带写。又停一回，听见有人交卷，抬头一看，却是庄仑樵，归着考具，得意洋洋的出去了。雯青也将完卷，只剩首赋得诗，连忙做好誊上，看一遍，自觉还好，没有毛病。便见唐卿、珏斋也都走来。荃如喊道："你们等等儿，我要挖补一个字呢！"唐卿道："我替你挖一挖好么？"荃如道："也好。"唐卿就替他补好了。雯青看着道："唐卿兄挖补手段，真是

天衣无缝。”随着肇廷也走来。于是四人一同走下殿来，却见庄寿香一人背着手，在殿东台级儿上走来走去，嘴里吟哦不断，不提防雯青走过，正撞了满怀，就拉着雯青喊道：“雯兄，快来欣赏小弟这篇奇文！”恰好祝宝廷也交卷下来，就向殿上指着道：“寿香，你看殿上光都没了，还不去写呢！”寿香听着，顿时也急起来，对雯青等道：“你们都来帮我胡弄完了吧！”大家只好自己交了卷，回上殿来，替他同格子的同格子，调墨浆的调墨浆。唐卿替他挖补，蓁如替他拿蜡台，寿香半真半草的胡乱写完了，已是上灯时候。大家同出东华门，各自回家歇息去了。

过了数日放出榜来，却是庄仑樵考了一等第一名，雯青、唐卿也在一等，其余都是二等。仑樵就授了翰林院侍讲学士，雯青得了侍讲，唐卿得了侍读。寿香本已开过坊了，这回虽考得不高，倒也无荣无辱。

却说雯青升了官，自然有同乡同僚的应酬，忙了数日。这一日，略清静些，忽想到前日仑樵来贺喜，还没有去答贺，就叫套车，一径来拜仑樵。他们本是熟人，门上一直领进去，刚走至书房，见仑樵正在那里写一个好像折子的样子，见雯青来，就望抽屉里一捺，含笑相迎。彼此坐着，讲些前天考试的情形，又讲到寿香狼狈样子，说笑一回。看看已是午饭时候，仑樵道：“雯青兄，在这里便饭吧！”雯青讲得投机，就满口应承。仑樵脸上却顿了一顿，等一回，就托故走出，去叫着个管家，低低说了几句，就进来了。仑樵进来后，却见那个管家在上房走出，手里拿着一包东西出去了。雯青也不在意，只是腹中饥炎上焚，难过得很，却不见饭开上来。仑樵谈今说古，兴高采烈，雯青只好勉强应酬。直到将交未末申初，始见家人搬上筷碗，拿上四碗菜，四个碟子。仑樵让坐，雯青已饿极，也不客气，拿起饭来就吃，却是半冷不热的，也只好胡乱填饱就算了。正吃得香甜时，忽听得门口大吵大闹起来，仑樵脸上忽红忽白。雯青问是何事，仑樵尚未回答，忽听外面一人高声道："你们别拿官势吓人，别说个把穷翰林，就是中堂王爷，吃了人家米，也得给银子！"

你道外面吵的是谁？原来仑樵欠了米店两个月的米账，没钱还他，那店伙天天来讨，总是推三宕四，那讨账人发了急，所以就吵起来。仑樵做了开坊的大翰林，连饭米钱都还不起，说来好像荒唐。哪里知道仑樵本来幼孤，父母不曾留下一点家业，小时候全靠着一个堂兄抚养。幸亏仑樵读书聪明，科名顺利，年纪轻轻，居然巴结了一个翰林，就娶了一房媳妇，奁赠丰厚。仑樵生性高傲，不愿依人篱下，想如今自己发达了，看看妻财也还过得去，就胆大谢绝了堂兄的帮助，挈眷来京，自立门户。请知命运不佳，到京不到一年，那大人就过去了。仑樵又不善经纪，坐吃山空，当尽卖绝，又不好吃回头草，再央求堂兄。到了近来，连饭都有一顿没一顿的。自从大考升了官，不免有些外面应酬，益发支不住。说也可怜，已经吃了三天三夜白粥了。奴仆也渐渐散去，只剩一两个家乡带来的人，终日怨恨着。

这日一早起来，喝了半碗白粥，肚中实在没饱，发恨道："这瘟官做他干吗？我看如今那些京里的尚侍、外省的督抚，有多大能耐呢？不过头儿尖些、手儿长些、心儿黑些，便一个个高车大马、鼎烹肉食起来！我那一点儿不如人？就穷到如此，没顿饱饭吃，天也太不平了！"越想越恨。忽然想起前两天有人说浙、闽总督纳贿卖缺一事，又有贵州巡抚侵占饷项一事，还有最赫赫的直隶总督李公许多骄奢罔上的款项，却趁着胸中一团饥火，夹着

一股愤气，直冲上喉咙里来。就想趁着现在官阶可以上折子的当儿，把这些事情统做一个折子，着实参他们一本，出出恶气，又显得我不畏强御的胆力。便算因此革了官，那直声震天下，就不怕没人送饭来吃了，强如现在庸庸碌碌的干瘪死！主意定了，正在细细打起稿子，不想恰值雯青走来，正是午饭时候，顺口虚留了一句。谁知雯青竟要吃起来。仑樵没奈何，拿件应用的纱袍子，叫管家当了十来吊钱，到饭庄子买了几样菜，遮了这场面，却想不到不做脸的债主儿竟吵到面前，顿时脸上一红道："那东西混账极了！兄弟不过一时手头不便，欠了他几个臭钱。兄弟素性不肯恃势欺人，一直把好言善语对付他，他不知好歹，倒欺上来了。好人真做不得！"说罢，高声喊着："来！来！"就只见那当袍子的管家走到。仑樵圆睁着眼道："你把那混账讨账人给我捆起来！拿我片子送坊去，请坊里老爷好好的重办一下子，看他还敢硬讨么！"那管家有气没气慢慢的答应着，却背脸儿冷笑。

雯青看着，不得下台，就劝仑樵道："仑樵兄，你别生气！论理这人情实可恶，谁没个手松手紧？欠几个钱打甚么紧，又不赖他，便这般放肆！都照这么着，我们京官没得日子过了，该应重办！不过兄弟想现在仑兄新得意，为这一点小事，办一个小人，人家议论不犯着。"一面就对那管家道："你出去说，叫他不许吵，庄大人为他放肆，非但不给钱，还要送坊重办哩！我如今好容易替他求免了，欠的账，叫他到我那里去取，我暂时替庄大人垫付些就得了。"那管家诺诺退下。仑樵道："雯兄，真大气量！依着兄弟，总要好好儿给他一个下马威，有钱也不给他。既然雯兄代弟垫了，改日就奉还便了。"雯青道："笑话了，这也值得说还不还。"说着，饭也吃完，那米店里人也走了。雯青作别回家，一宿无话。

次日早上起来，家人送上京报，却载着“翰林院侍讲庄佑培递封奏一件”，雯青也没很留心。又隔一日，见报上有一道长上谕，却是有人奏参浙、闽总督和贵州巡抚的劣迹，还带着合肥李公，旨意很为严切，交两江总督查办。下面便是接着召见军机庄佑培。雯青方悟到这参案就是仑樵干的，怪不得前日见他写个好像折子一样的，当下丢下报纸，就出门去了。这日会见的人，东也说仑樵，西也说仑樵，议论纷纷，轰动了满京城。顺便到珏斋那里，珏斋告诉他仑樵上那折子之后，立刻召见，上头问了两个钟头的话才下来，着实奖励了几句哩！雯青道：“仑樵的运气快来了。”这句话，原是雯青说着玩的。

谁知仑樵自那日上折，得了个采，自然愈加高兴。横竖没事，今日参督抚，明日参藩臬，这回劾六部，那回劾九卿，笔下又来得，说的话锋利无比，动人听闻。枢廷里有敬王和高扬藻、龚平暗中提倡，上头竟说一句听一句起来，半年间那一个笔头上，不知被他拨掉了多少红顶儿。满朝人人侧目，个个惊心，他到处屁也不敢放一个。就是他不在那里，也只敢密密切切地私语，好像他有耳报神似的。仑樵却也真厉害，常常有人家房闱秘事，曲室密谈，不知怎地被他囫囫囵囵的全探出来，于是愈加神鬼一样的怕他。说也奇怪，人家愈怕，仑樵却愈得意，米也不愁没了，钱也不愁少了，车马衣服也华丽了，房屋也换了高大的了。正是堂上一呼，堂下百诺；气焰熏天，公卿倒屣；门前车马，早晚填塞。雯青有时去拜访，十回倒有九回道乏，真是今昔不同了。还有庄寿香、黄叔兰、祝宝廷、何珏斋、陈森葆一班人跟着起哄，京里叫作“清流党”的“六君子”，朝一个封奏，晚一个密折，闹得鸡犬不宁，烟云缭绕，总算得言路大开，直臣遍地，好一派圣明景象。

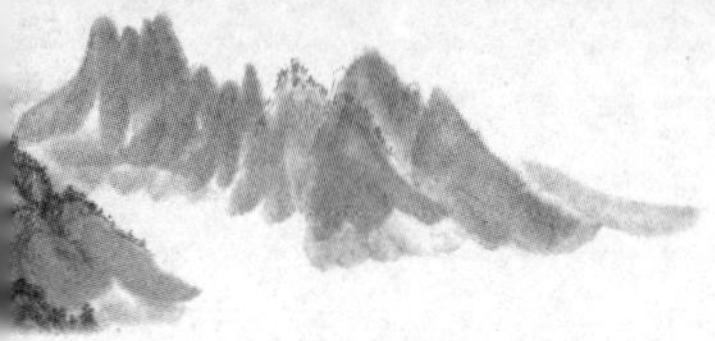

话且不表。

却说有一日黄叔兰丁了内艰，设幕开吊。叔兰也是清流党人，京官自大学士起，哪一个敢不来吊奠！衣冠车马，热闹非常。这日雯青也清早就到，同着唐卿、菶如、公坊几个熟人，聚在一处谈天。一时间，寿香、宝廷陆续都来了，大家正在遍看那些挽联挽诗，评论优劣。寿香忽然喊道："你们来看仑樵这一付，口气好阔大呀！"唐卿手里拿着个白玉烟壶，一头闻着烟，走过去抬头一望，挂在正中屏门上一付八尺来长白绫长联，唐卿就一字一句地读出来道：

看范孟博立朝有声，尔母曰教子若斯，我瞑目矣！

效张江陵夺情未忍，天下惜伊人不出，如苍生何？

唐卿看完，摇着头说："上联还好，下联太夸大了，不妥，很不妥！"宝廷也跟在唐卿背后看着，忽然叹口气道："仑樵本来闹得太不像了，这种口角，都是惹人侧目的。清流之祸，我看不远了！"正说着，忽有许多人招呼叫别声张。一会儿，果然满堂肃静无哗，人丛中走出四个穿吉服的知宾，恭恭敬敬立在厅檐下候着。雯青等看这个光景，知道不知是哪个中堂来了。原来京里丧事知宾的规矩有一定的：王爷中堂来吊，用四人接待；尚书侍郎用二人；其余都是一人。现在见四人走出，所以猜是中堂。谁知远远一望，却见个明蓝顶儿，胖白脸儿，没胡子的赫赫有名的庄大人，一溜风走了进来。四个知宾战兢兢的接待不迭。庄大人略点点头儿，只听云板三声，一直到灵前行礼去了。礼毕出堂，换了吉服，四面望了望，看见雯青诸人都在一堆里，便走过来，作了一个总揖道："诸位恭喜，兄弟刚在里头出来，已得了各位的喜信了。"大家倒愣着不知所谓。仑樵就靴统里抽出一个小小护书，护书里拔出一张半片的白折子，递给雯青手里。雯青与诸人同看。原来那折上写着：

某日奉上谕，江西学政着金沟去，陕甘学政着钱端敏去，浙江学政着祝溥去。

其余尚有多人，却不相干，大家也不看了。仑樵又向寿香道：“你是另有一道旨意，补授了山西巡抚了。”寿香愕然道：“你别胡说，没有的事。”仑樵正色道：“这是圣上特达之知，千秋一遇，寿香兄可以大抒伟抱，仰答国恩。兄弟倒不但为吾兄一人私喜，正是天下苍生的幸福哩！”寿香谦逊了一回。

仑樵道：“今日在里头，还得一个消息，越南被法兰西侵占得厉害，越南王求救于我朝，朝旨想发兵往救呢！”唐卿道：“法兰西新受了普鲁士战祸，国力还未复元，怎么倒是他首先发难，想我们的属地了？情实可恶！若不借此稍示国威，以后如何驾驭群夷呢！”雯青道：“不然，法国国土，人似英吉利，百姓也非常猛鸷。数十年前有个国王叫拿破仑，各国都怕他，着实厉害。近来虽为德国所败，我们与他开衅，到底要慎重些，不要又像从前吃亏。”寿香道：“从前吃亏，都是自己不好，引虎入门，不必提了。至于庚申之变，事起仓卒，又值内乱，我们不能两顾，倒被他们得了手，因此愈加自大起来。现在事事想来要挟，我们正好趁着他们自骄自满之时给他一个下马威，显显天朝的真威力，看他们以后再敢做夜郎吗！”仑樵拍着手道：“着啊，啊！目下我们兵力虽不充，还有几个中兴老将，如冯子材、苏元春都是百战过来的。我想法国地方，不过比中国二三省，力量到底有限，用几个能征惯战之人，死杀一场，必能大振国威，保全藩属，也叫别国不敢正视。诸位道是吗？”大家自然附和了两句。仑樵说罢，道有事，

就先去了。雯青、寿香回头过来，却不见了莘如、公坊。公坊本不喜热闹，莘如因放差没有他，没意思，先走了，也就各自散回。雯青回到家来，那报喜的早挤满一门房，“大人升官”“大人高发”的乱喊。雯青自与夫人商量，一一从重发付。接着谢恩请训，一切照例的公事，还有饯行辞行的应酬，忙的可想而知。

这日离出京的日子近了，清早就出门，先到龚、潘两尚书处辞了行。从潘府出来，顺路去访曹公坊，见他正忙忙碌碌的在那里收拾归装。原来公坊那年自以为臭不可当的文章，竟被霞郎估着，居然掇了巍科。但屡踏槐黄，时嗟落叶，知道自己不是金马玉堂中人物，还是跌宕文史，啸傲烟霞，还我本来面目的好，就浩然有南行之志。这几天见几个熟人都外放了，遂决定长行，不再留恋软红了。当下见了雯青，就把这意思说明。雯青说：“我们同去同来，倒也有始有终。只是丢了霞郎，如何是好？”公坊道：“筵席无不散，风情留有余。果使厮守百年，到了白头相对，有何意味呢？”就拿出个手卷，上题“朱霞天半图”，请雯青留题，道：“叫他在龙汉劫中留一点残灰吧！”雯青便写了一首绝句，彼此说明，互不相送，就珍重而别。雯青又到莘如、肇廷、珏斋几个好友处话别，顺路走过庄寿香门口，叫管家投个帖子，一来告辞，二来道贺。帖子进去，却见一个管家走来车旁，请个安道：“这会儿主人在上房吃饭哩！早上却吩咐过，金大人来，请内书房宽坐，主人有话，要同大人说呢。”雯青听着，就下了车。这家人扬着帖子，弯弯曲曲，领雯青走到一个三开间两明一暗的书室。

那书室却是外面两间很宽敞，靠南一色大玻璃和合窗，沿窗横放一只香楠马鞍式书桌，一把花梨加官椅，北面六扇纱窗，朝南一张紫檀炕床，下面对放着全堂影木嵌文石的如意椅，东壁列着四座书架，紧靠书架放着一张紫榆雕刻杨妃醉酒榻，西壁有两架文杏十景橱，橱中列着许多古玩。橱那边却是一扇角门虚掩着，相通内室的。地下铺着五彩花毯，陈设极其华美。雯青到此，就站住了。那家人道："请大人里间坐。"说着，打起里间帘子，雯青不免走了进来，看着位置，比得外间更为精致。雯青就在窗前一张小小红木书桌旁边坐下，那家人就走了。雯青把自己跟人打发到外边去歇歇。等了一回，不见寿香出来，一人不免焦闷起来，随手翻着桌上书籍，见一本书目，知道还是寿香从前做学台时候的大著作。正想拿来看着消闷,忽然坠下一张白纸,上头有条标头，写着"袁尚秋讨钱冷西檄文"，看着诧异。只见上头写的道：

钱狗来，告尔狗！尔狗其敬听！我将刳狗腹，刳狗肠，杀狗于狗国之衢，尔狗其慎旃！

雯青看了，几乎要笑出来，晓得这事也是寿香做学台时候，幕中有个名士叫袁旭，与龚和甫的妹夫钱冷西，在寿香那里争恩夺宠闹的笑话，也就丢在一边。正等得不耐烦，要想走出去，忽听角门呀的一声开了，一阵笑话声里，就有一男一女，帖帖达达走出南窗楠木书桌边。忽又一阵脚声，一个人走回去了，一人坐在加官椅上，低低道："你别走呀，快来呢！"一人站在角门口跺脚道："死了，有人哩！"一人忽高声道："没眼珠的王八，谁叫你来？还不滚出去！"雯青一听那口音，心里倒吓一跳，贴着帘缝一张，见院子里那个接帖的家人，手里还拿着帖子，踉踉跄跄往外跑，角门边却走出个三十来岁、涂脂抹粉大脚的妖娆姐儿。那人涎着脸望那姐儿笑，又招招手儿。姐儿道："青天白日，算什么呢？"那人道："我爱的就是青天白日。"姐儿瞅着一眼道："你真爱么？我知道哩，你没良心。从前一脚踢死了太太，

太太临死时对你说来，除非你一生不上床便罢，你要上床，鬼就来捉你。是不是你晚上怕太太的鬼，不敢睡罢咧？”那人顺手拥着姐儿，三脚两步推倒在书架下的醉杨妃榻上，一面走一面说道：“我就舍不得踢死你，我可也不饶你！”这句话，那姐儿从此不言语了。雯青被书架遮着，看不清楚，心里又好气又好笑。逼得饿不可当，几番想闯出来，到底不好意思，仿佛自己做了歹事一般，心毕卜毕卜地跳，气花也不敢往外出。忽听一阵吃吃的笑，也不辨哪个。又一会儿，那姐儿出声道：“我的爷，你书，招呼着，要倒！”语还未了，砸的一声，架上一大堆书都望着榻上倒下来。正是：

风宪何妨充债帅，书城从古接阳台。

到底倒下来的书，压着何人？欲明这个哑谜，待我喘过气来，再和诸位讲。

第六回

献绳技唱黑旗战史　听笛声追白傅遗踪

话说雯青在寿香书室的里间，听见那姐儿上气不接下气的说话，砰的一声，架上一大堆书望榻上倒下来。在这当儿，那姐儿趁势就立起来，发恨道："你只顾自各儿乐，别人的死活全不管了，枉道你是读书人，怎地不仁，简直是狠心短命的杀人。"说到这里，就缩住了口，嗤的一笑，扑翻身飞也似地跑进角门去了。那人一头理着书，哈哈作笑，也跟着走了。顿时室中寂静。雯青得了这个当儿，恐那人又出来，倒不好开交，连忙蹑手蹑脚的溜出书房，却碰着那家人。那家人满心不安，倒红着脸替主人道歉，说主人睡中觉还没醒哩，明儿个自己过来给大人请安吧。雯青一笑，点头上车。豪奴俊仆，大马高车，一阵风的回家去了。到了家，不免将刚才所见告诉夫人，大家笑不可仰。雯青想几时见了寿香，好好的问他一问哩。想虽如此，究竟料理出京事忙，无暇及此。

过了几日，放差的人纷纷出京：唐卿往陕甘去了；宝廷忙往浙江去了；公坊也回常州本籍，过他的隐居生活去了；雯青也带了家眷，择吉长行，到了天津。那时旗昌洋行轮船，我中国已把三百万银子去买了回来，改名招商轮船局。办理这事的，就是莑如在梁聘珠家吃酒遇见的成木生。这件事，总算我们中国在商界上第一件大纪念。这成木生现在正做津海关道，与雯青素有交情，晓得雯青出京，就替他留了一间大餐间。雯青在船上，有总办的招呼，自然格外舒服。不日就到了上海，关防在身，不敢多留，

换坐江轮，到九江起岸，直抵南昌省城，接篆进署，安排妥当，自然照常的按棚开考。雯青初次冲交，又兼江西是时文出产之乡，章、罗、陈、艾遗风未沫，雯青格外细心搜访，不敢造次。

有话即长，无话即短。不觉春来秋往，忽忽过了两年。那时正闹着法、越的战事，在先秉国钧的原是敬亲王，辅佐着的便是大学士包钧、协办大学士吏部尚书高扬藻、工部尚书龚平，都是一时人望的名臣。只为广西巡抚徐延旭、云南巡抚唐炯，误信了黄桂兰、赵沃，以致山西、北宁连次失守，大损国威。太后震怒，徐、唐固然革职拿问，连敬王和包、高、龚等全班军机也因此都撤退了。军机处换了义亲王做领袖，加上大学士格拉和博、户部尚书罗文名、刑部尚书庄庆藩、工部侍郎祖钟武一班人了。边疆上主持军务的也派定了彭玉麟督办粤军、潘鼎新督办桂军、岑毓英督办滇军，三省合攻，希图规复，总算大加振作了。然自北宁失败以后，法人得步进步，海疆处处戒严。又把庄佑培放了会办福建海疆事宜，何太真放了会办北洋事宜，陈琛放了会办南洋事宜。这一批的特简，差不多完全是清流党的人物。以文学侍从之臣，得此不次之擢，大家都很惊异。在雯青却一面庆幸着同学少年，各膺重寄，正盼他们互建奇勋，为书生吐气；一面又免不了杞人忧天，代为着急，只怕他们纸上谈兵，终无实际，使国家吃亏。谁知别人倒还罢了，只有上年七月，得了马尾海军大败的消息，众口同声，有说庄仑樵降了，有说庄仑樵死了，却都不确。

原来仑樵自到福建以后，还是眼睛插在额角上，摆着红京官、大名士的双料架子，把督抚不放在眼里。闽督吴景、闽抚张昭同，本是乖巧不过的人，落得把千斤重担卸在他身上。船厂大臣又给他面和心不和，将领既不熟悉，兵士又没感情，他却忘其所以，大权独揽，只弄些小聪明，闹些空意气。那晓得法将孤拔倒老实不客气的乘他不备，在大风雨里架着大炮打来。仑樵左思右想，笔管儿虽尖，终抵不过枪杆儿的凶；崇论宏议虽多，总挡不住坚船大炮的猛。只得冒了雨，赤了脚，也顾不得兵船沉了多少艘，兵士死了多少人，暂时退了二十里，在厂后一个禅寺里躲避一下。等到四五日后调查清楚了，才把实情奏报朝廷。朝廷大怒，不久就把他革职充发了。

雯青知道这事，不免生了许多感慨。在仑樵本身想，前几年何等风光，如今何等颓丧，安安稳稳的翰林不要当，偏要建什么业，立什么功，落得一场话柄！在国家方面想，人才该留心培养，不可任意摧残，明明白白是个拾遗补阙的直臣，故意舍其所长，用其所短，弄得两败俱伤。况且这一败之后，大局愈加严重，海上失了基隆，陆地陷了谅山。若不是后来庄芝栋保了冯子材出来，居然镇南关大破法军，杀了他数万人，八日中克复了五六个名城，算把法国的气焰压了下去，中国的大局正不堪设想哩！只可惜威毅伯只知讲和，不会利用得胜的机会，把打败仗时候原定丧失权利的和约，马马虎虎逼着朝廷签定，人不知鬼不觉依然把越南暗送。总算没有另外赔款割地，已经是他折冲樽俎的大功，国人应该纪念不忘的了！

如今闲话少说。且说那年法、越和约签定以后，国人中有些明白国势的，自然要咨嗟太息，愤恨外交的受愚。但一班醉生梦死的达官贵人，却又个个兴高采烈，歌舞升平起来。那时的江西巡抚达兴，便是其中的一个。达兴本是个纨袴官僚，全靠着祖功宗德，唾手得了这尊荣的地位，除了上谄下骄之外，只晓得提倡声技。他衙门里只要不是国忌，没一天不是锣鼓喧天，笙歌彻夜。

他的小姐，姿色第一，风流第一，戏迷也是第一。当时有一个知县，姓江，名以诚，伺候得这位抚台小姐最好，不惜重资，走遍天下，搜访名伶如四九旦、双麟、双凤等，聘到省城。他在衙门里专门做抚台的戏提调，不管公事。省城中曾有嘲笑他的一副对联道：

以酒为缘，以色为缘，十二时买笑追欢，永朝永夕酣大梦；

诚心看戏，诚意听戏，四九旦登场夺锦，双麟双凤共消魂！

也可想见一时的盛况了。

话说雯青一出江西，看着这位抚院的行动，就有些看不上眼。达抚台见雯青是个文章班首，翰苑名流，倒着实拉拢。雯青顾全同僚的面子，也只好礼尚往来，勉强敷衍。有一天，雯青刚从外府回到省城，江以诚忽来禀见。雯青知道他是抚台那里的红人，就请了进来。一见面，呈上一副红柬，说是达抚台专诚打发他送来的。雯青打开看时，却是明午抚院请他吃饭的一个请帖。雯青疑心抚院有什么喜庆事，就问道："中丞那里明天有什么事？"江知县道："并没甚事，不过是个玩意儿。"雯青道："什么玩意呢？"江知县道："是一班粤西来的跑马卖解的，里头有两个云南的苗女，走绳的技术非常高妙，能在绳上腾踏纵跳，演出各种把戏。最奇怪的，能在绳上连舞带歌，唱一支最长的歌，名叫《花哥曲》。是一个有名人，替刘永福的姨太太做的。'花歌'，就是那姨太太的小名。曲里面还包含着许多法、越战争时候的秘史呢，大人倒不可不去赏鉴赏鉴！"

雯青听见是歌唱着刘永福的事，倒也动了好奇之心，当时就答应了准到。一到明天，老早的就上抚院那里来了。达抚台开了中门，很殷勤地迎接进来，先在花厅坐地。达抚台不免慰问了一番出棚巡行的辛苦，又讲了些京朝的时事，渐渐讲到本题上来了。

雯青先开口道：“昨天江令转达中丞盛意，邀弟同观绳戏，听说那班子非常的好，不晓得从哪里来的？”达抚台笑道：“无非小女孩气，央着江令到福建去聘来。那班主儿，实在是广西人，还带着两个云南的倮姑，说是黑旗军里散下来的余部，所以能唱《花哥曲》。‘花哥’，就是他们的师父。”雯青道：“想不到刘永福这老武夫，倒有这些风流故事！”达抚台道：“这支曲子，大概是刘永福或冯子材幕中人做的，只为看那曲子内容，不但是叙述艳迹，一大半是敷张战功。据兄弟看来，只怕做曲子的另有用意吧！好在他有抄好的本子在那边场上，此时正在开演，请雯兄过去，经法眼一看，便明白了。”说着，就引着雯青迤逦到衙东花园里一座很高大的四面厅上来。

雯青到那厅上，只见中间摆上好几排椅位，两司、道、府及本地的巨绅，已经到了不少，看见雯青进来，都起来招呼。江知县更满面笑容，手忙脚乱的趋奉，把雯青推坐在前排中间，达抚台在旁陪着。雯青瞥眼见厅的下首里，挂着一桁珠帘，隐隐约约都是珠围翠绕的女眷。大约著名的达小姐也在里面。绳戏场设在大厅的轩廊外，用一条很粗的绳紧紧绷着，两端拴在三叉木架上。那时早已开演。只见一个十七八岁的女子，面色还生得白净，眉眼也还清秀，穿着一件湖绿色密纽的小袄，扎腿小脚管的粉红裤，一对小小的金莲，头上包着一块白绸角形的头兜，手里拿着一根白线绕绞五尺来长的杆子，两头系着两个有黑穗子的小球，正在绳上忽低忽昂的走来走去，大有矫若游龙、翩若惊鸿之势。堂下胡琴声咿咿哑哑的一响，那女子一壁婀娜地走着，一壁啭着娇喉，靡曼地唱起来。那时江知县就走到雯青面前，献上一本青布面的小手折，面上粘着一条红色签纸，写着“花哥曲”三字。

雯青一面看，一面听她很清楚的官音唱道：

我是个飞行绝迹的小姗狠，我是黑旗队里一个女领军。我在血花肉阵里过了好多岁，我是刘将军旧情人。（一解）

刘将军，刘将军，是上思州里的出奇人！太平军不做做强盗，出了镇南走越南。（二解）

保胜有个何大王，杀人如草乱边疆。将军出马把他斩，得了他人马，霸占了他地方。（三解）

将军如虎，儿郎如兔，来去如风雨，黑旗到处人人怕。（四解）

法国通商逼阮哥，得了西贡，又要过红河。法将安邺神通大，勾结了黄崇英反了窝。在河内立起黄旗队，啸聚强徒数万多！（五解）

慌了越王阮家福，差人招降刘永福，要把黑旗扫黄旗，拜了他三宣大都督。（六解）

精的枪，快的炮，黄旗军里夹洋操，刀枪剑戟如何当得了！如何当得了！（七解）

幸有将军先预备，军中练了飞云队。空中来去若飞仙，百丈红绳走姗妹。（八解）

我是飞云队里的女队长，名叫作花哥身手强。衔枚夜走三百里，跟了将军到宣光。敌营扎在大岭的危崖上，沉沉万帐月无光。（九解）

将军忽然叫我去，微笑把我肩头抚，你若能今夜立奇功，我便和你做夫妇。（十解）

我得了这个稀奇令，英雄应得去拼性命。刀光照见羞颜红，欢欢喜喜来承认。（十一解）

大军山前四处伏，我领全队向后崖扑。三百个蛮腰六百条臂，蜿蜒银蛇云际没。（十二解）

一声呐喊火连天，山营忽现了红妆妍。鸾刀落处人头舞，枪不及肩来炮不及燃。（十三解）

将军一骑从天下，四下里雄兵围得不留罅。安邺丧命崇英逃，一战威扬初下马。（十四解）

我便做了他第二房妻，在战场上双宿又双飞。天天想去打法兰西，偏偏我的命运低。半路里犯了驸马爷黄佐炎的忌，他私通外国把越王欺！暗暗把将军排挤，不许去杀敌搴旗！（十五解）

镇守了保胜、山西好几年，保障了越南固了中国的边！惹得法人真讨厌，因此上又开了这回的大战！（十六解）

战！战！战！越南大乱摇动了桂、粤、滇。可恶的黄佐炎，一面请天兵，一面又受法兰西的钱，六调将军，将军不受骗。（十七解）

三省督办李少荃，广东总督曾国荃。李少荃要讲和，曾国荃只主战，派了唐景崧，千里迢迢来把将军见。（十八解）

面献三策，上策取南交，自立为王，向中朝请封号。否则提兵打法人，做个立功异域的汉班超，总胜却死守保胜败了没收梢。（十九解）

将军一听大欢喜，情愿投诚向清帝。纸桥一战敌胆落，手斩了法国大将李威利。（二十解）

越王忽死太妃垂了帘，阮说辅政串通了黄佐炎，偷降

法国把条约签，暗害将军设计险！（二十一解）

我有个姗狠洞里的旧夫郎，刁似狐狸狠似狼。他暗中应了黄佐炎的悬赏，扮做投效人，来进营房。（二十二解）

虽则是好多年的分离，乍见了不免惊奇！背着人时刻把旧情提，求我在将军处，格外提携！（二十三解）

将军信我，升了他营长，谁知道暗地里引进了他的羽党！有一天把我骗进了棚帐，醉得我和死人一样。（二十四解）

约了法军来暗袭山西，里应外合的四面火起。直杀得黑旗兵辙乱旗靡，只将军独自个走脱了单骑。（二十五解）

等我醒来只见战火红，为了私情受了蒙。恶奴逼得我要逃也没地缝，捆上马背便走匆匆。（二十六解）

走到半路来了一支兵，是冯督办的部将叫潘瀛。一阵乱杀把叛徒来杀尽，倒救了我一条性命。（二十七解）

问我来历我便老实说，他要通信黑旗请派人来接。我自家犯罪自家知，不愿再做英雄妾。（二十八解）

我害他丧失了几年来练好的精锐，我害他把一世英名坠！我害了山西、北宁连连的溃，我害了唐炯、徐延旭革职又问罪！（二十九解）

我害他受了威毅伯的奏参，若不是岑毓英、若不是彭雪琴权力的庇荫，军饷的担任，如何会再听宣光、临洮两次的捷音！（三十解）

我无颜再踏黑旗下的营门，我愿在冯军里去冲头阵！我愿把弹雨硝烟的热血，来洗一洗我自糟蹋的瘢痕！（三十一解）

七十岁的老将冯子材，领了万众镇守镇南来。那时候马江船毁谅山失，水陆官兵处处败。（三十二解）

将军誓众筑长墙，气概俨然张国梁。后着王孝祺，前有王德榜，专候敌军来犯帐。（三十三解）

果然敌人全力来进攻，炮声隆隆弹满空。将军屹立不许动，退者手刃不旋踵。（三十四解）

忽然旗门两扇开，掀起长须大叫随我来！两子随后脚无鞋。（三十五解）

我那时走若飞猱轻过了燕，一瞥眼儿抄过阵云前。我见炮火漫天好比繁星现，我连斩炮手断了弹火的线。（三十六解）

潘瀛赤膊大辫蟠了颈，振臂一呼，十万貔貅排山地进！孝祺率众同拼命，跳的跳来滚的滚。德榜旁出神勇奋，究攻冲断了中军阵，把数万敌人杀得举手脱帽白旗耀似银，还只顾连放排枪不收刃。（三十七解）

八日夜追奔二百里，克复了文渊、谅山一年来所失的地。乘胜长驱真快意，何难一战收交趾！（三十八解）

威毅伯得了这个消息，不管三七二十一，草草便把和议结。（三十九解）

战罢亏了冯将军，战功叙到我女娜狠。我罪虽重大，将功赎罪或许我折准。且借铙歌唱出回心院，要向夫君乞旧恩！（四十解）

这一套《花哥曲》唱完，满厅上发出如雷价的齐声喝采，震动了空气。雪白的赏银，雨点般撒在红氍毹上，越显出红白分明。雯青等大家撒完后，也抛了二十个银饼。顿时，那苗女跳下

绳来，袅袅婷婷，走到抚台和雯青面前，道了一声谢。雯青问她道："你这曲子真唱得好，谁教你的？"苗女道："这是一支在我们那边最通行的新曲，差不多人人会唱，况且曲里唱的就是我们做的事，那更容易会了。"达抚台道："你们真在黑旗兵里当过女兵吗？"苗女点了点头。雯青道："那么你们在花哥手下了，你们几时散出来的呢？"苗女道："就在山西打了败仗后，飞云队就溃散了。"达抚台道："现在花哥在哪里呢？"苗女道："听说刘将军把她接回家去了。"雯青道："花哥的本事，比你强吗？"苗女笑道："大人们说笑话了！我们都是她练出来的，如何能比？黑旗兵的厉害，全靠盾牌队；盾牌队的精华，又全在飞云队。花哥又是飞云队的头脑，不但我们比不上，只怕是世上无双，所以刘将军离不了她了。"

正回答间，厅上筵席恰已摆好：中间一席，上首两席，下首是女眷们，也是两席。达抚台就请雯青坐了中间一席的首坐，藩、臬、道、府作陪。上首两席的首位，却是本地的巨绅。一时觥筹交错，谐笑自如，请君且食蛤蜊，今夕只谈风月。迨至酒半，绳戏又开，这回却与上次不同，又换了一个苗女上场，扎扮得全身似红孩儿一般。在两条绳上，串出种种把戏，有时疾走，有时缓行，有时似穿花蝴蝶，有时似倒挂鹦哥，一会竖蜻蜓，一会翻筋斗。虽然神出鬼没的搬演，把个达小姐看得忍俊不禁，竟浓装艳服的现了庄严宝相。在雯青看来，觉得没甚意味，倒把绳上的眼，不自觉的移到帘上去了。须臾席散，宾主尽欢。雯青告辞回衙，已在黄昏时候。

歇了几日，雯青便又出棚，去办九江府属的考事，几乎闹了一个多月。等到考事完竣，恰到了新秋天气，忽然想着枫叶荻花、浔江秋色，不可不去游玩一番，就约着几个幕友，买舟江上，去访白太傅琵琶亭故址。明月初上，叩舷中流，雯青正与几个幕友飞觥把盏，论古谈今，甚是高兴。忽听一阵悠悠扬扬的笛声，从风中吹过来。雯青道："奇了，深夜空江，何人有此雅兴？"就立起身，把船窗推开，只见白茫茫一片水光，荡着香炉峰影，好像要破碎的一般。幕友们道："怎地没风有浪？"雯青道："水深浪大，这是自然之理。"停一回，雯青忽指着江面道："哪，哪，哪！那里不是一只小船，咿咿哑哑地摇过来吗？笛声就在这船上哩！"又侧着耳听了一回道："还唱哩！"说着话，那船愈靠近来，就离这船不过一箭路了。却听一人唱道：

莽乾坤，风云路遥；好江山，月明谁照？天涯携着个玉人娇小，畅好是镜波平，玉绳低，金风细，扁舟何处了？

雯青道："好曲儿，是新谱的。你们再听！"那人又唱道：

痴顽自怜，无分着宫袍；琼楼玉宇，一半雨潇潇！落拓江湖，着个青衫小！灯残酒醒，只有侬相靠，博得个白发红颜，一曲琵琶泪万条！

雯青道："听这曲儿，倒是个愤世忧时的谪宦。是谁呢？"说着，那船却慢慢地并上来。雯青看那船上黑洞洞没有点灯，月光里看去，仿佛是两个人，一男一女。雯青想听他们再唱什么，忽听那个男的道："别唱了，怪腻烦的，你给我斟上酒吧！"雯青听这说话的是北京人，心里大疑，正委决不下，那人高吟道：

宗室八旗名士草，江山九姓美人麻。

只听那女的道："什么麻不麻？你要作死哩！"那人哈哈笑道："不借重尊容，哪得这副绝对呢？"雯青听到这里，就探头出去细望。那人也推窗出来，不觉正碰个着，就高声喊道："那边船上是

雯青兄吗？”雯青道：“咦，奇遇！奇遇！你怎么会跑到这里来呢？”那人道：“一言难尽，我们过船细谈。”说罢，雯青就教停船，那人一脚就跳了过来。这一来，有分教：

一朝解绶，心迷南国之花；

千里归装，泪洒北堂之草。

不知来者果系何人？且听下回分解。

第七回

宝玉明珠弹章成艳史　红牙檀板画舫识花魁

却说雯青正在浔阳江上，访白傅琵琶亭故址，忽然遇着一人，跳过船来，这人是谁呢？仔细一认，却的真是现任浙江学台宗室祝宝廷。宝廷好端端的做他浙江学台，为何无缘无故，跑到江西九江来？不是说梦话么！列位且休性急，听我慢慢说与你们听。原来宝廷的为人，是八面玲珑，却十分落拓，读了几句线装书，自道满洲名士，不肯人云亦云，在京里跟着庄仑樵一班人，高谈气节，煞有锋芒。终究旗人本性是乖巧不过，他一眼看破庄仑樵风头不妙，冰山将倾，就怕自己葬在里头。不想那日忽得浙江学政之命，喜出望外，一来脱了清流党的羁绊，二来南国风光，西湖山水，是素来羡慕的，忙着出京。　到南边，果然山明川丽，如登福地洞天。你想他本是酪浆毡帐的遗传，怎禁得莼肥鲈香的供养！早则是眼也花了，心也迷了。可惜手持玉尺，身受文衡，不能寻苏小之香痕，踏青娘之艳迹罢了。

如今且说浙江杭州城，有个钱塘门，门外有个江，就叫作钱塘江。江里有一种船，叫作江山船，只在江内来往，从不到别处。如要渡江往江西，或到浙江一路，总要坐这种船。这船上都有船娘，都是十七八岁的妖娆女子，名为船户的眷属，实是客商的钩饵。老走道儿知道规矩的，高兴起来，也同苏州、无锡的花船一样，摆酒叫局，消遣客途寂寞，花下些缠头钱就完了。若碰着公子哥儿蒙懂货，那就整千整百的敲竹杠了。做这项生意的，都是江边人，只有九个姓，他姓不能去抢的，所以又叫“江山九姓船”。

闲话休提。话说宝廷这日正要到严州一路去开考，就叫了几只江山船，自己坐了一只最体面的头号大船。宝廷也不晓得这船上的故事，坐船的规例，糊糊涂涂上了船。看着那船很宽敞，一个中舱，方方一丈来大，两面短栏，一排六扇玻璃蕉叶窗，炕床桌椅，铺设得很为整齐洁净，里面三个房舱。宝廷的卧房，却做在中间一个舱，外面一个舱空着，里面一个舱，是船户的家眷住的。房舱两面都有小门，门外是两条廊，通着后艄。上首门都关着，只剩下首出入。宝廷周围看了一遍，心中很为适意，暗忖：怪道人说"上有天堂，下有苏杭"，一只船也与北边不同，所以天随子肯浮家泛宅。原来恁地快活！那船户载着个学台大人，自然格外巴结，一回茶，一回点心，川流不断，一把一把香喷喷热手巾，接着递来，宝廷已是心满意足的了。

开了船，走不上几十里，宝廷在卧房走出来，在下首围廊里，叫管家吊起蕉叶窗，端张椅子，靠在短栏上，看江中的野景。正在心旷神怡之际，忽地里扑的一声，有一样东西，端端正正打上脸来，回头一看，恰正掉下一块橘子皮在地上。正待发作，忽见那舱房门口，坐着个十七八岁很妖娆的女子，低着头，在那里剥橘子吃哩，好像不知道打了人，只顾一块块的剥，也不抬头儿。那时天色已暮，一片落日的光彩，正反照到那女子脸上。宝廷远远望着，越显得娇滴滴、光滟滟，耀花人眼睛。也是五百年风流冤业，把那一脸天加的精致密圈儿遮盖过了，只是越看越出神，只恨她怎不回过脸儿来。忽然心生一计，拾起那块橘皮，照着她身上打去，正打个着。宝廷想看她怎样，忽后艄有个老婆子，一迭连声叫珠儿。那女子答应着，站起身来，拍着身上，临走却回过头来，向宝廷嫣然的笑了一笑，飞也似的往后艄去了。宝廷从来眼界窄，没见过南朝佳丽，怎禁得这般挑逗，早已三魂去了两魂，只恨那婆子不得人心，劈手夺了他宝贝去，心不死，还是呆呆等着。

那时正是初春时节，容易天黑，不一会，点上灯来，家人来请吃晚膳，方回中舱来，胡乱吃了些，就踅到卧房来，偷听间壁消息，却黑洞洞没有火光，也没些声儿，倒听得后艄男女笑语声、小孩啼哭声、抹骨牌声，夹着外面风声、水声，嘈嘈杂杂，闹得心烦意乱，不知怎样才好。在床上反复了一个更次，忽眼前一亮，见一道灯光，从间壁板缝里直射过来。宝廷心里一喜，直坐起来。忽听那婆子低低道："那边学台大人安睡了？"那女子答着道："早睡着哩，你看灯也灭了。"婆子道："那大人好相貌，粉白脸儿，乌黑须儿，听说他还是当今皇帝的本家，真正的龙种哩。"那女子道："妈呀，你不知那大人的脾气儿倒好，一点不拿皇帝势吓人。"婆子道："怎么？你连大人脾气都知道了！"那女子笑道："刚才我剥橘皮，不知怎的，丢在大人脸上。他不动气，倒笑了。"婆子道："不好哩！大人看上了你了！"那女子不言语了，就听见两人屑屑索索，脱衣上床。那女子睡处，正靠着这一边，宝廷听得准了，暗忖：可惜隔层板，不然就算同床共枕。心里胡思乱想，听那女子也叹一口气，咳一回嗽，直闹个整夜。

好容易巴到天亮，宝廷一人悄地起来，满船人都睡得寂静，只有两个水手，咿哑咿哑的在那里摇橹。宝廷借着要脸水，手里拿个脸盆，推门出来，走过那房舱门口，那小门也就轻轻开了，珠儿身穿一件紧身红棉袄，笑嘻嘻的立在门槛上。宝廷没防她出来，倒没了主意，待走不走。那珠儿笑道："天好冷呀，大人怎不多睡一会儿？"宝廷笑道："不知怎地，你们船上睡不稳。"说着，就走近女子身边，在她肩上捏一把道："穿的好单薄，你怎禁得这

般冷！我知道你也是一夜没睡。”珠儿脸一红，推开宝廷的手低声道："大人放尊重些。”就挪嘴儿望着舱里道："别给妈见了。”宝廷道："你给我打盆脸水来。”珠儿道："放着多少家人，倒使唤我。”宝廷涎着脸道："我只爱你的水。”珠儿道："缠死人的冤家，我赏你这一遭。”嗤的一笑，抢着脸盆去了。

宝廷回房，不一会，珠儿捧着盆脸水，冉冉的进房来。宝廷见她进来，趁她一个不防，抢上几步，把小门顺手关上。这门一关，那情形可想而知。却不道正当两人难解难分之际，忽听有人喊道："做得好事！”宝廷回过头，见那老婆子圆睁着眼，把帐子揭起。宝廷吃一吓，赶着爬起来，却被婆子两手按住道："且慢，看着你猪儿生象，乌鸦出凤凰，面儿光光嘴儿亮，像个人样儿，到底是包草儿的野胚，不识羞，倒要爬在上面，欺负你老娘的血肉来！老娘不怕你是皇帝本家，学台大人，只问你做官人强奸民女，该当何罪？拼着出乖露丑，捆着你们到官里去评个理！”宝廷见不是路，只得哀求释放道："愿听妈妈处罚，只求留个体面。”珠儿也哭着，向他妈千求万求。那婆子顿了一回道："我答应了，你爹爹也不饶你们。”珠儿道："爹睡哩，只求妈遮盖则个。”婆子冷笑道："好风凉话儿！这么容易吗？”宝廷道："任凭老妈妈吩咐，要怎么便怎么。”那婆子想一想道："也罢，要我不声张，除非依我三件事。”宝廷连忙应道："莫说三件，三百件都依。”老婆子道："第一件，我女儿既被你污了，不管你有太太没太太，娶我女儿要算正室。”宝廷道："依得，我的太太刚死了。”婆子又道："第二件，要你拿出四千银子做遮羞钱。第三件，养我老夫妻一世衣食。三件依了，我放你起来，老头儿那里，我去担当。”宝廷道："件件都依，你快放手吧！”婆子道："空口白话，你们做官人，翻脸不识人，我可不上当。你须写上凭据来！”宝廷道："你放我起来才好写！”真的那婆子把手一推，宝廷几乎跌下地来，珠儿趁着空，单叉着裤，一溜烟跑回房去了。宝廷慢慢穿衣起来，被婆子逼着，一件件写了一张永远存照的婚据。婆子拿着，扬扬得意而去。

这事当时虽不十分丢脸，他们在房舱闹的时候，那些水手家人，哪个不听见！宝廷虽再三叮咛，哪里封得住人家的嘴，早已传到师爷朋友们耳中。后来考完，回到杭州，宝廷又把珠儿接到衙门里住了，风声愈大，谁不晓得这个祝大人讨个江山船上人做老婆！有些好事的做《竹枝词》，贴黄莺语，纷纷不一。宝廷只做没听见。珠儿本是风月班头，吹弹歌唱，色色精工。宝廷着实的享些艳福，倒也乐而忘返了。

一日，忽听得庄仑樵兵败充发的消息，想着自己从前也很得罪人，如今话柄落在人手，人家岂肯放松！与其被人出首，见快仇家，何如老老实实，自行检举，倒还落个玩世不恭，不失名士的体统。打定主意，就把自己狎妓旷职的缘由，详细叙述，参了一本，果然奉旨革职。宝廷倒也落得逍遥自在，等新任一到，就带了珠儿，游了六桥、三竺，逛了雁荡、天台，再渡钱塘江到南昌，游了滕王阁，正折到九江，想看了匡庐山色，便乘轮到沪，由沪回京。不想这日携了珠儿，在浔阳江上，正"小红低唱我吹箫"的时候，忽见了雯青也在这里，宝廷喜出望外，即跳了过来。

原来宝廷的事，雯青本也知些影响，如今更详细问他，宝廷从头至尾述了一遍。雯青听了，叹息不置，说道："英雄无奈是多情。吾辈一生，总跳不出情关情海，真个有情人都成了眷属，功名富贵，直刍狗耳！我当为宝翁浮一大白！"宝廷也高兴起来，就与幕友辈猜拳行令，直闹到月落参横，方始回船傍岸。到得岸边，忽见一家人手持电报一封，连忙走上船来。雯青忙问是哪里的，家人道：

"是南昌打来的。"雯青拆看，见上面写着：

九江府转学宪金大人鉴：奉苏电，赵太夫人八月十三日辰时疾终，速回署料理。

雯青看完，仿佛打个焦雷，当着众人，不免就嚎啕大哭起来。宝廷同众幕友，大家劝慰，无非是"为国自重"这些套话。雯青要连夜赶回南昌，大家拗不过，只好依从。宝廷自与雯青作别过船，流连了数日，与珠儿趁轮到沪。在沪上领略些洋场风景，就回北京做他的满洲名士去了。

话分两头。却说雯青当日赶回南昌，报了丁忧，朝廷自然另行放人接替。雯青把例行公事料理清楚，带了家眷，星夜奔丧。回到了苏州，开丧出殡，整整闹了两个月，尽哀尽礼，自不必说。过了百日，出门谢客，还要存问故旧，拜访姻鄙。富贵还乡，格外要敬恭桑梓，也是雯青一点厚道。只是从那年请假省亲以来，已经有十多年不踏故乡地了。山邱依然，老成凋谢，想着从前乡先辈冯景亭先生见面时，勉励的几句好言语，言犹在耳，而墓木已拱。自己虽因此晓得了些世界大势，交涉情形，却尚不能发抒所学，报称国家，一慰知己于地下，不觉感喟了一回。自古道："欢娱嫌夜短，寂寞恨更长。"你想雯青是热闹场中混惯的人，顶冠束带，是他陶情的器具，拜谒宴会，是他消闲的经论，哪里耐得这寂寞来！如今守制在家，官场又不便来往，只有个老乡绅潘胜芝、寓公贝效亭，还有个大善士谢山芝，偶然来伴伴热闹，你想他苦不苦呢？正是静极思动，阴尽生阳，就只这一念无聊，勾起了三生宿业，恰正好：

素幔张时风絮起，红丝牵动彩云飞。

话休烦絮。却说雯青在家，好容易捱过了一年。这日正是清明佳节，日丽风和，姑苏城外，年年例有三节胜会，倾城士女如痴如狂，一条七里山塘，停满了画船歌舫，真个靓妆藻野，炫服缛川，好不热闹！雯青那日独自在书房里，闷闷不乐，却来了谢山芝。雯青连忙接入。正谈间，效亭、胜芝陆续都来了。效亭道："今天阊门外好热闹呀，雯青兄怎样不想去看看，消遣些儿？"雯青道："从小玩惯了，如今想来也乏味得很。"胜芝道："雯青，你十多年没有闹这个玩意儿了，如今莫说别的，就是上下塘的风景，也越发繁华，人也出色，几家有灯船的，装饰得格外新奇，烹炮亦好。"山芝不待说完，就接口道："今日兄弟叫了大陈家的船，要想请雯青兄同诸位去热闹一天，不知肯赏光吗？"雯青道："不过兄弟尚在服中，好像不便。"效亭向山芝作个眼色。山芝道："我们并不叫局，不过借他船坐坐舒服些，用他菜吃吃适口些，逢场作戏，这有何妨！"胜芝、效亭都撺掇着，雯青想是清局，也无碍大礼，就答应了。一同下船，见船上扎着无数五色的彩球，夹着各色的鲜花，陆离光怪，纸醉金迷，舱里却坐着袅袅婷婷花一样的人儿，抱着琵琶弹哩。效亭走下船来，就哈哈大笑道："雯兄可给我们拖下水了。"雯青正待说话，山芝忙道："别听效亭胡说！这是船主人，我们不能香火赶出和尚，不叫别个局，还是清局一样。"胜芝道："不叫局也太杀风景。雯青自己不叫，就是完名全节了，管甚别人。"雯青难却众意，想自己又不是真道学，不过为着官体，何苦弄得大家没趣，也就不言语了。于是大家高兴起来，各人都叫了一个局。等局齐，就要开船。

那当儿里，忽然又来了一个客，走进舱来，就招呼雯青。雯青一看，却是认得的，姓匡，号次芳，名朝凤，是雯青同衙门的后辈，新近告假回籍的，今日也是山芝约来。这时见名花满坐，翠绕珠围，次芳就向众人道："大家都有相好，如何老前辈一人

向隅！”大家尚未回言，次芳点点头道：“喔，我晓得了，老前辈是金殿大魁，必须个蕊宫榜首，方配得上。待我想一想。”说着，仰仰头，合合眼，忽怕手道：“有了，有了。”众人问：“是谁？”次芳道：“咦，怎么这个天造地设、门当户对的女貌郎才，你们倒想不到？”众人被他闹糊涂了，雯青倒也听得呆了。在坐的妓女也不知道他葫芦里卖的甚药，正要听他下文，次芳忽望着窗外一手指着道：“哪，哪！那岸上轿子里，不是坐着个新科花榜状元大郎桥巷的傅彩云走过吗？”

雯青不知怎的听了“状元”二字，那头慢慢回了过去。谁知这头不回，万事全休，一回头时，却见那轿子里坐着个十四五岁的不长不短、不肥不瘦的女郎，面如瓜子，脸若桃花，两条欲蹙不蹙的蛾眉，一双似开非开的凤眼，似曾相识，莫道无情，正是说不尽的体态风流，丰姿绰约。雯青一双眼睛，好像被那顶轿子抓住了，再也拉不回来，心头不觉小鹿儿撞。说也奇怪，那女郎一见雯青，半面着玻璃窗，目不转睛的盯在雯青身上。直至轿子走远看不见，方各罢休。大家看出雯青神往的情形，都暗暗好笑。次芳乘他不防，拍着他肩道：“这本卷子好吗？”雯青倒吓一跳。山芝道：“远观不如近睹。”就拿一张薛涛笺写起局票来，吩咐船等一等开，立刻去叫彩云。雯青此时也没了主意，由他们闹，一言不发了。等了好一回，次芳就跳了出来道：“你们快来看状元夫人呀！”雯青抬头一望，只见颤巍巍、袅婷婷的那人儿已经下了轿，两手扶在一个美丽大姐肩上，慢慢的上船来了。这一来，有分教：

五洲持节，天家倾绣虎之才；

八月乘槎，海上照惊鸿之采。

不知来者是否彩云？且听下回分解。

第八回

避物议男状元偷娶女状元　借诰封小老母权充大老母

话说彩云扶着个大姐走上船来，次芳暗叫大家不许开口，看她走到谁边。彩云的大姐正要问哪位叫的，只说得半句，被彩云啐了一口道："蠢货！谁要你搜根问底？"说着，就撇了大姐，含笑地挨到雯青身边一张美人椅上并肩坐下。大家哗然大笑起来。山芝道："奇了，好像是预先约定似的！"胜芝笑道："不差，多管是前生的旧约。"次芳就笑着朗吟道："身无彩凤双飞翼，心有灵犀一点通。"雯青本是花月总持、风流教主，风言俏语，从不让人，不道这回见了彩云，却心上万马千猿，又惊又喜。听了胜芝说是前生的旧约，这句话更触着心事，任人嘲笑，只是一句话挣不出。就是彩云自己，也不解何故，踏上船来，不问情由，就一直往雯青身边。如今被人说破，倒不好意思起来，只顾低着头弄手帕儿。

雯青无精打采的搭讪着，向山芝道："我们好开船了。"山芝就吩咐一面开船，一面在中舱摆起酒席来。众人见中舱忙着调排桌椅，就一拥都到头舱去了，有爬着栏杆上看往来船只的，有咬着耳朵说私语的。雯青也想立起来走出去，却被彩云轻轻一拉，一扭身就往房舱里床沿上坐着。雯青不知不觉，也跟了进去。两人并坐在床沿上，相偎相倚，好像有无数体己话要说，只是我对着你、你对着我的痴笑。歇了半天，雯青就兜头问一句道："你知道我是谁么？"彩云怔了一怔道："我很认得你，只是想不起你姓名来。"雯青就细细告诉了她一遍。彩云想一想，说："我妈认

得金大人。"雯青道："你今年多少年纪了？"彩云道："我今年十五岁。"雯青脸上呆了半晌，却顺手拉了彩云的手，耳鬓厮磨的端相的不了，不知不觉两股热泪，从眼眶中直滚下来，口里念道："当时只道浑闲事，过后思量总可怜。"彩云看着，暗暗吃惊，止不住就拿着帕子替他拭泪，说道："你怎的没来由哭起来？"口虽如此说，却自己也一阵透骨心酸，几乎也哭出来。雯青对着彩云，只是上下打量，低低念道："愁到天地翻，相看不相识。"一面道："彩云，我心里只是可怜你，你知道么？"彩云摸不着头脑，却趁势就靠在雯青身上道："你只管伤心做什么？回来等客散了，肯到我那里去坐坐么？我还有许多话要问你呢！"雯青点头。只听外面次芳喊道："请坐吧，讲话的日子多着哩！"雯青、彩云只好走出来，见席已摆好，山芝正拿着酒壶斟酒，让效亭坐首座。效亭不肯，正与胜芝推让。后来大家公论，效亭是寓公，仍让他坐了，胜芝坐二座，雯青坐三座，次芳挨雯青坐下，山芝坐了主席。大家叫的局，也各归各座。彩云自然在雯青背后坐了。

正是钏动钗飞，花香鸟语，曲翻白纻，酒卷回波，其时船已摇到了白公堤下，真娘墓前一带柳荫下泊着。一轮胭脂般的落日，已慢慢地沉下虎邱山下去了。船上五彩绢灯一齐点起，照得满船如不夜城一般。大家搳拳猜谜，正闹得高兴，次芳道："今日这会，专为男女两状元作合，我倒想个新鲜酒令，好多吃两杯喜酒。"大家问是何令？次芳指着彩云道："就借着女状元的芳名，叫作彩云令。用《还魂记》曲文起句，第二句用曲牌名，第三句用《诗经》，依首句押韵。韵不合者罚三杯，佳妙者各贺一杯。再用唐诗一句，有彩云两字相连的飞觞，照座顺数，到"彩云"二字各饮一杯，云字接令。"大家听毕道："好新鲜雅致的令儿！只是烦难些。”彩云道：“谁要你们称名道姓的作弄人。”次芳道：“你别管，酒令如军令，违者先罚！”彩云笑了笑，就低头不语了。次芳道：“我先说一个吧！”念道：

甚蟾宫贵客傍雯霄，集贤宾，河上乎逍遥。

大都都哗然道好。效亭道：“应时对景，我们各贺一杯，你再说飞觞吧！”次芳道：“彩云箫史驻。”顺着数去，恰是雯青、效亭各一杯。次芳先斟雯青一杯道：“请箫史饮个成双杯儿，添些气力，省得骑着龙背，跌下半天来。”雯青正要举杯，却被彩云劈手夺过去道：“你倒高兴喝，我偏不许你喝！”次芳笑道：“嗄，一会儿，就恁地肉麻！”效亭道：“别闹，人家要接令哩！”一面就念道：

迤逗的彩云偏，相见欢，君子万年。

大家道：“吉祥艳丽，预卜状元郎夫荣妻贵，该贺该贺！”效亭道：“快喝贺酒，我要飞觞哩！”接着就念句“学吹凤箫乘彩云”。“彩”字数到雯青，“云”字次芳。次芳道：“贺酒还没全喝，倒要喝令酒了。”大家照喝了。次芳道：“作法自毙，这回可江郎才尽了！”彩云道：“做不出，快罚酒！”次芳耸肩道：“好了，有了。你们听听，稍顿一顿，人家就要罚酒，险呀！”雯青笑道：“你说呢！”次芳念道：

昨夜天香云外，谒金门，鸾声哕哕。

飞觞是“断续彩云生”。效亭一杯，雯青一杯，接令。山芝道：“次芳这句话，是明明祝颂雯翁起服进京升官的预兆，快再饮贺酒一杯！”雯青道：“回回硬派我喝酒，这不是作弄人吗？”彩云低声道：“我替你喝了吧！”说着，举杯一饮而尽，大家拍掌叫好。雯青道：“你们是玩呢，还是行令？”就念道：

又怕为雨为云飞去了，念奴娇，与子偕老。

大家道：“白头偕老，金大人已经面许了，彩云你须记着。”彩云背着脸，不理他们。雯青笑念道：“化作彩云飞。”次芳笑道：“老前辈不放心，只要把一条软麻绳，牢牢结住裙带儿，怕她飞到哪儿去！”彩云瞅了一眼。雯青道：“该山芝、效亭各饮一杯。”效亭道：“又挨到我接令。”他说的是：

他海天秋月云端挂，归国遥，日月其迈。

胜芝道：“你怎么说到海外去了？不怕海风吹坏了人，金大人要心痛的呢！”山芝道：“胜翁，你不知道雯翁通达洋务，安知将来不奉使出洋呢？这正是佳谶！”大家催着效亭飞觞，效亭道：“唐诗上‘彩云’两字连的，真说完了！”低头想了半天，忽然道：“有了，碧箫曲尽彩云动。”雯青暗数，知道又临到自己了，便不等效亭说完，就执杯在手道：“我念一句收令吧！”就一面喝酒，一面念道：

美夫妻图画在碧云高，最高楼，风雨潇潇。

又念飞觞道：“彩云易散玻璃薄。”应当次芳、胜芝各一杯。次芳道：“雯兄，这句气象萧飒，做收令不好，况且胜翁也没说过，请胜翁收令吧！”胜芝道：“我荒疏久了，饶恕了吧！”山芝道：“快别客气！说了好收令。”胜芝不得已，想一想念道：

雨迹云踪才一转，玉堂春，言笑晏晏。

又说飞觞：“桥上衣多抱彩云”。于是合席公饮了一杯。雯青道：“我们酒也够了，山翁赏饭吧！”次芳在身上摸出一只十二成金的打簧表，按了一按，却铛铛的敲了十下，道：“可不是，该送状元归第了，快叫开船回去，耽误了吉日良时，不是要处。”彩云带嗔带笑的指着次芳道：“我看匡老，只有你一张嘴能说会道，我就包在你身上，叫金大人今晚到我家里来，不来时便问你！”次芳说：“这个我敢包，不但包他来，还要包你去。”彩云道：“包我到哪里去？”次芳道：“包你到圆峤巷金府上去。”彩云啐了一口。

大家说说笑笑，饭也吃完，船也到了阊门太子码头了，各妓就纷纷散去。效亭、胜芝先上岸回家去了。彩云轿子也来，那大姐就扶着彩云走上船头。彩云忽回头叫声：“金大人，你来，我有话给你说。”雯青走出来道：“什么话？”彩云望着雯青，顿了一顿，笑道：“不要说了，到家里去告诉你吧！”说着，就上轿走了。次芳道：“这小妮子声价自高，今日见了老前辈，你看她一种痴情，十分流露，倒不要辜负了她。”雯青微笑，就谢了山芝，也自上岸。你想：雯青、彩云今日相遇的情形，这晚哪有不去相访的理呢！既去访了，彩云哪有不留宿的理呢！红珠帐底，絮语三生；水玉帘前，相逢一笑。韦郎未老，凄迷玉箫之声；杜牧重来，绸缪紫云之梦。双心一抹，盒誓钗盟，不消细表。

却说匡次芳当日荐了彩云，见雯青十分留恋，料定当晚雯青决不能放过的。到了次日清早，一人赶到大郎桥巷，进后门来。相帮要喊客来，次芳连连摇手，自己放轻脚步，走上扶梯，推门进去，却见中间大炕床上躺着个大姐，正在披衣坐起，看见次芳，就低声叫：“匡老爷，来得怎早！”次芳连忙道：“你休要声张，我问你句话，金大人在这里不在？”那大姐就挪嘴儿，对着里间笑道：“正做好梦哩！”次芳就在靠窗一张书桌边坐下。那大姐起来，替次芳去倒茶。次芳瞥眼看见桌上一张桃花色诗笺，恭恭楷楷，写着四首七律诗道：

　　山色花光映画船，白公堤下草芊芊。

万家灯火吹箫路，五夜星辰赌酒天。
凤胫烧残春似梦，驼钩高卷月无烟。
微波渺渺尘生袜，四百桥边采石莲。
吴娘似水艳无曹，貌比红儿艺薛涛。
烧烛夜摊金叶格，定场春拥紫檀槽。
蝇头试笔蛮笺腻，鹿爪拈花羯鼓高。
忽忆灯前十年事，烟台梦影浪痕淘。

胡麻手种葛鸦儿，红豆重生认故枝。
四月横塘闻杜宇，五湖晓网荐西施。
灵箫辜负前生约，紫玉依稀入梦时。
只有伤心说不得，凭栏吹断碧参差。
龙头劈浪凤箫哀，展尽芙蓉向月开。
细雨银荷中妇镜，东风铜雀小乔台。
青衫痕渍隔年泪，绛蜡心留未死灰。
肠断江南歌子夜，白凫飞去又飞回。

次芳看着这几首诗，顽艳绝伦，觉得雯青寻常没有这付笔墨。正在诧异，忽见诗尾题着“谶情生写诗彩云旧侣慧鉴”一行小字，暗忖：雯青与彩云，尚是初面，如何说是旧侣呢？难道这诗不是雯青手笔么？心里惑惑突突的摸拟，恰值那大姐端茶上来，次芳就微笑的问道：“昨夜金大人是几时来的？”那大姐道：“我们先生前脚到家，金大人后脚就跟了来，吃了半夜的酒，讲了一夜的话。”次芳道：“你听见讲些什么呢？”大姐道：“他们讲的话，我也不大懂。只听金大人说，我们先生的面貌，活脱像金大人的旧相好。又说那旧相好，为金大人死了。死的那一年，正是我们先生养的那一年。”那大姐正一五一十的说，就听里间彩云的口声喊道:“阿巧，你唎哩咕罗同谁说话哟？”阿巧向次芳伸伸舌头答道:“匡老在这里寻金大人哩！”只听里面好像两人低低私语了几句，又屑屑索索一回，彩云就云鬓蓬松，开门出来，见了次芳，就笑道:“请匡老里面坐，金大人昨夜被你们灌醉了，今日正害着酒病哩！”说着，就往后间梳洗去了。

次芳一面笑，一面就走进来，看见雯青，却横躺在一张烟榻上，旁边还堆着一条锦被，见次芳来，就坐起来招呼。次芳走上去道:“恭喜！恭喜！”雯青笑道:“别取笑人，次兄请坐着，我想托你办一件事，不晓得你肯不肯？”次芳道:“老前辈不用说了，是不是那红儿、薛涛的事吗？”雯青愕然道:“怎么这几首歪诗，又被你看见了？我的心事，也不能瞒你了。”次芳道:“这种事，门子里都有一定规矩的，须得个行家去讲，才不致吃龟鸨的亏。我有个熟人叫戴伯孝，极能干的，让我去转托他办便了。”雯青道:“只是现在热孝在身，做这件事好像于心不安，外面议论又可怕得很！”次芳道:“那个容易。只要现在先讲妥了，做个外室，瞒着尊嫂，到服满进京，再行接回，便两全其美了。”雯青点头说:“既如此，这事只有请次兄替我代托戴先生罢！兄弟昨夜未归，今日必须早些回去，安排妥密，免得人家疑心。”说着就穿衣，别了次芳，又低低托咐了几句，一径下楼走了。次芳只好去找了戴伯孝，托他去向老鸨交涉。老鸨自然有许多做作，好说歹说，才讲明了身价一千元，又叫了彩云的生身父来。原来彩云本是安徽人，乃父是在苏州做轿班的，恐怕将来有枝节，爽性另给了那轿班二百块钱，叫他也写了一张文契。费了两日工夫，才把诸事办妥，就由戴伯孝亲来雯青处告诉明白。雯青欢喜，自不必说。从此大郎

桥巷就做了雯青的外宅，无日不来，两人打得如火的一般热。

光阴似箭，转瞬之间，雯青也满了服，几回要将此告诉张夫人，只是自己理短，总说不出口。心想不如一人先行到京，再看机会吧，就将这个办法与彩云商量，彩云也没别话，就定见了。自己一人到京，起服销假。这日宫门召见下来，就补授了内阁学士。

雯青自出差到今，已离京五六年了，时局变更，沧桑屡改，朝中歌舞升平，而海外失地失藩，频年相属，日本灭了琉球，法国取了安南，英国收了缅甸。中国一切不问，还要铺张扬厉，摆出天朝空架子。记得光绪十三年，翰林院里还有人献了一篇《平法颂》，文章辞藻，比着康熙年代的《平滇颂》、乾隆年代的《平定金川颂》，还要富丽哩！话虽如此，到底交涉了几年，这外交的事情，倒也不敢十分怠慢，那些通达洋务的人员，上头不免看重起来。恰好这年出使英、俄大臣吕萃芳，要改充英、法、义、比四国大臣；出使德、俄、荷、奥、比五国大臣许镜澂，三年任满，要人接替。而斯时一班有名的外交好手，如上回雯青在上海认得的云仁甫，已派过了美、日、秘副使；李台霞已派署过德国正使，现在又有别事派出；徐忠华派充参赞；马美菽也出洋游历；吕顺斋派充日本参赞。朝廷正恐没人应选。也是雯青时来运来，又有潘八瀛、龚和甫这班大帽子替他揄扬帮衬，声誉日高一日，廷旨就派金沟出使俄罗斯、德意志、荷兰、奥大利亚四国。旨意下来，好不荣耀！雯青赶忙修折谢恩，引见请训，拜会各国公使，一面奏调参赞、随员、翻译，就把次芳奏保了参赞，做个心腹。又想着戴伯孝凑合彩云的功劳，也保了随员，派他做了会计。且请假两月，还苏修墓，奉旨俞允。

那时同乡京官奉如也开了坊了，唐卿却从陕、甘回来了，珏斋也因公在京，只有肇廷改了外官，不在那里。这班人合着轮流替雯青饯贺。这日席间，大家谈起交涉的方略，雯青发议道："兄弟不才，谬膺使节，此去方略，还要诸君临别赠言！依兄弟愚见，第一是联络邦交，第二是检查国势。语云：'知彼知己，百战百胜。'我国交涉吃亏，正是不知彼耳！不知国情，固是大害；不知地理，为害尤烈！远事不必说，就是伊犁一案，彼趁着白彦虎造反就轻轻占据了，要不是曾继湛力争，这块地面，就不知不觉的送掉了！兄弟向来留心西北地理，见那些交界地方，我们中国记载，影响都模糊得很。俄国素怀蚕食之心，不知暗中被占了多少去了！只苦我国不知地理，哑子吃黄连，说不出的苦。兄弟这回出去，也不敢自夸替国家争回什么权利，不过这地理上头，兄弟数十年苦功，总可考究一番，叫他疆界井然，不能再施鬼蜮手段罢了。"莘如等听了，自然十分佩服。珏斋道："可不是么？所以兄弟前回到吉林，实在没法，只好仿着马伏波的故事，立了一个三丈来高的铜柱，刻了几句铭词，老远望着，就见巍巍云表。那铜柱拓本，看着倒很古雅，明日兄弟送一分去。雯兄留着，倒可参考参考。"雯青道："珏斋兄的《铜柱铭》，将来定可与《阙特勤碑》《好太王碑》并传千古了！"当日欢饮一天，雯青心里只记挂着彩云，忽忽已一年多不见了，忙着出京。

那时上海县先期得信，赶紧打扫天后宫行辕，以备使节小驻。这日船抵金利源码头，不免有文武官员晋见许多仪节，自己复要拜会各国领事。入城答拜道县回来，恰值次芳带着戴伯孝来见，当面谢了保举。雯青把行辕一切公事，全行托付了次芳；把定出洋的公司船以及部署行李等琐事，都交给戴会计。诸事安排妥了，归心如箭，就叫心腹俊童阿福，向上海道借了一只小轮船，连夜

回苏。

到得家中，夫妻相见，自有一番欢庆，不消说得。坐定，说着出洋的事来，雯青笑说："这回倒要夫人辛苦一趟了！但是夫人身弱，不知禁得起波涛跋涉否？"夫人笑道："这个不消老爷担心，辛苦不辛苦，倒在其次。闻得外国风俗，公使夫人，一样要见客赴会，握手接吻。妾身系出名门，万万弄不惯这种腔调，本来要替老爷弄个贴身伏侍的人。"说到这里，却笑了一笑。雯青心里一跳，知道不妙。只听夫人接道："好在老爷早已讨在外头，倒也省了我许多周折。我昨日已吩咐过家人们，收拾一间新房，只等老爷回来，择吉接回。稍停两日，就叫她跟随出洋，妾身落得在家过清闲日子哩！"雯青忸怩了半天道："这事原是下官一时糊涂……"下句还未说出，夫人正色道："你别假惺惺，现在倒是择日进门是正经。你是王命在身的人，哪里能尽着耽搁！"

雯青得了夫人的命，就放了胆，看了明日是黄道吉日，隔夜就预备了酒席，邀请亲友，来看新人。到了这日，夫人就命安排一顶彩轿，四名鼓乐手，去大郎桥巷迎接傅彩云。不一时，门前箫鼓声喧，接连鞭炮之声、人声、脚步声，但见四名轿班，披着红，簇拥一肩绿呢挖云四垂流苏的官轿，直入中堂停下。夫人早已预备两名垂鬟美婢，各执大红纱灯，将新人从彩轿中缓缓扶出。却见颤巍巍的凤冠、光耀耀的霞帔，衬着杏脸桃腮、黛眉樱口，越显得光彩射目，芬芳扑人，真不啻嫦娥离月殿、妃子降云霄矣。那时满堂亲友杂沓争先，喝采声、诧异声，交头接耳，正议论这个妆饰越礼。忽人丛中夫人盛服走出，大家倒吃一惊。正是：

名花入手消魂极，艳福如君几世修。

不知夫人走出何事？且听下回分解。

第九回

遣长途医生试电术　怜香伴爱妾学洋文

却说诸亲友正交头接耳，议论彩云妆饰越礼，忽人丛中夫人盛服走出，却听她说道："诸位亲长，今日见此举动，看此妆饰，必然诧异，然愿听妾一言：此次雯青出洋，妾本该随侍同去，无奈妾身体荏弱，不能前往。今日所娶的新人，就是代妾的职分。而且公使夫人，是一国观瞻所系，草率不得，所以妾情愿从权，把诰命补服暂时借她，将来等到复命还朝时，少不得要一概还妾的。诸尊长以为如何？"言次，声音朗朗，大家都同声称赞。于是传齐吹手，预备祭祖。雯青与夫人在前，傅彩云在后。行礼毕，彩云叩见雯青夫妇，大家送入洞房。雯青这一喜，直喜得心花怒放，意蕊横飞，感激夫人到十二分，自己就从新房出来，应酬外客。那潘胜芝、贝效亭、谢山芝一班熟人，摆擂台、寻唐僧，翻天覆地的闹起酒来，想要叫局，只碍着雯青如今口衔天语，身膺使旄，只好罢休。雯青陪着畅饮，到漏静更深，方始散去。雯青进来，自然假意至夫人房中，夫人却早关了门。雯青只得自回新房，与彩云叙旧。久别重逢，绸缪备至，自不消说。

正是芳时易过，倏满假期，便别了夫人，带了彩云，出了苏州城，一径到上海。其时苏沪航路还没有通，不像现在有大东、戴生昌许多公司船，朝来暮往的便捷。雯青因是钦差大臣，上海道特地派了一只官轮来接，走了一夜，次早就抵埠头。雯青先把家眷安排上岸，自己却与一班接差道县，酬应一番。行辕中又送来几封

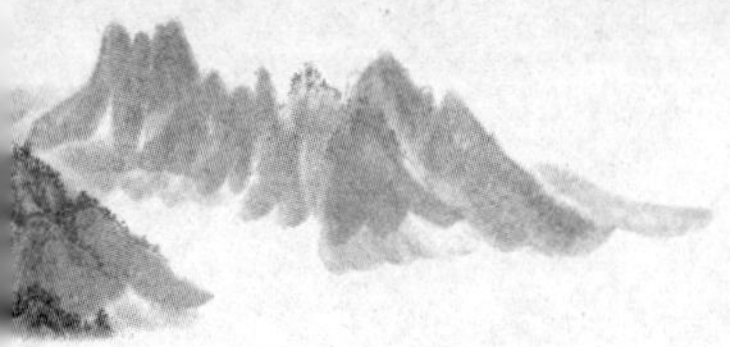

京里书札，雯青一一检视，也有亲友寻常通贺的，也有大人先生为人说项的，还有一班名士黎石农、李纯客、袁尚秋诸人寄来送行诗词，清词丽句，觉得美不胜收。翻到末了一封，却是庄小燕的，雯青连忙拆开，暗想此人的手笔倒要请教。

你道雯青为何见了庄小燕姓名，就如此郑重呢？这庄小燕，书中尚未出现过，不得不细表一番。原来小燕是个广东人，佐杂出身，却学富五车，文倒三峡，而且深通西学，屡次出洋，现在因交涉上的劳绩，保举到了侍郎，声名赫赫，不日又要出使美、日、比哩！雯青当时拆开一看，却是四首七律道：

诏持龙节度西溟，又捧天书问北庭。
神禹久思穷亥步，孔融真遣案丁零。
遥知汃极双旌驻，应见神州一发青。
直待车书通绝徼，归来扈跸禅云亭。

声华藉藉侍中君，清切承明出入庐。
早擅多闻笺豹尾，亲图异物到邛虚。
功名几勒黄龙舰，国法新衔赤雀书。
争识威仪迎汉使，吹螺伐鼓出穹闾。

竹枝异域词重谱，敕勒风吹草又低。
候馆花开赤瓔珞，周庐瓦复碧琉璃。
异鱼飞出天池北，神马徕从雪岭西。
写入夷坚支乙志，杀青他日试标题。

不嫌夺我凤池头，谭思珠玲佐庙谋。

敕赐重臣双白璧，图开生绢九瀛洲。

茯苓赋有林牙诵，苜蓿花随驿使稠。

接伴中朝人第一，君家景伯旧风流。

雯青看罢，拍案叫绝道：“真不愧白衣名士，我辈愧死了！”遂即收好，交与管家。一面喊伺候上岸。坐着双套马车，沿途还拜各官，并德、俄诸领事，直到回天后宫行辕，已在午牌时候。

早有自己的参赞、翻译、随员等等这一班人齐集着，都要谒见。手本进去，不一时，就见管家出来传话：“单请匡朝凤匡大人、戴伯孝戴老爷进去，有公事面谈。其余老爷们，一概明日再见吧。”大家听见这话，就纷纷散了。只剩匡次芳、戴伯孝二人，低着头，跟那管家往里边去。到了客厅，雯青早在等着，见他们进来，连忙招呼道：“次兄，伯兄，这几日辛苦了！快换了便服，我们好长谈。”次芳等上前见了，早有阿福等几个俊童，上去替他们换衣服。次芳一面换，一面说道：“这是份内的事，算什么辛苦。”说着，主宾坐了。

雯青问起乘坐公司船，次芳道：“正要告诉老前辈，此次出洋，既先到德国，再到俄、奥诸国，自然坐德公司的船为便。前十数日德领事来招呼，本月廿二日，德公司有船名‘萨克森’的出口，这船极大。船主名质克，晚生都已接头过了。”伯孝道：“卑职和匡参赞商量，替大人定的是头等舱，匡参赞及黄翻译、塔翻译等坐二等，其余随员学生都是三等。”雯青道：“我听说外国公司船，十分宽敞，就是二等舱，也比我们招商局船的大餐间大得多哩。其实就是我也何必一定要坐头等呢！”次芳道：“使臣为一国代表，举动攸关国体，从前使德的刘锡洪、李葆丰，使俄的嵩厚、曾继湛，使德、意、荷、奥的许镜澂，我们的前任吕萃芳，晚生查看过旧案，都是坐头等舱，不可惜小费而伤大体。”次芳说时，戴会计凑近了雯青耳旁，低声道："好在随员等坐的是三等，都开报了二等，这里头核算过来差不多，大人乐得舒服体面。”雯青点点头。次芳顺手在靴统里拔出一个折子，递到雯青手里道："这是开报启程日期的折子，誊写已好，请老前辈过目后，填上日子，便可拜发了。”雯青看着，忽然面上踌躇了半晌道："公司船出口是廿二，这天的日子……”这句话还没有说出，戴伯孝接口道："这不用大人费心，卑职出门就是一、二百里，也要检一个黄道吉日。况大人衔命万里，关着国家的祸福，哪有轻率的道理！这日子是大人的同衙门最精河图学的余笏南检定的，恰好这日有此船出口，也是大人的洪福照临。”雯青道："原来笏南在这里，他检的日子是一定好的，不用说了。”看看天色将晚，次芳等就退了出来。当日无话。

次日，雯青不免有宴会拜客等事，又忙了数日，直到廿二日上午，方把诸事打扫完结。午后大家上了萨克森公司船，慢慢的出了吴淞口，口边俄、德各国兵轮，自然要升旗放炮的致敬。出口后，一路风平浪静，依着欧、亚航路进行。彩云还是初次乘坐船，虽不颠簸，终觉头眩眼花，终日的困卧。雯青没事，便请次芳来谈谈闲天，有时自己去找他们。经过热闹的香港、新加坡、锡兰诸埠头，雯青自要与本埠的领事绅商交接，彩云也常常上去游玩，不知看见多少新奇的事物，听见了多少怪异的说话，倒也不觉寂寞。不知不觉，已过了亚丁，入了红海，将近苏彝士河地方。

这日，雯青刚与彩云吃过中饭，彩云要去躺着，劝雯青去寻次芳谈天。彩云喊阿福好好伺候着，恰好阿福不在那里，雯青道："不用叫阿福。”就叫三个小童跟着，到二等舱来，听见里面人声鼎沸，不知何事。雯青叫一个小童，先上前去探看，只听里面阿福的口声，叫着这小童道："你们快来看外国人变戏法！"正喊着，雯青已到门口，向里一望，只见中间一排坐着三个中国人，都垂着头，闭着眼，似乎打盹的样子。一个中年有须的外国人，立在三人前头，矜心作意的凝神注视着。四面围着许多中西男女，仰着头望，个个面上有惊异之色。

次芳及黄、塔两翻译也在人丛里，看见雯青进来，齐来招呼。次芳道："老前辈来得正巧，快请看毕叶先生的神术！"雯青茫然不解。那个外国人早已抢上几步来，与雯青握着手，回顾次芳及两翻译道："这便是出使敝国的金大人么？"雯青听这外国人会说中国话，便回道："不敢，在下便是金某，没有请教贵姓大名。"黄翻译道："这位先生叫毕叶士克，是俄国有名的大博士，油画名家，精通医术，还有一样奇怪的法术，能拘摄魂魄。一经先生施术之后，这人不知不觉，一举一动，都听先生的号令，直到醒来，自己一点也不知道。昨日先生与我们谈起，现在正在这里试验哩！"一面说，一面就指着那坐的三个人道："大人，看这三个中国工人，不是同睡去的一样吗？"雯青听了，着实称异。毕叶笑道："这不是法术，我们西国叫作 Hypnotisme，是意大利人所发明的，乃是电学及心理学里推演出来的，没有什么稀奇。大人，你看他三人齐举左手来。"说完，又把眼光注射三人，那神情好像法师画符念咒似的，喝一声："举左手！"只见那三人的左手，如同有线牵的一般，一齐高高竖起。又道："我叫他右手也举起！"照前一喝，果然三人的右手，也都跟着他双双并举了。于是满舱喝采拍掌之声，如雷而起。雯青、次芳及翻译随员等，个个伸着舌头，缩不进去。毕叶连忙向众人摇手，叫不许喧闹，又喊道："诸君看，彼三人都要仰着头、张着嘴、伸着舌头、拍着手，赞叹我的神技了！”他一般的发了口令，不一时果然三人一齐拍起手来，那神气一如毕叶所说的，引得大家都大笑起来。

次芳道："昨日先生说，能叫本人把自己隐事，自己招供，这个可以试验么？"毕叶道："这个试验是极易的。不过未免有伤忠厚，还是不试的好。"大家都要再试。雯青就向毕叶道："先生何妨挑一个试试。"毕叶道："既金公使要试，我就把这个年老的试一试。"说着，就拉出三人中一个四五十岁的老者，单另坐开。毕叶施术毕，喝着叫他说。稍停一回，这老者忽然垂下头去，嘴里咕噜咕噜的说起来，起先不大清楚，忽听他道："这个钦差大人的二夫人，我看见了好不伤心呀！他们都道钦差的二夫人标致，我想我从前那个雪姑娘，何尝不标致呢！我记得因为自己是底下人，不敢做那些。雪姑娘对我说：'如今就是武则天娘娘，也要相与两个太监，不曾听见太监为着自己是下人推脱的。听说还有拼着脑袋给朝里的老大们砍掉，讨着娘娘的快活哩！你这没用的东西，这一点儿就怕么？'我因此就依了。如今想来，这种好日子是没有的了。"大家听着这老者的话，愈说愈不像了，恐怕雯青多心，毕叶连忙去收了术。雯青倒毫不在意，笑着对次芳道："看不出这老头儿，倒是风流浪子。真所谓'莫道风情老无分，桃花偏照夕阳红'了。"大家和着笑了。雯青便叫阿福来装旱烟。一个小童回道："刚才那老者说梦话的当儿，他就走了。"雯青听了无话。正看毕叶在那里鼓捣那三个人，一会儿，都揩揩眼睛，如梦初觉，大家问他们刚才的事，一点也不知道。毕叶对雯青及众人道："这术还可以把各人的灵魂，彼此互换。现在这几人已乏了，改日再试吧。"

雯青正听着，忽觉眼前一道奇丽的光彩，从舱西犄角里一个房门旁边直射出来，定睛一看，却是一个二十来岁非常标致的女洋人，身上穿着纯黑色的衣裙，头戴织草帽，鼻架青色玻璃眼镜，虽妆饰朴素的很，而粉白的脸，金黄的发，长长的眉儿，细细的腰儿，蓝的眼，红的唇，真是说不出的一幅绝妙仕女图，半身斜倚着门，险些钩去了这金大人的魂灵。雯青不知不觉的看呆了，心想何不请毕先生把这人试一试，倒有趣，只不好开口。想了半天，忽然心生一计，就对毕叶道："先生神术，固然奇妙极了，但兄弟尚不能无疑。这三个中国人，安见不是先生买通的呢？"毕叶听罢，面上大有怫然之色。雯青接着道："并非我不信先生，我想请先生再演一遍。"说着，便指着女洋人低声道："倘先生能借这个女洋人一试妙技，那时兄弟真死心塌地的佩服了。"次芳及两个翻译也附和着雯青。毕叶怫然道："这有何难！我立刻请这位姑娘，把那东边桌子上的一盆水果搬来，放在公使面前好么？"这句话原被雯青那一句激出来的。

大凡欧洲人性情是直爽不过，又多好胜，最恨人家疑心他作伪，总要明白了方肯歇手，别的都顾不得了。毕叶被雯青这一激，也不问那位姑娘是谁，就冒冒失失的施起他的法术来。他的法术又是百发百中，顿时见那姑娘脸上呆一呆，就袅袅婷婷的走到东边桌子上，伸出纤纤玉手，端着那盆冰梨雪藕，款步而来，端端正正的放在雯青坐的那张桌上，含笑斜睇，嫣然倾城。雯青这一乐非同小可，比着那金殿传胪、高唱谁某的时候，还加十倍！哪里知道这边施术的毕叶，这一惊也不寻常，却比那死刑宣告牵上刑台的当儿仿佛一般，连忙摘了帽子，向满船的人致敬，先说西话，又说中国话，叮嘱大家等姑娘醒来，切不可告诉此事。大家答应了。那时船主质克，因听见喧闹的声音，也来舱查看，毕叶也给他说了。质克微笑应诺。毕叶方放了心，慢慢请那位姑娘自回房中去，

把法术解了。

雯青诸人看见毕叶慌张情形，倒弄得莫名其妙，问他何故。毕叶吞吞吐吐道这位姑娘是敝国有名的人物，学问极好，通十几国的语言学，实在是不敢渎犯。”次芳道：“毕叶先生知道她的名姓吗？”毕叶道：“记得叫夏雅丽。”雯青道：“她能说中国话么？”毕叶道：“听说能作中国诗文，不但说话哩！”雯青听了，不觉大喜。原来雯青自见了这姑娘的风度，实在羡慕，不过没法亲近。今听见会说中国话，这是绝好的引线了，当时就对毕叶道：“兄弟有句不知进退的话，只是不敢冒昧。”毕叶道：“金大人不用客气，有话请讲！”雯青道：“就是敝眷，向来愿学西文，只是没有女师傅，总觉不便。现据先生说，那贵国夏姑娘精通语言学，还会中文，没有再巧的好机会了！现在舟中没事，正好请教。先生既然跟夏姑娘同国，不晓得肯替兄弟介绍介绍么？”毕叶想一想道：“这事既蒙委托，哪有不尽力的道理！不过这姑娘的脾气古怪，只好待小可探探口气，明日再行奉复吧！”当时次芳及黄、塔两翻译，又替雯青帮腔了几句，毕叶方肯着实答应，于是大家都散归。

雯青回房，就把毕叶奇术，告诉彩云。彩云道：“这没什么奇。那些中国人，一定是他的同党，跟我们苏州的变戏法一样骗人。”雯青又把那个女洋人的事情告诉她，说：“这女洋人是我叫他试的，难道也是通同的么？”彩云于是也稀奇起来。雯青又把学洋文的话，从头述了一遍，彩云欢喜的了不得。原来彩云早有此意，与雯青说过几次。当晚无话。

次早，雯青刚刚起来，次芳已经候在大餐间。雯青见面，就问：“昨天的事怎么了？”次芳道：“成了。昨日老前辈去后，他就去跟这位姑娘攀谈，灌了多少米汤，后来慢慢说到正文。姑娘先不肯，毕先生再四说合，方才允了。好在这姑娘也往德国，说在德国或许有一两个月耽搁，随后至俄。与我们的路途倒是相仿的，可以常教。不过要如夫人去就她的，每月薪水要八十马克。”雯青说：“八十马克，不贵不贵，今天就去开学么？”次芳道：“可以，她已等候多时了。”雯青道：“等小妾梳洗了就来，你去招呼一声。”次芳答应着去了。雯青进来，次芳的话彩云早已听得明白，赶着梳好头。雯青就派阿福过去伺候，自己也阿来二等舱，与次芳等闲谈，正对着夏雅丽的房间。说话之间，时时偷看那边。彩云见了那位姑娘，倒甚投契。夏雅丽叫她先学德文，因德文能通行俄、德诸国缘故。从此之后，每日早来暮归。彩云资性聪明，不到十日，语言已略能通晓。夏雅丽也甚欢喜。

一日，萨克森船正过地中海，将近意大利的火山，时正清早，晓色苍然。雯青与彩云刚从床上跨下，共倚船窗，隐约西南一角，云气郁葱，岛屿环青，殿阁拥翠，奇景壮观，怡魂养性。正在流连赏玩，忽见一人推门直入，左手揽雯青之袖，右手执彩云之臂，发出一种清冽之音，说道：“我要问你们俩说话哩！如不直说，我眼睛虽认得你们，我的弹子可不认得你们！”雯青同彩云两人抬头一看，吓得目瞪口呆，不知何意。正是：

一朝魂落幻人手，百丈涛翻少女风。

欲知后事如何？且听下回分解。

第十回

险语惊人新钦差胆破虚无党　清茶话旧侯夫人名噪赛工场

却说雯青正与彩云双双的靠在船窗，赏玩那意大利火山的景致，忽有人推门进来，把他们俩拉住问话。两人抬头一看，却就是那非常标致的女洋人夏雅丽姑娘，柳眉倒竖，凤眼圆睁。两人这一惊，非同小可，知道前数日毕叶演技的事露了风了。

只听那姑娘学着很响亮的京腔道："我要问你，我跟你们往日无仇，今日无故，干吗你叫人戏弄我姑娘？你可打听打听看，你姑娘是大俄国轰轰烈烈的奇女子，我为的是看重你是一个公使大臣，我好意教你那女人念书，谁知道你们中国的官员，越大越不像人，简捷儿都是糊涂的蠢虫！我姑娘也不犯和你们讲什么理，今儿个就叫你知道知道姑娘的厉害！"说着，伸手在袖中取出一支雪亮的小手枪。雯青被那一道的寒光一逼，倒退几步，一句话也说不出。还是彩云老当，见风头不妙，连忙上前拉住夏雅丽的臂膀道："密斯请息怒，这事不关我们老爷的事，都是贵国毕先生要显他的神通，我们老爷是看客。"雯青听了方抖声接说道："我不过多了一句嘴，请他再演，并没有指定着姑娘。"夏雅丽鼻子里哼了一声。彩云又抢说道："况老爷并不知道姑娘是谁，不比毕先生跟姑娘同国，晓得姑娘的底里，就应该慎重些。倘或毕先生不肯演，难道我们老爷好相强吗？所以这事还是毕先生的不是多哩，望密斯三思！"

夏雅丽正欲开口，忽房门咿呀一响，一个短小精悍的外国人，

挨身进来。雯青又吃一吓，暗忖道："完了，一个人还打发不了，又添一个出来！"彩云眼快，早认得是船主质克，连忙喊道："密斯脱质克，快来解劝解劝！"夏雅丽也立起道："密斯脱质克，你来干吗？"质克笑道："我正要请问密斯到此何干，密斯倒问起我来！密斯你为何如此执性？我昨夜如何劝你，你总是不听，闹出事来，倒都是我的不是了！我从昨夜与密斯谈天之后，一直防着你，刚刚走到你那边，见你不在，我就猜着到这里来了，所以一直赶来，果然不出所料。"夏雅丽怒颜道："难道我不该来问他么？"质克道："不管怎么说，这事金大人固有不是，毕先生更属不该。但毕叶在演术的时候，也没有留意姑娘是何等人物，直到姑娘走近，看见了贵会的徽章，方始知道，已是后悔不及。至于金大人，是更加茫然了。据我的意思，现在金大人是我们两国的公使，倘逞着姑娘的意，弄出事来，为这一点小事，闹出国际问题，已属不犯着。而戕害公使，为文明公律所不许，于贵国声誉有碍，尤其不可。况现在公使在我的船上，都是我的责任，我绝不容姑娘为此强硬手段。"夏雅丽道："照你说来，难道就罢了不成？"质克道："我的愚见，金公使渎犯了姑娘，自然不能太便宜他。我看现在贵党经济十分困难，叫金公使出一宗巨款，捐入贵党，聊以示罚。在姑娘虽受些小辱，而为公家争得大利，姑娘声誉，必然大起，大家亦得安然无事，岂不两全！至毕先生是姑娘的同国，他得罪姑娘，心本不安，叫他在贵党尽些力，必然乐从的。"

这番说话，质克都是操着德话，雯青是一句不懂。彩云听得明白，连忙道："质克先生的话，我们老爷一定遵依的，只求密斯应允。"其时夏雅丽面色已和善了好些，手枪已放在旁边小几上，开口道："既然质克先生这么说，我就看着国际的名誉上，船主的

权限上，便宜了他。但须告诉他，不比中国那些见钱眼开的主儿，什么大事，有了孔方，都一天云雾散了。再问他到底能捐多少呢？”质克看着彩云。彩云道：“这个一听姑娘主张。”夏雅丽拿着手枪一头往外走，一头说道：“本会新近运动一事，要用一万马克，叫他担任了就是了。”又回顾彩云道：“这事与你无干，刚才恕我冒犯，回来仍到我那里，今天要上文法了。”说着，扬长而去。彩云诺诺答应。质克向着彩云道：“今天险极了！亏得时候尚早，都没有晓得，暗地了结，还算便宜。”说完，自回舱面办事。

这里雯青本来吓倒在一张榻上发抖，又不解德语，见他们忽然都散了，心中又怕又疑。惊魂略定，彩云方把方才的话，从头告诉一遍，一万马克，彩云却说了一万五千。雯青方略放心，听见要拿出一万五千马克，不免又懊恼起来，与彩云商量能否请质克去说说，减少些。彩云撅着嘴道：“刚才要不是我，老爷性命都没了。这时得了命，又舍不得钱了。我劝老爷省了些精神吧！人家做一任钦差，哪个不发十万八万的财，何在乎这一点儿买命钱，倒肉痛起来？”雯青无语。不一会，男女仆人都起来伺候，雯青、彩云照常梳洗完毕，雯青自有次芳及随员等相陪闲话，彩云也仍过去学洋文。早上的事，除船主及同病相怜的毕先生同时也受了一番惊恐外，其余真没一人知道。

到傍晚时候，毕叶也来雯青处，其时次芳等已经散了。毕叶就说起早上的事道：船主质克另要谢仪，罚款则俟到德京由彩云直接交付，均已面议妥协。叫彼先来告诉雯青一声。雯青只好一一如命。彼此又说了些后悔的话。雯青又问起：“这姑娘到底在什么会？”毕叶道：“讲起这会，话长哩。这会发源于法兰西人圣西门，乃是平等主义的极端。他的宗旨，说世人侈言平等，终是表面的话，若说内情，世界的真权利，总归富贵人得的多，贫贱人得的少；资本家占的大，劳动的人占的小，哪里算得真平等！他立这会的宗旨，就要把假平等弄成一个真平等：无国家思想，无人种思想，无家族思想，无宗教思想；废币制，禁遗产，冲决种种网罗，打破种种桎梏；皇帝是仇敌，政府是盗贼，国里有事，全国人公议公办；国土是个大公园，货物是个大公司，国里的利，全国人共享共用。一万个人，合成一个灵魂；一万个灵魂，共抱一个目的。现在的政府，他一概要推翻；现在的法律，他一概要破坏。掷可惊可怖之代价，要购一完全平等的新世界。他的会派，也分着许多，最激烈的叫作'虚无党'，又叫作'无政府党'。这会起源于英、法，现在却盛行到敝国了。也因敝国的政治，实在专制；又兼我国有一班大文家，叫作赫尔岑及屠格涅夫、托尔斯泰，以冰雪聪明的文章，写雷霆精锐的思想，这种议论，就容易动人听闻了，就是王公大人，也有入会的。这会的势力，自然越发张大了。"

雯青听了，大惊失色道："照先生说来，简直是大逆不道，谋为不轨的叛党了。这种人要在敝国，是早已明正典刑，哪里容他们如此胆大妄为呢！"毕叶笑道："这里头有个道理，不是我糟蹋贵国，实在贵国的百姓仿佛比个人，年纪还幼小，不大懂得世事，正是扶墙摸壁的时候，他只知道自己该给皇帝管的，哪里晓得天赋人权、万物平等的公理呢！所以容易拿强力去逼压。若说敝国，虽说政体与贵国相仿，百姓却已开通，不甘受骗。就是刚才大人说的'大逆不道，谋为不轨'八个字，他们说起来，皇帝有'大逆不道'的罪，百姓没有的；皇帝可以'谋为不轨'，百姓不能的。为什么呢？土地是百姓的土地，政治是百姓的政治，百姓是主人翁，皇帝、政府不过是公雇的管账伙计罢了！这种说话，在敝国皇帝听了，也同大人一样的大怒，何尝不想杀尽拿尽。只是杀心一起，血花肉雨，此餉彼酬，赫赫有声的世界大都会圣彼德堡，方方百里地，变成皇帝百姓相杀的大战场了。”雯青越听越不懂，究竟毕叶是外国人，不敢十分批驳，不过自己咕噜道：“男的还罢了，怎么女人家不谨守闺门，也出来胡闹？”毕叶连忙摇手，道：“大人别再惹祸了！”雯青只好闭口不语，彼此没趣散了。

斯时萨克森船尚在地中海，这日忽起了风浪，震荡得实在厉害，大家困卧了数日，无事可说。直到七月十三日，船到热瓦，雯青谢了船主，换了火车，走了五日，始抵德国柏林都城。

在德国自有一番迎接新使的礼节，不必细述。前任公使吕萃芳交了篆务，然后雯青率同参赞随员等一同进署。连日往谒德国大宰相俾思麦克，适遇俾公事忙，五次方得见着。随后又拜会了各部大臣及各国公使。又过了几月，那时恰好西历一千八百八十八年正月里，德皇威廉第一去世，太子飞蝶丽新即了日耳曼帝位，于是雯青就趁着这个当儿，觐见了德皇及皇后维多利亚第二，呈递国书，回来与彩云讲起觐见许多仪节。彩云恃着自己在夏雅丽处学得几句德语，便撒娇撒痴要去觐见。雯青道：“这是容易，公使夫人本来应该觐见的。不过我中国妇女素来守礼，不愿跟他们学。前几年只有个曾小侯夫人，她却倜傥得很，一到西国，居然与西人弄得来，往来联络得很热闹。她就跟着小侯，一样觐见各国皇帝。我们中国人听见了，自然要议论她，外国人却很佩服的。你要学她，不晓得你有她的本事没有？”彩云道：“老爷，你别瞧不起人！曾侯夫人也是个人，难道她有三头六臂么？”雯青道：“你倒别说大话。有件事，现在洋人说起，还赞她聪明，只怕你就干不了！”彩云道：“什么事呢？”雯青笑着说道：“你不忙，你装袋旱烟我吃，让我慢慢的讲给你听。”彩云抿着嘴道：“什么稀罕事儿！值得这么拿腔！”说着，便拿一根湘妃竹牙嘴三尺来长的旱烟筒，满满的装上一袋蟠桃香烟，递给雯青，一面又回头叫小丫头道：“替老爷快倒一杯酽酽儿的清茶来！”笑眯眯的向着雯青道：“这可没得说了，快给我讲吧！”

雯青道：“你提起茶，我讲的便是一段茶的故事。当日曾侯夫人出使英国，那时英国刚刚起了个什么叫作‘手工赛会’。这会原是英国上流妇女集合的，凡有妇女亲手制造的物件，荟萃在一处，叫人批评比赛，好的就把金钱投下，算个赏彩。到散会时，把投的金钱，大家比较，谁的金钱多，系谁是第一。却说这个侯夫人，当时结交很广，这会开的时候，英国外交部送来一角公函，请夫人赴会。曾侯便问夫人：‘赴会不赴会？’夫人道：‘为什么不赴？你复函答应便了。’曾侯道：‘这不可胡闹。我们没有东西可赛，不要事到临头，拿不出手，被人耻笑，反伤国体！’夫人笑道：‘你别管，我自有道理。’曾侯拗不过，只好回书答应。”彩云道：“这应该答应，叫我做侯夫人，也不肯不挣这口气。”说着，恰好丫环拿上一杯茶来。雯青接着一口一口的慢慢喝着，说道：“你晓得她应允了，怎么样呢？却毫不在意，没一点儿准备。看看会期已到，你想曾侯心中干急不干急呢？哪晓得夫人越做得没事人儿一样。这日正是开会的第一日，曾侯清早起来，却不见了夫人，知道已经赴会去了，连忙坐了马车，赶到会场，只见会场中人山人海，异常热闹。场上陈列着有锦绣的，有金银的，五光十色，目眩神迷，顿时吓得出神。四处找他夫人，一时慌了，竟找不着。只听得一片喝采声、拍掌声，从会场门首第一个桌子边发出。回头一看，

却正是他夫人坐在那桌子旁边一把矮椅上，桌上却摆着十几个康熙五采的鸡缸杯，几把紫砂的龚春名壶，壶中满贮着无锡惠山的第一名泉，泉中沉着几撮武夷山的香茗。一种幽雅的古色，映着陆离的异彩，直射眼帘；一股清俊的香味，趁着氤氲的和风，直透鼻官。许多碧眼紫髯的伟男、蜷发蜂腰的仕女，正是摩肩如云、挥汗成雨的时候，烦渴的了不得。忽然一滴杨枝水，劈头洒将来，正如仙露明珠，琼浆玉液，哪一个不欢喜赞叹！顿时抛掷金钱，如雨点一般。直到会散，把金钱汇算起来，侯夫人竟占了次多数。曾侯那时的得意可想而知，觉脸上添了无数的光彩。你想侯夫人这事办得聪明不聪明？写意不写意？无怪外国人要佩服她！你要有这样本事，便不枉我带你出来走一趟了。”

彩云听着，心中暗忖：老爷这明明估量我是个小家女子，不能替他争面子，怕我闹笑话。我倒偏要显个手段，胜过侯夫人，也叫他不敢小觑。想着，扭着头说道：“本来我不配比侯夫人，她是金一般、玉一般的尊贵，我是脚底下的泥、路旁的草也不如，哪里配有她的本事！出去替老爷坍了台，倒叫老爷不放心，不如死守着这螺蛳壳公使馆，永不出头；要不然，送了我回去，要出丑也出丑到家里去，不关老爷的体面。”雯青连忙立起来，走到彩云身旁，拍着她肩笑道：“你不要多心，我何尝不许你出去呢！你要觐见，只消叫文案上备一角文书，知照外部大臣，等他择期觐见便了。”彩云见雯青答应了，方始转怒为喜，催着雯青出去办文。雯青微笑的慢慢踱出去了。正是：

初送隐娘金盒去，却看冯嫽锦车来。

欲知后事，且听下回细说。

第十一回

潘尚书提倡公羊学　黎学士狂胪老鞑文

上回正说彩云要觐见德皇，催着雯青去办文，知照外部。雯青自然出来与次芳商量。次芳也不便反对，就交黄翻译办了一角请觐的照例公文。谁知行文过去，恰因飞蝶丽政躬不适，一直未得回文，连雯青赴俄国的日期都耽搁了。趁雯青、彩云在德国守候没事的时候，做书的倒抽出这点空儿，要暂时把他们搁一搁，叙叙京里一班王公大人，提倡学界的历史了。

原来菶如、唐卿、珏斋这般同乡官，自从那日饯送雯青出洋之后，不上一年，唐卿就放了湖北学政，珏斋放了河道总督，庄寿香也从山西调升湖广总督，苏州有名的几个京官也都风流云散。就是一个潘探花八瀛先生，已升授了礼部尚书，位高德劭，与常州龚状元平、现做吏部尚书的和甫先生，总算南朝两老。这位潘尚书学问渊博，性情古怪，专门提倡古学，不但喜欢讨论金石，尤喜讲《公羊》《春秋》的绝学，那班殿卷试帖的太史公，哪里在他眼里。所以菶如虽然传了鼎甲的衣钵，沾些同乡的亲谊，又当着乡人冷落的当儿，却只照例请谒，不敢十分亲近。因此菶如那时在京，很觉清静。那一年正是光绪十四年，太后下了懿旨，宣布了皇帝大婚后亲政的确期，把清漪园改建了颐和园，表示倦勤颐养，不再干政的盛意。四海臣民，同声欢庆。国家政治，既有刷新的希望；朝野思想，渐生除旧的动机。

恰又遇着戊子乡试的年成，江南大主考，放了一位广东南海县的大名士，姓黎，号石农，名殿文，词章考据，色色精通，写

得一手好北魏碑版的字体，尤精熟辽、金、元史的地理，把几部什么《元秘史》《长春真人西游记》《双溪醉隐集》都注遍了，要算何愿船、张月斋后独步的人物了。当日雯青在京的时候，也常常跟他在一处，讲究西北地理的学问。江南放了这个人做主考，自然把沿着扬子江如鲫的名士，一网都打尽了。苏州却也收着两个。你道是谁？一个姓米，名继曾，号筱亭；一个却姓姜，名表，号剑云，都列在魁卷中。当时这部闱墨出来，大家就议论纷纷，说好的道"沉博绝丽"，说坏的道"牛鬼蛇神"。菶如在寓无事，也去买一部来看看，却留心看那同乡姜剑云的，见上头有什么黜"周王鲁"呢、"张三世"呢、"正三统"呢，看了半天，一句也不懂。后头一道策文，又都是些阿萨克、阙特勤、阿模呀、斡难呀，好像《金刚经》上的咒语一般，更不消说似无目睹了，便掩卷叹了一口气道："如今这种文章，到底算个什么东西？都被我们这位潘老头儿，闹那么'公羊母羊'引出来的！文体不正，心术就要跟着坏了！"

正独自咕哝着，一个管家跑进回道："老爷派了磨勘官了，请立刻就去。"菶如便叫套车。上车一直跑到磨勘处，与认得的同官招呼过了，便坐下读卷。忽听背后有一人说道："这回磨勘倒要留点神，别胡粘签子，回来粘差了，叫人笑话！"菶如听着那口音很熟，回头看时，却是袁尚秋，斜着眼，跷着腿，嘴里衔着京潮烟袋，与邻座一个不大熟识的、仿佛是个旗人，名叫连沅、号荇仙的，在那里议论。菶如本来认得尚秋，便拱手招呼。尚秋却待理不理的，点了一点头。菶如心里很不舒服，没奈何，只好摊出卷子来，一本一本的看，心里总想吹毛求疵，见得自己的细心，且要压倒尚秋方才那句话。忽然看到一本，面上现出喜色，便停了看，手里拿着签子要粘，嘴里不觉自言自语道："每回我粘的签子，人家总派我冤屈人，这个可给我粘着了，再不能说我粘错的了。"荸如一人唧哝着，不想被尚秋听见了，便立起伸过头来，凑着卷子道："荸如，你签着什么字？"荸如就拿这本卷子挪过桌子，指给尚秋看道："你看这个荒唐不荒唐？感慨的'慨'字，会写成木字的'概'字。这个文章，一定是枪替来的，否则谬不至此！"尚秋看了不语，却对那个邻座笑了一笑，附耳低低说了两句话，依然坐下。荸如看见如此神情，明明是笑他，自己不信，难道这个还是我错，他不错吗？心里倒疑惑起来。

停一会，尚秋忽叫着那个人道："荇仙兄，上回考差时候，有个笑话儿，你知道吗？"指着荸如道："也就是这位荸兄的贵同乡。那日题目，是出的《说文解字》，他不晓得，听人说是《说文》，他便找我问道：'这题目到底出在许《说文》上的呢，还是段《说文》呢？'我那时倒没话回他，便道."老兄且不要问，回去弄明白了《说文》是谁著的，再问吧！'"那邻座的旗人笑道："这人你不要笑他，他到底还晓得《说文》，总算认得两个大字，比那一字不识、《汉书》都没有看过，倒要派人家写别字的强多着呢！"荸如一听此话，不禁脸上飞红，强着冷笑道："你们别指东说西的挖苦人。你们既讲究《说文》，这部书我也曾看过，里头最要紧，总不外声音意思两样。现在这个'慨'字，意思不是叹气吗？叹气从心里发出，自然从心旁，难道木头人会叹气的吗？这就不通极了！你们说我没有读《汉书》，我看你们看的《汉书》，决然不是原版初印，上了当了！"尚秋见荸如动了气，就不敢言语了。荸如接着道："况且我们做翰林的本分，该依着《字学举隅》写，才是遵王的道理。偏要寻这种僻字吓人，不但心术坏了，而且故违公令，不成了悖

逆吗？”当时尚秋与那个旗人，都低着头看卷子，由他一人发话。

不一时，卷子看完，大家都出来了。尚秋因刚才的话，怕菶如芥蒂，特地走过来招呼道：“菶兄，八瀛尚书那里，你今天去吗？”菶如正收拾笔砚，听了摸不着头脑，忙应道：“去做什么？”尚秋道：“八瀛尚书没有招你吗？今天是大家公祭何邵公哟！”菶如愕然道：“何邵公是谁呀？八瀛从没提这人。喔，我晓得了，大家知道我跟他没有交情，所以公祭没有我的份儿！”尚秋忍不住笑道：“何邵公不是今人，就是注《公羊春秋》的汉何休呀！八瀛先生因为前几天钱唐卿在湖北上了一个封事，请许叔重从祀圣庙，已经部议准了。八瀛先生就想着何邵公，也是一个汉朝大儒，邀着几个同志议论此事，顺便就在拱宸堂公祭一番，略伸敬仰的意思。菶兄，你高兴同去观礼吗？”菶如向来对于这种事不愿与闻，想回绝尚秋。转念一想，尚书处多日未去，好像过于冷落，看看时候还早，回去没事，落得借此通通殷勤，就答应了尚秋，一同出来，上车向着南城米市胡同而来。

到得潘府门前，见已有好几辆大鞍车停着，门前几棵大树上，系着十来匹红缨踢胸的高头大马，知有贵客到了。当时门上接了帖子，尚秋在前，菶如在后，一同进去，领到一间很幽雅的书室。满架图书，却堆得七横八竖，桌上列着无数的商彝周鼎，古色斑斓。两面墙上挂着几幅横披，题目写着“消夏六咏”，都是当时名人和八瀛尚书咏着六事的七古诗：一拓铭，二读碑，三打砖，四数钱，五洗砚，六考印，都是拿考据家的笔墨，来做的古今体诗，也是一时创格。内中李纯客、叶缘常的最为详博。正中悬个横匾，写着很大的“龟巢”两个字，下边署款却是“成煜书”，知道是满洲名士、国子监祭酒成伯怡写的了。菶如看着，却不解这两字什么命意。尚秋是知道潘公好奇的性情，当时通候的书笺，还往往署着“龟白”两字，当做自己的别号哩，所以倒毫不为奇。

当时尚秋、莘如走进书房，见正中炕上左边，坐着个方面大耳的长须老者，一手托着本锦面古书，低着头在那里赏鉴，远远望去，就有一种太平宰相的气概，不问而知为龚和甫尚书。右边一个胖胖儿面孔，两绺短黑胡子，八字分开，屈着腰，凑近龚尚书，同看那书，那人就是写匾的伯怡先生。下面两排椅子上，坐着两个年纪稍轻的，右面一个苍黑脸的，满面酒肉气，神情活像山西票号里的掌柜；左边个却是短短身材，鹅蛋脸儿，唇红齿白的美少年。这两个人，尚秋却不大认识。八瀛尚书正坐在主位上，手里拿着根长旱烟袋，一面吃烟，一面同那少年说话，看见尚秋，就把烟袋往后一丢，立了起来。后面管家没有防备，接个不牢，“拍拉”一响，倒在地上。尚书也不管，迎着尚秋道：“怎么你和莘如一块儿来了？”尚秋不及回言，与莘如上去见了龚、成两老，又见了下面两位。尚秋正要问姓名，莘如招呼，指着那苍黑脸的道：“这便是米筱亭兄。”又指那少年道：“这是姜剑云，都是今科的新贵。”潘尚书接口道：“两位都是石农的得意门生哟！”上面龚尚书也放了那本书道：“现在尚秋已到，只等石农跟纯客两个，一到就可行礼了。”伯怡道：“我听说还有庄小燕、段扈桥哩。”八瀛道：“小燕今日会晤一个外国人，说不能来了。扈桥今日在衙门里见着，没有说定来，听说他又买着了一块张黑女的碑石，整日在那里摩挲哩，只好不等他罢！”于是大家说着，各自坐定。

尚秋正要与姜、米两人搭话，忽见院子里踱进两人，一个是衣服破烂，满面污垢，头上一顶帽子，亮晶晶的都是乌油光，却又歪戴着；一个却衣饰鲜明，神情轩朗。走近一看，却认得前头

是荀子珮，名春植；后头个是黄叔兰的儿子，名朝杞，号仲涛。那时子佩看见尚秋开口道：“你来得好晚，公祭的仪式，我们都预备好了。”尚秋听了，方晓得他们在对面拱宸堂里铺排祭坛祭品，就答道：“偏劳两位了。”龚尚书手拿着一本书道：“刚才伯怡议，这部北宋本《公羊春秋何氏注》，也可以陈列祭坛，你们拿去吧！”子珮接着翻阅，尚秋、荃如也凑上看看，只见那书装璜华美，澄心堂粉画冷金笺的封面，旧宣州玉版的衬纸，上有宋五彩蜀锦的题签，写着“百宋一廛所藏，北宋小字本公羊春秋何氏注”一行，下注“千里题”三字。尚秋道：“这是谁的藏本？”潘尚书道：“是我新近从琉璃厂翰文斋一个老书估叫老安的手里买的。”子珮道：“老安的东西吗？那价钱必然可观了。”龚尚书道：“也不过三百金罢了。”别人听了也还没什么奇，荃如不觉暗暗吐舌，想这么一本破书，肯出如此巨价，真是书呆子了。尚秋又将那书看了几遍，里头有两个图章：一个是“荛圃过眼”，还有一个“曾藏汪阆源家”六字。尚秋道：“既然荛翁的藏本，怎么又有汪氏图印呢？”那苍黑脸的米筱亭忙接口道：“本来荛翁的遗书，后来都归汪氏的。汪氏中落，又流落出来，于是经史都归了常熟瞿氏铁琴铜剑楼，子集都归了聊城杨氏海源阁。这书或者常熟瞿氏遗失的，也未可知。我曾经在瞿氏校过书，听瞿氏子孙说，太平军时，曾失去旧书两橱哩。”剑云道：“筱亭这话不差，就是百宋一廛最有名的孤本《窦氏联珠集》，也从瞿氏流落出来，现在常熟赵氏了。”尚秋道：“两位的学问，真了不得！弟前日从闱墨中拜读了大著，剑云兄于公羊学，更为精邃，可否叨教叨教？”

剑云道：“哪里敢说精邃！不过兄弟常有个僻见，看着这部《春秋》，是我夫子一生经济学问的大结果，起先夫子的学问，本来是从周的主义，所以说‘郁郁乎文哉，我从周’。直到自卫返鲁，他的学问却大变了。他晓得周朝的制度，都是一班天子、诸侯、大夫定的，回护着自己，欺压平民，于是一变而为‘民为贵’的主义，要自己制礼作乐起来。所以又说‘行夏之时，乘殷之辂，服周之冕’。改制变法，显然可见。又著了这部《春秋》，言外见得凡做了一个人，都有干涉国家政事的权柄，不能逞着一班贵族，任意胡为的，自己先做个榜样，褒的褒，贬的贬，俨然天子刑赏的份儿。其实这刑赏的职分，原是百姓的，从来倒置惯了。夫子就拿这部《春秋》去翻了过来罢了。孟夫子说过‘《春秋》，天子之事也’。这句还是依着俗见说的。要照愚见说，简直道：‘《春秋》，凡民之天职也。’这才是夫子做《春秋》的真命脉哩！当时做了这书，就传给了小弟子公羊高。学说一布，那些天子诸侯的威权，顿时减了好些；小民之势力，忽然增高了。天子诸侯哪里甘心，就纷纷议论起来，所以孟子又有‘知我罪我’的话。不过夫子虽有了这个学说，却是纸上空谈，不能实行。倒是现在欧洲各国，民权大张，国势蒸蒸日上，可见夫子《春秋》的宗旨是不差的了。可惜我们中国，没有人把我夫子的公羊学说实行出来。”

尚秋听罢咋舌道：“真是石破天惊的怪论！”筱亭笑着道：“尚秋兄，别听他这种胡说，我看他弄了好几年公羊学，行什么大事业出来？也不过骗个举人，与兄弟二样。什么‘公羊私羊’，跟从前弄咸、同墨卷的，有何两样心肠？就是大公羊家汉朝董仲舒，目不窥园，图什么呢？也不过为着天人三策，要博取一个廷对第一罢了。”莘如听了剑云的话正不舒服，忽听筱亭这论，大中下怀，道：“筱亭兄的话，倒是近情着理。我看今日的典礼，只有姜、米两公是应该祭的，真所谓知恩不忘本了。”龚和甫听了，皱着眉不

语。八瀛冲口说道："荸如，你不懂这些，你别开口罢！"回头就向尚秋、筱亭道："剑云这段议论，也不是他一个人的私见。上回有一个四川名士，姓缪号寄坪的来见，他也有这说。他说：'孔子反鲁以前，是《周礼》的学问，叫作古学；反鲁以后，是《王制》的学问，是今学。弟子中在前传授的，变了古学一派；晚年传授的，变了今学一派。六经里头，所以制度礼乐，有互相违背，绝然不同处。后儒牵强附会，费尽心思，不知都是古今学不分明的缘故。你想，古学是纯乎遵王主义，今学是全乎改制变法主义，东西背驰，哪里合得拢来呢？'你们听这番议论，不是与剑云的议论，倒不谋而合的。英雄所见略同，可见这里头是有这么一个道理，不尽荒唐的！"龚尚书道："缪寄坪的著作，听见已刻了出来。我还听说现在广东南海县，有个姓唐的，名犹辉，号叫作什么常肃，就窃取了寄坪的绪论，变本加厉，说六经全是刘歆的伪书哩！这种议论，才算奇辟。剑云的论《公羊》，正当的很，也要闻而却走，真是少见多怪了！"荸如听大家你一句我一句，暗暗挖苦他，倒弄得大大没趣。

忽听一阵脚步声，几个管家说道："黎大人到！"就见黎公穿着半新不旧的袍褂，手捋着短须，摇摇摆摆进来，嚷道："来迟了，你们别见怪呀！"看见姜、米两人，就笑道："你们也在这里，我来的很巧了。"潘尚书笑道："怎样着，贵门生不在这里，你就来得不巧了？"石农道："再别提门生了。如今门生收不得了，门生愈好，老师愈没有日子过了。"龚、潘两尚书都一愣道："这话怎么讲？"石农道："我们坐了再说。"于是大家坐定。

石农道："我告诉你们，昨儿个我因注释《元秘史》，要查一查徐星伯的《西域传注》，家里没有这书，就跑到李纯客那里去借。"

成伯怡道："纯客不是你的老门生吗？"石农道："论学问，我原不敢当老师，只是承他情，见面总叫一声。昨天见面，也照例叫了。你道他叫了之后，接上句什么话？"龚尚书道："什么话呢？"他道："'老师近来跟师母敦伦的兴致好不好？'我当时给他蒙住了，脸上拉不下来，又不好发作，索性给他畅论一回容成之术，素女方呀，医心方呀，胡诌了一大篇。今天有个朋友告诉我，昨天人家问他，为什么忽然说起'敦伦'？他道：'石农一生学问，这"敦伦"一道，还算是他的专门，不给他讲"敦伦"，讲什么呢？'你们想，这是什么话？不活气死了人！你们说这种门生还收得吗？"说罢，就看着姜、米二人微笑。大家听着，都大笑起来。潘尚书忽然跳起来道："不好了，了不得了！"就连声叫："来！来！"大家倒愣着，不知何事。一会儿，一个管家走到潘尚书跟前，尚书正色问那管家道："这月里李治民李老爷的喂养费，发了没有？"那管家笑着说："不是李老爷的月敬吗？前天打发人送过去了。"潘尚书道："发了就得了。"就回过头来，向着众人笑道："要迟发一步，也要来问老夫'敦伦'了！"众人问什么叫喂养费？龚尚书笑道："你们怎糊涂起来？他挖苦纯客是骡子罢了！"于是众人回味，又大笑一回。正笑着，见一个管家送进一封信来。潘尚书接着一看，正是纯客手札，大家都聚头来看着。

雯如今日来得本来勉强，又听他们议论，一半不明白，一半不以为然，坐着好没趣，知道人已到齐，快要到什么何邵公那里去行礼了，看见此时，大家都拥着看李纯客的信，不留他神，就暗暗溜出。管家们问起，他对他们摇手，说去了就来，一直到门外上车回家。到了家中，他的夫人告诉他道："你出门后，信局送来上海文报处一信，还有一个纸包，说是俄国来的东西，不知是

谁的。”说罢，就把信并那包，一同送上去。雯如拆开看了，又拆了那纸包，却密密层层地包着，直到末层，方露出是一张一尺大的西法摄影。上头却是两个美丽的西洋妇人。雯如夫人看了不懂，心中不免疑惑，正要问明，忽听雯如道：“倒是一件奇闻。”正是：

方看日边德星聚，忽传海外雁书来。

欲知后事如何？且听下回分解。

第十二回

影并帝天初登布士殿　学通中外重翻交界图

却说菶如当日正接了一封俄国邮来的信件，还没拆开，先见两个西装妇女的摄影，不解缘故。他夫人倒大动疑心起来。菶如连忙把信拆开，原来这封信还是去年腊月里，雯青初到圣彼得堡京城所寄的。信中并无别话，就告诉菶如几时由德动身，几时到俄。又说在德京，用重价购得一幅极秘密详细的中俄交界地图，自己又重加校勘，即日付印，印好后就要打发妥员赍送来京，呈送总理衙门存档，先托菶如妥为招呼等语，辞气非常得意。直到信末，另附一纸，说明这张摄影的来由，又是件旷世希逢的佳话。你道这摄影是谁呢？列位且休性急，让俺慢慢说来。

话说雯青驻节柏林，只等彩云觐见后就要赴俄，已经耽搁了一个多月，恰值德皇政体违和，外部总没回文。雯青心中很是焦闷，倒是彩云兴高采烈，到处应酬：今日某公爵夫人的跳舞，明日某大臣姑娘的茶会，朝游缔尔园，夜登兰姒馆，东来西往，煞是风光。彩云容貌本好，又喜修饰，生性聪明，巧得人意，倒弄得艳名大噪起来。偌大一个柏林城，几乎没个不知道傅彩云是中国第一个美人，都要见识见识，连铁血宰相的郁亨夫人，也来往过好几次。那郁亨夫人，替彩云又介绍认得了一位贵夫人，自称维亚太太，说是德国的世爵夫人，年纪不到五十许，体态虽十分端丽，神情却八面威风。那日一见彩云，就非常投契，从此也常常约会。不过约会的地方，不在花园，即在戏馆，从不叫登这夫人的邸第，夫人也没有来过。彩云有时提起登门造访的话，那太太总把别话

支吾。彩云只得罢了。话且不表。

却说有一晚，彩云刚与这位太太在维良园看完了戏，独自回来，已在定更时候，坐着一辆华丽的轿式双马车，车上连一个女仆都不带，如飞地到了使馆门口停住。车夫拉开车门，彩云正要跨下，却见马路上有一个十七八岁的美童，飞奔的跑到车前，把肩膀凑近车门，口里还吁吁发喘。彩云就一手搭在他肩上，轻轻的跳了下来。

进了馆门，就有一班管家们，都站了起来，喊道："太太回来了，快掌灯伺候！"便有两个小童，各执一盏明角灯儿，在前引导。这当儿，那些丫鬟仆妇也都知道了，在楼上七跌八撞的跑了下来。那时彩云已到了升高机器小屋里，那些丫鬟仆妇都要上前搀扶，都道："阿福哥，劳你驾了！让我们来搀着吧！"彩云冷笑了一声，自顾自仍扶着阿福。那机器就如飞的上升了。到了楼上，彩云有气没力的，全身都靠在阿福的身上，连喘带笑地迈到了自己卧房一张五彩洋锦的软榻上就倒下了，两颊绯晕，双眼粘饧，好像杨妃醉酒一般，歪着身，斜着眼，似笑不笑的望着阿福。阿福也笑眯眯的低着头，立在榻旁。彩云忽然把一个玉葱，咬着银牙，狠狠的直指到阿福额上，颤声道："你这坏透顶的小子，我不想今儿个……"刚说到这里，那些丫鬟仆妇都从扶梯上走了进来，彩云就缩住了口，马上翻过脸来道："你们这班使坏心的娼妇，都晓得这会儿我快回来了，倒一个个躲起来。幸亏阿福是个小子，不要紧，要是大汉子、臭男人，也叫我扶着走吗？"彩云说罢，那些丫鬟仆妇都面面相觑，不敢则声。

阿福就趁势回道："那辆车，明天还叫他来伺候吗？"彩云道："明天有什么事？"阿福道："怎么太太会忘了！刚才在路上，你不是告诉我，明儿个维亚太太约游缔尔园吗？”彩云想一想道：“不错，看戏的时候，她当面约定的。”说着，把眼瞪着阿福道：“可是我再不要坐轿式车了。明天早上，叫他来一辆亨斯美吧！”阿福笑道：“你自个儿拉缰吗？”彩云道：“谁耐烦自个儿拉，你难道折了手吗？”阿福笑了一笑，再要说话，听见房门外靴声橐橐，仆妇们忙喊道：“老爷进来了！”阿福顿时失色，慌慌张张想溜。彩云故意正色高声的喊道：“阿福，你别忙走呀！我还有话吩咐呢！”阿福会意，就垂着手，答应一声：“着！”“你告诉他，明儿早上八下钟来，别误了！”

这当儿，雯青一头掀着门帘，一头嘴里咕噜说：“阿福老是这样冒冒失失、得风使篷的。”说着，已经踱了进来，冲着彩云道：“明天你又要上哪儿去了？”其时阿福得空，就捱身出房。彩云撅着嘴道：“到缔尔园去，会一个外国女朋友，你问她什么？难道你嫌我多出门吗？什么又不又的！”说着，赌气就一溜风走到床后去更衣洗面了。雯青讨了个没趣，低低说道：“彩云，你近来真变了相了，我一句话没有说了，你就生气了。我原是好意，你可知道今天外部已有回文，叫你后天就去觐见，在沙老顿布士宫Charloten-burg，离着柏林有二三十里地呢！我怕你连日累着，想要你歇息歇息呀！”彩云听了雯青这番软话，心里想想，到底有点过意不去，又晓得觐见在即，倒又欢喜起来，就笑嘻嘻走到床面前来道：“谁生气来？不过老爷也太顾怜我了。既然后天要觐见，明天早点回来，省得老爷不放心，好吗？”雯青道：“这也由你吧！”说罢，彼此一笑，同入罗帏。一宵无话。

次日清早，雯青尚在香梦迷离之际，彩云偷偷的抽身锦被，心里盘算出去的装束要格外新艳。忽然想起新购的一身华丽欧装，

就叫小丫头取了出来，慢慢的走到梳妆台，对镜梳洗，调脂抹粉，不用细说。不一会，就拢上一束蟠云曼蟠髻，系上一条豌地绛縩裙，颈围天鹅绒的领巾，肩披紫貂嵌的外套，头上戴了堆花雪羽帽，脚下踏着雕漆乌皮靴，颤巍巍胸际花球，光滟滟指头钻石，果然是蔷薇娘肖像，茶花女化身了。打扮刚完，自己把镜子照了又照，很觉得意。忽见镜子里面阿福笑嘻嘻的站在背后，低低道："车来了。"彩云嗤的一笑道："促狭鬼，倒吓人一跳！"随就把嘴儿指着床上，又附着阿福耳边，密密切切不知吩咐了些什么话。阿福笑着点头答应，就蹑手蹑脚的下楼去了。这里彩云收拾完备，轻轻走到床边，揭起帐子张了一张，就回声叫小丫头搀了一径下楼。到门口上车，打发小丫头们进去，又叫马夫坐在车后，自己就跳上亨斯美，轻提玉臂，紧勒丝缰，那匹马就得得的向前去了。走了一条街，却见那边候着个西装少年，远远招手儿。彩云笑一笑，把车放慢了，那少年就飞身上车，与彩云并肩坐下，把丝缰接了过来。一扬鞭，一摇铃，风驰电卷，向马龙车水中间滚滚而去。两人左顾右盼，俨然自命一对画中人了！不多会儿，到了缔尔园 Tiergarten 门前。

原来这座花园，古呢普提坊要算柏林市中第一个名胜之区，周围三四里，门前有一个新立的石柱，高三丈，周十围，顶立飞仙，全身金翅，是法、奥、丹三国战争时获得大炮铸成，号为"得胜铭"。园中马路，四通八达。崇楼杰阁，曲廊洞房，锦簇花团，云谲波诡，琪花瑶草，四时常开，珈馆酒楼，到处可坐。每日里钿车如水，裙屐如云，热闹异常。园中有座三层楼，画栋飞云，雕盘承露，尤为全园之中心点。其最上一层有精舍四五，无不金钉衔壁，明月缀帷，榻护绣襦，地铺锦罽，为贵绅仕女登眺之所，寻常人不能攀跻。彩云每次到园，与诸贵女聚会，总在此间憩息。这日马车进了园门，就一径到这楼下下车，阿福扶着，迤逦登楼。

刚走到常坐的那一间门口，彩云一只纤趾正要跨进，忽听咳嗽一声，抬头一看，却见屋里一个雄赳赳的日耳曼少年，金发赪颜，丰采奕然，一身陆军装束，很是华丽。见了彩云，一双美而且秀的眼光，仿佛云际闪电，把彩云周身上下打了一个圈儿。彩云猛吃一惊，连忙缩脚退出。阿福指着道："间壁有空房，我们到那里坐吧！"说罢，就掖了彩云径进那紧邻的一间精室。彩云坐下，就吩咐阿福道："你到外边去候着，等维亚太太一到，就先来招呼。"阿福答应如飞而去。彩云独自在房，心里暗忖那个少年不知是谁，倒想不到外国人有如此美貌的！我们中国的潘安、宋玉，想当时就算有这样的丰神，断没有这般的英武。看他神情，见了我也非常留意，可见好色之心，中外是一样的了。

彩云胡思乱想了一回，觉得心神恍惚，四肢软胎胎提不起来，就和身倒在一张红绒如意榻上，星眼惺松，似睡不睡的，正有点朦胧，忽听耳边有许多脚步声，连忙张开眼来，却见阿福领了一个中年妇人上来。彩云忙问阿福道："这是谁？"阿福道："这位就是维亚太太打发来的。"那妇人就接嘴道："我们主人说，今天不来这里了，要请密细斯到我们家里去。主人特地叫我们来接的，马车已在外面等着。请密细斯上车吧！"彩云听了，想了一想道："太太府上，我早该去请安，就为太太的住处不肯告诉我，就因循下来了。现在既然太太见招，我就坐我自己的车前去便了。"说着，回头叫阿福去套车。那妇人道："我们主人吩咐，请密细斯就坐我们来车。因为我们主人的住处，不肯轻易叫人知道的。"彩云道："这是什么道理？"那妇人笑道："主人如此吩咐，其中缘故，奴

辈哪里敢问呢？”彩云没法，只好叫阿福到身边，附耳说了两句话，阿福先去了，自己就立起身来道：“我们走吧！”那妇人在前，彩云在后，走下楼来。刚到门口，彩云还没看清那车子的大小方圆，却被那妇人猛然一推，彩云身不由主被她推进车来，车门已砸的关上了，弄得彩云迷迷糊糊，又惊又吓。只见那车里四面糊着金绒，当前一悬明镜，两旁却放着绿色的布帘，遮着玻璃，一些望不见外面。对面却笑微微坐着那妇人，开口道：“密细斯休怪粗莽，这是主人怕你知道了路程，所以如此的。”彩云听了这话，更加狐疑，要问那妇人，又知道她不肯说实话的，心里不免突突跳个不住。

正冥想间，那车忽然停了，车门欻的开了，那中年妇人先下车，后来搀彩云。刚跨下地，忽觉眼前一片光明，耀耀烁烁，眼睛也睁不开。好容易定睛一认，原来一辆朱轮绣幰的百宝宫车，端端正正的停在一座十色五光的玻璃宫台阶之下。那宫却是轮奂巍峨，矗云干汉。宫外浩荡荡，一片香泥细草的广场，遍围着郁郁苍苍的树木，点缀着几处名家雕石像，放射出万条异彩的喷水池。彩云不及细看，却被那妇人不由分说就扶上台阶，曲曲折折，走到一面大镜子面前，那妇人把镜子一推，却呀的一声开了，原来是个门儿。向里一望，只见是个窈窕洞房，满室奇光异彩，也不辨是金是玉，是花是绣，但觉眼光缭乱而已。就有几个华装女子听见门响，向外一望，问道：“来了吗？”那妇人道：“来了。”忽听嘤然一声，恍如凤鸣鹤唳，清越可听道：“快请进来。”那当儿，彩云已揭起了绣帏，踏上了锦毯，迎面袅袅婷婷的，来了个细腰长裙、锦装玉裹的中年贵妇，不用说就是维亚太太了。见了彩云，就抢上一步，紧握住彩云的双手，回头向那些女子说道：“这就是中国第一美女，金公使的夫人傅彩云呀！你们瞧着，我常说她是亚洲的姑娄巴、支那的马克尼。今儿个你们可开开眼儿了！”说完，就把彩云拉到了一张花磁面的圆桌上首坐下，自己朝南陪着。

彩云此时迷迷糊糊，如在五里雾中，弄得不知所措，只是婉婉的说道：“贱妾蒲柳之姿，幸蒙太太见爱，今日登宝地，真是三生有幸了！只是太太的住处，为何如此秘密？还请明示，以启妾疑。”维亚太太笑道：“不瞒密细斯说，我平生有个癖见，以为天地间最可宝贵的是两种人物，都是有龙跳虎踞的精神、颠乾倒坤的手段，你道是什么呢？就是权诈的英雄与放诞的美人。英雄而不权诈，便是死英雄；美人而不放诞，就是泥美人。如今密细斯又美丽，又风流，真当得起‘放诞美人’四字。我正要你的风情韵致泻露在我的眼前，装满在我的心里，我就怕你一晓了我的身分地位，就把你的真趣艳情拘束住了，这就大非我要见你的本心了。”彩云不听这太太的话，心里倒还有点捉摸，如今听了这番议论，更糊涂了，又问道：“到底太太的身分、地位，能赐教吗？”那太太笑道：“你不用细问，到明日就会知道的。”说话间，有几个华装女子，来请早餐，维亚太太就邀彩云入餐室。原来餐室就在这室间壁，高华典贵，自不必说。坐定后，山珍海味，珍果醇醪，络绎不绝的上来。维亚太太殷勤劝进，彩云也只得极力周旋。酒至数巡，维亚太太立起身来，走到沿窗一座极大的风琴前，手抚玉徽，回顾彩云道：“密细斯精于音律吗？”彩云连说“不懂”。那太太就引弦扬吭的唱起来。歌曰：

美人来兮亚之南，风为御兮云为骖。微波渺渺不可接，但闻空际琼瑶音。吁嗟乎彩云！

美人来兮欧之西，惊鸿照海天龙迷。瑶台绰约下仙子，握手一笑心为低。吁嗟乎彩云！

山川渺渺月浩浩，五云殿阁琉璃晓。报道青鸾海上来，汝来慰我忧心捣。吁嗟乎彩云！

劝君酒，听我歌，我歌欢乐何其多！听我歌，劝君酒，雨复云翻在君手！愿君留影随我肩，人间天上仙乎仙！吁嗟乎彩云！

歌毕，就向彩云道："下里之音，不足动听。只是末章所请愿的，不知密细斯肯俯允吗？"彩云原不懂文墨，幸而这回歌辞全用德语，所以彩云倒略解一二，就答道："太太如此见爱，妾非木石，哪有不感激的哩。只是同太太并肩拍照，蒹葭倚玉，恐折薄福，意欲告辞，改日再遵命吧！"那太太道："请密细斯放心，拍了照，我就遣车送你回去。现在写真镜已预备在草地上，我们走吧！"就亲亲热热携了彩云的手，一队高鬟窄袖的女侍前后呵护，慢慢走出房来，就走到刚才进来看见的那片草地上。早见有一群人簇拥着一具写真镜的匣子，离匣子三四丈地，建立一个铜盘，上面矗起一个喷水的机器，下面周围着白石砌成的小他。那水线自上垂下，在旭日光中如万颗明珠，随风咳吐，煞是好看。那太太就携了彩云，立在这石池旁边，只见那写真师正在那里对镜配光。

彩云瞥眼看去，那写真师好像就是在萨克森船上见的那毕叶先生，心里不免动疑。想要动问，恰好那镜子已开，自己被镜光一闪，觉得眼花缭乱了好一回。等到捉定了神，那镜匣已收起，那一群人也不知去向了，却见一辆马车停在面前。维亚太太就执了彩云的手道："今天倒叫密细斯受惊了。车子已备好，就此请登车，我们改日再叙吧！"彩云一听送她回去，很欢喜的，也道了谢，就跨进车来。车门随手就关上了，却见车帘仍旧放着，乌洞洞闷死人。那车一路走着，彩云一路猜想："这太太的行径，实在奇怪，到底是何等样人？为什么不叫我知道她的底里呢？那毕叶先生怎么也认得她、替她拍照呢？”想来想去，再想不出些道理来。还在呆呆的揣摩，只见门豁然开朗，原来已到了使馆门口。彩云就自己下了车，刚要发放车夫，谁知那车夫飞身跳上高座，加紧一鞭，逃也似的直奔前路，眨眼就不见了。彩云倒吃了一惊，立在门口呆呆的望着，直到馆中看门的看见，方惊动了里边的丫鬟们，出来扶了进去。阿福也上前来探问，彩云含糊应了。后来见了雯青，也不敢把这事提及。

雯青告诉她今天外部又来招呼，说明日七点钟在沙老顿布士宫觐见，他们打发宫车来接。当晚彩云绝早就睡，只是心里有事，终夜不曾安眠。刚要睡着，却被雯青唤醒，说宫车已到，催着彩云洗梳打扮，按品大装。六点钟动身，七点钟就到了那宫前。那宫却在一座森林里面，清幽静肃，壮丽森严，警兵罗列，官员络绎。彩云一到，迎面就见一座六角的文石台，台上立着个骑马英雄的大石像，中央一条很长的甬道，两面石栏，栏外植着整整齐齐高的塔形、低的钟形的常绿树。从那甬道一层高似一层，一直到大殿，殿前一排十二座穹形窗，中间是凸出的圆形屋。彩云走近圆屋，早有接引大臣把彩云引上殿来。却见德皇峨冠华服，南面坐着，两旁拥护剑佩铿锵的勋戚大臣，气象很是堂皇。彩云随着接引官走上前去，恭恭敬敬行了鞠躬大礼，照着向来觐见的仪节，都按次行了。那德皇忽含笑的向着彩云道：“贵夫人昨朝辛苦了。”说着，手中擎着个锦匣，说道：“这是皇后赐给贵夫人的。今天皇后有事，不能再与贵夫人把晤，留着这个算纪念吧！”一面说着，一面就递了下来。彩云茫然不解，又不好动问，只得糊里糊涂的接了。这当儿，就有大臣启奏别事，彩云只得慢慢退了下来。

到得车中，轮蹄转动，要紧把那锦匣打开一看，不觉大大吃惊。原来这匣内并非珠宝，也非财帛，倒是一张活灵活现的小影：两个羽帽迎风、长裙窣地的妇人，一个是袅袅婷婷的女郎，一个是庄严璀璨的贵妇。那女郎，不用说是自己的西装小像；这个贵妇，就是昨天并肩拍照的维亚太太。心中恍然大悟道："原来维亚太太就是联邦帝国大皇帝飞蝶丽皇后，世界雄主英女皇维多利亚的长女，维多利亚第二嘎！怪不得她说，她的身分地位能拘束我了。亏我相处了半月有零，到今朝才明白，真是有眼不识泰山了。"心中就一惊一喜，七上八落起来。

那车子却已回到了自己门口，却又看见门口停着一辆轿车。彩云这两天遇着多少奇怪事情，心里真弄得恍恍惚惚、提心吊胆的，见了此车，心里又疑心道："这车不知又是谁的了。"此时丫鬟仆妇已候在门口，都来搀扶，阿福也来车前站着。彩云就问道："老爷那里有什么客？"阿福道："就是毕叶先生。"彩云听了，心里触动昨天拍照的事情，就大喜道："原来就是他？我正要见他哩！你们搀我到客厅上去。"说着，就曲折行来。刚走到厅门口，彩云望里一张，只见满桌子摊着一方一方的画图，雯青正弯着腰在那里细细赏玩，毕叶却站在桌旁。彩云就叫"且不要声张，让我听听那东西和老爷说什么。"只听雯青道："这图上红色的界线，就是国界吗？"毕叶道："是的。"雯青道："这界线准不准呢？"毕叶道："这地图的可贵，就在这上头。画这图的人是个地学名家，又是奉着政府的命令画的，哪有不准之理！"雯青道："既是政府的东西，他怎么能卖掉呢？"毕叶道："这是当时的稿本。清本已被政府收藏国库，秘密万分，却不晓留着这稿子在外。这人如今穷了，流落在这里，所以肯卖。"雯青道："但是要一千金镑，未免太贵了。”毕叶道：“他说，他卖掉这个，对着本国政府，担了泄漏秘密的罪，一千镑价值还是不得已呢！我看大人得了此图，大可重新把它好好的翻印，送呈贵国政府，这整理疆界的功劳是不小哩，何在这点儿小费呢！”彩云听到这里，心里想：“好呀，这东西倒瞒着我，又来弄老爷的钱了。我可不放他！”想着，把帘子一掀，就飘然的走了进去。正是：

羡煞紫云傍霄汉，全凭红线界华戎。

不知彩云见了毕叶问他什么话来？且听下回分解。

第十三回

误下第迁怒座中宾　考中书互争门下士

话说雯青正与毕叶在客厅上讲论中俄交界图的价值，彩云就掀帘进来，身上还穿着一身觐见的盛服。雯青就吃了一惊，正要开口，毕叶早抢上前来与彩云相见，恭恭敬敬的道："密细斯觐见回来了。今天见着皇后陛下，自然益发要好了，赏赐了什么东西，可以叫我们广广眼界吗？"彩云略弯了弯腰，招呼毕叶坐下，自己也坐在桌旁道："妾正要请教先生一件事哪！昨天妾在维亚太太家里拍照的时候，仿佛看见那写真师的面貌和先生一样，匆匆忙忙，不敢认真，到底是先生不是？"毕叶怔了怔道："什么维亚太太？小可却不认得，小可一到这里，就蒙维多利亚皇后赏识了小可的油画。昨天专诚宣召进宫，就为替密细斯拍照。皇后命小可把昨天的照片放大，照样油画。听宫人们说，皇后和密细斯非常的亲密，所以要常留这个小影在日耳曼帝国哩！怎么密细斯倒说在维亚太太家碰见小可呢？"彩云笑道："原来先生也不知底细，妾与维多利亚皇后虽然交好了一个多月，一向只知道她叫维亚太太，是个爵夫人罢咧，直到今天觐见了，才知道她就是皇后陛下哩！真算一桩奇闻！"

且说雯青见彩云突然进来，心中已是诧异，如今听两人你言我语，一句也不懂，就忍不住问彩云："怎么你会认识这里的皇后呢？"彩云就把如何在郁亨夫人家认得维亚太太，如何常常往来，如何昨天约去游园，如何拍照，直到现在觐见德皇，赐了锦匣，自己到车子里开看，方知维亚就是维多利亚皇后的托名，前前后后、得意扬扬的细述了一遍，就把那照片递给雯青。雯青看了，自然欢喜，就向着毕叶道："别尽讲这个了。毕叶先生，我们讲正事吧！那图价到底还请减些。"毕叶还未回答，彩云就抢说道："不差。我正要问老爷，这几张破烂纸，画得糊糊涂涂的，有什么好看，值得化多少银子去买它！老爷你别上了当！"雯青笑道："彩云，你尽管聪明，这事你可不懂了。我好容易托了这位先生，弄到了这幅中俄地图。我得了这图，一来可以整理整理国界，叫外人不能占踞我国的寸土尺地，也不枉皇上差我出洋一番；二来我数十年心血做成的一部《元史补证》，从此都有了确实证据，成了千秋不刊之业，就是回京见了中国著名的西北地理学家黎石农，他必然也要佩服我了。这图的好处正多着哩！不过这先生定要一千镑，那不免太贵了！"

彩云道："老爷别吹。你一天到晚抱了几本破书，嘴里咭唎咕噜，说些不中不外的不知什么话，又是对音哩、三合音哩、四合音哩，闹得烟雾腾腾，叫人头疼，倒把正经公事搁着，三天不管，四天不理，不要说国里的寸土尺地，我看人家把你身体抬了去，你还摸不着头脑哩！我不懂，你就算弄明白了元朝的地名，难道算替清朝开了疆拓了地吗？依我说，还是省几个钱，落得自己享用。这些不值一钱的破烂纸，惹我性起一撕两半，什么一千镑、二千镑呀！"雯青听了彩云的话倒着急起来，怕她真做出来，连忙拦道："你休要胡闹，你快进去换衣服吧！"彩云见雯青执意要买那地图，倒赶她动身，就嘟着嘴，赌气扶着丫鬟走了。

这里毕叶笑道："大人这一来不情极了！你们中国人常说千金买笑，大人何妨千镑买笑呢！"雯青笑了一笑。毕叶又接着说道："既这么着，看大人分上，在下替敝友减了二百镑，就是八百镑

吧！”雯青道：“现在这里诸事已毕，明后天我们就要动身赴贵国了。这价银，你今天就领下去，省得周折，不过要烦你到戴随员那里走一遭。”说着，就到书桌上写了一纸取银凭证，交给毕叶。毕叶就别了雯青，来找戴随员把凭证交了，戴随员自然按数照付。正要付给时候，忽见阿福急急忙忙从楼上走来，见了戴随员，低低的附耳说了几句。戴随员点头，便即拉毕叶到没人处，也附耳说了几句。毕叶笑道：“贵国采办委员，这九五扣的规矩是逃不了的，何况……”说到这里，顿住了，又道：“小可早已预备，请照扣便了。”当时戴随员就照付了一张银行支票。毕叶收着，就与戴随员作别，出使馆而去。这里，雯青、彩云就忙忙碌碌，料理动身的事。

这日正是十一月初五日，雯青就带了彩云及参赞翻译等，登火车赴俄。其时天气寒冽，风雪载途，在德界内尚常见崇楼杰阁，沃野森林，可以赏眺赏眺，到次日一人俄界，则遍地沙漠，雪厚尺余，如在冻天雪窖中矣。走了三日夜，始到俄都圣彼得堡，宏敞雄壮，比德京又是一番气象。雯青到后，就到昔而格斯街中国使馆三层洋楼里，安顿眷属，于是拜会了首相吉尔斯及诸大臣。接着觐见俄帝，足足乱了半个月，诸事稍有头绪。那日无事，就写了一封信，把自己购图及彩云拍照的两件得意事，详详细细告诉了菶如。又把那新购的地图，就托次芳去找印书局，用五彩刷印。因为地图自己还要校勘校勘，连印刷，至快要两三个月，就先把信发了。

这信就是那日菶如在潘府回来时候接着的。当时，菶如把信看完，连说奇闻！他夫人问他，菶如照信念了一遍。正说得高兴，只见菶如一个着身管家，上来回道：“明天是朝廷放会试总裁房官的日子，老爷派谁去听宣？”莑如想一想道：“就派你去吧，比他们总要紧些！”那管家诺诺退出。当时无话。次日天还没亮，那管家就回来了。莑如急忙起来，管家老远就喊道：“米市胡同潘大人放了。”莑如接过单子，见正总裁是大学士高扬藻号理惺，副总裁就是潘尚书和工部右侍郎缪仲恩号绶山的，也是江苏人，还有个旗人。莑如不甚在意。其余房官，袁尚秋、黄仲涛、荀子现珮那班名士，都在里头。同乡熟人，却有个姓尹，名宗汤，号震生，也派在内。只有莑如向隅。不免没精打采的丢下单子，仍自回房高卧去了。按下不表。

且说潘尚书本是名流宗匠，文学斗山，这日得了总裁之命，夹袋中许多人物，可以脱颖而出，欢喜自不待言。尚书暗忖：这回伙伴中，余人都不怕他们，就是高中堂和平谨慎，过主故常，不能容奇伟之士，总要用心对付他，叫他为我使、不为我敌才好。当下匆忙料理，不到未刻，直径进闱。二位大总裁都已到齐，大家在聚奎堂挨次坐下。潘尚书先开口道：“这回应举的很多知名之士，大家阅卷倒要格外用心点儿，一来不负朝廷委托，二来休让石农独霸，夸张他的江南名榜。”高中堂道：“老夫荒疏已久，老眼昏花，恐屈真才，全仗诸位相助。但依愚见看来，暗中摸索，只能凭文去取，哪里管得他名士不名士呢！况且名士虚声，有名无实的多哩！”缪侍郎道：“现在文章巨眼，天下都推龚、潘。然兄弟常见和甫先生每阅一文，翻来覆去，至少看十来遍，还要请人复看；瀛翁却只要随手乱翻，从没有首尾看完过，怎么就知好歹呢？”潘尚书笑道：“文章望气而知，何必寻行数墨呢！”大家议论一会，各自散归房内。

过了数日，头场已过，朱卷快要进来，各房官正在预备阅卷，

忽然潘尚书来请袁尚秋，大家不知何事。尚秋进去一句钟工夫方始出来，大家都问什么事。尚秋就在袖中取出一本小册子，递给子珮，仲涛、震生都来看。子珮打开第一页，只见上面写道：

章骞，号直蜚，南通州；闻鼎儒，号韵高，江西；

姜表，号剑云，江苏；米继曾，号筱亭，江苏；

苏胥，号郑龛，福建；吕成泽，号沐庵，江西；

杨遂，号淑乔，四川；叶鞠，号缘常，江苏；

庄可权，号立人，直隶；缪平，号奇坪，四川。

子珮看完这一页，就把册子合上，笑道："原来是花名册，八瀛先生怎么吩咐的呢？"尚秋道："这册子上拢共六十二人，都是当世名人，要请各位按着省分去搜罗的。章、闻两位尤须留心。"子珮道："那位直蜚先生，但闻其名，却不大认得。韵高原是熟人，真算得奇材异能了。兄弟告诉你们一件事，还是在他未中以前，有一回在国子监录科，我们有个同乡给他联号，也不知道他是谁，只见他进来手里就拿着三四本卷子，已经觉得诧异。一坐下来，提起笔如飞的只是写，好像抄旧作似的。那同乡只完得一篇四书文,他拿来一迭卷子都写好了。忽然停笔,想了想道:'啊呀,三代叫什么名字呢？'我们那同乡本是讲程朱学的，就勃然起来，高声道：'先生既是名教中人，怎么连三代都忘了？'他笑着低声道：'这原是替朋友做的。'那同乡见他如此敏捷，忍不住要请教他的大作了。拜读一遍，真大大吃惊，原来四篇很发皇的时文、四道极翔实的策问，于是就拍案叫绝起来。谁知韵高却从从容容笑道：'先生谬赞不敢当，哪里及先生的大著朴实说理呢！'那同乡道:'先生并未见过拙作，怎么知道好呢？这才是谬赞！'他道:'先生大著,早已熟读。如不信,请念给先生听,看差不差！"说罢，就把那同乡的一篇考作，从头至尾滔滔滚滚念了一遍，不少一字。你们想这种记性，就是张松复生，也不过如此吧！”

震生道：“你们说的不是闻韵高吗？我倒还晓得他一件故事哩！他有个闺中谈禅的密友，却是个刎颈至交的娇妻。那位至交，也是当今赫赫有名的直臣，就为妄劾大臣，丢了官儿，自己一气，削发为僧，浪迹四海，把夫人托给韵高照管。不料一年之后，那夫人倒写了一封六朝文体的绝交书，寄与所天，也遁迹空门去了。这可见韵高的辩才无碍，说得顽石点头了。”大家听了这话，都面面相觑。

尚秋道：“这是传闻的话，恐未必确吧！”仲涛道：“那章直蜚是在高丽办事大臣吴长卿那里当幕友的。后来长卿死了，不但身后萧条，还有一笔大亏空，这报销就是直蜚替他办的。还有人议论办这报销，直蜚很对不起长卿呢。”震生道：“我听说直蜚还坐过监呢！这坐监的原因，就为直蜚进学时冒了如皋籍，认了一个如皋人同姓的做父亲，屡次向直蜚敲竹杠，直蜚不理会。谁知他竟硬认做真子，勾通知县办了忤逆，革去秀才，关在监里。幸亏通州孙知州访明实情，那时令尊叔兰先生督学江苏，才替他昭雪开复的哩！仲涛回去一问令尊，就知道了。”原来尹震生是江苏常州府人，现官翰林院编修，记名御史，为人戆直敢任事，最恨名士。且喜修仪容，车马服御，华贵整肃，远远望去，俨然是个旗下贵族。当下说了这套话，就暗想道：“这班有文无行的名士，要到我手中，休想轻轻放过。”大家正谈得没有收场，恰好内监试送进朱卷来，于是各官分头阅卷去了。

且说有一天，子珮忽然看着一本卷子是江苏籍贯的，三篇制义高华典实，饶有国初刘熊风味；经义亦原原本本，家法井然；

策问十事对九，详博异常。就大喜道："这本卷子，一定是章直蜚的了。"连忙邀了尚秋、仲涛来看。大家都道无疑的，快些加上极华的荐批，送到潘尚书那里，大有夺元之望。子珮自然欢喜，就亲自袖了卷子，来到潘尚书处。刚走到尚书卧室廊下，管家进去通报，子珮在帘缝里一张，不觉吃了一惊。只见靠窗朝南一张方桌上，点着一对斤通的大红蜡，火光照得满室通明，当中一个香炉，尚书衣冠肃肃，两手捧着一炷清香，对着桌上一大堆卷子，嘴里啾啾不知祷告些什么。祷告完了，好像眼睛边有些泪痕，把手揩了一揩，却志志诚诚的磕了三个大头，然后起来。那管家方敢上前通报。尚书连忙叫请子珮进去。尚书就道："这会你们把好卷子都送到我这里来，实在拥挤得了不得了，不知道屈了多少好手！老夫弄得没有法儿，只好赔着一付老泪，磕着几个响头，就算尽了一点爱士心了。"说罢，指着桌上的卷子笑道："这一堆都是可怜虫！"子珮道："章直蜚的卷子，门生今天倒找着了。"尚书很惊喜道："在哪儿呢？"子珮连忙在袖中取出。尚书一手抢去，大略翻了一翻，拍手道："踏破铁鞋无觅处，得来全不费工夫。'可惜会元已经被高中堂定去，只索给他争一争了！"说毕，就叫管家伺候，带了卷子去见高中堂，叫子珮就在这里等等儿。去了没多大的工夫，尚书手舞足蹈的回来道："好了，定了。"子珮道："怎么定的？"尚书道："高中堂先不肯换，给我说急了，他倒发怒，竟把先定元的那一本撤了，说让他下科再中元吧！这人真晦气，我也管不得了！"子珮就很欢喜的出来，告诉大家，都给他道贺。只有震生暗笑他们呆气，自己想江西闻韵高的卷子，光罢给我打掉了。

光阴容易，转瞬就是填榜的日子。各位总裁、房考衣冠齐楚，会集至公堂，一面拆封唱名，一面填榜，从第六名起，直填到榜尾。其中知名之士，如姜表、米继曾、吕成泽、叶鞠、杨遂诸人，倒也中了不少。只有章直蜚、闻韵高两人，毫无影踪。潘尚书心里还不十分着急，认定会元定是直蜚、韵高，或也在魁卷中。直到上灯时候，至公堂上，点了万支红蜡，千盏纱灯，火光烛天，明如白昼，大家高高兴兴，闹起五魁来。潘尚书拉长耳朵，只等第一名唱出来，必定是江苏章骞。谁知那唱名的偏偏不得人心，朗朗的喊了姓刘名毅起来。尚书气得须都竖了。子珮却去拣了那本撤掉的元卷，拆开弥封一看，可不是呢！倒明明写着章骞的大名。这一来真叫尚书公好似哑子吃黄连了。填完了榜大家各散，尚书也垂头丧气的，自归府第去了。接着朝考殿试之后，诸新贵都来谒见，几乎把潘府的门限都踏破了。尚书礼贤下士，个个接见，只有会元公来了十多次，总以闭门羹相待。会元公益发疑惧，倒来得更勤了。

此时已在六月初旬天气，这日尚书南斋入值回来，门上禀报："钱端敏大人从湖北任满回京，在外求见。"尚书听了大喜，连声叫"请"。门上又回道："还有新科会元刘。"尚书就瞪着眼道："什么留不留？我偏不留他，该怎么样呢！"那门上不敢再说，就退下去了。原来唐卿督学湖北，三年任满，告假回籍，在苏州耽搁了数月，新近到京。潘公原是师门，所以先来谒见。当时和会元公刘毅同在客厅等候。刘公把尚书不见的话告诉唐卿，请其缓颊。唐卿点头。恰好门上来请，唐卿就跟了进来，一进书室，就向尚书行礼。尚书连忙扶住，笑道："贤弟三载贤劳，尊容真清减了好些了。汉上友人都道，贤弟提倡古学，扫除积弊，今之纪阮也！"唐卿道："门生不过遵师训，不敢陨越耳！然所收的都是小草细材，不足称道，哪里及老师这回东南竹箭、西北琨瑶，一网打尽呢！”尚书摇首道：“贤弟别挖苦了。这回章直蜚、闻韵高都没有中，骊珠已失，所得都是鳞爪罢了！最可恨的，老夫衡文十多次，不想倒上了毗陵伧夫的当。”唐卿道：“老师倒别这么说，门生从南边来，听说这位刘君也很有文名的。况且这回原作，外间人人说好，只怕直蜚倒做不出哩！门生想朝廷快要考中书了，章、闻二公既有异才，终究是老师药笼中物，何必介介呢？倒是这位会元公屡次登门，老师总要见见他才好。”尚书笑道：“贤弟原来替会元做说客的。看你分上，我到客厅上去见一见就是了。你可别走。”说罢，扬长而去。

且说那会元公正在老等，忽见潘公出来，面容很是严厉，只得战战兢兢铺上红毡，着着实实磕了三个头起来。尚书略招一招手，那会元公斜签着身体，眼对鼻子，半屁股搭在炕上。尚书开口道：“你的文章做得很好，是自己做的吗？”会元公涨红了脸，答应个“是”。尚书笑道：“好个揣摩家，我很佩服你！”说着，就端茶碗。那会元只得站起来，退缩着走，冷不防走到台级儿上，一滑脚，恰正好四脚朝天，做了个状元及第。尚书看着，就哈哈笑了两声，洒着手，不管他，进去了。不说这里会元公爬起，匆匆上车，再说唐卿在书室门口张见这个情形，不免好笑。接着尚书进来，倒不便提及。尚书又问了些湖北情形，及庄寿香的政策。唐卿也谈了些朝政，也就告辞出来，再到龚和甫及菶如等熟人那里去了。

话说菶如自从唐卿来京，添了熟人，夹着那班同乡新贵姜剑云、米筱亭、叶缘常等轮流宴会，忙忙碌碌，看看已到初秋。那一天，忽然来了一位姓黄的远客，菶如请了进来，原来就是黄翻译，因为母病，从俄国回来的。雯青托他把新印的中俄交界图带来。莘如当下打开一看，是十二幅五彩的地图，当中一条界线，却是大红色画的，极为清楚。莘如想现在总理衙门，自己却无熟人，常听说庄小燕侍郎和唐卿极为要好，此事不如托了唐卿吧，就写了一封信，打发人送到内城去。不一会，那人回来说："钱大人今天和余同余中堂、龚平龚大人派了考中书的阅卷大臣，已经入闱去了。信却留在那里。"莘如只得罢了。过了三四日，这一天，莘如正要出门，家人送上一封信。莘如见是唐卿的，拆开一看，只见写道：

前日辱教，适有校文之役，阙然久不报，歉甚！顷小燕、扈桥、韵高诸君，在荒斋小酌，祈纡驾过我，且商界图事也！

末写"知名不具"四字。

莘如阅毕，就叫套车，一径进城，到钱府而来。到了钱府，门公就领到花厅，看见厅上早有三位贵客：一个虎颔燕额，粗腰长干，气概昂藏的是庄小燕。一个短胖身材，紫圆脸盘，举动脱略的是段扈桥，都是莘如认得的。还有个胖白脸儿，魁梧奇伟的，莘如不识得，唐卿正在这里给他说话。只听唐卿道："这么说起来，余中堂在贤弟面前，倒很居功哩！"说到这里，却见莘如走来，连忙起来招呼送茶。莘如也与大家相见了。正要请教那位姓名，唐卿就引见道："这位就是这回考中书第一的闻韵高兄。"莘如不免道了"久仰"。大家坐下，扈桥就向韵高道："我倒要请教余中堂怎么居功呢！"韵高道："他说兄弟的卷子，龚老夫子和钱夫子都很不愿意，全是他力争来的。"唐卿哈哈笑道："贤弟的卷子，原在余中堂手里。他因为你头篇里用了句《史记·殷本纪》素王九主之事，他不懂来问我，我才得见这本卷子。我一见就决定是贤弟的手笔，就去告诉龚老夫子，于是约着到他那里去公保，要取作压卷。谁知他嫌你文体不正，不肯答应。龚老夫子给他力争，几乎吵翻了，还是我再四劝和，又偷偷儿告诉他，决定是贤弟的。自己门生，何苦一定给他辞掉这个第一呢！他才活动了。直到拆出弥封，见了名字，倒又欢喜起来，连忙架起老花眼镜，仔细看了又看，眯花着眼道：'果然是闻鼎儒！果然是闻鼎儒！'这回儿倒要居功，你说好笑不好笑呢？"小燕道："你们别笑他，近来余中堂很肯拉拢名士哩！前日山东大名士汪莲孙，上了个请重修《四库全书》的折子，他也答应代递了，不是奇事吗？"大家正说得热闹，忽然外边如飞的走进个美少年来，嘴里嚷道："晦气！晦气！"唐卿倒吃了一惊，大家连忙立起来。正是：

相公争欲探骊颔，名士居然占凤头。

不知来者何人，嚷的何事？且听下回分解。

第十四回

两首新诗是谪官月老 一声小调显命妇风仪

话说外边忽然走进个少年，嘴里嚷道“晦气”。大家站起来一看，原来是姜剑云，看他余怒未息，惊心不定，嘴里却说不出话来。看官，你道为何？说来很觉可笑。原来剑云和米筱亭，乡会两次同年，又在长元吴会馆同住了好几个月，交情自然很好了。朝殿等第，又都很高标，都用了庶常。不用说都要接眷来京，另觅寓宅。两个人的际遇好像一样，两个人的处境却大大不同。剑云是寒士生涯，租定了西斜街一所小小四合房子，夫妻团聚，却俨然鸿案鹿车。筱亭是豪华公子，虽在苏州胡同觅得很宽绰的宅门子，倒似槛鸾筊凤。你道为何？

如今且说筱亭的夫人，是扬州傅容傅状元的女儿，容貌虽说不得美丽，却气概丰富，倜傥不群，有“巾帼须眉”之号。但是性情傲不过，眼孔大不过，差不多的男子不值她眼角一睃，又是得了状元的遗传性，科名的迷信非常浓厚。她这脑质，若经生理学家解剖出来，必然和车渠一样的颜色。自从嫁了筱亭，常常不称心，一则嫌筱亭相貌不俊雅，再则筱亭不曾入学中举，不管你学富五车，文倒三峡，总逃不了臭监生的徽号，因此就有轻视丈夫之意。起先不过口角嘲笑，后来慢慢的竟要扑作教刑起来。筱亭碍着丈人面皮，凡事总让她几分。谁知习惯成自然，胁肩谄笑，竟好像变了男子对妇人的天职了。筱亭屡困场屋，曾想改捐外官，被夫人得知，大哭大闹道：“傅氏门中，那里有监生姑爷，面皮都

给你削完了！告诉你，不中还我一个状元，仔细你的臭皮！”弄得筱亭没路可投，只得专心黄榜。如今果然乡会联捷，列职清班，旁人都替他欢喜，这回必邀玉皇上赏了。

谁知筱亭自从晓得家眷将要到京，倒似起了心事一般，知道这回没有占得鳌头，终难免夫鸭矢。这日正在预备的夫人房户内，亲手拿了鸡毛帚，细细拂拭灰尘。忽然听见院子里夫人陪嫁乔妈的声音，就走进房，给老爷请安道喜道：“太太带着两位少爷、两位小姐都到了，现在傅宅。”筱亭不知不觉手里鸡毛帚就掉在地上，道：“我去，我就去。”乔妈道：“太太吩咐，请老爷别出门，太太就回来。”筱亭道：“我就不出门，我在家等。”不一会，外边家人进来道：“太太到了。”筱亭跟着乔妈，三脚两步的出来，只听得院子外很高的声音道：“你们这班没规矩的奴才，谁家太太们下了车，脚凳儿也不知道预备！我可不比老爷好伺候，你们若有三条腿儿，尽懒！”说着，一班丫鬟仆妇簇拥着，太太朝珠补褂，一手搭着乔妈，一手搀着小女儿凤儿，跨上垂花门的台阶儿来。劈面撞着筱亭道：“你大喜呀。你这回儿不比从前了，也做了绿豆官儿了，怎样还不摆出点儿主子架子，倒弄得屋无主，扫帚颠倒竖呀！”筱亭道：“原是只等太太整顿。”大家一窝风进了上房。

原来那上房是五开间两厢房，抄手回廊很宽大的。左边两间筱亭自己住着，右边就是替太太预备的。外间做坐起，里间做卧室，铺陈得很是齐整。当下就在右边的外间坐了。太太一头宽衣服，一头说道：“你们小孩儿们，怎么不去见爹呀？也道个喜！”于是长长短短四个小孩，都给筱亭请安。筱亭抚弄了小孩一会，看太太还欢喜，心里倒放点儿心。

少顷，开上中饭，夫妻对坐吃饭，太太很赞厨子的手段好。

筱亭道："这是晓得太太喜欢吃扬州菜，专诚到扬州去弄来的。"太太忽然道："呀，我忘问了，那厨子有胡子没有？"筱亭倒怔住，不敢开口。乔妈插嘴道："刚才到厨房里，看见仿佛有几根儿。"太太立刻把嘴里含的一口汤包肚吐了出来，道："我最恨厨子有胡子，十个厨子烧菜，九个要先尝尝味儿，给有胡子的尝过了，那简直儿是清炖胡子汤了。不呕死，也要腻心死！"说罢，又干呕了一回，把筷碗一推不吃了。

筱亭道："这个容易。回来开晚饭，叫厨子剃胡子伺候。"太太听了，不发一语。筱亭怕太太不高兴，有搭没搭的说道："刚才太太在那边，岳父说起我的考事没有？"太太冷冷的道："谁提你来！"筱亭笑道："太太常常望我中状元，不想倒真中了半天的状元。"筱亭说这句话，原想太太要问，谁知太太却不问，脸色慢慢变了。筱亭只管续说道："向例阅卷大臣定了名次，把前十名进呈御览，叫作十本头。这回十本头进去的时候，明明我的卷子第一，不知怎的发出换了第十。别的名次都没动，就掉转了我一本。有人说是上头看时叠错的，那些阅卷的只好将错就错。太太，你想晦气不晦气呢？"太太听完这话，脸上更不自然了，道："哼，你倒好！挖苦了我还不算，又要冤着我，当我三岁孩子都不如！"说罢，忽然呜呜咽咽的哭起来，连哭带说道："你说得我要没胡子的厨子伺候，这是话还是屁？我是红顶子堆里养出来的，仙鹤锦鸡怀里抱大的，这会儿，背上给你驼上一只短尾巴的小鸟儿，看了就触眼睛！算我晦气，嫁了个不济的阘茸货。堂堂二品大员的女儿，连窑姐儿傅彩云都巴结不上，可气不可气！你不要来安慰安慰我就够了，倒还花言巧语，在我手里弄乖巧儿！我只晓得三年的状元，哪儿有半天的状元！这明明看我妇道家好欺负。你这

会儿不过刚得一点甜头儿，就不放我在眼里了！以后的日子，我还能过么？不如今儿个两命一拚，都死了倒干净。”说罢，自己把头发一拉，蓬着头，就撞到筱亭怀里，一路直顶到墙脚边。

筱亭只说道：“太太息怒，下官该死！”乔妈看闹得不成样儿，死命来拉开。筱亭趁势要跪下，不提防被太太一个巴掌，倒退了好几步。乔妈道：“怎么老爷连老规矩都忘了？”筱亭道：“只求太太留个体面，让下官跪在后院里吧！”太太只坐着哭，不理他。筱亭一步挨一步，走向房后小天井的台阶上，朝里跪着。太太方住了哭，自己和衣睡在床上去了。筱亭不得太太的吩咐，哪里敢自己起来。外面仆人仆妇又闹着搬运行李、收拾房间，竟把老爷的去向忘了。可怜筱亭整整露宿了一夜。好容易巴到天明，心想今日是岳丈的生日，不去拜寿，他还能体谅我的，倒是钱唐卿老师请我吃早饭，我岂可不理他呢！正在着急，却见女儿凤儿走来，筱亭就把好话哄骗她，叫她到对过房里去拿笔墨信笺来，又叮嘱她别给妈见了。那凤儿年纪不过十二岁，倒生得千伶百俐，果然不一会，人不知鬼不觉的都拿了来。筱亭非常快活，就靠着窗槛，当书桌儿，写了一封求救的信给丈人傅容，叫他来劝劝女儿，就叫凤儿偷偷送出去了。

却说太太闹了一天，夜间也没睡好，一闪醒来，连忙起来梳妆洗脸，已是日高三丈。吩咐套车，要到娘家去拜寿。忽见凤儿在院子外跑进来喊道：“妈，看外公的信哟！”太太道：“拿来。”就在凤儿手里劈手抢下。看了两行，忽回顾乔妈道：“这会儿老爷在哪里呢？”凤儿抢说道：“爹还好好儿的跪在后院里呢！”乔妈道：“太太，恕他这一遭吧！”太太哈哈笑道：“咦，奇了！谁叫他真跪来！都是你们捣鬼！凤儿，你还不快去请爹出来，告诉他外公生日，恐怕又忘了！”凤儿得命，如飞而去。不一会，筱亭扶着凤儿一搭一跷走出来。太太见了道：“老爷，你腿怎么样了？”筱亭笑道：“不知怎的扭了筋。太太，今儿岳父的大庆，亏你提我。不然，又要失礼了。”太太笑着。那当儿，一个家人进来回有客。筱亭巴不得这一声，就叫“快请”，自己拔脚就跑，一径走到客厅去了。

太太一看这行径不对，家人不说客人的姓名，主人又如此慌张，料道有些蹊跷，就对凤儿道：“你跟爹出去，看给谁说话，来告诉我！”凤儿欢欢喜喜而去，去了半刻工夫，凤儿又是笑又是跳，进来说道：“妈，外头有个齐整客人，倒好像上海看见的小旦似的。”太太想道：“不好，怪不得他这等失魂落魄。”不觉怒从心起，恶向胆生，顾不得什么，一口气赶到客厅。在门口一张，果然是个唇红齿白、面娇目秀的少年，正在那里给筱亭低低说话。太太看得准了，顺手拉根门闩，帘子一掀，喊道：“好，好！相公都跑到我家里来了！”就是一门闩，望着两人打去。那少年连忙把头一低，肩一闪，居然避过。筱亭肩上却早打着，喊道：“嗄！太太别胡闹。这是我，这是我……”太太高声道：“是你的兔儿，我还不知道吗？”不由分说，揪住筱亭辫子，拖羊拉猪似的出厅门去了。这里那个少年不防备吃了这一大吓，还呆呆地站在壁角里。有两个管家连忙招呼道：“姜大人，还不趁空儿走，等什么呢？”

原来那少年正是姜剑云，正来约筱亭一同赴唐卿的席的，不想遭此横祸。当下剑云被管家提醒了，就一溜烟径赴唐卿那里来，心里说不出的懊恼，不觉说了“晦气”两字来。大家问得急了，剑云自悔失言，又涨红了脸。扈桥笑道：“好兄弟，谁委屈了你？告诉哥哥，给你报仇雪恨！”小燕正色道：“别闹！”唐卿催促道：

“且说！”韵高道：“你不是去约筱亭吗！”剑云道：“可不是！谁知筱亭夫人竟是个雌虎！”因把在筱亭客厅上的事情说了一遍。大家哄堂大笑。

小燕道：“你们别笑筱亭，当今惧内就是阔相。赫赫中兴名臣威毅伯，就是惧内领袖哩！”苓如也插嘴道：“不差。不多几日，我还听人说威毅伯为了招庄仑樵做女婿，老夫妻很闹口舌哩！”扈桥道：“闹口舌是好看话，还怕要给筱亭一样挨打哩！”韵高道：“诸位别说闲话，快请燕公讲威毅伯的新闻！”小燕道：“自从庄仑樵马江败了，革职充发到黑龙江，算来已经七八年了。只为威毅伯倒常常念道，说他是个奇才。今年恰遇着皇上大婚的庆典，威毅伯就替他缴了台费，赎了回来。仑樵就住在威毅伯幕中，掌管紧要文件，威毅伯十分信用。”苓如道：“仑樵从前不是参过威毅伯骄奢罔上的吗？怎么这会儿，倒肯提拔呢？”剑云道：“重公义，轻私怨，原是大臣的本分哟！”唐卿笑道：“非也。这便是英雄笼络人心的作用，别给威毅伯瞒了！”说着，招呼众人道：“筱亭既然不能来，我们坐了再谈罢！”于是唐卿就领着众人到对面花厅上来。家人递上酒杯，唐卿依次送酒。自然小燕坐了首席，扈桥、韵高、苓如、剑云各个就坐。

大家追问小燕道：“仑樵留在幕中，怎么样呢？”小燕道：“你们知道威毅伯有个小姑娘吗？年纪不过二十岁，却是貌比威、施，才同班、左，贤如鲍、孟，巧夺灵、芸，威毅伯爱之如明珠，左右不离。仑樵常听人传说，却从没见过，心里总想瞻仰瞻仰。”苓如道：“仑樵起此不良之心，不该！不该！”小燕道：“有一天，威毅伯有点感冒，忽然要请仑樵进去商量一件公事。仑樵见召，就一径到上房而来，刚一脚跨进房门，忽觉眼前一亮，心头一跳，却见威毅伯床前立着个不长不短、不肥不瘦的小姑娘，眉长而略弯，目秀而不媚，鼻悬玉准，齿列贝编。仑樵来不及缩脚，早被威毅伯望见，喊道：‘贤弟进来，不妨事，这是小女呀，——你来见见庄世兄。’那小姑娘红了脸，含羞答答地向仑樵福了福，就转身如飞的跳进里间去了。仑樵还礼不迭。威毅伯笑道：‘这痴妮子，被老夫惯坏了，真缠磨死人！’仑樵就坐在床边，一面和威毅伯谈公事，瞥目见桌子上一本锦面的书，上写着‘绿窗绣草’，下面题着‘祖玄女史弄笔’。仑樵趁威毅伯一个眼不见，轻轻拖了过来，翻了几张，见字迹娟秀，诗意清新，知道是小姑娘的手笔，心里羡慕不已。忽然见二首七律，题是《基隆》。你想仑樵此时，岂有不触目惊心的呢！”唐卿道：“这两首诗，“倒不好措词，多半要骂仑樵了。”小燕道：“倒不然，她诗开头道：

基隆南望泪潸潸，闻道元戎匹马还。”

扈桥拍掌笑道：“一起便得势，忧国之心，盎然言表。”小燕续念道：

“一战岂容轻大计，四边从此失天关。”

剑云道：“责备严谨，的是史笔。”小燕又念道：

“焚车我自宽房琯，乘障谁教使狄山。
宵旰甘泉犹望捷，群公何以慰龙颜。”

大家齐声叫好。小燕道：“第二首还要出色哩！”道：

“痛哭陈词动圣明，长孺长揖傲公卿。
论材宰相笼中物，杀贼书生纸上兵。
宣室不妨留贾席，越台何事请终缨！
豸冠寂寞犀渠尽，功罪千秋付史评。”

韵高道：“听这两首诗意，情词悱恻，议论和平，这小姑娘倒是

仓樵的知己。”

小燕道：“可不是吗？当下仓樵看完了，不觉两股热泪，骨碌碌的落了下来。威毅伯在床上看见了，就笑道：‘这是小女涂鸦之作，贤弟休要见笑！’仓樵直立起来正色道：‘女公子天授奇才，须眉愧色，金楼夫人，采薇女史，不足道也！’威毅伯笑道：‘只是小儿女有点子小聪明，就要高着眼孔。这结亲一事，老夫倒着实为难，托贤弟替老夫留意留意。’仓樵道：‘相女配夫，真是天下第一件难事！何况女公子这样才貌呢！门生倒要请教老师，要如何格式，才肯给呢？’威毅伯哈哈笑道：‘只要和贤弟一样，老夫就心满意足了。’仓樵怔了一怔道：‘适才拜读女公子题为《基隆》的两首七律，实在是门生知己。选婿一事，分该尽力，只可怕难乎其人！’威毅伯点了一点头，忽然很注意的看了他几眼。仓樵知道威毅伯有些意思，怕恐久了要变，一出来马上托人去求婚。威毅伯竟一口应承了。”

韵高道：“从来文字姻缘，感召最深，磁电相交，虽死不悔。流俗人哪里知道！”唐卿道：“我倒可惜仓樵的官，从此永远不能开复了！”大家愕然。唐卿说：“现在敢替仓樵说话，就是威毅伯。如今变了翁婿，不能不避这点嫌疑。你们想，谁敢给他出力呢？”说罢，就向小燕道：“你再讲呢。”小燕道：“那日仓樵说定了婚姻，自然欢喜。谁知这个消息传到里面，伯夫人戟手指着威毅伯骂道：‘你这老糊涂虫，自己如花似玉的女儿，高不成，低不就，千拣万拣，这会儿倒要给一个四十来岁的囚犯！你糊涂，我可明白。休想！’威毅伯陪笑道：‘太太，你别看轻仓樵，他的才干要胜我十倍！我这位子将来就是他的。我女儿不也是个伯夫人吗？’伯夫人道：‘呸！我没有见过囚犯伯爵。你要当真，我给你拚老命！’说罢，哭起来。威毅伯弄得没法。这位小姑娘听两老为她呕气，闹得大了，就忍不住来劝伯夫人道：‘妈别要气苦，爹爹已经把女儿许给了姓庄的，哪儿能再改悔呢！就是女儿也不肯改悔！况且爹爹眼力必然不差的。嫁鸡随鸡，嫁狗随狗。决不怨爹妈的。’伯夫人见女儿肯了，也只得罢了。如今听说结了亲，诗酒唱随，百般恩爱，仑樵倒着实在那里享艳福哩！你们想，要不是这位小姑娘明达，威毅伯恐怕要大受房中的压制哩！”

唐卿道：“人事变迁，真不可测！当日仑樵和祝宝廷上折的当儿，何等气焰。如今虽说安神闺房，陶情诗酒，也是英雄末路了！”扈桥道：“仑樵还算有后福哩！可怜祝宝翁自从那年回京之后，珠儿水土不服，一病就死了。宝翁更觉牢骚不平，佯狂玩世，常常独自逛逛琉璃厂，游游陶然亭。吃醉酒，就在街上睡一夜。几月前，不知哪一家门口，早晨开门来，见阶上躺着一人，仔细一认，却是祝大人，连忙扶起，送他回去，就此受了风寒，得病呜呼了。可叹不可叹呢？”于是大家又感慨了一回。看看席已将终，都向唐卿请饭。饭毕，家人献上清茗。唐卿趁这当儿，就把葊如托的交界图递给小燕，又把雯青托在总理衙门存档的话说了一遍。小燕满口应承。于是大家作谢散归。葊如归家，自然写封详信去回复雯青，不在话下。

且说雯青自从打发黄翻译赍图回京之后，幸值国家闲暇，交涉无多，虽然远涉虏庭，却似幽栖绿野，倒落得逍遥快活。没事时，便领着次芳等游游蜡人馆，逛逛万生院，坐瓦泥江冰床，赏阿尔亚园之亭榭，入巴立帅场观剧，看萄蕾塔跳舞，略识兵操，偶来机厂，足备日记材料罢了。雯青还珍惜光阴，自己倒定了功课，每日温习《元史》，考究地理，就是宴会间，遇着了俄廷诸大臣中有讲究历史地理学的，常常虚心博访。大家也都知道这位使臣是欢喜讲究蒙古朝政的故事。有一日，首相吉尔斯忽然遣人送来古书一巨册、信一函。雯青叫塔翻译将信译出，原来吉尔斯晓得雯青爱读蒙古史，特为将其家传钞本波斯人拉施故所著的《蒙古全史》，送给雯青。雯青忙叫作书道谢。后来看看那书，装璜得极为盛丽，翻出来却一字不识。黄翻译道："这是阿剌伯文，使馆译员没人认得。"雯青只得罢了。过了数日，恰好毕叶也从德国回来，来见雯青，偶然谈到这书。毕叶说："这书有俄人贝勒津译本，小可那里倒有。还有《多桑书》《讷萨怖书》，都记元朝遗事。小可回去，一同送给大人，倒可参考参考。"雯青大喜。等到毕叶送来，就叫翻译官译了出来。雯青细细校阅，其中很足补正史传。从此就杜门谢客，左椠右铅，于俎豆折冲之中成竹素馨香之业，在中国外交官内真要算独一的人物了。

只是雯青这里正膨胀好古的热心，不道彩云那边倒伸出外交的敏腕。却是为何？请先说彩云的卧房。原来就在这三层楼中层的东首，一溜儿三大间，每间朝南，都是描金的玻璃门，开出门来就是洋台，洋台正靠着昔而格斯大街。这三间屋，中间是彩云的卧房，里面都敷设着紫檀花梨的家具，蜀锦淞绣的帐褥。右首一间，是彩云梳妆之所；左首一间，却是餐室。这两间，全摆着西洋上等的木器，挂着欧洲名人的油画，华丽富贵虽比不得隋炀帝的迷楼，也可算武媚娘的镜殿了！每日彩云在梳妆室梳妆完毕，差不多总在午饭时候就走到餐室，陪雯青吃了早饭。雯青自去下层书室里，做他的《元史补正》，凭着彩云在楼上翻江倒海、撩云拨雨，都不见不闻了。也是天缘凑巧，合当有事。

这日彩云送了雯青下楼之后，一个人没事，叫小丫头把一座小小风琴抬到洋台上，抚弄一回，静悄悄的觉得没趣，心想怎么这时候阿福还不来呢？手里拿着根金水烟袋，只管一筒一筒的抽，樱桃口里喷出很浓郁的青烟，一双如水的眼光，只对着马路上东张西望。忽见东面远远来了个年轻貌美的外国人，心里当是阿福改装，跺脚道："这小猴子，又闹这个玩意儿了！"一语未了，只见那少年面上很惊喜的，慢慢踅到使馆门口立定了，抬起头来呆呆的望着彩云。彩云仔细一看，倒吃一惊，那个面貌好熟，哪里是阿福！只见他站了一会，好像觉得彩云也在那里看他，就走到人堆里一混不见了。彩云正疑疑惑惑地怔着，忽觉脸上冰冷一来，不知谁的手把自己两眼蒙住了，背后吃吃的笑。彩云顺手死命的一撒道："该死，做什么！"阿福笑道："我在这里看缔尔园楼上的一只呆鸟飞到俄国来了。"彩云听了，心里一跳，方想起那日所见陆军装束的美少年，就是他，就向阿福啐了一口道："别胡说。这会儿闷得很，有什么玩儿的？"阿福指着洋琴道："太太唱小调儿，我来弹琴，好吗？"彩云笑道："唱什么调儿？"阿福道："《鲜花调》。"彩云道："太老了。"阿福道："《四季相思》吧！"彩云道："叫我想谁？"阿福道："《打茶会》，倒有趣。"彩云道："呸，你发了昏！"阿福笑道："还是《十八摸》，又新鲜，又活动。"说着，就把中国的工尺按上风琴弹起来。彩云笑一笑，背着脸，曼声细调的唱起来。顿时引得街上来往的人挤满使馆的门口，都来听中国公使夫人的雅调了。彩云正唱得高兴，忽然看见那个少年又在人堆里挤过来。彩云一低头，不提防头上晶亮的一件东西骨碌碌直向街心落下，说声"不好"，阿福就丢下洋琴，飞身下楼去了。正是：

紫凤放娇遗楚珮，赤龙狂舞过蛮楼。

不知彩云落下何物？且听下回分解。

第十五回

瓦德西将军私来大好日　斯拉夫民族死争自由天

话说彩云只顾看人堆里挤出那个少年，探头出去，冷不防头上插的一对白金底儿八宝攒珠钻石莲蓬簪，无心的滑脱出来，直向人堆里落去，叫声："啊呀，阿福你瞧，我头上掉了什么？"阿福丢了风琴，凑近彩云椅背，端相道："没少什么。嗄，新买的钻石簪少了一支，快让我下去找来！"说罢，一扭身往楼下跑。刚走到楼下夹弄，不提防一个老家人手里托着个洋纸金边封儿，正往办事房而来，低着头往前走，却被阿福撞个满怀，一手拉住阿福喝道："慌慌张张干什么来？眼珠子都不生，撞你老子！"阿福抬头见是雯青的老家人金升，就一撒手道："快别拉我，太太叫我有事呢！"金升马上瞪着眼道："撞了人，还是你有理！小杂种，谁是太太？有什么说得响的事儿，你们打量我不知道吗？一天到晚，粘股糖似的，不分上下，搅在一块儿坐马车、看夜戏、游花园。玩儿也不拣个地方儿，也不论个时候儿，青天白日，仗着老爷不管事，在楼上什么花样不干出来！这会儿爽性唱起来了，引得闲人挤了满街，中国人的脸给你们丢完了！"嘴里咕嘟个不了。阿福只装个不听见，箭也似的往外跑。

跑到门口，只见街上看的人都散了，街心里立个巡捕，台阶上三四个小幺儿在那里搂着玩呢。看见阿福出来，一哄儿都上来，一个说："阿福哥，你许我的小表练儿，怎么样了？"一个说："不差。我要的蜜蜡烟嘴儿，快拿来！"又有一个大一点儿的笑道："别给他要，你们不想想，他敢赖我们东西吗！”阿福把他们一推，几步跨下台阶儿道：“谁赖你们！太太丢了根钻石簪儿在这儿，快帮我来找，找着了，一并有赏。”几个小么儿听了，忙着下来，说：“在哪儿呢？”阿福道：“总不离这块地方。”于是分头满街的找，东椤椤，西摸摸，阿福也四下里留心的看，哪儿有簪的影儿！正在没法时，街东头儿，匡次芳和塔翻译两个人说着话，慢慢儿的走回来，问什么事。阿福说明丢了簪儿。次芳笑了笑道：“我们出去的时候满挤了一街的人，谁拣了去了？赶快去寻找！”塔翻译道：“东西值钱不值钱呢？”阿福道：“新买的呢，一对儿要一千两哩，怎么不值钱！”次芳向塔翻译伸伸五指头，笑着道：“就是这话儿了！”塔翻译也笑了道：“快报捕呀！”阿福道：“到哪儿去报呢？”塔翻译指着那巡捕道：“那不是吗？”次芳笑道：“他不会外国话，你给他报一下吧！”于是塔翻译就走过去，给那巡捕咭唎咕噜说了半天方回来，说巡捕答应给查了，可是要看样儿呢。阿福道：“有，有，我去拿！”就飞身上楼了。

这里次芳和塔翻译就一径进了使馆门，过了夹弄，东首第一个门进去就是办事房。好几个随员在那里写字，见两人进来，就说大人有事，在书房等两位去商量呢。两人同路出了办事房，望西面行来。过了客厅，里间正是雯青常坐的书室。塔翻译先掀帘进去，只见雯青静悄悄的，正在那里把施特拉《蒙古史》校《元史·太祖本纪》哩，见两人连忙站起道：“今儿俄礼部送来一角公文，不知是什么事？”说着，把那个金边白封儿递给塔翻译。塔翻译拆开看了一回，点头道：“不差。今天是华历二月初三，恰是俄历二月初七。从初七起到十一，是耶稣遭难复生之期，俄国叫作大好日，家家结彩悬旗，唱歌酣饮。俄皇借此佳节，择俄历初九日，在温

宫开大跳舞会，请各国公使夫妇同去赴会。这份就是礼部备的请帖，届时礼部大臣还要自己来请呢！”次芳道：“好了，我们又要开眼儿了！”雯青道：“刚才倒吓我一跳，当是什么交涉的难题目来了。前天英国使臣告诉我，俄国铁路已接至海参崴，其意专在朝鲜及东三省，预定将来进兵之路，劝我们设法抵抗。我想此时有什么法子呢？只好由他罢了。”次芳道：“现在中、俄邦交很好，且德相俾思麦正欲挑俄、奥开衅，俄、奥龃龉，必无暇及我。英使怕俄人想他的印度，所以恐吓我们，别上他当！”塔翻译道：“次芳的话不差。昨日报上说，俄铁路将渡暗木河，进窥印度，英人甚恐。就是这话了。”两人又说了些外面热闹的话，却不敢提丢钗的事，见雯青无话，只得辞了出来。这里雯青还是笔不停披的校他的《元史》，直到吃晚饭时方上楼来，把俄皇请赴跳舞会的事告诉彩云，原想叫她欢喜。哪知彩云正为失了宝簪心中不自在，推说这两日身上不好，不高兴去。雯青只得罢了。不在话下。

单说这日，到了俄历二月初九日，正是华历二月初五日。晴曦高涌，积雪乍消，淡云融融，和风拂拂，仿佛天公解意，助人高兴的样子，真个九逵无禁，锦彩交飞，万户初开，歌钟互答，说不尽的男欢女悦，巷舞衢谣。各国使馆无不升旗悬彩，共贺嘉辰。那时候，吉尔斯街中国使馆门口，左右挂着五爪金龙的红色大旗，楼前横插双头猛鹫的五彩绣旗，楼上楼下挂满了山水人物的细巧绢灯，花团锦簇，不及细表。街上却静悄悄地人来人往，有两个带刀的马上巡兵，街东走到街西，在那里弹压闲人，不许声闹。不一会，忽见街西面来了五对高帽乌衣的马队，如风的卷到使馆门口，勒住马缰，整整齐齐，分列两旁。接着就是十名步行卫兵，一色金边大红长袍、金边饺形黑绒帽，威风凛凛，一步一步掌着军乐而来，挨着马队站住了。随后来了两辆平顶箱式四轮四马车，四马车后随着一辆朱轮华毂、四面玻璃、百道金穗的彩车，驾着六匹阿剌伯大马，身披缨络，尾结花球。两个御夫戴着金带乌绒帽，雄赳赳，气昂昂，扬鞭直驰到使馆门口停住了。只见馆中出来两个红缨帽、青色褂的家人，把车门开了，说声“请”，车中走出身躯伟岸、髭须蓬松的俄国礼部大臣来，身上穿着满绣金花的青毡褂，胸前横着狮头嵌宝的宝星，光耀耀款步进去。约摸进去了一点钟光景，忽听大门开处，嘻嘻哈哈一阵人声，礼部大臣掖着雯青朝衣朝帽，锦绣飞扬，次芳等也朝珠补褂，衣冠济楚，一阵风的哄出门来。雯青与礼部大臣对坐了六马宫车，车后带了阿福等四个俊童，次芳、塔翻译等各坐了四马车。护卫的马步各兵吹起军乐，按队前驱，轮蹄交错，云烟缭绕，缓缓的向中央大道驰去。

此时使馆中悄无人声，只剩彩云没有同去，却穿着一身极灿烂的西装，一人靠在洋台上，眼看雯青等去远了，心中闷闷不乐。原来彩云今日不去赴会，一则为了查考失簪，巡捕约着今日回音；二则趁馆中人走空，好与阿福恣情取乐。这是她的一点私心。谁知不做美的雯青，偏生点名儿，派着阿福跟去。彩云又不好怎样，此时倒落得孤零零看着人家风光热闹，又悔又恨。靠着栏上看了一回来往的车马，觉得没意思，一会骂丫头瞎眼，装烟烟嘴儿碰了牙了，一会又骂老妈儿都死绝了，一个个赶骚去。有一个小丫头想讨好儿，巴巴的倒碗茶来。彩云就手咂一口，急了，烫着唇，伸手一巴掌道：“该死的，烫你娘！”那丫头倒退了几步，一滑手，那杯茶全个儿淋淋漓漓，都泼在彩云新衣上了。彩云也不抖搂衣上的水，端坐着，笑嘻嘻的道：“你走近点儿，我不吃你的呀！”那丫头刚走一步，彩云下死劲一拉，顺手头上拔下一个金耳挖，

照准她手背上乱戳，鲜血直冒。彩云还不消气，正要找寻东西再打，瞥见房门外一个人影一闪。彩云忙喊道："谁？鬼鬼祟祟的吓人！"那人就走进来，手里拿着一封书子道："不知谁给谁一封外国信，巴巴儿打发人送来，说给你瞧，你自会知道。"彩云抬头见是金升，就道："你放下吧！"回头对那小丫头道："你不去拿，难道还要下帖子请吗？"那小丫头哭着，一步一跷，拿过来递给彩云。金升也咕噜着下楼去了。彩云正摸不着头脑，不敢就拆，等金升去远了，连忙拆开一看，原来并不是正经信札，一张白纸歪歪斜斜写着一行道：

俄罗斯大好日，日耳曼拾簪人，将于午后一点钟，持簪访遗簪人于支那公使馆，愿遗簪人勿出。此约！

彩云看完，又惊又喜。喜的是宝簪有了着落，惊的是如此贵重东西，拾着了不藏起，或卖了，发一注财，倒肯送还，还要自己当面交还，不知安着什么主意？又不知拾着的是何等人物？回来真的来了，见他好，不见他好？正独自盘算个不了，只听餐室里的大钟铛铛的敲起来，细数恰是十二下，见一个老妈上来问道："午饭还是开在大餐间吗？"彩云道："这还用问吗？"那老妈去了一回，又来请吃饭。彩云把那信插入衣袋里，袅袅婷婷，走进大餐间，就坐在常日坐的一张镜面香楠洋式的小圆桌上，桌上铺着白绵提花毯子，列着六样精致家常菜，都盛着金花雪地的小碗。两边老妈丫鬟，轮流伺候。

不一会，彩云吃完饭，左边两个老妈递手巾，右边两个丫鬟送漱盂。漱盥已毕，又有丫鬟送上一杯咖啡茶。彩云一手执着玻璃杯，就慢慢立起来，仍想走到洋台上去。忽听楼下街上一片叫嚷的声音。彩云三脚两步跨到栏杆边，朝下一望，不知为什么，街心里围着一大堆人。再看时，只见两个巡捕拉住一个体面少年，一个握了手，一个揪住衣服要搜。那少年只把手一扬，肩一掀，两个巡捕一个东、一个西，两边儿抛球似的直滚去。只见少年仰着脸，竖着眉，喝道："好，好！不生眼的东西！敢把我当贼拿？叫你认得德国人不是好欺负的！来呀，走了不是人！"彩云此时方看清那少年，就是在缔尔园遇见、前天楼下听唱的那个俊人儿，不觉心头突突地跳，想道："难道那簪儿倒是他拾了？"忽听那跌倒的巡捕，气吁吁的爬起赶来，嘴里喊道："你还想赖吗？几天儿在这里穿梭似的来往，我就犯疑。这会儿鬼使神差，活该败露！爽性明公正气的把簪儿拿出手来，还亏你一头走，一头子细看呢！怕我看不见了真赃！这会儿给我捉住了，倒赖着打人，我偏要捉了你走！"说着，狠命扑去。那少年不慌不忙，只用一只手，趁他扑进，就在肩上一抓，好似老鹰抓小鸡似的提了起来，往人堆外一掷，早是一个朝天馄饨，手足乱划起来。看的人喝声采。那一个巡捕见来势厉害，于于的吹起叫子来。四面巡捕听见了，都拢上来，足有十来个人。彩云看得呆了，忽想这么些人，那少年如何吃得了！怕他吃亏，须得我去排解才好。不知不觉放下了玻璃杯，飞也似的跑下楼来，走到门口。众多家人小厮，见她慌慌张张的往外跑，不解缘故，又不敢问，都悄悄的在后跟着。彩云回头喝道："你们别来，你们不会说外国话，不中用！"说着，就推门出去。

只见十几个巡捕，还是远远的打圈儿，围着那少年，却不敢近。那少年立在中间，手里举着晶光奕奕的东西，喊道："东西在这里，可是不给你们，你们不怕死的就来！哼！也没见不分青红皂白，就把人当贼！"刚说这话，抬头忽见彩云，脸上倒一红，就把簪儿指着彩云道："簪主来认了，你们问问，看我偷了没有？"那被打的巡捕原是常在使馆门口承值的，认得公使夫人，就抢上来指着少年，告诉彩云："簪儿是他拾的。刚才明明拿在手里走，被我见了，他倒打起人来。"彩云就笑道："这事都是我不好，怨不得各位闹差了。"说着，笑指那少年道："那簪儿倒是我这位认得的朋友拾的，他早有信给我，我一时糊涂，忘了招呼你们。这会子倒教各位辛苦了，又几乎伤了和气。"彩云一头说，就手在口袋里掏出十来个卢布，递给巡捕道："这不算什么，请各位喝一杯淡酒吧！"那些巡捕见失主不理论，又有了钱，就谢了各归地段去了，看的人也渐渐散了。

原来那少年一见彩云出来，就喜出望外，此时见众人散尽，就嘻嘻笑着，向彩云走来，嘴里咕噜道："好笑这班贱奴，得了钱，就没了气了，倒活像个支那人！不枉称做邻国！"话一脱口，忽想现对着支那人，如何就说他不好，真平常说惯了，倒不好意思起来，连忙向彩云脱帽致礼，笑道："今天要不是太太，可吃大亏了！真是小子的缘分不浅！"彩云听他道着中国不好，倒也有点生气，低了头，淡淡的答道："说什么话来！就怕我也脱不了支那气味，倒污了先生清操！"那少年倒局促起来道："小子该死！小子说的是下等支那人，太太别多心。"彩云嫣然一笑道："别胡扯，你说人家,干我什么！请里边坐吧！这里不是说话的地方。"说着，就让少年进客厅。

一路走来，彩云觉得意乱心迷，不知所为。要说什么，又说不出什么，只是怔看那少年，见少年穿着深灰色细毡大袄，水墨色大呢背褂，乳貂爪泥的衣领，金鹅绒头的手套，金钮璀璨，硬领雪清，越显得气雄而秀，神清而腴。一进门，两手只向衣袋里掏。彩云当是要取出宝簪来还她，等到取出来一看，倒是张金边白地的名刺，恭恭敬敬递来道：“小子冒昧，敢给太太换个名刺。”彩云听了，由不得就接了，只见刺上写着“德意志大帝国陆军中尉瓦德西”。彩云反复看了几遍，笑道：“原来是瓦德西将军，倒失敬了！我们连今天已经见了三次面了，从来不知道谁是谁？不想靠了一支宝簪，倒拜识了大名，这还不是奇遇吗？”瓦德西也笑道：“太太倒还记得敝国缔尔园的事吗？小可就从那一天见了太太的面儿，就晓得了太太的名儿，偏生缘浅，太太就离了敝国到俄国来了。好容易小可在敝国皇上那里讨了个游历的差使，赶到这里，又不敢冒昧来见。巧了这支簪儿，好像知道小可的心似的。那一天，正听太太的妙音，它就不偏不倚掉在小可手掌之中。今儿又眼见公使赴会去了，太太倒在家，所以小可就放胆来了。这不但是奇遇，真要算奇缘了！”

彩云笑道：“我不管别的，我只问我的宝簪在哪儿呢？这会儿也该见赐了。”瓦德西哈哈道：“好性急的太太！人家老远的跑了来，一句话没说，你倒忍心就说这话！”彩云忍不住嗤的一笑道：“你不还宝簪，干什么来？”瓦德西忙道：“是，不差，来还宝簪。别忙，宝簪在这里。”一头说，一头就在里衣袋里掏出一只陆离光采的小手箱来，放在桌上，就推到彩云身边道：“原物奉还，请收好吧！”彩云吃一吓。只见那手箱虽不过一寸来高、七八分厚，赤金底儿，四面嵌满的都是猫儿眼、祖母绿、七星线的宝石，盖上雕刻着一个带刀的将军，骑着匹高头大马，雄武气概，那相貌活脱一个瓦德西。彩云一面赏玩，爱不忍释，一面就道：“这是哪里说起！倒费……”刚说到此，彩云的手忽然触动匣上一个金星纽的活机，那匣豁然自开了。彩云只觉眼前一亮，哪里有什么钻石簪，倒是一对精光四射的钻石戒指，那钻石足有五六克勒，似天上晓星般大。彩云看了，目不能视，口不能言。瓦德西却坐在彩云对面，嘻着嘴，只是笑，也不开口。

彩云正不得主意，忽听街上蹄声得得，轮声隆隆，好像有许多车来，到门就不响了。接着就听见门口叫嚷。彩云这一惊不小，连忙夺了宝石箱，向怀里藏道："不好了，我们老爷回来了。"瓦德西倒淡然的道："不妨，说我是拾簪的来还簪就完了。"彩云终不放心，放轻脚步，掀幔出来一张，劈头就见金升领了个外国人往里跑。彩云缩身不及，忽听那外国人喊道："太太，我来报一件奇闻，令业师夏雅丽姑娘谋刺俄皇不成被捕了。"彩云方抬头，认得是毕叶，听了不禁骇然道："毕叶先生，你说什么！"毕叶正欲回答，幔子里瓦德西忽的也钻出来道："什么夏雅丽被捕呀？毕叶先生快说！"彩云不防瓦德西出来，十分吃吓。只听毕叶道："咦，瓦德西先生怎么也在这里！"瓦德西忙道："你别问这个，快告诉我夏姑娘的事要紧！"毕叶笑道："我们到里边再说！"彩云只得领了两人进来，大家坐定。毕叶刚要开谈，不料外边又嚷起来。毕叶道："大约金公使回来了。"彩云侧耳一听，果然门外无数的靴声橐橐，中有雯青的脚声，不觉心里七上八下，再捺不住，只望着瓦德西发怔。忽然得了一计，就拉着毕叶低声道："先生，我求你一件事，回来老爷进来问起瓦将军，你只说是你的朋友。"毕叶笑了一笑。

说时迟，那时快，只见雯青已领着参赞、随员、翻译等翎顶辉煌的陆续进来，一见毕叶，就赶忙上来握手道："想不到先生在这里。"一回头，见着瓦德西，呆了呆，问毕叶道："这位是谁？"毕叶笑道："这位是敝友德国瓦德西中尉，久慕大人清望，同来瞻仰的。”说着，就领见了。雯青也握了握手，就招呼在靠东首一张长桌上坐了。黑压压团团坐了一桌子的人。雯青、彩云也对面坐在两头。彩云偷眼，瞥见阿福站在雯青背后，一眼注定了瓦德西，又溜着彩云。彩云一个没意思，搭讪着问雯青：“老爷怎么老早就回来了？不是说开夜宴吗？”雯青道：“怎么你们还不知道？事情闹大了，开得成夜宴倒好了！今天俄皇险些儿送了性命哩！”回头就向毕叶及瓦德西道：“两位总该知道些影响了？”毕叶道：“不详细。”雯青又向着彩云道：“最奇怪的倒是个女子。刚才俄皇正赴跳舞会，已经出宫，半路上忽然自己身边跳出个侍女，一手紧紧拉住了御袖，一手拿着个爆炸弹，要俄皇立刻答应一句话，不然就把炸药炸死俄皇。后来亏了几个近卫兵有本事，死命把炸弹夺了下来，才把她捉住。如今发到裁判所讯问去了。你们想险不险？俄皇受此大惊，哪里能再赴会呢！所以大家也散了。”毕叶道：“大人知道这女子是谁？就是夏雅丽！”雯青吃惊道：“原来是她？”说时，觑着彩云道：“怪道我们一年多不见她，原来混进宫去了。到底不是好货，怎么想杀起皇帝来！这也太无理了！到底逃不了天诛，免不了国法，真何苦来！”毕叶听罢，就向瓦德西道：“我们何妨赶到裁判所去听听，看政府怎么样办法？”瓦德西正想脱身，就道：“很好！我坐你车去。”两人就起来向雯青告辞。雯青虚留了一句，也就起身相送。彩云也跟了出来，直看雯青送出大门。彩云方欲回身，忽听外头嚷道：“夏雅丽来了！”正是：

苦向异洲挑司马，忽从女界见荆卿。

不知来者果是夏雅丽？且听下回分解。

第十六回

席上逼婚女豪使酒　镜边语影侠客窥楼

话说彩云正要回楼，外边忽嚷："夏雅丽来了！"彩云道是真的，飞步来看，却见瓦、毕两人都站在车旁，没有上去。雯青也在台阶儿上仰着头，张望东边来的一群人。直到行至近边，方看清是一队背枪露刃的哥萨克兵，静悄悄的巡哨而过，哪里有夏雅丽的影儿。原来这队兵是俄皇派出来搜查余党的，大家误会押解夏雅丽来了，所以嚷起来。其实夏雅丽是秘密重犯，信息未露之前，早迅雷不及的押赴裁判所去，哪里肯轻易张扬呢！此时大家知道弄错，倒笑了。雯青送了瓦、毕两人上车，自与彩云进去易衣歇息不提。

这里瓦、毕两人渐渐离了公使馆，毕叶对瓦德西道："我们到底到哪里去呢？"瓦德西道："不是要到裁判所去看审吗？"毕叶笑道："你傻了，谁真去看审呢？我原为你们俩鬼头鬼脑，怪可怜的，特为借此救你出来，你倒还在那里做梦哩！快请我到那里去喝杯酒，告诉你们俩的故事儿我听，是正经！"瓦德西道："原来如此，倒承你的照顾了！你别忙，我自要告诉你的，倒是夏雅丽与我有一面缘，我真想去看看，行不行呢？"毕叶道："我国这种国事犯，政府非常秘密，我那里虽有熟人，看你分上去碰一碰吧！"就吩咐车夫一径向裁判所去。

不说二人去裁判所看审，如今要把夏雅丽的根源，细表一表。原来夏雅丽姓游爱珊，俄国闵司克州人，世界有名虚无党女杰海富孟的异母妹。父名司爱生，本犹太种人，移居圣彼得堡，为人鄙吝顽固。发妻欧氏，生海富孟早死，续娶斐氏，生夏雅丽。夏雅丽生而娟好，为父母所钟爱。及稍长，貌益娇，面形椭圆若瓜瓤，色若雨中海棠，娇红欲滴。眼波澄碧，齿光研珠，发作浅金色，蓬松披戌削肩上，俯仰如画，顾盼欲飞，虽然些子年纪，看见的人，哪一个不魂夺神与！但是貌妍心冷，性却温善，常恨俄国腐败政治。又惯闻阿姊海富孟哲学议论，就有舍身救国的大志，却为父母管束甚严，不敢妄为。那时海富孟已由家庭专制手段，逼嫁了科罗特揩齐，所幸科氏是虚无党员，倒是一对儿同命鸳鸯，奔走党事。夏雅丽常瞒着父母，从阿姊夫妻受学。海富孟见夏雅丽敏慧勇决，也肯竭力教导。科氏又教她击刺的法术。直到一千八百八十一年三月，海富孟随苏菲亚趁观兵式的机会，炸死俄皇亚历山大。海氏、科氏同时被捕于泰来西那街爆药制造所，受死刑。那时夏雅丽已经十六岁了，见阿姊惨死，又见鲜黎亚博、苏菲亚都遭惨杀，痛不欲生，常切齿道："我必报此仇！"司爱生一听这话，怕她出去闯祸，从此倒加防范起来，无事不准出门。夏雅丽自由之身，顿时变了锦妆玉裹的天囚了。还亏得斐氏溺爱，有时瞒着司爱生，领她出去走走。

事有凑巧，一日，在某爵家宴会，忽在座间遇见了枢密顾问官美礼斯克罘的姑娘鲁翠。这鲁翠姑娘也是恨政府压制，愿牺牲富贵、投身革命党的奇女子。彼此接谈，自然情投意合。鲁翠力劝她入党。夏雅丽本有此志，岂有不愿！况且鲁翠是贵族闺秀，司爱生等也愿攀附，夏雅丽与她来往绝不疑心，所以夏雅丽竟得列名虚无党中最有名的察科威团，常与党员私自来往。来往久了，党员中人物已渐渐熟识，其中与夏姑娘最投契的两个人：一个叫

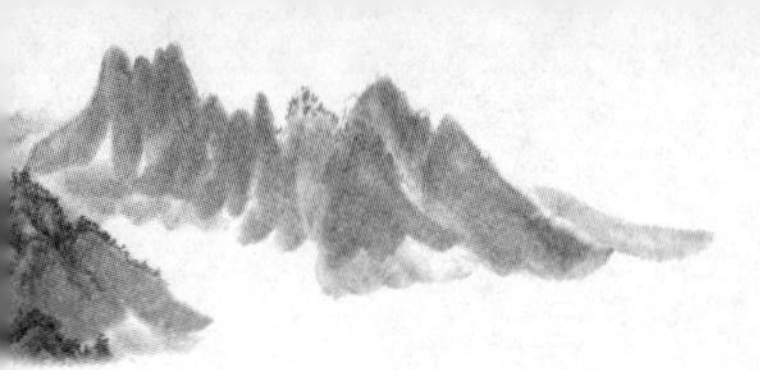

克兰斯，一个叫波麻儿，都是少年英雄。克兰斯与姑娘更为莫逆。党人常比他们做苏斐亚、鲜黎亚博。虽说血风肉雨的精神，断无惜玉怜香的心绪，然雄姿慧质，目与神交，也非一日了。

哪知好事多磨，情澜忽起。这日夏雅丽正与克兰斯散步泥瓦江边，无意中遇见了母亲的表侄加克奈夫，一时不及回避，只好上去招呼了。谁知这加克奈夫本是尼科奈夫的儿子。尼科奈夫是个农夫。就因一千八百六十六年，告发莫斯科亚特俱乐部实行委员加来科梭谋杀皇帝事件，在夏园亲手捕杀加来科梭，救了俄皇，俄皇赏他列在贵族。尼科奈夫就皇然自大起来。俄皇又派他儿子做了宪兵中佐，正是炙手可热的时候。司爱生羡慕他父子富贵，又带些裙带亲，自然格外巴结。加克奈夫也看中了表妹的美貌，常常来溜达，无奈夏雅丽见他貌相性鄙，总不理他，任凭父母夸张他的敌国家私，薰天气焰，只是漠然。加克奈夫也久怀怨恨了。恰好这日遇见夏姑娘与克兰斯携手同游，禁不住动了醋火，就赶到司爱生家一五一十的告诉了，还说克兰斯是个叛党，不但有累家声，还怕招惹大祸。司爱生是暴厉性子，自然大怒，立刻叫回夏姑娘，大骂："无耻婢，惹祸胚！"就叫关在一间空房内，永远不许出来。你想夏姑娘是雄武活泼的人，哪里耐得这幽囚的苦呢！倒是母亲斐氏不忍起来，瞒了司爱生放了出来，又不敢公然出现。恰好斐氏有个亲戚在中国上海道胜银行管理，所以叫夏姑娘立刻逃避到中国来。一住三年，学会了些中国的语言文字，直到司爱生死了，斐氏方写信来招她回国。夏姑娘回国时恰也坐了萨克森船，所以得与雯青相遇，倒做了彩云德语的导师，也是想不到的奇遇了。这都是夏姑娘未遇雯青以前的历史。现在既要说她的事情，不得不把根源表明。

且说夏雅丽虽在中国三年，本党里有名的人，如女员鲁翠，男员波儿麻、克兰斯诸人，常有信息来往，未动身的前数日，还接到克兰斯的一封信，告诉她党中近来经济困难，自己赴德运动，住在德京凯赛好富馆Kaiserhof中层第二百十三号云云，所以夏姑娘那日一到柏林，就带了行李，雇了马车，径赴凯赛好富馆来，心里非常快活。一则好友契阔，会面在即；一则正得了雯青一万马克，供献党中，绝好一分土仪。心里正在忖度，马车已停大旅馆门口，就有接客的人接了行李。姑娘就问："中层二百十三号左近有空房吗？"那接客的忙道："有，有，二百十四号就空着。"姑娘吩咐把行李搬进去，自己却急急忙忙直向二百十三号而来。正推门进去，可巧克兰斯送客出来，一见姑娘，抢一步，执了姑娘的手，瞪了半天，方道："咦，你真来了！我做梦也想不到你真会回来！"说着话，手只管紧紧的握住，眼眶里倒索索的滚下泪来。夏雅丽嫣然笑道："克兰斯，别这么着，我们正要替国民出身血汗，生离死别的日子多着呢，哪有闲工夫伤心。快别这么着，快把近来我们党里的情形告诉我要紧。"说到这里，抬起头来，方看见克兰斯背后站着个英风飒爽的少年，忙缩住了口。克兰斯赶忙招呼道："我送了这位朋友出去，再来给姑娘细谈。"谁知那少年倒一眼盯住了姑娘呆了，听了克兰斯的话方醒过来，一个没意思走了。

克兰斯折回来，方告诉姑娘："这位是瓦德西中尉，很热心的助着我运动哩！"姑娘道："说的是。前月接到你信，知道党中经济很缺，到底怎么样呢？"克兰斯叹道："一言难尽。自从新皇执政，我党大举两次：一次卡米匿桥下的隧道，一次温宫后街的地雷。虽都无成效，却消费了无数金钱，历年运动来的资本已倾囊倒箧了。敷衍到现在，再敷衍不下去了。倘没巨资接济，不但

不能办一事，连党中秘密活版部、爆药制造所、通券局、赤十字会……一切机关，都要溃败。姑娘有何妙策？”夏姑娘低头半晌道：“我还当是小有缺乏。照这么说来，不是万把马克可以济事的了！”克兰斯道：“要真有万把马克，也好济济急。”夏雅丽不等说完，就道：“那倒有。”克兰斯忙问：“在哪里！”夏姑娘因把讹诈中国公使的事说了一遍。克兰斯倒笑了，就问：“款子已交割吗？”夏姑娘道：“已约定由公使夫人亲手交来，决不误的。”于是姑娘又问了回鲁翠、波儿麻的踪迹，克兰斯一一告诉了她。克兰斯也问起姑娘避出的原由，姑娘把加克奈夫构陷的事说了。克兰斯道：“原来就是他干的！姑娘，你知道吗？尼科奈夫倒便宜他，不多几日好死了。加来科梭的冤仇竟没有报成，加克奈夫倒升了宪兵大尉。你想可气不可气呢？嗐，这死囚的脑袋，早晚总逃不了我们手里！”夏雅丽愕然道：“怎么尼科奈夫倒是我们的仇家？”克兰斯拍案道：“可不是。他全靠破坏了亚特革命团富贵的，这会儿加克奈夫还了得，家里放着好几百万家私，还要鱼肉平民哩！”夏雅丽又愣了愣道：“加克奈夫真是个大富翁吗？”克兰斯道：“他不富谁富？”夏雅丽点点头儿。看官们要知道两人，虽是旧交，从前私下往来，何曾畅聚过一日！此时素心相对，无忌无拘，一个是珠光剑气的青年，一个是侠骨柔肠的妙女，我歌汝和，意浃情酣，直谈到烛跋更深，克兰斯送了夏姑娘归房，自己方就枕歇息。

从此夏姑娘就住在凯赛好富馆，日间除替彩云教德语外，或助克兰斯同出运动，或与克兰斯剪烛谈心。快活光阴，忽忽过了两月，雯青许的款子已经交清，那时彩云也没闲工夫常常来学德语了。夏雅丽看着柏林无事可为，一天忽向克兰斯要了一张照片，又隔了一天，并没告知克兰斯，清早独自搭着火车飘然回国去了。

直到克兰斯梦醒起床，穿好衣服，走过去看她，但见空屋无人，留些残纸零墨罢了，倒吃一惊。然人已远去，无可如何，只得叹息一回，自去办事。

单说夏姑娘那日偷偷儿出了柏林，径趁圣彼得堡火车进发。姑娘在上海早得了领事的旅行券，一路直行无碍。到第三日傍晚，已到首都。姑娘下车，急忙回家，拜见亲母斐氏，母女相见，又喜又悲。斐氏告诉她父亲病死情形，夏姑娘天性中人，不免大哭一场。接着亲友访问，鲁翠姑娘同着波儿麻也来相会。见面时无非谈些党中拮据情形，知道姑娘由柏林来，自然要问克兰斯运动的消息。夏姑娘就把克兰斯现有好友瓦德西助着各处设法的话说了。鲁翠说了几句盼望勉励的话头，然后别去。

夏姑娘回得房来，正给斐氏在那里闲谈，斐氏又提起加克奈夫，夸张他的势派，意思要引动姑娘。姑娘听着，只是垂头不语。不防一阵鞑鞑的皮靴声从门外传进来，随后就是嬉嬉的笑声。这笑声里，就夹着狗嗥一般的怪叫声："妹妹回来了，怎么信儿都不给我一个呢？"夏姑娘吓一跳，猛抬头，只见一个短短儿的身材，黑黑儿的皮色，乱蓬蓬一团毛草，光闪闪两盏灯笼，真是眼中出火，笑里藏刀，摇摇摆摆地走进来，不是加克奈夫是谁呢！斐氏见了，笑嘻嘻立起来道："你倒还想来，别给我花马吊嘴的，妹妹记着前事，正在这里恨你呢！"加克奈夫哈哈道："屈天冤枉，不知哪个天杀的移尸图害。这会儿，我也不敢在妹妹跟前辩，只有负荆请罪，求妹妹从此宽恕就完了！"说着，两腿已跨进房来，把帽子往桌子上一丢，伸出蒲扇来大的手，要来给夏姑娘拉。姑娘缩个不迭，脸色都变了。加克奈夫涎着脸道："好妹妹，咱们拉个手儿！"斐氏笑道："人家孩子面重，你别拉拉扯扯，臊了她，我可不依！"

夏姑娘先本着了恼，自己已经狠狠的压下去。这回听了斐氏的话，低头想了一想，忽然桃腮上泛起浅玫瑰色，秋波横溢，柳叶斜飘，在椅上欻地站起来道："娘也说这种话！我从来不知道什么臊不臊，拉个手儿，算得了什么！高兴拉，来，咱们拉！"就把一只粉嫩的手，使劲儿去拉加克奈夫的黑手。加克奈夫倒啊呀起来道："妹妹，轻点儿！"夏姑娘道："你不知道吗？拉手有规矩儿的，越重越要好。"说完，嗤的一笑，三脚两步走到斐氏面前，滚在怀里，指着加克笑道："娘，你瞧！他是个脓包儿，一捏都禁不起，倒配做将军！"

原来加克往日见姑娘总是冷冷的脸儿，淡淡的神儿，不道今儿，忽变了样儿，一双半嗔半喜的眼儿，几句若远若近的话儿，加克虽然是风月场中的魔儿，也弄得没了话儿，只嬉着嘴笑道："妹妹到底出了一趟门，大变了样儿了。"夏姑娘含怒道："变好了呢，还是变歹？你说！"斐氏笑搂住姑娘的脖子道："痴儿，你今个儿怎么尽给你表兄拌嘴，不想想人家为好来看你。这会儿天晚了，该请你表兄吃晚饭才对！"加克连忙抢着说道："姑母，今天妹妹快活，肯多骂我两句，就是我的福气了！快别提晚饭，我晚上还得到皇上那里有事哪。"夏姑娘笑道："娘，你听！他又把皇帝扛出来，吓唬我们娘儿俩。老实告诉你，你没事，我也不高兴请。谁家坐客不请行客，倒叫行客先请的！"加克听了，拍手道："不错，我忘死了！今天该替妹妹接风！"说着，就一迭连声叫伺候人，到家里唤厨子带酒菜到这里来。斐氏道："啊呀，天主！不当家花拉的倒费你，快别听这痴孩子的话。"夏姑娘睐了她娘半天道："咦！娘也奇了。怎么只许我请他，不许他请我的？他有的是造孽钱，不费他费谁！娘，你别管，他不给我要好，不请，我也不希罕；

给我要好，他拿来，我就吃，娘也跟着吃。横竖不要你老人家掏腰儿还席，瞎费心干吗！”加克道："是呀，我请！我死了也要请！”姑娘笑道："死的日子有呢，这会儿别死呀死呀怪叫！”加克忙自己掌着嘴道："不识好歹的东西，你倒叫妹妹心疼。”夏姑娘戟手指着道："不要脸的，谁心疼你来？”加克此时看着姑娘娇憨的样儿，又听着姑娘锋利的话儿，半冷半热，若讽若嘲，倒弄得近又不敢，远又不舍，不知怎么才好。

不一会，天也黑了，厨夫也带酒菜来了，加克就邀斐氏母女同入餐室，就在卧室外面，虽不甚宽敞，却也地铺锦罽，壁列电灯，花气袭人，镜光交影。东首挂着加特厘簪花小像，西方撑起姑娄巴多舞剑古图，煞是热闹。大家进门，斐氏还要客气，却被夏姑娘两手按在客位，自己也皇然不让座了。加克真的坐了主位。侍者送上香槟、白兰地各种瓶酒，加克满斟了杯香槟酒，双手捧给姑娘道："敬替妹妹洗尘！”姑娘劈手夺了，直送斐氏道："这杯给娘喝，你另给我斟来！”加克只得恭恭敬敬又斟了一杯。姑娘接着，扬着杯道："既承主人美意，娘，咱们干一杯！”说完，一饮而尽。加克微笑，又挨着姑娘斟道："妹妹喝个成双杯儿！”夏姑娘一扬眉道："喝呀！”接来喝一半，就手向加克嘴边一灌道："要成双，大家成双。”加克不防着，不及张口翕受，淋淋漓漓倒了一脸一身。此时夏姑娘几杯酒落肚，脸上红红儿的，更觉意兴飞扬起来，脱了外衣，着身穿件粉荷色的小衣，酥胸微露，雪腕全陈，臂上几个镯子玎玎珰珰的厮打，把加克骂一会，笑一会，任意戏弄。斐氏看着女儿此时的样儿也揣摩不透，当是女儿看中了加克，倒也喜欢，就借了更衣走出来，好让他们叙叙私情。

果然加克见斐氏走开，心里大喜，就涎着脸，慢慢挨到姑娘身边，欲言不言了半晌。夏姑娘正色道："你来干什么？"加克笑嘻嘻道："我有一句不知进退的话要……"姑娘不等他说完，跳起来指着加克道："别给我蝎蝎螫螫的，那些个狼心猪肺狗肚肠，打量咱们照不透吗？从前在我爹那里调三窝四、甜言密语，难道是真看得起咱们吗？真爱上我吗？呸！今儿个推开窗户说亮话，就不过看上我长得俊点儿，打算弄到手，做个会说话的玩意儿罢了！姑娘从前是高傲性子，眼里哪里放得下去！如今姑娘可看透了，天下爱情原不过尔尔，嫁个把人算不了事。可是姑娘不高兴，凭你王孙公子、英雄豪杰，休想我点点头儿！要高兴起来，牛也罢，马也罢，狗也罢，我跟着就走。"加克听了，眉开眼笑道："这么说，姑娘今儿肯嫁狗了！"夏姑娘冷笑道："不肯，我就说？可是告诉你，要依我三件！"加克道："都依，都依！"姑娘道："一件，姑娘急性，一刻不等两时，要办就办；二件，不许声张，除了我们娘儿俩，还有牧师证人几个人外，有一个知道了，我就不嫁；三件，到了你家，什么事都归我管，不许你牙缝高低一点儿。三件依得，我就嫁，有一不字儿拉个倒！"加克哈哈笑道："什么依不依，妹妹说的话儿，就是我的心愿。"

两人正说得热闹，谁知斐氏却在门外都听饱了，见女儿肯嫁加克，正合了素日的盼望，走进来，对着加克道："恭喜你，我女儿答应了！可别忘了老身！但是老身只有一个女儿，也不肯太草草的，马上办起来，也得一月半月，哪儿能就办呢！头一件，我就不依。"姑娘立刻变了脸道："我不肯嫁，你们天天劝。这会儿我肯嫁了，你们倒又不依起来。不依也好，我也不依。告诉你们吧，我的话说完了，我的兴也尽了，人也乏了，我可要去睡觉了。"说罢，一扭身自顾自回房，砰的一声把门关了。

这里加克奈夫与斐氏纳罕了半天。加克想老婆心切，想不到第一回来就得了采，也虑不到别的，倒怕中变，就劝斐氏全依了姑娘主意。过了两日，说也奇怪，果然斐氏领着夏姑娘自赴礼拜堂，与加克结了亲，签了结婚簿。从此夏雅丽就与加克夫妇同居。加克奈夫要接斐氏来家，姑娘不许，只好仍住旧屋。加克新婚燕尔，自然千依百顺。姑娘倒也克勤妇职，贤声四布。加克愈加敬爱。差不多加克家里的全权，都在姑娘掌握中了。

自古道："鼓钟于宫，声闻于外。"又道："若要人不知，除非己莫为。"何况一嫁一娶偌大的事，虽姑娘嘱咐不许声张，哪里瞒得过人呢？自从加克娶了姑娘，人人都道彩凤随鸦，不免纷纷议论，一传十，十传百，就传到了鲁翠、波儿麻等一班党人耳中。先都不信，以为夏姑娘与克兰斯有生死之约，哪里肯背盟倒嫁党中仇人呢！后来鲁翠亲自来寻姑娘，谁知竟闭门不纳，只见了斐氏，方知人言不虚，不免大家痛骂夏雅丽起来。

这日党人正在秘密会所决议此事如何处置，可巧克兰斯从德国回来，也来赴会。一进门，别的都没有听见，只听会堂上一片声说"夏雅丽嫁了"五个字，直打入耳鼓来。克兰斯飞步上前，喘吁吁还未说话，鲁翠一见他来，就迎上喊道："克兰斯君，你知道吗？你的夏雅丽嫁了，嫁了加克奈夫！"克兰斯一听这话，但觉耳边霹雳一声，眼底金星四爆，心中不知道是盐是醋是糖是姜，一古脑儿都倒翻了，只喊一声："贱婢！杀！杀！"往后便倒，口淌白沫。大家慌了手脚。鲁翠忙道："这是急痛攻心，只要扶他坐起，自然会醒的。"波儿麻连忙上来扶起，坐在一张大椅里。果然不一会醒了，嗯的吐出一口浓痰，就跳起来要刀。波儿麻道："要刀做什么？"克兰斯道："你们别管，给我刀，杀给你们看！"鲁

翠道："克兰斯君别忙，你不去杀她，我们怕她泄漏党中秘密，也放不过她。可是我想，夏雅丽学问、见识、本事都不是寻常女流，这回变得太奇突。凡奇突的事倒不可造次，还是等你好一点，晚上偷偷儿去探一回。倘或真是背盟从仇，就顺手一刀了账，岂不省事呢！"克兰斯道："还等什么好不好，今晚就去！"于是大家议定各散。

鲁翠临走，回顾克兰斯道："明天我们听信儿。"克兰斯答应，也一路回家，不免想着向来夏姑娘待他的情义，为他离乡背井，绝无怨言。这回在柏林时候，饭余灯背，送抱推襟，一种密切的意思，真是笔不能写、口不能言，如何回来不到一月就一变至此呢？况且加克奈夫又是她素来厌恨的，上回谈起他名氏，还骂他哩，如何倒嫁他？难道有什么不得已吗？一回又猜想她临行替他要小照儿的厚情，一回又揣摸她不别而行的深意。这一刻时中，一寸心里，好似万马奔驰，千猿腾跃，忽然心酸落泪，忽然切齿横目，翻来覆去，不觉更深，就在胸前掏出表来一看，已是十二点钟，惊道："是时候了！"连忙换了一身纯黑衣裤，腰间插了一把党中常用的百毒纯钢小尖刀，扎缚停当，把房中的电灯旋灭了，轻轻推门到院子里，耸身一纵，跳出墙外。

那时正是十月下旬，没有月亮的日子，一路虽有路灯，却仍觉黑暗似墨、细雾如尘，一片白茫茫不辨人影，只有几个巡捕稀稀落落的在街上站着。克兰斯靠着身体灵便，竟闪闪烁烁的被他混过几条街去。看看已到了加克奈夫的宅子前头，幸亏那里倒没有巡捕，黑魆魆地挨身摸来，只见四围都是四尺来高的短墙，上面排列着铁蒺藜、碎玻璃片。克兰斯睁眼打量一回，估摸自己还跳得过去，紧把刀子插插好，猛然施出一个燕子翻身势，往上一掠。忽听玎珰一声，一个身子随着几片碎玻璃直滚下去，看时，自己早倒在一棵大树底下。爬起来，转出树后，原来在一片草地上，当中有条马车进出的平路。克兰斯就依着这条路走去，只见前面十来棵郁郁苍苍的不知什么大树，围着一座巍巍的高楼。楼的下层乌黑黑无一点火光，只有中层东首一间还点着电灯。窗里透出光来，照在树上，却见一个人影在那里一闪一闪的动。克兰斯暗想这定是加克奈夫的卧房了。可是这样高楼，怎么上去呢？仰面忽见那几棵大树，树叉儿正紧靠二层的洋台，不觉大喜。一伸手，抱定树身，好比白猴采果似的旋转而上。到了树顶，把身子使劲一摇，那树叉直摆过来，哗啦一响，好像树叉儿断了一般。谁知克兰斯就趁这一摆，一脚已钩定了洋台上的栏杆，倒垂莲似的反卷上去，却安安稳稳站在洋台上了。侧耳听了一听，毫无声音，就轻轻的走到那有灯光的窗口，向里一望，恰好窗帘还没放，看个完完全全。只见房内当地一张铁床，帐子已垂垂放着，房中寂无人声，就是靠窗摆着个镜桌，当桌悬着一盏莲花式的电灯，灯下却袅袅婷婷立着个美人儿。呀，那不是夏雅丽吗？只见她手里拿着个小照儿，看看小照，又看看镜子里的影儿，眼眶里骨溜溜地滚下泪来。克兰斯看到这里，忽然心里捺不住的热火喷了出来，拔出腰里的毒刀直砍进去。正是：

棘枳何堪留凤采，宝刀直欲溅鸳红。

不知夏雅丽性命如何？且看下回。

第十七回

辞鸯侣女杰赴刑台　递鱼书航师尝禁脔

话说克兰斯看见夏雅丽对着个小照垂泪，一时也想不到查看查看小照是谁的，只觉得夏雅丽果然丧心事仇，按不住心头火起。瞥见眼前的两扇着地长窗是虚掩着，就趁着怒气，不顾性命，扬刀挨入。忽然天昏地暗的一来，灯灭了，刀却砍个空，使力过猛，几乎身随刀倒。克兰斯吃一惊，暗道："人呢？"回身瞎摸了一阵，可巧摸着镜桌上那个小照儿，顺手揣在怀里，心想夏雅丽逃了，加克奈夫可在，还不杀了他走！刚要向前，忽听楼下喊道："主人回来了！"随着辚辚的马车声，却是在草地上往外走的。克兰斯知道刚才匆忙，没有听他进来。忽想道："不好，这贼不在床上，他这一回来叫起人，我怕走不了，不如还到那大树上躲一躲再说。"打定主意，急忙走出洋台，跳上栏杆，伸手攀树叉儿。一脚挂在空中，一脚还蹬在栏杆上。忽听楼底下砌的一声是枪，就有人没命的叫声："啊呀！好，你杀我！"又是一声，可不像枪，仿佛一样很沉的东西倒在窗格边。克兰斯这一惊，出于意外，那时他的两脚还空挂着，手一松，几乎倒撞下来，忙钻到树叶密的去处蹲着。只听墙外急急忙忙跑回两个人，远远的连声喊道："怎么了？什么响？"屋里也有好几个人喊道："枪声，谁放枪？"这当儿，进来的两个人里头，有一个拿着一盏电光车灯，已走到楼前，照得楼前雪亮。克兰斯眼快，早看见廊下地上一个汉子仰面横躺着，动也不动。只听一人颤声喊道："可不得了，杀了人！""谁呢？主人！”这当儿里面一哄，正跑出几个披衣拖鞋的男女来，听是主人，就七张八嘴的大乱起来。克兰斯在树上听得清楚，知加克奈夫被杀，心里倒也一快。但不免暗暗骇异，到底是谁杀的？这当儿，见楼下人越聚越多，忽然想到自己绝了去路，若被他们捉住，这杀人的事一定是我了，正盘算逃走的法子，忽然眼前欻的一亮，满树通明，却正是上、中层的电灯都开了。

灯光下，就见夏雅丽散了头发，仓仓皇皇跑到洋台上，爬在栏杆上，朗朗的喊道:“到底你们看是主人不是呢？”众人严声道:“怎么不是呢？”又有一个人道：“才从宫里承值回来，在这里下车的。下了车，我们就拉车出园，走不到一箭地，忽听见枪声，赶回来，就这么着了。”夏雅丽跺脚道：“枪到底中在哪里？要紧不要紧？快抬上来！一面去请医生，一面快搜凶手呢！一眨眼的事，总不离这园子，逃不了，怎么你们都昏死了！”一句话提醒，大家道：“枪中了脑瓜儿，脑浆出来，气都没了，人是不中用了。倒是搜凶手是真的。”克兰斯一听这话，倒慌了，心里正恨夏雅丽，忽听下面有人喊道：“咦，你们瞧！那树叉里不是一团黑影吗？”楼上夏雅丽听了，一抬头，好像真吃一吓的样子道：“怎么？真有了人！”连忙改口道:“可不是凶手在这里？快多来几个人逮住他，楼下也防着点儿，别放走了！”就听人声嘈杂的拥上五六个人来。

克兰斯知不能免，正是人急智生，一眼见这高楼是四面洋台，都围着大树，又欺着夏雅丽虽有本事，终是个妇人，仍从树上用力一跳，跳上洋台，想往后楼跑。这当儿，夏雅丽正在叫人上楼，忽见一个人陡然跳来，倒退了几步；灯光下看清是克兰斯，脸上倒变了颜色，说不出话来，却只把手往后楼指着。克兰斯此时也顾不得什么，飞奔后楼，果见靠栏杆与前楼一样的大树。正纵身

上树，只听夏雅丽在那里乱喊道："凶手跳进我房里去了，你们快进去捉，不怕他飞了去。"只听一群人乱哄哄都到了屋里。

这里克兰斯却从从容容的爬过大树，接着一溜平屋，在平屋搭了脚，恰好跳上后墙飞身下去，正是大道，幸喜没个人影儿，就一口气的跑回家去，仍从短墙奋身进去，人不知鬼不觉的到了自己屋里，此时方算得了性命。喘息一回，定了定神，觉得方才事真如梦里一般，由不得想起夏雅丽手指后楼的神情，并假说凶手进房的话儿，明明暗中救我，难道她还没有忘记我吗？既然不忘记我，就不该嫁加克奈夫，既嫁了加克奈夫，又不该二心于我！这女子的人格就可想了！又想着自己要杀加克奈夫，倒被人家先杀了去，这人的本事在我之上，倒要留心访访才好。一头心里猜想，一头脱去那身黑衣想要上床歇息，不防衣袋中掉下一片东西，拾起来看时，倒吃一惊，原来就是自己在凯赛好富馆赠夏雅丽的小照，上面添写一行字道："斯拉夫苦女子夏雅丽心嫁夫察科威团实行委员克兰斯君小影。"克兰斯看了，方明白夏雅丽对他垂泪的意思，也不免一阵心酸，掉下泪来，叹道："夏雅丽！夏雅丽！你白爱我了！也白救了我的性命！叫我怎么能赦你这反复无常的罪呢！"说罢，就把那照儿插在床前桌上照架里，回头见窗帘上渐渐发出鱼肚白色，知道天明了，连忙上床，人已倦极，不免沉沉睡去。

正酣睡间，忽听耳边有人喊道："干得好事，捉你的人到了，还睡吗？"克兰斯睁眼见是波儿麻，忙坐起来道："你好早呀，没的大惊小怪，谁干了什么？"波儿麻道："八点钟还早吗？鲁翠姑娘找你来了，快出去。"克兰斯连忙整衣出来，瞥眼看着鲁翠华装盛服，秀采飞扬，明眸修眉，丰颐高准，比到夏雅丽，另有一种华贵端凝气象。一见克兰斯，就含笑道："昨儿晚上辛苦了，我们该替加来科梭代致谢忱。怎么夏雅丽倒免了？"波儿麻笑道："总是克君多情，杀不下去，倒留了祸根了。"克兰斯惊道："怎么着？她告了我吗？"鲁翠摇头道："没有。她告的是不知姓名人，深夜入室，趁加克奈夫温宫夜值出来，枪毙廊下。凶手在逃。俄皇知道早疑心了虚无党，已派侦探四出，倒严厉得很。克君还是小心为是。"克兰斯笑道："姑娘真胡闹！小心什么？哪里是我杀的！"鲁翠倒诧异道："难道你昨晚没有去吗？"克兰斯道："怎么不去？可没有杀人。"波儿麻道："不是你杀是谁呢？"克兰斯道："别忙，我告诉你们。"就把昨夜所遇的事从头至尾说了一遍，只把照片一事瞒起。两人听了，都称奇道异。波儿麻跳起来道："克君，你倒被夏雅丽救坏了！不然倒是现成的好名儿！"

鲁翠正低头沉思，忽被他一吓，忙道："波君别嚷，怕隔墙有耳。"顿一顿，又道："据我看，这事夏雅丽大有可疑。第一为什么要灭灯；再者既然疑心克君是凶手，怎么倒放走了，不要倒就是她杀的呢！"克兰斯道："断乎不会。她要杀他，为什么嫁他呢？"鲁翠道："不许她辱身赴义吗？"克兰斯连连摇头道："不像。杀一加克奈夫法子多得很，为什么定要嫁了才能下手呢？况且看她得了凶信，神气仓皇得很哩！"鲁翠也点点头道："我们再去探听探听看。克君既然在夏雅丽面前露了眼，还是避避的好，请到我们家里去住几时吧！"克兰斯就答应了，当时吩咐了家人几句话，就跟了鲁翠回家。

从此鲁翠、波儿麻诸人替他在外哨探，克兰斯倒安安稳稳住在美礼斯克罘邸第。先几个月风声很紧，后来慢慢懈怠，竟无声无臭起来。看官你道为何？原来俄国那班警察侦探虽很有手段，

可是历年被虚无党杀怕了，只看一千八百八十一年三月以后，半年间竟杀了宪兵长官、警察长、侦探等十三人，所以事情关着虚无党，大家就要缩手。这案俄皇虽屡下严旨，无奈这些人都不肯出力，且加克氏支族无人，原告不来催紧，自然冰雪解散了。克兰斯在美礼家，消息最灵，探知内情，就放心回了家。

日月如梭，忽忽冬尽春来。这日正是俄历二月初九，俄皇在温宫开跳舞会的大好日，却不道也是虚无党在首都民意俱乐部开协议会的秘密期。那时俄国各党势力，要推民意党察科威团算最盛，土地自由党、拿鲁脱尼团次之。这日就举了民意党做会首。此外，哥卫格团、奥能伯加团、马黎可夫团、波兰俄罗斯俱乐部、夺尔格圣俱乐部，纷纷的都派代表列席，黑压压挤满了一堂。正是龙拿虎掷、燕叱莺嗔、天地无声、风云异色的时候，民意女员鲁翠曳长裾、围貂尾，站立发言台上，桃脸含秋、蛾眉凝翠的宣告近来党中经济缺乏，团力涣散，必须重加联络，大事运动，方足再谋大举。这几句话原算表明今日集会之想，还要畅发议论，忽见波儿麻连跌带撞远远的跑来，喊道："可了不得！今儿个又出了第二个苏菲亚了！本党宫内侦探员，有秘密报告在此！"大众听了愕然。鲁翠就在台上接了波儿麻拿来的一张纸，约略看了看，脸上十分惊异。大众都问何事？

鲁翠就当众宣诵道：

本日皇帝在温宫宴各国公使，开大跳舞会，车驾定午刻临场。方出内宫门，突有一女子从侍女队跃出，左手持炸弹，右手揕帝胸，叱曰："咄，尔速答我，能实行一千八百八十一年二月十二日民意党上书要求之大赦国事犯、召集国会两大条件否？不应则炸尔！"帝出不意，不知所云，连呼卫士安在。卫士见弹股栗，莫敢前。相持间，女子举弹欲掷，帝以两手死抱之。其时适文部大臣波别士立女子后，呼曰："陛下莫释手！"即拔卫士佩刀，猝砍女子臂，臂断，血溢，女子踣。帝犹死持弹不敢释。卫士前擒女子，女子犹蹶起，抠一卫士目，乃被捕，送裁判所。烈哉，此女！惜未知名。探明再报！

民意党秘密侦探员报告

鲁翠诵毕，众人都失色，齐声道："这女子是谁？可惜不知姓名。"这一片惊天动地的可惜声里，猛可的飘来一句极凄楚的说话道："众位，这就是我的夏雅丽姑娘呀！"大家倒吃一惊，抬头一看，原来是克兰斯满面泪痕的站在鲁翠面前。鲁翠道："克君，怎见得就是她？"克兰斯道："不瞒姑娘说，昨晚她还到过小可家里，可怜小可竟没见面说句话儿。"鲁翠道："既到你家，怎么不见呢？"克兰斯道："她来，我哪里知道呢！直到今早起来，忽见桌上安放的一个小照儿不见了，倒换上了一个夏姑娘的小照。我觉得诧异，正拿起来，谁知道照后还夹着一封密信。看了这信，方晓得姑娘一生的苦心，我党大事的关系，都在这三寸的小照上。我正拿了来，要给姑娘商量救她的法子，谁知已闹到如此了。"说罢，就在怀里掏出一个小封儿、一张照片，送给鲁翠。

鲁翠不暇看小照，先抽出信来，看了不过两三行，点点头道："原来她嫁加克奈夫，全为党中的大计。嗄！我们倒错怪她了！嗳，放着心爱的人生生割断，倒嫁一个不相干的蠢人，真正苦了她了！"说着又看，忽然吃惊道："怎么加克奈夫倒就是她杀的？谁猜得到呢！"此时克兰斯只管淌泪。波儿麻及众人听了鲁翠的

话，都面面相觑道："加氏到底是谁杀的？"鲁翠道："就是夏雅丽杀的。"波儿麻道："奇了。嫁他又杀他，这什么道理？"鲁翠道："就为我党经济问题。她杀了他，好倾他的家，供给党用呀！"众人道："从前楷爱团波尔佩也嫁给一个老富人，毒杀富人，取了财产。夏姑娘想就是这主意了。"波儿麻道："有多少呢？如今在哪里？"鲁翠看着信道："真不少哩，八千万卢布哩！"又指着照片叹道："这就是八千万卢布的支证书。这姑娘真布置得妥当！这些银子，都分存在瑞士、法兰西各银行，都给总理说明是暂存的，全凭这照片收支，叫我们得信就去领取，迟恐有变。"鲁翠说到这里，忽愕然道："她为什么花了一万卢布，贿买一个宫中侍女的缺呢？"克兰斯含泪道："这就是今天的事情了。姑娘，你不见她，早把老娘斐氏搬到瑞士亲戚家去。那个炸弹，还是加氏从前在亚突俱乐部搜来的。她一见，就预先藏着，可见死志早决的了。"鲁翠放了信，也落泪道："她替党中得了这么大资本，功劳也真不小。难道我们听她给这些暴君污吏宰杀吗？"众人齐声道："这必要设法救的。"鲁翠道："妾意一面遣人持照到各行取银，一面想法到裁判所去听审。这两件事最要紧，谁愿去？"于是波儿麻担了领银的责任，克兰斯愿去听审，各自分头前往。

话分两头。却说克兰斯一径出来，汗淋淋的赶到裁判所，抬头一看，署前立着多少卫兵，防卫得严密非常，闲人一个不许乱闯。克兰斯正在为难，忽见署中走出两个人来，一个老者，一个少者，正要上车。克兰斯连忙要避，那少年忽然唤道："克君，你也来了。"克兰斯吃一惊，定睛一认，却是瓦德西，只得上前相见。瓦德西就招呼了毕叶，并告诉他也来听审的。谁知今日不比往常，毕君署中有熟人，也不放进去，真没有法了。瓦德西当时就拉了克兰斯，同到他家。克兰斯此时也无计可施，只得跟着他们同走。瓦德西留住克兰斯、毕叶在家吃饭，三人正在商议，忽然毕叶得了裁判所朋友的密信，夏雅丽已判定死刑，俄皇怕有他变，傍晚时已登绞台绞死了。克兰斯得了这信，咬牙切齿，痛骂民贼，立刻要去报仇雪恨，还是瓦德西劝住了，只得垂头丧气，别了毕、瓦两人，赶归秘密会所报告凶信。

其时鲁翠诸人还在会商援救各法，猝闻这信，真是晴天霹雳，人人裂目，个个椎心，鲁翠更觉得义愤填膺，长悲缠骨，连哭带咽，演说了一番。过了几日，又开了个大追悼会，倒把党中气焰提高了百倍。直到波儿麻回来，党中又积储了无数资本，自然党势益发盛大了。到底歇了数年，到一千九百零一年三月二十二日，克兰斯狙击了文部大臣波别士，也算报了砍臂之仇。鲁翠姑娘也在一千九百零四年五月十一日，把爆药弹掷皇帝尼古拉士，不成被缚，临刑时道："我把一个爆烈弹，换万民自由，死怕什么！"这都是夏姑娘一死的余烈哩！此是后话，不必多述。

如今再说瓦德西那日送了克兰斯去后，几次去看彩云，却总被门上阻挡。后来彩云约会在叶尔丹园，方得相会。从此就买嘱了管园人，每逢彩云到园，管园人就去通信。如此习以为常，一月中总要见面好几次，情长日短，倏忽又是几月。那时正是溽暑初过，新凉乍生，薄袖轻衫，易生情兴。瓦德西徘徊旅馆，静待好音。谁知日复一日，消息杳然，闷极无聊，只好坐在躺椅中把日报消遣。忽见紧要新闻栏内，载一条云"清国俄、德、奥、荷公使金沟三年任满，现在清廷已另派许镜澄前来接替，不日到俄"云云。瓦德西看到这里，不觉呆了。因想怪道彩云这礼拜不来相约，原来快要回国了，转念道："既然快要相离，更应该会得勤些，

才见得要好。”瓦德西手里拿了张报纸，呆呆忖度个不了，忽然侍者送上一个电报道：这是贵国使馆里送来的。瓦德西连忙折看，却是本国陆军大将打给他的，有紧要公事，令其即日回国，词意很是严厉，知道不能耽搁的，就叹口气道："这真巧了，难道一面缘都没了？"丢下电报，走到卧室里，换了套出门衣服，径赴叶尔丹园而来，意思想去碰碰，或者得见，也未可定。谁知到园问问管园的，说好久没有来过。等了一天，也是枉然。瓦德西没法，只好写了一封信交给管园的，叮嘱等中国公使夫人来时手交，自己硬了心肠，匆匆回寓，料理行装。第二日一早，乘了火车，回德国去了，不提。

单说彩云正与瓦德西打得火热，哪里分拆得开，知道雯青任期将满，早就撺掇雯青，在北京托了荃如，运动连任，谁知竟不能成。这日雯青忽接了许镜澄的电信，已经到了柏林，三日内就要到俄。雯青进来告诉彩云，叫她赶紧收拾行李。彩云听了这信，仿佛打个焦雷，恨不立刻去见瓦德西，诉诉离情。无奈被雯青终日逼紧着拾掇，而且这事连阿福都瞒起的，不提什么，阿福尚在那里寻瑕索瘢，风言醋语，所以连通信的人都没有，只好肚里叫苦罢了。直到雯青交卸了篆务，一切行李都已上了火车站，叫阿福押去，雯青又被毕叶请去吃早饭饯别，彩云得了这个巧当儿，求一个小么儿，许了他钱，去雇了一辆买卖车，独自赶往叶尔丹园，满拟遇见瓦德西，说些体己话儿，洒些知心泪，也不枉相识一场。谁知一进园，正要去寻管园的，他倒早迎上来，笑嘻嘻拿着一封信道："太太贵忙呀！这是瓦德西先生留下的信儿，你瞧吧！"彩云愣一愣，忙接了，只见纸上写着道：

彩云夫人爱鉴：昨读日报，知锦车行迈，正尔神伤；不意鄙人亦牵王事，束装待发。呜呼！我两人何缘悭耶？十旬之爱，尽于浃辰，别泪盈怀，无地可洒，期于叶尔丹园丛薄间，作末日之握，乃夕阳无限，而谷音寂然，林鸟有情，送我哀响。仆今去矣，卿亦长辞！海涛万里，相思百年，落月屋梁，再见以梦，亚鸿有便，惠我好音！

末署“爱友瓦德西拜上”。彩云就把信插入衣袋里，笑问那管园的道：“瓦德西先生多喒给你这信的？他说什么没有？”管园的道：“他前天给我的，倒没说别的，就恨太太不来。”彩云点点头，含着一包眼泪，慢慢上车，径叫向火车站而来。

到得车站，恰好见雯青刚上火车，俄国首相兼外部大臣吉尔斯，德、奥、荷三国公使，画师毕叶，还有中国后任公使许镜澄奏留的翻译随员等，闹哄哄多少人，都来送行。雯青正应酬得汗流浃背，哪里有工夫留心彩云的事情。只有阿福此时看见彩云坐了一辆买卖车，如飞从东驰来，心里就诧异，连忙迎上来，望了几望彩云的眼睛，对彩云微微一笑。彩云倒转了头也不理他，自顾自到停车场，自然有老妈丫鬟等扶着上车了。不一会，汽笛一声，一股浓烟直从烟突喷出，那火车就慢慢行动，停车场上送的人有拱手的、有脱帽的、有扬巾的，一片平安祝颂声里，就风驰电卷，离了圣彼得堡而去。三日到了柏林，雯青把例行公事完了，就赴马赛。可巧前次坐来的萨克森船，于八月十六日开往中国上海，仍是戴会计去讲定妥了。十五日夜饭后，大家登了舟，雯青、彩云仍坐了头等舱。部署粗定，那船主质克笑着走进舱来，向雯青、彩云道：“我们真算有缘了！来去都坐了小可的船。”雯青不会说外国话，只好彩云应酬了一会，质克方去了，开了船。质克非常招呼，自己有时也来走走。彩云也常到船顶去散步乘凉，偶然就在质克

屋里坐坐。原来彩云自离了俄都，想着未给瓦德西作别，心中总觉不安，有时拿出信来看看，未免对月伤怀，临风洒泪。自己德话虽会说，却不会写，连回信都难寄一封，更觉闷闷不乐。质克连日看出彩云不乐，虽不解缘故，倒常常想法骗她快活。彩云很感激他，按下不表。

且说阿福自从那日见了瓦德西后，就动了疑，不过究竟主仆名分，不好十分露相，只把语言试探而已。有一晚，萨克森船正在地中海驶行，一更初定，明月中天，船上乘客大半归房就寝，满船静悄悄的，但闻鼻息呼声。阿福一人睡在舱中反复不安，心里觉得躁烦，就起来，披了一件小罗衫走出来，从扶梯上爬到船顶，却见顶上寂无人声，照着一片白迷朦的月色，凉风飒飒，冷露泠泠，爽快异常。阿福就靠在帆桅上，赏玩海中夜景。正在得趣，忽觉眼前黑魆魆的好像一个人影，直掠烟突而过。心里一惊，连忙蹑手摄脚跟上去，远远见相离一箭之地果真有个人，飞快的冲着船首走去。那身量窈窕，像个女子后影，可辨不清是中是西。阿福方要定睛认认，只听船长小室的门砌的一声，那女影就不见了。阿福心想：原来这船长是有家眷的，我左右空着，何妨去偷看看他们做什么。想着，就溜到那屋旁。只见这屋，两面都有一尺来大小的玻璃推窗，红色毡帘正钩起。阿福向里一张，只见室内漆黑无光，就在漏进去一点月光里头，隐约见那女子背坐在一张蓝绒靠背上。质克正站起，一手要旋电灯的活机，那女子连连摇手，说了几句咭唎咕噜的话。质克只涎笑，伛着身，手掏衣袋里，掏出个仿佛是信的小封儿，远远托着说话，大约叫那女子看。那女子瞥然伸手来夺。质克趁势拉住那女子的手，凑在耳边低低的说。那女子斜盯了质克一眼，就回过脸来急忙探头向门外一张，顺手却把帘子欻的拉上。阿福在这当儿，帘缝里正给那女子打个照面，不觉啊呀一声道：“可了不得了！”正是：

前身应是琐首佛，半夜犹张素女图。

欲知阿福因何发喊？且听下回分解。

第十八回

游草地商量请客单　借花园开设谈瀛会

话说阿福在帘缝里看去，迷迷糊糊活像是那一个人，心里一急，几乎啊呀的喊出来。忽然转念一想：质克这东西凶狠异常，不要自己吃不了兜着走。侧耳听时，那屋是西洋柳条板实拼的，屋里做事，外面声息不漏。阿福没法，待要抽身，却听得对面鞑鞑的脚声。探头一望，不提防碧沉沉两只琉璃眼、乱蓬蓬一身花点毛，是一条二尺来高的哈吧狗，摇头摆尾，急腾腾地向船头上赶着一只锦毛狮子母狗去了。阿福啐了一口，暗道："畜生也欺负人起来！"说罢，垂头丧气的正在一头心里盘算，一头踅回扶梯边来，瞥然又见一个人影在眼角里一闪，急急忙忙绕着船左舷，抢前几步下梯去了。阿福倒愣了愣，心想他们干事怎么这么快！自己无计思量，也就下楼归舱安歇。气一回，恨一回，反复了一夜，到天亮倒落瞌了。

蒙眬中，忽然人声鼎沸，惊醒起来，却听在二等舱里，是个苏州人口音。细听正是匡次芳带出来的一个家人，高声道："哼，外国人！船主！外国人买几个铜钱介？船主生几个头、几只臂膊介？勠现世，唔朵问问俚，昨伲夜里做个啥事体嗄？侬拉舱面浪听子一夜朵！侬弄坏子俚大餐间一只玻璃杯，俚倒勿答应；个末俚弄坏子伲公使夫人，倒弗翻淘。"这家人说到这里，就听见有个外国人不晓得咭唎咕噜又嚷些什么。随后便是次芳喝道："混帐东西！金大人来了！还敢胡说！给我滚出去！"只听那家人一头走，一头还在咕噜道："里势个事体，本来金大人该应管管哉！"阿福听了这些话，心里诧异，想昨夜同在舱面，怎么我没有碰见呢？后来听见主人也出来，晓得事情越发闹大了，连忙穿好衣服走出来。只见大家都在二等舱里，次芳正在给质克做手势陪不是。雯青却在舱门口，呆着脸站着。彩云不敢进来，也在舱外远远探头探脑，看见阿福就招手儿。

阿福走上去道："到底怎么回事呢？"彩云道："谁知道！这天杀的，打碎了人家的一只杯子，人家骂他，要他赔，他就无法无天起来。"阿福冷笑道："没缝的蛋儿苍蝇也不钻，倒是如今弄得老爷都知道，我倒在这里发愁。"彩云别转脸正要回答，雯青却气愤愤的走回来。阿福连忙站开。雯青眼盯着彩云道："你还出来干什么？"彩云听了这话头儿，一扭身，飞奔的往头等舱而去。雯青也随后跟来。彩云一进舱，倒下吊床，双手捧着脸，呜呜咽咽大哭起来。雯青道："咦，怎么你倒哭了！"彩云咽着道："怎么叫我不哭呢！我是没有老爷的苦人呀，尽叫人家欺负的！"雯青愕然道："这，这是什么话？"彩云接着道："我哪里还有老爷呢！别人家老爷总护着自己身边人，就是做了丑事还要顾着向日恩情，一床锦被，遮盖遮盖。况且没有把柄的事儿，给一个低三下四的奴才含血喷人，自己倒站着听风凉话儿！没事人儿一大堆，不发一句话，就算你明白不相信，人家看你这样儿，只说你老爷也信了。我这冤枉，哪里再洗得清呢！"原来雯青刚才一起床就去看次芳，可巧碰下这事，听了那家人的话气极了，没有思前想后，一盆之火走来，想把彩云往大海一丢，方雪此耻。及至走进来，不防兜头给彩云一哭，见了那娇模样已是软了五分，又听见这一番话说得有理，自己想想也实在没有凭据，那怒气自然又平了三分，就道：

"你不做歹事，人家怎么凭空说你呢？"

彩云在床上连连蹬足哭道："这都是老爷害我的！学什么劳什子的外国话！学了话，不叫给外国人应酬也还罢了，偏偏这回老爷卸了任，把好一点的翻译都奏留给后任了。一下船逼着我做通事，因此认得了质克，人家早就动了疑。昨天我自己又不小心，为了请质克代写一封柏林女朋友的送行回信，晚上到他房里去过一趟，哪里想得到闹出这个乱儿来呢！"说着，欻的翻身，在枕边掏出一封西文的信，往雯青怀里一掷道："你不信，你瞧！这书信还在这里呢！"彩云掷出了信，更加号啕起来，口口声声要寻死。雯青虽不认得西文，见她堂皇冠冕掷出信来，知道不是说谎了；听她哭得凄惨，不要说一团疑云自然飞到爪洼国去，倒更起了怜惜之心，只得安慰道："既然你自己相信对得起我，也就罢了。我也从此不提，你也不必哭了。"彩云只管撒娇撒痴的痛哭，说："人家坏了我名节，你倒肯罢了！"雯青没法，只好许他到中国后送办那家人，方才收旗息鼓。外面质克吵闹一回，幸亏次芳再四调停，也算无事了。阿福先见雯青动怒，也怕寻根问底，早就暗暗跟了进来，听了一回，知道没下文，自然放心去了。从此海程迅速，倒甚平安，所过埠头无非循例应酬，毫无新闻趣事可记，按下慢表。

如今且说离上海五六里地方，有一座出名的大花园，叫作味莼园。这座花园坐落不多，四面围着嫩绿的大草地，草地中间矗立一座巍焕的跳舞厅，大家都叫它做安凯第。原是中国士女会集茗话之所。这日正在深秋天气，节近重阳，草作金色，枫吐火光，秋花乱开，梧叶飘堕，佳人油碧，公子丝鞭，拾翠寻芳，歌来舞往，非常热闹。其时又当夕阳衔山，一片血色般的晚霞，斜照在草地上，迎着这片光中，却有个骨秀神腴、光风霁月的老者，一手捋着淡淡的黄须，缓步行来。背后随着个中年人，也是眉目英挺，气概端凝，胸罗匡济之才，面盎诗书之泽。一壁闲谈一壁走的，齐向那大洋房前进。那老者忽然叹道："若非老夫微疴淹滞，此时早已在伦敦、巴黎间，呼吸西洋自由空气了！"那中年笑道："我们此时若在西洋，这谈瀛胜会那得举发！大人的清恙，正天所以留大人为群英之总持也！可见盍簪之聚，亦非偶然。"那老者道："我兄奖饰过当，老夫岂敢！但难得此时群贤毕集，不能无此盛举，以志一时之奇遇。前日托兄所拟的客单，不知已拟好吗？"那中年说："职道已将现在这里的人大略拟就，不知有无挂漏，请大人过目。"说着，就赶忙在靴统里抽出一个梅红全帖，双手递给老者。那老者揭开一看，只见那帖上写道：

本月重九日，敬借味莼园开谈瀛会。凡我同人，或持旄历聘，或凭轼偶游，足迹曾及他洲，壮游逾乎重译者，皆得来预斯会。借他山攻错之资，集世界交通之益，翘盼旌旄，勿吝金玉！敬列台衔于左：

记名道，日本出使大臣吕大人印苍舒，号顺斋；

前充德国正使李大人印葆丰，号台霞；

直隶候补道，前充美、日、秘出使大臣云大人印宏，号仁甫；

湖北候补道，铁厂总办，前充德国参赞徐大人印英，号忠华；

直隶候补道，招商局总办、前奉旨游历法国马大人印中坚，号美菽；

现在常镇道，前奉旨游历英国柴大人印龢，号韵甫；

大理寺正堂，前充英、法出使大臣俞大人印耿，号西塘；

分省补用道，前奉旨游历各国，现充英、法、意、比四国参赞王大人印恭，号子度。

下面另写一行“愚弟薛辅仁顿首拜订”。

看官，你们道这老者是谁？原来就是无锡薛淑云。还是去年七月，奉了出使英、法、意、比四国之命。谁知淑云奉命之后，一病经年，至今尚未放洋。月内方才来沪，驻节天后宫，还须调养多时，再行启程。那个中年人，就是雯青那年与云仁甫同见的王子度，原是这回淑云奏调他做参赞，一同出洋的。这两人都是当世通才，深知世界大势，气味甚是相投。当时在沪无事，恰值几个旧友，如吕顺斋从日本任满归期，徐忠华为办铁料来沪，美菽、仁甫则本寓此间。淑云素性好客，来此地聚着许多高朋，因与子度商量，拟邀曾经出洋者作一盛会，借此聚集冠裳，兼可研究世局。其时恰好京卿俞西塘，有奉旨查办事件；常、镇道柴韵甫，有与上海道会商事件。这两人也是一时有名人物，不期而遇，都聚在一处。所以子度一并延请了。

闲话少说。话说当时淑云看了客单，微笑道：“大约不过这几个人罢了，就少了雯青和次芳两个，听说也快回国，不知他们赶得上吗？”子度一面接过客单，一面答道：“昨天知道雯青夫人已经到这里来迎接了。上海道已把洋务局预备出来，专候使节。大约今明必到。”言次，两人已踏上了那大洋房的平台。正要进门，忽然门外风驰电卷的来了两辆华丽马车，后面尘头起处，跟着四匹高头大马，马上跨着戴红缨帽的四个俊僮。那车一到洋房门口停住了，就有一群老妈丫头开了车门，扶出两位佳人，一个是中年的贵妇，一个是姣小的雏姬，都是珠围翠绕，粉滴脂酥，款步进门而来。淑云、子度倒站着看呆了。子度低低向淑云说道：“那年轻的，不是雯青的如夫人吗？大约那中年的，就是正太太了。”淑云点头道：“不差。大约雯青已到了，我们客单上快添上吧！我想我先回去拜他一趟，后日好相见。你在这里给园主人把后天的事情说定，叫他把东边老园的花厅，借给我们做会所就得了。”子度答应，自去找寻园主人，这里淑云见雯青的家眷，许多人簇拥着上楼，拣定座儿，自去啜茗。淑云也无心细看，连忙叫着管家伺候，匆匆上车回去拜客不提。

原来雯青还是昨日上午抵埠的，被脚靴手版胶扰了一日，直到上灯时，方领了彩云进了洋务局公馆，知道夫人在此，连忙接来，夫妻团聚，畅话离情，快活自不必说。到了次日，雯青叫张夫人领着彩云各处游玩，自己也出门拜访友好，直闹到天黑方归。正在上房，一面叫彩云伺候更衣，一面与夫人谈天，细问今日游玩的景致。张夫人一一的诉说。那当儿，金升拿着个帖子，上来回道：“刚才薛大人自己来过，请大人后日到味莼园一聚，万勿推辞！临走留下一个帖子。”雯青就在金升手里看了一看，微笑道：“原来这班人都在这里，倒也难得。”又向金升道：“你去外头招呼匡大人一声，说我去的，叫匡大人也去，不可辜负了薛大人一片雅意。”金升诺诺答应下去。当日无话。

单说这日重阳佳节，雯青在洋务局吃了早饭，约着次芳坐车直到味莼园，到得园门，把车拉进老园洋房停着，只见门口已停满了五六辆轿车，阶上站着无数红缨青褂的家人。雯青、次芳一同下车，就有家人进去通报，淑云满面笑容的把雯青、次芳迎接进去。此时花厅上早是冠裳济楚，坐着无数客人，见雯青进来，都站起来让坐。雯青周围一看，只见顺斋、台霞、仁甫、美菽、忠华、子度一班熟人都在那里。雯青一一寒暄了几句，方才告坐。

淑云先开口向雯青道："我们还是那年在一家春一叙，一别十年，不想又在这里相会。最难得的仍是原班，不弱一个！不过绿鬓少年，都换了华颠老子了。"说罢，拈须微笑。子度道："记得那年全安栈相见的时候，正是雯兄大魁天下、衣锦荣归的当儿，少年富贵，真使弟辈艳羡无穷。"雯青道："少年陈迹，令人汗颜。小弟只记得那年畅闻高谕，所谈西国政治艺术，天惊石破，推崇备至，私心窃以为过当！如今靠着国家洪福，周游各国，方信诸君言之不谬。可惜小弟学浅才疏，不能替国家宣扬令德，哪里及淑翁博闻多识，中外仰望，又有子度兄相助为理。此次出洋，必能争回多少利权，增重多少国体。弟辈惟有拭目相望耳！"淑云、子度谦逊了一回。台霞道："那时中国风气未开，有人讨论西学，就是汉奸。雯兄，你还记得吗？郭筠仙侍郎喜谈洋务，几乎被乡人驱逐；曾劼刚袭侯学了洋文，他的夫人喜欢弹弹洋琴，人家就说他吃教的。这些粗俗的事情尚且如此，政治艺术，不要说雯兄疑心，便是弟辈也不能十分坚信。"美菽道："如今大家眼光，比从前又换一点儿了。听说俞西塘京卿在家，饮食起居都依洋派，公子小姐出门常穿西装，在京里应酬场中，倒也没有听见人家议论他。岂不奇怪！"

大家听了，正要动问，只见一个家人手持红帖，匆忙进来通报道："俞大人到！"雯青一眼看去，只见走进一个四十多岁的体面人来，细长干儿，椭圆脸儿，雪白的皮色，乌油油两绺微须，蓝顶花翎，满面锋芒的，就给淑云作下揖去，口里连说"迟到"。淑云正在送茶，后面家人又领进一位粗眉大眼、挺腰凸肚的客人，淑云顺手也送了茶，就招呼雯青道："这位就是柴韵甫观察，新从常、镇道任所到此。我们此会，借重不少哩！"韵甫忙说"不敢"，就给大家相见。淑云见客已到齐，忙叫家人摆起酒来，送酒定座，忙了一回，于是各各归坐，举杯道谢之后，大家就纵饮畅谈起来。

雯青向顺斋道：“听说东瀛从前崇尚汉学，遗籍甚多，往往有中土失传之本，而彼国尚有流传。弟在海外就知阁下搜辑甚多，正有功艺林之作也。”顺斋道：“经生结习，没有什么关系的。要比到子度兄所作的《日本国志》，把岛国的政治风俗网罗无遗，正是问鼎康瓠，不可同语了！”子度道：“日本自明治变法，三十年来进步之速，可惊可愕。弟的这书也不过断烂朝报，一篇陈帐，不适用的了。”西塘道：“日本近来注意朝鲜，倒是一件极可虑的事。即如那年朝鲜李昰应之乱，日本已遣外务卿井上馨率兵前往，幸亏我兵先到半日，得以和平了事。否则朝鲜早变了琉球之续了。”子度微笑，指着淑云、顺斋道：“这事都亏了两位赞助之功。”淑云道：“岂敢！小弟不过上书庄制军，请其先发海军往救，不必转商总理衙门，致稽时日罢了。至这事成功的枢纽……”说到这里，向着顺斋道：“究竟还靠顺斋在东京探得确信，急递密电，所以制军得豫为之备，迅速成功哩！”美菽道：“可惜后来伊藤博文到津，何太真受了北洋之命，与彼立了攻守同盟的条约。我恐朝鲜将来有事，中、日两国必然难免争端吧？”雯青道：“朝鲜一地，不但日本眈眈虎视，即俄国蓄意亦非一日了。”淑云道：“不差。小弟闻得吾兄这次回国，俄皇有临别之言，不晓得究竟如何说法？”

雯青道：“我兄消息好灵！此事确是有的。就是兄弟这次回国时，到俄宫辞别，俄皇特为免冠握手，对兄弟道：‘近来外人都道朕欲和贵国为难’且有吞并朝鲜的意思，这种议论都是西边大国造出来离间我们邦交的。其实中、俄交谊在各国之先，朕哪里肯废弃呢！况且我国新灭了波兰，又割了瑞典、芬兰，还有图尔齐斯坦各部，朕日夜兢兢，方要绥和斯地，万不愿生事境外的。至于东境铁路，原为运输海参崴、珲春商货起见，更没别意。又有人说我国海军被英国截住君士坦丁峡，没了屯泊所，所以要从事朝鲜，这话更不然了。近年我已在黑海旁边得了停泊善澳，北边又有煤矿；又在库页岛得了海口两处，皆风静水暖，矿苗丰富的；再者俄与丹马婚姻之国，倘要济师，丹马海峡也可借道，何必要朝鲜呢！贵大人归国，可将此意劝告政府，务敦睦谊。'这都是俄皇亲口对弟说的。至于其说是否发于至诚，弟却不敢妄断，只好据以直告罢了。"

淑云道："现在各国内力充满，譬如一杯满水，不能不溢于外。侵略政策出自天然，俄皇的话就算是真心，哪里强得过天运呢！孙子曰：'毋恃人之不来，恃我有以待之。'为今之计，我国只有力图自强，方足自存在这种大战国世界哩！"雯青道："当今自强之道，究以何者为先？淑翁留心有素，必能发抒宏议。"淑云道："富强大计，条目繁多，弟辈蠡测，哪里能尽！只就职分所当尽者，即如现在交涉里头，有两件必须力争的：第一件，该把我国列入公法之内，凡事不至十分吃亏；第二件，南洋各埠都该添设领事，使侨民有所依归。这两事虽然看似寻常，却与大局很有关系。弟从前曾有论著，这回出去，决计要实行的了。"

次芳道："淑翁所论，自是外交急务。若论内政，愚意当以练兵为第一，练兵之中尤以练海军为最要。近日北洋海军经威毅伯极意经营，丁雨汀尽心操演，将来必能收效的。但今闻海军衙门军需要款，常有移作别用的。一国命脉所系，岂容儿戏呢？真不可解了！"忠华道："练兵固不可缓，然依弟愚见，如以化学比例，兵事尚是混合体，决非原质。历观各国立国，各有原质，如英国的原质是商，德国的原质是工，美国的原质是农。农工商三样，实是国家的命脉。各依其国的风俗、性情、政策，因而有所注重。我国倘要自强，必当使商有新思想，工有新技术，农有新树艺，方有振兴的希望哩！”

仁甫道:“实业战争，原比兵力战争更烈，忠华兄真探本之论！小弟这回游历英、美，留心工商界，觉得现在有两件怪物，其力足以灭国殄种，我国所必当预防的，一是银行，一是铁路。银行非钱铺可比，经其规制，一国金钱的势力听其弛张了；铁路亦非驿站可比，入其范围，一国交通的机关受其节制了。我国若不先自下手，自办银行、自筑铁路，必被外人先我着鞭，倒是心腹大患哩！”

台霞道:“西国富强的本原，据兄弟愚见，却不尽在这些治兵、制器、惠工、通商诸事上头哩！第一在政体。西人视国家为百姓的公产，不是朝廷的世业，一切政事，内有上下议院，外有地方自治，人人有议政的权柄，自然人人有爱国的思想了。第二在教育。各国学堂林立，百姓读书归国家管理，无论何人不准不读书，西人叫作强逼教育。通国无不识字的百姓，即贩夫走卒也都通晓天下大势。民智日进，国力自然日大了。又不禁党会，增大他的团结力；不讳权利，养成他的竞争心。尊信义，重廉耻，还是余事哩！我国现在事事要仿效西法，徒然用心那些机器事业的形迹，是不中用的。”

西塘道:“政体一层，我国数千年来都是皇上一人独断的，一时恐难改变。只有教育一事，万不可缓。现在我国四万万人，读书识字的还不到一万万，大半痴愚无知，无怪他们要叫我们做半开化国了。现在朝廷如肯废了科举，大开学堂，十年之后，必然

收效。不过弟意，现办学堂，这些专门高等的倒可从缓，只有普通小学堂最是要紧。因为小学堂是专教成好百姓的，只要有了好百姓，就不怕他没有好国家了。”韵甫道：“办学堂，开民智，固然是要紧，但也有一层流弊，该慎之于始。兄弟从前到过各国学堂，常听见那些学生，终日在那里讲究什么卢梭的《民约论》、孟德斯鸠的《法律魂》，满口里无非‘革命’‘流血’‘平权’‘自由’的话。我国如果要开学堂，先要把这种书禁绝，不许学生寓目才好。否则开了学堂，不是造就人材，倒造就叛逆了。”

美菽道：“要说到这个流弊，如今还早哩！现在我国民智不开，固然在上的人教育无方，然也是我国文字太深，且与语言分途的缘故，哪里能给言文一致的国度比较呢！兄弟的意思，现在必须另造一种通行文字，给白话一样的方好。还有一事，各国提倡文学，最重小说戏曲，因为百姓容易受他的感化。如今我国的小说戏曲太不讲究了，佳人才子，千篇一律，固然毫无道理；否则开口便是骊山老母、齐天大圣，闭口又是白玉堂、黄天霸，一派妖乱迷信的话，布满在下等人心里。北几省此风更甚，倒也是开化的一件大大可虑的事哩！”

当时味莼园席上的人，你一句，我一句，正在兴高采烈议论天下大势的时候，忽见走进一个家人，站在雯青身边，低低的回道：“太太打发人来，说京里有紧要电报到来，请老爷即刻回去。”大家都吃了一惊，方隔断了话头。雯青心里有事，坐不住，只好起身告辞。正是：

海客高谈惊四座，京华芳讯报三迁。

欲知后事？且听下回。

第十九回

淋漓数行墨五陵未死健儿心　的皪三明珠一笑来觞名士寿

上回叙的是薛淑云在味莼园开谈瀛会，大家正在高谈阔论，忽因雯青家中接到了京电，不知甚事。雯青不及终席就道谢兴辞，赶回洋务局公馆，却见夫人满面笑容的接出中堂道：“恭喜老爷。”雯青倒愕然道：“喜从何来？”张夫人笑道：“别忙，横竖跑不了，你且换了衣服。彩云，烦你把刚才陆大人打来的电报，拿给老爷看。”那个当儿，阿福站在雯青面前，脱帽换靴。彩云趴在张夫人椅子背上，愣愣的听着。猛听夫人呼唤，忙道：“太太，搁在哪里呢？”夫人道：“刚在屋里书桌儿上给你同看的，怎么忘了？”彩云一笑，扭身进去。这里张夫人看着阿福给雯青升冠卸褂，解带脱靴，换好便衣，靠窗坐着。阿福自出宅门。彩云恰好手拿个红字白封儿跨出房来。雯青忙伸手来接。彩云偏一缩手，递给张夫人道：“太太看，这个是不是？”夫人点头，顺手递在雯青手里。雯青抽出，只见电文道：

> 上海斜桥洋务局出使大人金鉴：燕得内信，兄派总署，谕行发，嘱速来。莘庚。

雯青看完道：“这倒想不到的。既然小燕传出来的消息，必是确的，只好明后日动身了。”夫人道：“小燕是谁？”雯青道：“就是庄焕英侍郎，从前中俄交界图，我也托他呈递的。这人非常能干，东西两宫都喜欢他，连内监们也没个说他不好，所以上头的举动，他总比人家先晓得一点。也来招呼我，足见要好，倒不可

辜负。夫人，你可领着彩云，把行李赶紧拾掇起来，我们后日准走。”张夫人答应了，自去收拾。雯青也出门至各处辞行。恰值淑云、子度也定明日放洋，忠华回湖北，韵甫回镇江，当晚韵甫作主人，还在密采里吃了一顿，欢聚至更深而散。明日各奔前程。

话分两头。如今且把各人按下，单说雯青带着家眷并次芳等乘轮赴津。到津后，直托次芳护着家眷船由水路进发；自己特向威毅伯处借了一辆骡车，带着老仆金升及两个俊童，轻车简从，先从旱路进京。此时正是秋末冬初，川原萧索，凉风飒飒，黄沙漫漫。这日走到河西务地方，一个铜盆大的落日，只留得半个在地平线上，颜色恰似初开的淡红西瓜一般，回光反照，在几家野店的屋脊上，煞是好看。原来那地方正是河西务的大镇，一条很长的街，街上也有个小小巡检衙门，衙两旁客店甚多。雯青车子一进市口，就有许多店伙迎上来，要揽这个好买卖，老远的喊道：“我们那儿屋子干净，炕儿大，吃喝好，伺候又周到，请老爷试试就知道。”鹅呛鸭嘴的不了。

雯青忙叫金升飞马前去，看定回报。谁知一去多时，绝无信息。雯青性急，叫赶上前去，拣大店落宿。过了几个店门，都不合意，将近市梢，有一个大店，门前竹竿子远远挑出一扇青边白地的毡帘，两扇破落大门半开着，门上贴着一副半拉下的褪红纸门对，写的是：

三千上客纷纷至，百万财源滚滚来。

望进去，一片挺大的围场，正中三开间，一溜上房，两旁边还有多少厢房，场中却已停着好几辆客车。

雯青看这店还宽敞，就叫把车赶进去，一进门还没下车，就听金升高声粗气，倒在那里给一个胖白面的少年人吵架。少年背后，还站着个四五十岁，紫膛脸色，板刷般的乌须，眼上架着乌油油的头号墨晶镜，口衔京潮烟袋，一个官儿模样的人，阶前伺候多少家人。只听金升道：“哪儿跑出这种不讲理的少爷大人们，仗着谁的大腰子，动不动就捆人！你也不看看我姓金的，捆得捆不得？这会儿你们敢捆，请捆！”那少年一听，双脚乱跳道：“好，好，好撒野！你就是王府的包衣，今天我偏捆了再说！来，给我捆起这个没王法的忘八！”这一声号令，阶下那班如狼如虎的健仆，个个摩拳擦掌，只待动手，斜刺里那个紫膛脸的倒走出来拦住，对金升道：“你也太不晓事了！我却不怪你！大约你还才进京，不知厉害。我教你个乖，这位是户部侍郎总理衙门大臣庄焕英庄大人的少大人，这回替他老大人给老佛爷和佛爷办洋货进去的。这位庄大人仿佛是皇帝的好朋友、太后的老总管，说句把话比什么也灵。你别靠着你主人，有一个什么官儿仗腰子，就是斗大的红顶儿，只要给庄大人轻轻一拨，保管骨碌碌的滚下来。你明白点儿，我劝你走吧！”

雯青听到这里，忍不住欻的跳下车来，喝金升道：“休得无礼！”就走上几步，给那少年作揖道：“足下休作这老奴的准，大概他今天喝醉了。既然这屋子是足下先来，那有迁让的理。况刚才那位说，足下是小燕兄的世兄，兄弟和小燕数十年交好，足下出门，方且该诸事照应，倒争夺起屋子来。笑话，笑话！”说罢，就回头问着那些站着的店伙道：“这里两厢有空屋没有？要没有，我们好找别家。”店伙连忙应着：“有，东厢空着。”雯青向金升道：“把行李搬往东厢，不许多事。”

此时那少年见雯青气概堂皇，说话又来得正大，知道不是寻常过客，倒反过脸，很足恭的还了一揖，问道：“不敢动问尊驾高姓大名？”雯青笑道：“不敢，在下就是金雯青。”那少年忽然脸上一红道：“呀，可了不得，早知是金老伯，就是尊价逼人太甚，也不该给他争执了！可恨他终究没提个金字，如今老伯只好宽恕小侄无知冒犯，请里边去坐罢，小侄情愿奉让正屋。”雯青口说不必，却大踏步走进中堂，昂然上坐。那少年只好下首陪着，紫膛脸的坐在旁边。雯青道：“世兄大名，不是一个‘南’字，雅篆叫作稚燕吗？这是兄弟常听令尊说的。”那庄稚燕只好应了个“是”。雯青又指着那紫膛脸的道：“倒是这位，没有请教。”那个紫膛脸的半天没有他插嘴处，但是看看庄稚燕如此奉承，早忖是个大来头，今忽然问到，就恭恭敬敬站着道：“职道鱼邦礼，号阳伯，山东济南府人。因引见进京，在沪上遇见稚燕兄，相约着同行的。”雯青点点头。庄稚燕又几回请雯青把行李搬来，雯青连说不必。

却说这中堂正对着那个围场，四扇大窗洞开，场上的事一目了然。雯青嘴说不必的时候，两只眼却只看着金升等搬运行李下车。还没卸下，忽听门外一阵鸾铃，珰珰的自远而近。不一会，就见一头纯黑色的高头大骡，如风的卷进店来。骡上骑着一位，六尺来高的身材，红颜白发，大眼长眉，一部雪一般的长须。头戴编蒲遮日帽，身穿乌绒阔镶的乐亭布袍，外罩一件韦陀金边巴图鲁夹坎肩，脚蹬一双绿皮盖板快靴，一手背着个小包儿，一手提着丝缰，直闯到东厢边。下了骡，把骡系在一棵树上，好像定下似的，不问长短，走进东厢，拉着一把椅子就靠门坐下，高声叫：“伙计，你把这头骡好生喂着，委屈了，可问你！”那伙计连声应着。待走，老者又喊道：“回来，回来！”伙计只得垂手站定。老者道：“回头带了开水来，打脸水，沏茶，别忘了！”那伙计又站了一回，见他无话方走了。

金升正待把行李搬进厢房，见了这个情形，忙拉住了店主人，瞪着眼问道：“你说东厢空着，怎么又留别人？”那店主赔着笑道：“这事只好求二爷包荒些，东厢不是王老爷来，原空着在那里。谁知他老偏又来到。不瞒二爷说，别人早赶了。这位王老爷，又是城里半壁街上有名的大刀王二，是个好汉，江湖上谁敢得罪他？所以只好求二爷回回贵上，咱们商量个好法子才是。”一句话没了，金升跺脚喊道：“我不知道什么‘王二王三’，我只要屋子！”场上吵嚷，雯青、稚燕都听得清清楚楚。雯青正要开口，却见稚燕走到阶上喊道：“你们嚷什么，把金大人的行李搬进这屋里来就得了！”回过头来，向着阶上几个家人道：“你们别闲着，快去帮个忙儿！”众家人得了这一声，就一哄上去，不由金升作主，七手八脚把东西都搬进来。店家看有了住处，慢慢就溜开。金升拿铺盖铺在东首屋里炕上，嘴里还只管咕噜。雯青只做不见不闻，由他们去闹。直到拾掇停当，方站起来向稚燕道：“承世兄不弃，我们做一夜邻居吧！”稚燕道：“老伯肯容小侄奉陪，已是三生之幸了！”雯青道了“岂敢”，就拱手道：“大家各便罢！”说完，两个俊童就打起帘子。

雯青进了东屋，看金升部署了一回。那时天色已黑，屋里乌洞洞，伸手不见五指，金升在网篮内翻出洋蜡台，将要点上。雯青摇手道：“且慢。”一边说，一边就掀帘出来。只见对面房静悄悄的下着帘子，帘内灯烛辉煌。雯青忙走上几步，伏在帘缝边一张，只见庄、鱼两人盘腿对坐在炕上，当中摆着个炕儿，几上堆满了无数的真珠盘金表、钻石镶嵌小八音琴，还有各种西洋精巧玩意儿，映着炕上两枝红色宫烛，越显得五色迷离，宝光闪烁。几尽头却横着一只香楠雕花画匣，匣旁卷着一个玉潭锦签的大手卷。

只见稚燕却只顾把那些玩意一样一样给阳伯看，阳伯笑道："这种东西，难道也是进贡的吗？"稚燕正色道："你别小看了这个。我们老人家一点尽忠报国的意思，全靠它哩！"阳伯愣了愣。稚燕忙接说道："这个不怪你不懂。近来小主人很愿意维新，极喜欢西法，所以连这些新样的小东西，都爱得了不得。不过这个意思外人还没有知道，我们老人家给总管连公公是拜把子，是他通的信。每回上里头去，总带一两样在袖子里，奏对得高兴，就进呈了。阳伯，你别当它是玩意！我们老人家的苦心，要借这种小东西，引起上头推行新政的心思。"

阳伯点头领会，顺手又把那手卷慢慢摊出来，一面看，一面说道："就是这一样东西送给尊大人，不太菲吗！"稚燕哈哈笑道："你真不知道我们老爷子的脾气了。他一生饱学，却没有巴结上一个正途功名，心里常常不平，只要碰着正途上的名公巨卿，他事事偏要争胜。这会儿，他见潘八瀛搜罗商彝周鼎，龚和甫收藏宋椠元钞，他就立了一个愿，专收王石谷的画，先把书斋的名儿叫作了'百石斋'，见得不到百幅不歇手，如今已有了九十九幅了，只少一幅。老爷子说，这一幅必要巨轴精品，好做个压卷。"说着，手指那画卷道："你看这幅《长江万里图》，又浓厚，又超脱，真是石谷四十岁后得意之作，老爷子见了，必然喜出望外。你求的事情不要说个把海关道，只怕再大一点也行。"说到这里，又拍着阳伯的肩道："老阳，你可要好好谢我！刚才从上海赶来的那个画主儿，一个是寡妇，一个是小孩子，要不是我用绝情手段，硬把他们关到河西务巡检司的衙门里，你哪里能安稳得这幅画呢！"阳伯道："我倒想不到这个妇人跟那孩子这么泼赖，为了这画儿，不怕老远的赶来，看刚才那样儿，真要给兄弟拚命了。"稚燕道：

"你也别怪她。据你说，这妇人的丈夫也是个名秀才，叫作张古董，为了这幅画，把家产都给了人，因此贫病死了。临死叮嘱子孙穷死不准卖。如今你骗了她来，只说看看就还，谁知你给她一卷走了，怎么叫她不给你拚命呢！"阳伯听了，笑了一笑。

此时帘内的人，一递一句说得高兴。谁知帘外的人，一言半语也听得清楚。雯青心里暗道："原来他们在那里做伤天害理的事情！怪道不肯留我同住。"想想有些不耐烦，正想回身，忽见西面壁上一片雪白的灯光影里，欻的现出一个黑人影子，仿佛手里还拿把刀，一闪就闪上梁去了。雯青倒吓一跳，恰要抬头细看，只见窗外围场中飞快的跑进几个人来，嘴里嚷道："好奇怪，巡检衙门里关的一男一女都跑掉了。"雯青见有人来，就轻轻溜回东屋，忙叫小童点起蜡来，摊着书看，耳朵却听外面。只听许多人直嚷到中堂。庄、鱼两人听了，直跳起来，问怎么跑的。就有一个人回道："恰才有个管家，拿了金沟金大人的片子，跑来见我们本官，说金大人给那两人熟识，劝他几句话必然肯听。金大人已给两位大人说明，特为叫小的来面见她们，哄她们回南的。本官信了，就请那管家进班房去。一进去半个时辰，再不出来。本官动疑，立刻打发我们去看，谁知早走得无影无踪了。门却没开，只开了一扇凉槅子。两个看班房的人昏迷在地。本官已先派人去追，特叫小的来报知。"

雯青听得用了自己的片子，倒也吃惊，忙跑出来，问那人道："你看见那管家什么样子？"那人道："是个老头儿。"庄、鱼两人听了，倒面面相视了一回。雯青忙叫金升跟两个童儿上来，叫那人相是不是。那人一见摇头道："不是，不是，那个是长白胡子的。"庄、鱼两人都道："奇了，谁敢冒充金老伯的管家？还有那个片子，怎么会到他手里呢？"雯青冷笑道："拿张片子有什么奇。比片子

再贵重点儿的东西，他要拿就拿。不瞒二位说，刚才兄弟在屋里没点灯，靠窗坐着，眼角边忽然飞过一个人影，直钻进你们屋里去。兄弟正要叫，你们就闹起跑了人了。依兄弟看来，跑了人还不要紧，倒怕屋里东西有什么走失。"一语提醒两人，鱼阳伯拔脚就走，才打起帘儿，就忘命的喊道："炕几上的画儿，连匣子都哪里去了！"稚燕、雯青也跟着进来，帮他四面搜寻，哪有一点影儿。忽听稚燕指着墙上叫道："这儿行字儿是谁写的？刚刚还是雪白的墙。"雯青就踱过来仰头一看，见几笔歪歪斜斜的行书，虽然粗率，倒有点倔强之态。雯青就一句一句的照读道：

王二王二，杀人如儿戏；空际纵横一把刀，专削人间不平气！有图曰《长江》，王二挟之飞出窗；还之孤儿寡妇手，看彼笑脸开双双！笑脸双开，王二快哉，回鞭直指长安道，半壁街上秋风哀！

三个人都看呆了，门口许多人也探头探脑的诧异。阳伯拍着腿道："这强盗好大胆，他放了人、抢了东西，还敢称名道姓的吓唬我！我今夜拿不住他算孱头！"稚燕道："不但说姓名，连面貌都给你认清了。"阳伯喊道："谁见狗面？"稚燕道："你不记得给金老伯抢东厢房那个骑黑骡儿的老头儿吗？今儿的事，不是他是谁？"阳伯听了，欻然站起来往外跑道："不差，我们往东厢去拿这忘八！"稚燕冷笑道："早哩，人家还睡着等你捆呢！"阳伯不信，叫人去看，果然回说一间空房，骡子也没了。稚燕道："那个人既有本事衙门里骗走人，又会在我们人堆里取东西，那就是个了不得的。你一时哪里去找寻？我看今夜只好别闹了，到明日再商量吧。"说完，就冲着雯青道："老伯说是不是？"雯青自然附和了。阳伯只得低头无语。稚燕就硬做主，把巡检衙门报信人打发了，大家各散。当夜无话。

雯青一聪醒来，已是“鸡声茅店，人迹板桥”的时候，侧耳一听，只有四壁虫声唧唧，间壁房里静悄悄地。雯青忙叫金升问时，谁知庄、鱼两人赶三更天，早是人马翻腾的走了。雯青赶忙起来盥漱，叫起车夫，驾好牲口，装齐行李，也自长行。

看官，且莫问雯青，只说庄、鱼两人这晚走得怎早？原来鱼阳伯失去了这一分重赂，心里好似已经革了官一般，在炕上反复不眠，意思倒疑是雯青的手脚。稚燕道：“你有的是钱，只要你肯拿出来，东海龙王也叫他搬了家，虾兵蟹将怕什么！”又说了些京里走门路的法子，把阳伯说得火拉拉的，等不到天亮，就催着稚燕赶路。一路鞭骡喝马，次日就进了京城。阳伯自找大客店落宿。稚燕径进内城，到锡蜡胡同本宅下车，知道父亲总理衙门散值初回，正歇中觉，自己把行李部署一回，还没了，早有人来叫。稚燕整衣上去，见小燕已换便衣，危坐在大洋圈椅里，看门簿上的来客。一个门公站在身旁。稚燕来了，那门公方托着门簿自去。小燕问了些置办的洋货，稚燕一一回答了，顺便告诉小燕有幅王石谷的《长江图》，本来有个候补道鱼邦礼要送给父亲的，可惜半路被人抢去了。小燕道：“谁敢抢去？”稚燕因把路上盗图的事说了一遍，却描写画角，都推在雯青身上。

小燕道：“雯青给我至好，何况这回派入总署，还是我的力量多哩，怎么倒忘恩反噬？可恨！可恨！叫他等着吧！”稚燕冷笑道：“他还说爹爹许多话哩！”小燕作色道：“这会儿且不用提他，我还有要事吩咐你哩！你赶快出城，给我上韩家潭余庆堂菱云那里去一趟，叫他今儿午后，到后载门成大人花园里伺候李老爷，说我吩咐的。别误了！”稚燕愣着道：“李老爷是谁？大人自己不叫，怎么

倒替人家叫？”小燕笑道：“这不怪你要不懂了。姓李的就是李纯客，他是个当今老名士，年纪是三朝耆硕，文章为四海宗师。如今要收罗名士，收罗了他，就是擒贼擒王之意。这个老头儿相貌清癯，脾气古怪，谁不合了他意，不论在大庭广众，也不管是名公巨卿，顿时瞪起一双谷秋眼，竖起三根晓星须，肆口谩骂，不留余地。其实性情直率，不过是个老孩儿，晓得底细的常常当面戏弄他，他也不知道。他喜欢闹闹相公，又不肯出钱，只说相公都是爱慕文名、自来昵就的。哪里知道几个有名的，如素云是袁尚秋替他招呼，怡云是成伯怡代为道地，老先生还自鸣得意，说是风尘知己哩。就是这个菱云，他最爱慕的，所以常常暗地贴钱给他。今儿个是他的生日，成伯怡祭酒，在他的云卧园大集诸名士，替他做寿。大约那素云、怡云必然到的，你快去招呼菱云早些前去。”

稚燕道：“这位老先生有什么权势，爹爹这样奉承他呢？”小燕哈哈笑道：“他的权势大着哩！你不知道，君相的斧钺，威行百年；文人的笔墨，威行千年。我们的是非生死，将来全靠这班人的笔头上定的。况且朝廷不日要考御史，听说潘、龚两尚书都要劝纯客去考。纯客一到台谏，必然是个铁中铮铮，我们要想在这个所在做点事业，台谏的声气总要联络通灵方好，岂可不烧烧冷灶呢？你别再烦絮，快些赶你的正经吧！我还要先到他家里去访问一趟哩！”说着，就叫套车伺候。稚燕只得退出，自去招呼菱云。

却说小燕便服轻车，叫车夫径到城南保安寺街而来，那时秋高气和，尘软蹄轻，不一会已到了门口，把车停在门前两棵大榆树荫下。家人方要通报，小燕摇手说不必，自己轻跳下车，正跨进门，瞥见门上新贴一幅淡红朱砂笺的门对，写得英秀瘦削，历落倾斜的两行字道：

保安寺街，藏书十万卷；

户部员外，补阙一千年。

小燕一笑。进门一个影壁，绕影壁而东，朝北三间倒厅，沿倒厅廊下一直进去，一个秋叶式的洞门。洞门里面，方方一个小院落，庭前一架紫藤，绿叶森森；满院种着木芙蓉，红艳娇酣，正是开花时候。三间静室，垂着湘帘，悄无人声。那当儿，恰好一阵微风，小燕觉得正在帘缝里透出一股药烟，清香沁鼻。掀帘进去，却见一个椎结小童，正拿着把破蒲扇，在中堂东壁边煮药哩。见小燕进来，正要立起，只听房里高吟道："淡墨罗巾灯畔字，小风铃佩梦中人！"小燕一脚跨进去笑道："梦中人是谁呢？"一面说，一面看。只见纯客穿着件半旧熟罗半截衫，踏着草鞋，本来好好儿一手捋短须，坐在一张旧竹榻上看书，看见小燕进来，连忙和身倒下，伏在一部破书上发喘，颤声道："呀，怎么小燕翁来了！老夫病体竟不能起迓，怎好？"小燕道："纯老清恙儿时起的？怎么兄弟连影儿也不知。"纯客道："就是诸公定议替老夫做寿那天起的。可见老夫福薄，不克当诸公盛意。云卧园一集，只怕今天去不成了。"小燕道："风寒小疾，服药后当可小痊。还望先生速驾，以慰诸君渴望！"小燕说话时，却把眼偷瞧，只见榻上枕边拖出一幅长笺，满纸都是些抬头。那抬头却奇怪，不是阁下台端，也非长者左右，一叠连三全是"妄人"两字。小燕觉得诧异，想要留心看它一两行，忽听秋叶门外有两个人一路谈话，一路蹑手蹑脚的进来。那时纯客正要开口，只听竹帘子拍的一声。正是：

十丈红尘埋侠骨，一帘秋色养诗魂。

不知来者何人？且听下回分解。

第二十回

一纸书送却八百里　三寸舌压倒第一人

原来进来的却非别人，就是袁尚秋和荀子珮。两人掀帘进来，一见纯客，都愣着道："寿翁真又病了吗？" 纯客道："怎么你们连病都不许生了？岂有此理！" 尚秋见小燕在坐，连忙招呼道："小燕先生几时来的？我进来时竟没有见。" 小燕道："也才来。" 又给子珮相见了。尚秋道："纯老的病，兄弟是知道的。" 纯客正色道："你知道早哩！" 尚秋带笑吟哦道："吾夫子之病，贫也！非病也！欲救贫病，除非炭敬。炭敬来飨，祝彼三湘！三湘伊何？维此寿香。" 纯客鼻子里抽了一丝冷气道："寿香？还提他吗？亦曰妄人而已矣！" 就蹶然站起来，拈须高吟道："厚禄故人书断绝，含饥稚子色凄凉。" 子珮道："纯老仔细，莫要忘了病体，跌了不是耍处。" 纯客连忙坐下，叫童儿快端药碗来。尚秋道："子珮好不知趣，纯老哪里有病！" 说着，踱出中间，喊道："纯老，且出来，兄弟这里有封书子请你看。" 纯客笑道："偏是这个歪眼儿多歪事，又要牵率老夫，看什么信来！" 一边说，就走出来。

小燕暗暗地看着他，虽短短身材，棱棱骨格，而神宇清严，步履轻矫，方知道刚才病是装的，就低问子珮道："今天云卧园一局，到底去得成吗？" 子珮笑道："此老脾气如此，不是人家再三劝驾，哪里肯就去呢？其实心里要去得很哩！" 小燕口里应酬子珮，耳朵却听外边，只听得尚秋低低的两句话，什么因为先生诞日，愿以二千金为寿，又是什么信是托他门生四川杨淑乔寄来的。

小燕正要摸拟是谁的，忽听纯客笑着进来道："我道是什么书记翩翩应阮才，却原来是庄寿香的一封蜡蹋八行。"这当儿，恰好童子递上药来，一手却夹着个同心方胜儿。纯客道："药不吃了。你手里拿的什么？"童子道："说是成大人云卧园来催请的。"纯客忙取来拆开，原来是一首《菩萨蛮》词：

凉风偷解芙蓉结，红似君颜色。只见此花开，迟君君未来。三珠圆颗颗，玉树蟠桃果。莫使久凭栏，鸾飞怯羽单。

素
恃爱菱云速叩
怡

纯老寿翁高轩，飞临云卧园，勿使停琴伫盼，六眼穿也。

纯客看完笑道："这个捉刀人却不恶，倒捉弄得老夫秋兴勃生了！"尚秋道："本来时已过午，云卧园诸君等得久了，我们去休！"纯客连声道："去休！去休！"小燕、子珮大家趁此都立起来，纯客却换了一套白夹衫、黑纱马褂，手执一柄自己写画的白绢团扇，倒显得红颜白发，风致萧然，同着众人出来上车，径向成伯怡云卧园而来。

原来这个云卧园在后载门内，不是寻常园林，其地毗连一座王府，外面看看，一边是宫阙巍峨，一边是水木明瑟，庄严野逸，各擅其胜。伯怡本属王孙，又是名士，住了这个名园，更是水石为缘，缟纻无间。春秋佳日，悬榻留宾；偶然兴到，随地谈宴，一觞一咏，恒亘昏旦；一官苜蓿，度外置之。世人都比他做神仙中人，这便是成伯怡云卧园的一段历史。

闲话休提。且说纯客、小燕、尚秋、子珮四人，一同到云卧园门外，尚秋先跳下车，来扶纯客。纯客推开道："让老夫自走，

别劳驾了！”原来纯客还是初次到园，不免想赏玩一番。当时抬起头来，只见两边蹲着一对崆峒白石巨眼狮，当中六扇铜绿色云梦竹丝门，钉着一色镔铁兽环，门楼上虬栋虹梁，夭矫入汉。正中横着盘龙金字匾额，大书“云卧园”三字。“云”字上顶着“御赐”两个小金字。纯客道：“壮丽哉，王居也！黄冠草服，哪里配进去呢！”小燕笑道：“惟贤者而后乐此。”说话时，就有两个家人接了帖子，请个安道：“主人和众位大人候久了。”说着，就扬帖前导，直进门来。

门内就是一个方方的广庭，庭中满地都是合抱粗的奇松怪柏，龙干撑云，翠涛泻玉，叶空中漏下的日光，都染成深绿色。松林尽处，一带粉垣，天然界限，恰把全园遮断。粉垣当中，一个大大的月洞门。尚秋领着纯客诸人，就从此门进去。纯客道：“这里惜无宏景高楼，消受这一片涛声。”言犹未了，已到了一座金碧辉煌的牌楼之下，楼额上写着“五云深处”四个辟窠大字。进了牌楼，一条五色碎石砌成的长堤，夹堤垂杨漾绿，芙蓉绽红，还夹杂无数蜀葵海棠，秋色缤纷。两边碧渠如镜，掩映生姿，破芡残荷，余香犹在，正是波澄风定的时候。

忽听滩头拍拍的几声，一群鸳鸯鹭鸶鼓翼惊飞。纯客道：“谁在那里打鸭惊鸳？”尚秋指着池那边道：“你们瞧，扈桥双桨乱划，载着个美人儿来了！”大家一看，果然见一只瓜皮艇，舱内坐着个粉妆玉琢的少年，面不粉而白，唇不朱而红，横波欲春，瓠犀微露，身穿香云衫，手摇白月扇，映着斜阳淡影，真似天半朱霞。扈桥却手忙脚乱，把桨划来划去，蹲在船头上，朗吟道：“携着个小云郎，五湖飘泊。”纯客眯着眼道：“哪，那舱里坐着的不是菱云吗？”说时迟，那时快，扈桥已携了菱云跳上岸，与众人相见，笑道："纯老且莫妒忌，此曲只应天上有，人间那得紫云回！"说罢，把菱云一推道："去吧！"菱云忙笑着上前给纯客、小燕大家都请了安。小燕道："谁叫你来的？"菱云抿嘴笑道："李老爷的千春，我们怎会忘了，还用叫吗？"纯客笑了笑，大家一同前行。

走完了这长堤，翼然露出个六角亭，四面五色玻璃窗，面面吊起。纯客正要跨进，只听一人曼声细咏，纯客叫大家且住，只听念道：

> 生小瑶宫住。是何人、移来江上，画栏低护。水佩风裳映空碧，只怕夜凉难舞。但愁倚湘帘无绪。太液朝霞和梦远，更微波隔断鸳鸯语！抱幽恨，恨谁诉？　湖山几点伤心处。看微微残照，萧萧秋雨。忍教重认前身影，负了一汀鸥鹭！休提起、洛川湘浦。十里晓风香不断，正月明寒泻金盘露。问甚日？凌波去。

纯客向尚秋道："这《金缕曲》，题目好似盆荷，寄托倒还深远。"尚秋正要答言，忽听亭内又一人道："你这词的寓意，我倒猜着了。这个鸳鸯，莫非是天上碧桃、日边红杏吗？金盘泻露，引用得也还恰当，可恨那露气太寒凉些。什么水殿瑶宫，直是金笼玉[illegible]罢了！"那一人道："可不是！况且我的感慨更与众不同，马季长虽薄劣，谁能不替绛帐中人一泄愤愤呢！"

纯客听到这里，就突然闯进喊道："好大胆！巷议者诛，亭议者族，你们不怕吗？"你道那吟咏的是谁？原来就是闻韵高，科头箕踞，两眼朝天，横在一张醉翁椅上，旁边靠着张花梨圆桌。站着的是米筱亭，正握着支提笔，满蘸墨水，写一幅什么横额哩。当时听纯客如此说，都站起来笑了。纯客忙挡住道："吟诗的尽着吟，写字的只管写，我们还要过那边见主人哩！"说话未了，忽

然微风中吹来一阵笑语声，一个说："我投了个双骁，比你的贯耳高得多哩！"一个道："让我再投个双贯耳你看。"小燕道："咦，谁在那里投壶？"筱亭道："除了剑云，谁高兴干那个！"扈桥就飞步抢上去道："我倒没玩过这个，且去看来。"纯客自给菱云一路谈心，也跟下亭子来。一下亭，只见一条曲折长廊，东西蜿蜒，一眼望不见底儿。西首一带，全是翠色粘天的竹林，远远望进去，露出几处台榭，甚是窈窕。

这当儿，那前导的管家，却趑向东首，渡过了一条小小红桥，进了一重垂花门，原来里面藏着三间小花厅，厅前小庭中，堆着高高低低的太湖山石，玲珑绉透，磊砢峥嵘，石气扑人，云根掩土。廊底下，果然见姜剑云卷起双袖，叉着手半靠在栏杆上，看着一个十五六岁的活泼少年，手执一枝竹箭，离着个有耳的铜瓶五步地，直躬敛容的立着，正要投哩！恰好扈桥喘吁吁的跑来喊道："好呀，你们做这样雅戏，也不叫我玩玩！"说着，就在那少年手里夺了竹箭，顺手一掷，早抛出五六丈之外。

此时纯客及众人已进来，见了哄然大笑。纯客道："蠢儿！这个把戏，哪里是粗心浮气弄得来的！"一面说话，一面看那少年，见他英秀扑人，锋芒四射，倒吃一惊。想要动问，尚秋、子珮已先问剑云道："这位是谁？"剑云笑道："我真忘了，这位是福州林敦古兄。榜名是个'勋'字，文忠族孙，新科的解元，文章学问很可以的。因久慕纯老大名，渴愿一见，所以今天跟着兄弟同来的。"说罢，就招呼敦古，见了纯客和众人。纯客赞叹了一回，方要移步，忽回头，却见那厅里边一间一张百灵台上，钱唐卿坐在上首，右手拿着根长旱烟筒，左手托一本书在那里看，说道："你这书把版本学的掌故，搜罗得翔实极了。弟意此书，既仿《宋诗纪事诗》之例，就可叫作《藏书纪事诗》，你说好吗？”纯客方知上首还有人哩。看时，却是个黑瘦老者，危然端坐，仿佛老僧入定一样。原来是潘八瀛尚书的得意门生、现在做他西席的易缘常。小燕要去招呼，纯客忙说不必惊动他们，大家就走出那厅。

又过了几处廊榭，方到了一座宏大的四面厅前，周围环绕游廊，前后簇拥花木，里里外外堆满了光怪陆离的菊花山，都盛着五彩细磁古盆，湘帘高卷，锦罽重敷，古鼎龙涎，镜屏凤纽，真个光摇金碧，气荡云霞。当时那管家把纯客等领进厅来，只有成伯怡破巾旧服，含笑相迎，见小燕、尚秋、子珮等道："原来你们都在一块儿，倒叫人好等！”纯客尚未开口，只听东壁藤榻上一人高声道："我们等等倒也罢了，只被怡云、素云两个小燕子，聒噪得耳根不清。这会儿没法子，赶到后面下棋去了。”纯客寻声看去，原来是黎石农，手里正拿着本古碑，递给一个圆脸微须、气概粗率的老者。纯客认得是山东名士汪莲孙，就上去相见，一面就对石农道："不瞒老师说，门生旧疾又发，几乎不能来，所以迟到了，幸老师恕罪！”石农笑道："快别老师门生的挖苦人了，只要不考问着我‘敦伦’就够了。”大家听了，哄堂笑起来。那当儿，后面三云琼枝照耀的都出来请安。外面各客也慢慢都聚到厅上。

伯怡见客到齐，就叫后面摆起两桌席来。伯怡按着客单定坐。东首一席，请李纯客首座，袁尚秋、荀子珮、姜剑云、米筱亭、林敦古依次坐着，菱云、怡云、素云却都坐在纯客两旁，共是九位。西首一席，黎石农首座，庄小燕、钱唐卿、汪莲孙、易缘常、段扈桥、闻韵高依次坐着，伯怡坐了主位，共是八位。此时在座的共是十七人，都是台阁名贤，文章巨伯，主贤宾乐，酒旨肴甘，觥筹杂陈，履舄交错，也算极一时之盛了。三云引箫倚笛，各奏

雅调，菱云唱《豪宴》，怡云唱《赏荷》，素云唱《小宴》，真是酒祓闲愁，花消英气。纯客怕他们劳乏，各侑了一觥，叫不必唱了。

伯怡道："今日为纯老祝寿，必须畅饮。兄弟倒有一法消酒，不知诸位以为若何？"大家忙问何法。伯怡道："今日寿筵前了无献纳，不免令寿翁齿冷。弟意请诸公各将家藏珍物，编成柏梁体诗一句，以当蟠桃之献，失韵或虚报者罚，佳者各贺一觥。惟首两句笼罩全篇，末句总结大意，不必言之有物。这三句，只好奉烦三云的了。其余抽签为次，不可搀越。"大家都道新鲜有趣。伯怡就叫取了酒筹，编好号码，请诸人各各抽定。

恰好石农抽了第一。正要说，纯客道："不是要叫三云先说吗？我派菱云先说首句，怡云说第二句，素云说末句吧。"菱云道："我不会做诗，诸位爷休笑！我说是'云卧园中开琼筵'。"怡云想想道："群仙来寿南极仙。"伯怡道："神完气足，真笼罩得住，该贺。如今要石农说了。"大家饮了贺酒。石农道："我爱我的《西岳华山碑》，我说'华山碑石垂千年'。"唐卿道："《华山碑》世间只传三本，君得其一，哪得不算伟宝！第二就挨到我了，我所藏宋元刻中，只有十三行本《周官》好些，'《周官》精椠北宋镌'用得吗？"缘常道："纸如玉版，字若银钩，眉端有荛翁小章，这书的是百宋一廛精品。"小燕笑道："别议论人家，你自己该说了。"缘常道："寒士青毡，哪有长物！只有平生夙好隋唐经幢石拓，倒收得四五百通了。我就说'经幢千亿求之虔'。"小燕道："我的百石斋要搬出来了。"就吟道："耕烟百幅飞云烟。"莲孙接吟道："《然脂》残稿留金荃。"剑云笑道："你还提起那王士禄的《然脂集》稿本哩！吾先在琉璃厂见过，知道此书，当时只刻过叙录，《四库》著录在存目内。现在这书朱墨斓然，的是原本。原来给你抢了去！”莲孙道：“你别说闲话，交了白卷，小心罚酒！”剑云道：“不妨事，吾有十幅马湘兰救驾。”就举杯说道：“马湘画兰风骨妍。”扈桥抢说道：“汉碑秦石罗我前。”筱亭道：“人家收拓本，叫作‘黑老虎’你专收石头，只好叫‘石老虎’了。”扈桥道：“做石老虎还好，就不要做石龟，千年万载，驮着石老虎，压得不得翻身哩！”韵高道：“筱亭收藏极富，必有佳句。”筱亭道：“吾虽略有些东西，却说不出哪一样是心爱的。”剑云笑道：“你现在手中拿个宝物，怎不献来？”大家忙问甚物，筱亭只得递给纯客。

纯客一看，原来是个玛瑙烟壶儿，却是奇怪，当中隐隐露出一泓清溪，水藻横斜，水底伏着个绿毛茸茸的小龟，神情活现。纯客一面看，一面笑道：“吾倒替筱亭做了一句‘绿毛龟伏玛瑙泉’。倒是自己一无长物怎好？”子珮道：“纯老的日记，四十年未断，就是一件大古董。”纯客道：“既如此，老夫要狂言了！”念道：“日记百年万口传。”韵高道：“我也要效颦纯老，把自己著作充数，说一句‘续南北史艺文篇’。”子珮道：“我只有部《陈茂碑》，是旧拓本，只好说‘陈茂古碑我宝旃’。”伯怡道：“我家异宝，要推董小宛的小像，就说‘影梅庵主来翩翩’吧。如今只有林敦古兄还未请教了。”敦古沉思，尚未出口，剑云笑道：“我替你一句罢！虽非一件古物，却是一段奇闻。”众人道：“快请教！”剑云道：“黑头宰相命宫填。”大家愕然不解。敦古道：“剑云别胡说！”剑云道：“这有什么要紧。”就对众人道：“我们来这里之先，去访余笏南，笏南自命相术是不凡的。他一见敦古大为惊异，说敦古的相是奇格，贵便贵到极处，十九岁必登相位，操大权；凶便凶到极处，二十岁横祸飞灾，弄到死无葬身之地。你们想本朝的宰相，就是军机大臣，做到军机的，谁不是头童齿豁？哪有少年当国的

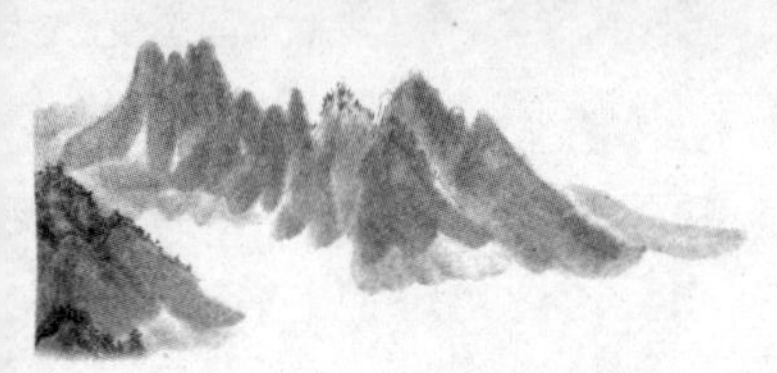

理！这不是奇谈吗？”

大家正在吐舌称异，忽走进个家人，手拿红帖，向伯怡回道：“出洋回来的金沟金大人在外拜会，请不请呢？”伯怡道：“听说雯青未到京就得了总署，此时才到，必然忙碌。倒老远的奔来，怎好不请！”纯客道：“雯青是熟人，何妨入座。”唐卿就叫在小燕之下、自己之上，添个座头。

不一会，只见雯青衣冠整齐，缓步进来，先给伯怡行了礼，与众人也一一相见，脸上很露惊异色，就问伯怡道：“今天何事？群贤毕集呢！”伯怡道：“纯老生日，大家公祝。雯兄不嫌残杯冷炙，就请入座。”石农、小燕都站起让坐。雯青忙走至东席应酬了纯客几句，又与石农、小燕谦逊一回，方坐在唐卿之上。小燕道：“今早小儿到京，提说在河西务相遇，兄弟就晓得今天必到的了。敢问雯兄，多时税驾的？”雯青道：“今儿卯刻就进城了。”因又谢小燕电报招呼的厚意。唐卿问打算几时复命，雯青道：“明早宫门请安，下来就到衙门。”说着，就向小燕道：“兄弟初次进总署，一切还求指教！”小燕道：“明日自当奉陪。我们搭着雯兄这样好伙计，公事好办得多哩！”于是大家从新畅饮起来。伯怡也告诉了雯青柏梁体的酒令，雯青道：“兄弟海外初归，荒古已久，只好就新刻交界图说一句‘长图万里瓯脱坚’吧。”众人齐声道好，各贺一杯。纯客道：“大家都已说遍，老夫也醉了。素云说一句收令吧！”素云涨红脸，想了半天，就低念道：“共祝我公寿乔佺。”伯怡喝声采道：“真亏他收煞个住。大众该贺个双杯！”众人自然喝了。那时纯客朱颜酡然，大有醉态，自扶着菱云，到外间竹榻上躺着闲话。大家又与雯青谈了些海外的事情，彼酬此酢，不觉日红西斜，酒阑兴尽，诸客中有醉眠的，也有逃席的，纷纷散去。

雯青见天晚，也辞谢了伯怡径自归家。纯客这日直弄得大醉而归，倒真个病了数日，后来病好，做了一篇《花部三珠赞》，顽艳绝伦，旗亭传为佳话。这是后话，不提。

且说雯青到京，就住了纱帽胡同一所很宽大的宅门子，原是莑如替他预先租定的。雯青连日召见，到衙门甚为忙碌。接着次芳护着家眷到来，又部署一番。诸事粗定，从此雯青每日总到总署，勤慎从公，署中有事，总与小燕商办，见他外情通达，才识明敏，更觉投契。两人此往彼来，非常热络。有一回小燕派办陵工，出京了半个多月，所有衙中例行公事，向来都是小燕一手办的，小燕出差，雯青见各堂官都不问津，就叫司官取上来，逐件照办。直到小燕回来，就问司官道："我出去了这些时，公事想来压积得不少了？"司官道："都办得了，一件没积起来。"小燕脸上一惊道："谁办的？"司官道："金大人逐日批阅的。"小燕不语，顿了顿，笑向雯青道："吾兄真天才也！"雯青倒谦逊了几句，也不在意。又过了数日，这天雯青衙门回来，正要歇中觉，忽觉一阵头晕恶心。彩云道："老爷每天此时已睡中觉了，今天怕是晚了，还是躺会儿看。"雯青依言躺下。谁知这一躺，把路上的风霜、到京的劳顿，一齐发出来了，壮热不退，淹缠床褥，足足病了一个多月才算回头。只好请了两个月的病假，在家养病。

却说那日雯青还是第一天下床，可以在房内走走，正与张夫人、彩云闲话家常，金升进来说："钱大人要拜会。"张夫人道："你没告诉他老爷病还没好吗？"金升道："怎么不说。他说有要紧话必要面谈，老爷不能出来，就在上房坐便了。"雯青道："唐卿是至好，就请里边来吧！"于是张夫人、彩云都避开了。金升就领着唐卿大摇大摆的进来。雯青靠在张杨妃榻上，请唐卿就坐靠窗

的大椅上。

唐卿道:"雯兄虽大病了一场,脸色倒还依旧,不过清减了些。"雯青叹道:"人到中年,真经不起风浪的了!"唐卿道:"你的风浪,现在正大得很哩!要经得起,才是英雄的气度哩!"雯青愕然道:"我出了什么事吗?"唐卿道:"可不是吗?你且不要着急!我今天是龚尚书那里得的消息,事情却从你那幅交界图惹出来的。西北地理,我却不大明白。据说回疆边外,有地名帕米尔,山势回环,发脉葱岭,虽土多硗薄,无著名部落,然高原绵亘,有居高临下之势,西接俄疆,南邻英属阿富汗,东、中两路则服中国。近来俄人逐渐侵入,英人起了忌心,不多几时,送了个秘密节略及地图一纸给总署,其意要中国收回帕境,隔阂俄人。总署就商之俄使,请划清界址。俄使说,向来以郎库里湖为界的。然查验旧图及英图,却大不然,已占去地七八百里了。总署力驳其误。俄使当堂把吾兄刻的交界图呈出,说这是你们公使自己划的,必然不会错的。当时大家细看,竟瞠目不能答一语。现在各堂部为难得很。潘、龚两尚书却都竭力想替你弥缝,谁知昨日又有个御史把这事揭参了,说得很凶险哩!上头震怒,幸亏龚尚书善言解说,才把折子留中了。据兄弟看来,吾兄快些发一信给许祝云,一信给薛淑云,在两国政府运动,做个釜底抽薪之法,才有用哩!所以兄弟管不得我兄病体,急急赶来,给你商量的。"

这一席话,不觉把雯青说得呆了半晌,方挣出一句道:"这从何说起呢?"唐卿就附耳低低道:"你道俄公使的交界图是哪里来的?"雯青道:"我哪里知道。"唐卿笑道:"就是你送给小燕的那一本儿。那个御史,听说也是小燕的把兄弟哩!"雯青吃一惊道:"小燕给我有什么冤仇呢?"唐卿道:"宦海茫茫,谁摸得清底里呢！雯兄，你讲了半天话也乏了，我要走了，那个信倒是要紧的，别耽迟就是了。”说罢，起身就走。唐卿去后，张夫人及彩云都在后房出来，看见雯青面色气得铁青。张夫人劝了一番，无非叫他病后保重的意思。那时已到了向来雯青睡中觉的时候，雯青心里烦恼，就叫张夫人、彩云都出房去，说：“让我躺躺养神。”大家自然一哄散了。

雯青独自躺在床上，思前想后，悔一回，错刻了地图，恨一回，误认了匪人，反来复去，哪里睡得着！只听壁上挂钟针走的悉悉瑟瑟，下下打到心坎里；又听得窗外雀儿打架，喧噪得耳根出火。一个头儿不知怎地，总着不牢枕，没奈何只好端坐床当中，学着老僧打坐模样。好容易心气好像落平些，忽然又听见外房仿佛两个老鼠，只管唧唧吱吱的怪叫。顿时心火涌起，欻的跳下床来，踏着拖鞋，直闯出房门来。谁知不出来倒也罢了，这一出来，只听雯青狂叫道：“好呀，好！这个世界，我还能住下吗？”说罢，身子往后一仰，倒栽葱的直躺下地去，眼翻手撒，不省人事。正是：

北海酒尊逢客举，茂陵病骨望秋惊。

不知雯青因何惊倒？且听下回分解。

第二十一回

背履历库丁蒙廷辱　通苞苴衣匠弄神通

话说上回回末，正叙雯青闯出外房，忽然狂叫一声，栽倒在地，不省人事。想读书的读到这里，必道是篇终特起奇峰，要惹起读者急观下文的观念。这原是文人的狡狯，小说家常例，无足为怪。但在下这部《孽海花》，却不同别的小说，空中楼阁，可以随意起灭，逞笔翻腾，一句假不来，一语谎不得，只能将文机御事实，不能把事实起文情。所以当日雯青的忽然栽倒，其中自有一段天理人情，不得不栽倒的缘故，玄妙机关，做书的此时也不便道破，只好就事直叙下去，看是如何。

闲言少表。且说雯青一跤倒栽下去，一头正碰在内房门上，崩的一声，震得顶格上蓬尘都索索的落下来。当那儿，恰好彩云在外房醉妃榻上听见了，早吓得魂飞天外，连忙慢慢地爬起来。这真是妇人家的苦处，要急急不来：裹了脚，又要系带；系了带，还要扣钮；理理发，刷刷鬓，乱了好一会子。又望外张了张，老妈丫头可巧一个影儿都没有，这才三脚两步抢到雯青栽倒的地方，只见雯青还是口开眼直，面色铁青。彩云只得蹲身下去，一手轻轻把雯青的头抱起，就势坐在门限上，一手替他在背上捶拍，嘴里颤声叫道："老爷醒来！老爷快醒来！"拍叫了好一会子，才见雯青眼儿动了，嘴儿闭了，脸儿转了白了，哑的一声，淋淋漓漓喷了彩云一袖子都是黏痰。彩云不敢怠慢，只顾揉胸捶背，却见雯青两眼恶狠狠的盯着彩云，还说不出话来，勉强挣起一手，抖索索的指着窗外。

彩云正没摆布，忽听得外边嘻嘻哈哈来了一群老妈丫头。彩云忙喊道：“你们快些来，老爷跌了跤，快来帮我扶一扶！”两个老妈、一个丫头见此光景，倒吃了一惊，也不解是何缘故，只得七手八脚拥上前来。彩云捧定了头颈，老妈托了腰，丫头抱了脚，安安稳稳抬到房里床上。彩云随手垫好了枕头，盖好了被窝，掖严了，就吩咐老婆子不许声张，且去弄碗热热儿的茶来。老妈答应出去，彩云先放下帐子，自己挨身坐在床沿上，伸进头来，想再给雯青揉拍。谁知雯青原是气急攻心，一时昏绝，揉拍一会，早已醒得清清楚楚。

彩云伸进手去，还未着身，却被雯青用力一推，就叹口气道：“免劳吧，我今儿个认得你了！”彩云知道雯青正在气头上，不是三言两语解释得开，也就低头不语，气儿也不透。满房静悄悄地，只有帐中的微叹声和帐外小丫头的呼吸声，一递一答。老妈捧进茶来，也不敢声喊，轻轻走到床边，递给彩云。彩云接了，双手捧进帐中凑到雯青唇边，低声下气地道：“老爷，喝点热……”这话未了，不防雯青伸手一拦，彩云一个手松，连碗带茶热腾腾地全泼在褥子上。彩云趁势一扭身，鼻子里哼哼的冷笑了几声，抢起空杯，就望桌子上一摔。雯青见彩云倒也生了气，就忍不住也冷笑道：“奇了，到这会儿，你还使性给谁看！你的破绽，今儿全落在我眼里，难道你还有理吗？”雯青说罢话，只把眼儿觑定彩云，看她怎么样。

谁知彩云倒毫不怕惧，只管仰着脸剔牙儿，笑微微的道：“话可不差。我的破绽老爷今天都知道了，我是没有话说的了。可是我倒要问声老爷，我到底算老爷的正妻呢，还是姨娘？”雯青道：“正妻便怎么样？”彩云忙接口道：“我是正妻，今天出了你的丑，坏了你的门风，叫你从此做不成人、说不响话，那也没有别的，就请你赐一把刀，赏一条绳，杀呀，勒呀，但凭老爷处置，我死不皱眉。”雯青道：“姨娘呢？”彩云摇着头道：“那可又是一说。你们看着姨娘本不过是个玩意儿，好的时候抱在怀里、放在膝上，宝呀贝呀的捧；一不好，赶出的，发配的，送人的，道儿多着呢！就讲我，算你待我好点儿。我的性情，你该知道了；我的出身，你该明白了。当初讨我时候，就没有指望我什么三从四德、七贞九烈，这会儿做出点儿不如你意的事情，也没什么稀罕。你要顾着后半世快乐，留个贴心伏伺的人，离不了我！那翻江倒海，只好凭我去干！要不然，看我伺候你几年的情分，放我一条生路，我不过坏了自己罢了，没干碍你金大人什么事。这么说，我就不必死，也犯不着死。若说要我改邪归正，啊呀！江山可改，本性难移。老实说，只怕你也没有叫我死心塌地守着你的本事嗄！”说罢了，只是嘻嘻的笑。

雯青初不料彩云说出这套泼辣的话，句句刺心，字字见血，心里热一阵冷一阵，面上红一回白一回。正盘算回答的话，忽听丫头喊道：“太太来了。”帘子响处，张夫人就跨进房来，嘴里说道：“怎么，老爷跌了？”彩云忙站起迎接。张夫人就掀起帐子问道：“跌坏了吗？”雯青道：“没有什么，不过失脚跌一下，你怎么知道的？”张夫人道：“刚才门上来回，匡次芳要来见你，说是他新任放了日本出使大臣，国书已领，立刻就要回南，预备放洋，特地来辞行的。我想次芳是你至好，想请他到里头来，正要来问你一声，老妈们来说你跌坏了。我吓得了不得，就叫他们回绝了，自己一径来此。”雯青道：“原来次芳得了日本钦差，倒也罢了。这事是谁进来回的？”张夫人道：“金升。”雯青道：“看见阿福没有？”张夫人笑道：“阿福肯管这些事，那倒好了。”雯青点点头：“这小仔学坏了，用不得了。”于是夫妻两人你言我语，无非又谈些家常，不必多述。

如今且说钱唐卿从雯青处出来，因想潘尚书连日请假，未知是否真病，不如出城去看看，一来探病，二来商量雯青的事情，回城时再到龚尚书那里坐坐，也不为晚。主意打定，就吩咐车夫向南城而来。不多一会到了潘府门前，亲随递进帖儿，就见一个老家人走到车旁，回道："家主大前儿衙门回来，忽得了病，三日连烧不退，医生说是伤寒重症，这会儿里头正乱着哩！只好挡大人驾了。”唐卿愕然道："这样重吗？我简直不知道，那么碍不碍呢？”老家人皱了眉道："难说，难说，肝风都动了！”唐卿道："既这么着，我也不便惊动了。”便叫改辕回城，顺道去谒龚老。一路行来，唐卿在车中无事，想着潘尚书是当代宗师，万流景仰的，倘有不测，关系非轻哩！因潘尚书病在垂危，又想到朝中诸大老没有个担当大事的人物，从前经过大难的老敬王爷又不能出来，其余旗人养尊处优，更不必说了。就是满人里头，除了潘公，枢廷只有高理惺，部臣只有龚和甫，是肯任事的正人。但高中堂意气用事，见理不明；龚尚书世故太深，遇事寡断。他如吏部尚书祖锺武貌恭心险，协揆余同外正内贪，都是乱国有余、治国不足的人。若说我们同班里，自然要算庄焕英是独一的奇材了。余外余雄义、缪仲恩、俞书屏、吕旦闻，这些人不过备员画诺罢了。摆着那些七零八落的人才，要支撑这个内忧外患的天下，越想越觉危险。而且近来贿赂彰闻，苞苴不绝。里头呢，亲近弄臣，移天换日；外头呢，少年王公，颠波作浪，不晓得要闹成什么世界哩！可惜庄仑樵一班清流党，如今摈斥的摈斥，老死的老死了。若然

他们在此，断不会无忌惮到这步田地！唐卿想到这里，又不免提起从前庄寿香、何珏斋、顾肇廷一班旧友来，当时盛会，何等热闹。如今寿香抚楚，珏斋抚粤，肇廷陈臬于闽，各守封疆，虽道身荣名显，然要再求昔日盍簪之盛，不可得的了。

原来从南城到龚尚书府第，两边距离差不多有七八里。唐卿一头走，只管一路想，忘其所以，倒也不觉路远。忽然抬起头来，方晓得已到龚府前了。只见门口先停着一辆华焕的大鞍车，驾着高头黑骡儿，两匹跟马，一色乌光可鉴；两个俊仆站在车旁，扶下一个红顶花翎、紫脸乌髭的官儿，看他下车累赘，知道新从外来的。端相面貌，似乎也认得，不过想不起是谁。见他一来，径到门房，拉着一个门公嘁嘁嗾嗾，不知叨登些什么。说完后，四面张一张，偷偷儿递过一个又大又沉的红封儿。那门公倒毫不在意的接了，正要说话，回头忽见唐卿的亲随，连忙丢下那官儿，抢步到唐卿车旁道："主人刚下来，还没见客哩！大人要见，就请进去。"

唐卿点头下车，随着那门公，曲曲折折，领进一座小小花园里。只见那园里竹声松影，幽邃无尘，从一条石径，穿到一间四面玻璃的花厅上。看那花厅庭中，左边一座茅亭，笼着两只雪袂玄裳的仙鹤，正在那里刷翎理翮；右边一只大绿瓷缸，满满的清泉，养着一对玉身红眼的小龟，也在那里呷波唼藻。厅内插架牙签，叉竿锦轴，陈设得精雅绝伦。唐卿步进厅来，那门公说声："请大人且坐一坐。"说罢，转身去了。磨蹭了好半天，才听见靴声橐橐，自远而近，接着连声叹息，很懊恼的说道："你们难道不知道我得了潘大人的信儿，心里正不耐烦，谁愿意见生客！"一人答道："小的知道。原不敢回，无奈他给钱大人一块儿来，不好请一个，挡一个。”就听见低低的吩咐道：“见了钱大人再说吧！”说话时，已到廊下。唐卿远远望见龚尚书便衣朱履，缓步而来，连忙抢出门来，叫声“老师”，作下揖去。龚尚书还礼不迭，招着手道：“呵呀，老弟！快请里头坐，你打哪儿来？伯瀛的事，知道没有？”唐卿愕然道：“潘老夫子怎么了？”尚书道：“老友长别了，才来报哩！”唐卿道：“这从哪里说起！门生刚从那里来，只知病重，还没出事哩！”言次，宾主坐定，各各悲叹了一回。

尚书又问起雯青的病情。唐卿道：“病是好了，就为帕米尔一事着急得很，知道老师替他弥缝，万分感激哩！”因把刚才商量致书薛淑云、许祝云的话，告诉了一遍。尚书道：“这事只要许祝云在俄尽力伸辩，又得淑云在英暗为声援，拚着国家吃些小亏，没有不了的事。现在国家又派出工部郎中杨谊柱，号叫越常的，专管帕米尔勘界事务，不日就要前往。好在越常和袁尚秋是至好，可以托他通融通融，更妥当了。”唐卿道：“全仗老师维持！否则这一纸地图，竟要断送雯青了！”尚书道：“老夫听说这幅地图，雯青出了重价在一外国人手里买来的，即便印刷呈送，未免鲁莽。雯青一生精研西北地理，不料得此结果，真是可叹！但平心而论，总是书生无心之过罢了。可笑那班小人，抓住人家一点差处，便想兴波作浪。其实只为雯青人品还算清正些，就容不住他了。咳，宦海崄巇！老弟，我与你都不能无戒心了！”唐卿道：“老师的话，正是当今确论。门生听说，近来显要颇有外开门户、内事逢迎的人物。最奇怪的，竟有人到上海采办东西洋奇巧玩具运进京来，专备召对时候或揣在怀里，或藏在袖中，随便进呈。又有外来官员，带着十万、二十万银子，特来找寻门路的。市上有两句童谣道：

若要顶儿红，麻加剌庙拜公公。

若要通王府，后门洞里估衣铺。

“老师听见过吗？”尚书道：“有这事吗？麻加剌庙，想就是东华门内的古庙。那个地方本来是内监聚集之所。估衣铺，又是什么讲究呢？”唐卿道：“如今后门估衣铺的势派大着哩！有什么富兴呀、聚兴呀，掌柜的多半是蓝顶花翎、华车宝马，专包揽王府四季衣服，出入邸第，消息比咱们还灵呢！”

尚书听到这里，忽然想起一件事似的，凑近唐卿低低道：“老弟说到这里，我倒想起一件可喜的事告诉你呢！足见当今皇上的英明，可以一息外面浮言了。”唐卿道：“什么事呢？”尚书道：“你看见今天宫门抄上，载有东边道余敏，不胜监司之任，着降三级调用的一条旨意吗？”唐卿道：“看可看见，正不明白为何有这严旨呢？”尚书道：“别忙，我且把今早的事情告诉你。今天户部值日，我老早就到六部朝房里。天才亮，刚望见五凤楼上的玻璃瓦，亮晶晶映出太阳光来，从午门起到乾清门，一路白石桥栏，绿云草地，还是滑鞑鞑、湿汪汪带着晓雾哩！这当儿里，军机起儿下来了，叫到外起儿，知道头一个就是东边道余敏。此人我本不认得，可有点风闻，所以倒留神看着。晓色朦胧里头，只见他顶红翎翠，面方耳阔，昂昂的在廊下走过来。前后左右，簇拥着多少苏拉小监蜂围蝶绕的一大围，吵吵嚷嚷，有的说：‘余大人，您来了。今儿头一起就叫您，佛爷的恩典大着哩！说不定几天儿，咱们就要伺候您陛见呢！’有人说：‘余大人，您别忘了我！连大叔面前，烦您提拔提拔，您的话比符还灵呢！’看这余敏，一面给这些苏拉小监应酬；一面历历碌碌碰上那些内务府的人员，随路请安，风风芒芒的进去。赶进去了不上一个钟头，忽然的就出来了。出来时的样儿可大变了：帽儿歪斜，翎儿搭拉，满脸光油油尽是汗，两手替换的揩抹，低着头有气没气的一个人只望前走。苏拉也不跟了，小监也不见了。只听他走过处，背后就有多少人比手划脚低低讲道：‘余敏上去碰了，大碰了。’我看着情形诧异，正在不解，没多会儿，就有人传说，已经下了这道降调的上谕了。”

唐卿道：“这倒稀罕，老师知道他碰的缘故吗？”尚书挪一挪身体，靠紧炕儿，差不多附着唐卿的耳边低声道：“当时大家也摸不透，知道的又不肯说。后来找着一个小内监，常来送上头节赏的，是个傻小仔，他倒说得详细。”唐卿道：“他怎么说呢？”尚书道：“他说，这位余大人是总管连公公的好朋友，听说这个缺就是连公公替他谋干的。知道今天召见是个紧要关头，他老人家特地扔了园里的差使，自己跑来招呼一切，仪制说话都是连公公亲口教导过的。刚才在这里走过时候，就是在连公公屋里讲习仪制出来，从这里一直上去，到了养心殿，揭起毡帘，踏上了天颜咫尺的地方。那余大人就按着向来召对的规矩，摘帽，碰头，请了老佛爷的圣安，又请了佛爷的圣安，端端正正把一手戴好帽儿，跪上离军机垫一二尺远的窝儿。这余大人心里很得意，没有拉什么礼、失什么仪，还了旗下的门面，总该讨上头的好，可以闹个召对称旨的荣耀了。正在眼对着鼻子，静听上头的问话预备对付，谁知这回佛爷只略问了几句照例的话，兜头倒问道：‘你读过书没有？’那余大人出其不意，只得勉勉强强答道：‘读过。’佛爷道：‘你既读过书，那总会写字的了。’余大人愣了一愣，低低答应个‘会’字。这当儿里，忽然御案上拍的掷下两件东西来，就听佛爷吩咐道：‘你把自己履历写上来。’余大人睁眼一看，原来是纸笔，不偏不倚，掉在他跪的地方。头里余大人应对时候，口齿清楚，气度从容，着实来得；就从奉了写履历的旨意，好像得了斩绞的处分似的，

顿时面白目瞪，拾了笔，铺上纸，俄延了好一会。只看他鼻尖上的汗珠儿一滴一滴的滚下，却不见他纸头上的黑道儿一画一画的现出，足足挨了两三分钟光景。佛爷道：‘你既写不出汉字，我们国书总没有忘吧？就写国书也好！’可怜余大人自出娘胎没有见过字的面儿，拿着枝笔，还仿佛外国人吃中国饭，一把抓的捏着筷儿，横竖不得劲儿，哪里晓得什么汉字国书呢？这么着，佛爷就冷笑了两声，很严厉的喝道：‘下去吧，还当你的库丁去吧！’余大人正急得没洞可钻，得这一声，就爬着谢了恩，抱头鼠窜的逃了下来。”

唐卿听到这里，十分诧异道：“这余敏真好大胆！一字不识就想欺蒙朝廷，滥充要职。仅与降调，还是圣恩浩大哩！不过圣上叫他去当库丁，又有什么道理呢？”龚尚书笑道：“我先也不懂。后来才知，这余敏原是三库上银库里的库丁出身。老弟，你也当过三库差使，这库丁的历史大概知道的吧！”唐卿道：“那倒不详细。只知道那些库丁谋干库缺，没一个不是贝子贝勒给他们递条子说人情的。那库缺有多大好处？值得那些大帽子起哄，正是不解？”龚尚书道：“说来可笑也可气！那班王公贵人虽然身居显爵，却都没有恒产的，国家各省收来的库帑，仿佛就是他们世传的田庄。这些库丁就是他们田庄的仔种，荐成了一个库丁，那就是田庄里下了仔种了。下得一粒好仔种，十万百万的收成，年年享用，怎么不叫他们不起哄呢！”唐卿道：“一样库丁，怎么还有好歹呢？”尚书道：“库丁的等级多着哩！寻常库丁，不过逐日夹带些出来，是有限的。总要升到了秤长，这才大权在握，一出一入操纵自如哩！”

唐卿道：“那些王公们既靠着国库做家产，自然要拚命地去谋干了。这库丁替人作嫁，辛辛苦苦，冒着这么大的险，又图什么呢？”尚书道：“当库丁的，都是著名混混儿。他们认定一两个王公做靠主，谋得了库缺，库里偷盗出来的赃银，就把六成献给靠主，余下四成，还要分给他们同党的兄弟们。若然分拆不公，尽有满载归来，半路上要劫去的哩！”唐卿道：“库上盘查很严，常见库丁进库，都把自己衣服剥得精光，换穿库衣，那衣裤是单层粗布制的，紧紧裹在身上，哪里能夹带东西呢？”尚书笑道：“大凡防弊的章程愈严密，那作弊的法子愈巧妙，这是一定的公理。库丁既知道库衣万难夹带，千思万想，就把身上的粪门，制造成一个绝妙的藏金窟了。但听说造成这窟，也须投名师，下苦工，一二年方能应用。头等金窟，有容得了三百纹银的。各省银式不同，元宝元丝都不很合式，最好是江西省解来的，全是椭圆式，蒙上薄布，涂满白蜡，尽多装得下。然出库时候，照章要拍手跳出库门，一不留神，就要脱颖而出。他们有个口号，就叫作‘下蛋’。库丁一下蛋，斩绞流徙，就难说了。老弟，你想可笑不可笑？可恨不可恨呢？”

唐卿道：“有这等事。难道那余敏，真是这个出身吗？”尚书道：“可不是。他就当了三年秤长，扒起了百万家私，捐了个户部郎中，后来不知道怎么样的改了道员。这东边道一出缺，忽然放了他，原是很诧异的。到底狗苟蝇营，依然逃不了圣明烛照，这不是一件极可喜的事吗？”唐卿正想发议，忽瞥眼望见刚才那门公手里拿着一个手本，一晃晃的站在廊下窗口，尚书也常常回头去看他。唐卿知道有客等见，不便久谈，只得起身告辞。尚书还虚留了一句，然后殷勤送出大门。

不言唐卿出了龚府，去托袁尚秋疏通杨越常的事。且说龚尚

书送客进来，那门公便一径扬帖前导，直向外花厅走去。尚书且走且问道："谁陪着客呢？不是大少爷吗？"门公道："不，大少爷早出门了！"这话未了，尚书已到花厅廊下，忽觉眼前晃亮，就望见玻璃里炕床下首，坐着个美少年，头戴一顶双嵌线乌绒红结西瓜帽，上面钉着颗水银青光精圆大额珠，下面托着块五色猫儿眼，背后拖着根乌如漆光如镜三股大松辫，身上穿件雨过天青大牡丹漳绒马褂，腰下也挂着许多佩带，却被栏杆遮住，没有看清，但觉绣采辉煌，宝光闪烁罢了。尚书暗忖：这是谁？如此华焕，还当就是来客呢！却不防那门公就指着道："哪，那不是我们珠官儿陪着吗？"尚书这一抬眼，才认清是自己的侄孙儿，一面就跨进厅来。那少年见了，急忙迎出，在旁边垂着手站了一站，趁尚书上前见客时候，就慢慢溜出厅来，在廊下一面走，一面低低咕哝道："好没来由！给这没字碑搅这半天儿，晦气！"说着，潇潇洒洒一溜烟的去了。

这里尚书所见的客，你道是谁？原来就是上回雯青在客寓遇见的鱼阳伯。这鱼阳伯原是山东一个土财主，捐了个道员，在南京候补了多年，黑透了顶，没得过一个红点儿。这回特地带了好几万银子，跟着庄稚燕进京，原想打干个出路，吐吐气，扬扬眉的。谁知庄稚燕在路上说得这也是门，那也是户，好像可以马到成功，弄得阳伯心痒难搔。自从一到了京，东也不通，西也不就，终究变了空中捞月。等得阳伯心焦欲死，有时催催稚燕，倒被稚燕抢白几句，说他外行，连钻门路的四得字诀都不懂。阳伯诧异，问："什么叫四得字诀？我真不明白。"稚燕哈哈笑道："你瞧，我说你是个外行，没有冤你吧！如今教你这个乖！这四得字诀，是走门路的宝筏，钻狗洞的灵符，不可不学的。就叫作时候耐得，银钱舍得，闲气吃得，脸皮没得。你第一个时候耐不得，还成得了事吗？”阳伯没法，只好耐心等去。后来打听得上海道快要出缺，这缺是四海闻名的美缺，靠着海关银两存息，一年少说有一百多万的余润，俗话说得好：“吃了河豚，百样无味。”若是做了上海道，也是百官无味的了。你想阳伯如何不馋涎直流呢！只好婉言托稚燕想法，不敢十分催迫。事有凑巧，也是他命中注定，有做几日空名上海道的福分。

这日阳伯没事，为了想做件时行衣服，去到后门估衣铺找一个聚兴号的郭掌柜。这郭掌柜虽是个裁缝，却是个出入宫禁交通王公的大人物，当日给阳伯谈到了官经，问阳伯为何不去谋干上海道。阳伯告诉他无路可走，郭掌柜跳起来道：“我这儿倒放着一条挺好的路，你老要走不走？你快说！”郭掌柜指手划脚道：“这会儿讲走门路，正大光明大道儿，自然要让连公公，那是老牌子。其次却还有个新出道，人家不大知道的。”说到这里，就附着阳伯耳边低低道：“闻太史，不是当今皇妃的师傅吗？他可是小号的老主顾。你老若要找他，我给你拉个纤，包你如意。”阳伯正在筹划无路，听了这话，哪有个不欢喜的道理。当时就重重拜托他，还许了他事成后的谢仪。从此那郭掌柜就竭力的替他奔走说合，虽阳伯并未见着什么闻太史的面，两边说话须靠着郭掌柜一人传递，不上十天，居然把事情讲到了九分九，只等纶音一下，便可走马上任了。

阳伯满心欢喜，自不待言。每日里，只拣那些枢廷台阁、六部九卿要路人的府第前，奔来奔去，都预备到任后交涉的地步。所以这日特地送了一分重门包，定要谒见龚尚书，也只为此。如今且说他谒见龚尚书，原不过通常的酬对，并无特别的干求。宾

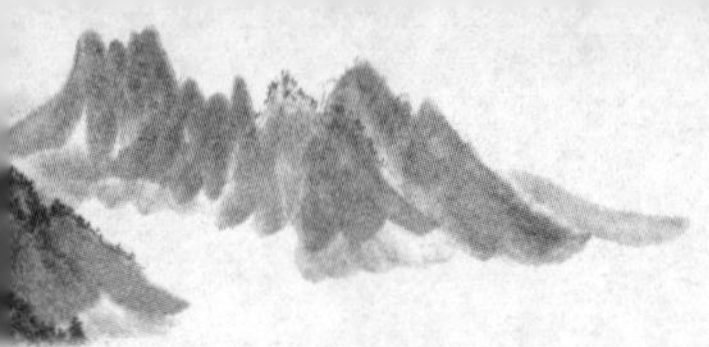

主坐定，尚书寒暄了几句，阳伯趋奉了几句，重要公案已算了结。尚书正要端茶送客，忽见廊下走进一个十六七岁的俊仆，匆匆忙忙走到阳伯身旁，凑到耳边说了几句话，手中暗暗递过一个小缄。阳伯疾忙接了，塞入袖中，顿时脸色大变，现出失张失智的样儿，连尚书端茶都没看见。直到廊下伺候人狂喊一声“送客”，阳伯倒大吃一惊，吓醒过来。正是：

仓圣无灵头抢地，钱神大力手通天。

不知阳伯因何吃惊？且听下回分解。

第二十二回

隔墙有耳都院会名花　宦海回头小侯惊异梦

话说阳伯正在龚府，忽听那进来的俊仆几句附耳之谈，顿时惊惶失措，匆匆告辞出来。你道为何？原来那俊仆是阳伯朝夕不离的宠童，叫作鱼兴。阳伯这回到京，住在前门外西河沿大街兴胜客店里，每日阳伯出门拜客，总留鱼兴看寓。如今忽然追踪而来，阳伯料有要事，一看见心里就突突的跳，又被鱼兴冒冒失失的道："前儿的事情变了卦了。郭掌柜此时在东交民巷番菜馆，立候主人去商量！他怕主人不就去，还捎带一封信在这里。"阳伯不等他说完，忙接了信，恨不立刻拆开，碍着龚尚书在前。好容易端茶、送客、看上车，一样一样礼节挨完，先打发鱼兴仍旧回店，自己跳上车来，外面车夫砰然动着轮，里面阳伯就嗤的撕了封，只见一张五云红笺上写道：

> 前日议定暂挪永丰庄一款，今日接头，该庄忽有翻悔之意。在先该庄原想等余观察还款接济，不想余出事故，款子付出难收，该庄周转不灵，恐要失约。今又知有一小爵爷来京，带进无数巨款，往寻车字头，可怕可怕！望速来密商，至荷至要！

末署"云泥"两字。阳伯一面看，车子一面只管走，径向东交民巷前进。

且说这东交民巷，原是各国使馆聚集之所，巷内洋房洋行最多，甚是热闹。这番菜馆，也就是使馆内厨夫开设，专为进出使馆的

外国人预备的，也可饮食，也可住宿，本是很正当的旅馆。后来有几个酒醉的外国人，偶然看中了邻近小家女子，起了狎侮之心；馆内无知仆欧，媚外凑趣，设计招徕，从此卖酒之家，变为藏花之坞了。都中那班浮薄官儿、轻狂浪子都要效尤，也有借为秘密集会所的，也有当作公共寻欢场的。凡进此馆，只要化京钱十二吊交给仆欧，顷刻间缠头钱去，卖笑人来，比妓馆娼楼还要灵便，就不能指揭姓名、拣择妍丑罢了。那馆房屋的建筑法，是一座中西合璧的五幢两层楼，楼下中间一大间，大小纵横，排许多食桌，桌上硝瓶琉盏，银匙钢叉，摆得异常整齐。东西两间，连着厢房，与中间只隔一层软壁，对面开着风门，门上嵌着一块一尺见方的玻璃。东边一间，铺设得尤为华丽，地盖红毹，窗围锦幕，画屏重叠，花气氤氲，靠后壁朝南，设着一张短栏矮脚的双眠大铁床，烟罗汽褥，备极妖艳。最奇怪的，这铁床背后却开着一扇秘密便门，一出门来就是一条曲折的小弄，由这弄中直通大街，原为那些狎客淫娃，做个意外遁避之所。其余楼上，还有多少洞房幽室，不及细表。

如今且说阳伯的大鞍车，走到馆门停住。阳伯原是馆里的熟客，常常来厮混的，当时忙跳下车，吩咐车夫暂时把车卸了，把牲口去喂养，打发仆人自去吃饭，自己却不走正路，翻身往后便走。走过了好几家门首，才露出了一个狭弄口，弄口堆满垃圾，弄内地势低洼。阳伯挨身跨下，依着走惯的道儿弯弯曲曲的摸进去，看看那便门将近，三脚两步赶到，把手轻轻一按，那门恰好虚掩，人不知鬼不觉的开了。

阳伯一喜，一脚踏上，刚伸进头，忽听里面床边有妇女嘤咛声。阳伯吃一吓，忙缩住脚，侧耳听去，那口音是个很熟的窑姐儿，逼着嗓子怪叫道："老点儿碍什么？就是你那儿位姨太太，我也不怕！我怕的倒是你们那位姑太太！"只听这话还没说了，忽有个老头儿涎皮赖脸的接腔道："咦，嫁出的女儿，泼出的水，你倒怕了她！我告诉你说，一个女娘们只要得夫心，得了夫心谁也不怕。不用远比，只看如今宫里的贤妃，得了万岁爷天宠，不管余道台有多大手段、多高靠山，只要他召幸时候一言半语，整颗儿的大红顶儿骨碌碌在他舌头尖上、牙齿缝里滚下来了，就是老佛爷也没奈何他。这消息还是今儿在我们姑爷闻韵高那儿听来的。你说厉害不厉害？势派不势派呢？"听那窑姐儿冷笑一声道："吓，你别老不害臊！鸡矢给天比了！你难道忘了上半年你引了你们姑爷来这里一趟，给你那姑太太知道了，特为拣你生日那一天宾客盈门时候，她驾着大鞍车赶上你们来，把牲口卸了，停在你门口儿，多少人请她可不下来，端坐在车厢里，对着门，当着进进出出的客人，口口声声骂你，直骂到日落西山。他老人家乏了，套上骡儿转头就走。你缩在里边哼也没有哼一声儿，这才算势派哩！只怕你的红顶儿，真在她牙缝里打磨盘呢！老实告你说吧，别花言巧语了，也别胡吹乱嗙了，要我上你家里去老虎头上抓毛儿，我不干！你若不嫌屈尊，还是赶天天都察院下来，到这儿溜搭溜搭，我给你解闷儿就得了。"

那老头儿狠狠叹了一口气，还要说下去，忽听厢房门外一阵子嘻嘻哈哈的笑语声、帖帖韃韃的脚步声，接着呷哑一响，好像有人推门儿似的。阳伯正跨在便门限上，听了心里一慌，想跑，还没动脚，忽见黑蓬松一大团从里面直钻出来，避个不迭，正给阳伯撞个对面。阳伯圆睁两眼，刚要唤道"该"，缩个不迭，却几乎请下安去。又一转念，大人们最忌讳的是怕人知道的事情被人

撞见了，连忙别转头，闪过身体，只做不认得，让他过去。那人一手掩着脸，一手把袖儿握着嘴上的胡子，忘命似地往小弄里逃个不迭。

阳伯看他去远，这才跨进便门。不提防一进门，劈脸就伸过一只纤纤玉手来，把阳伯胸前衣服抓住道："傅大人，你跑什么！又不是姑太太来了，你怕谁呀？"阳伯仔细一听，原来就是他的老相好、这里有名的姐儿小玉的口音，不禁嗤的一笑道："乖姐儿，你的爸爸才是傅大人呢！"小玉啐了一口，拉了阳伯的手，还没有接腔，房里面倒有人接了话儿道："你们找爸爸，爸爸在这儿呢。"小玉倒吓一跳，忙抢进房来道："呸，我道是谁？原来是郭爷。巧极了，连您也上这儿来了！"阳伯故意皱皱眉，手指着郭掌柜道："不巧极了。老郭，你千不来万不来，单拣人家要紧的时候，你可来了！"郭掌柜哈哈笑道："我真该死，我只记着我的要紧，可把你们俩的要紧倒忘了。"阳伯道："你别拉我，我有什么要紧？你吓跑了总宪大人，明儿个都察院踏门拿人，那才要紧呢！"

小玉瞪了阳伯一眼，走过来，趴在郭掌柜肩膀上道："郭爷，你别听他，尽撒谎！"郭掌柜伸伸舌头道："才打这屋里飞跑出去的就是……"小玉不等郭掌柜说出口，伸手握住他的嘴道："你敢说！"郭掌柜笑道："我不，我不说。"就问阳伯道："那么你跟他一块儿来的吗？大概没有接到我的信吧！"阳伯道："还提信呢！都是你这封信，把我叫进来，把他赶出去，两下里不提防，好好儿碰了一个头。你瞧，这儿不是个大疙瘩吗？这会儿还疼呢！"说着话，伸过头来给郭掌柜看。郭掌柜一面瞅着他左额上，果然紫光油油的高起一块；一面冲着玻璃风门外，带笑带指的低低道："哪，都是这班公子哥儿闹哄哄拥进来，我在外间坐不住，这才撞进来，闹出这个乱子。鱼大人，那倒对不住您了！”阳伯摇摇手道：“你别碜了！小玉，你来，我们看一看外边儿都是些谁呀？”说罢，拉了小玉，耳鬓厮磨的凑近那风门玻璃上张望。

只见中间一张大餐长桌上，团团围坐着五个少年，两边儿多少仆欧们手忙脚乱的伺候，也有铺台单、插瓶花的，也有摆刀叉、洗杯盘的，各人身边都站着一个戴红缨帽儿的小跟班儿，递烟袋，拧手巾，乱个不了。阳伯先看主位上的少年，面前铺上一张白纸，口衔雪茄，手拿着笔，低着头，在那里开菜单儿，忽然抬起头来，招呼左右两座道：“胜佛先生和凤孙兄，你们两位都是外来的新客，请先想菜呀！”阳伯这才看清那主位的脸儿，原来不是别人，就是庄稚燕。再看左座那一个，生得方面大耳，气概堂皇，衣服虽也华贵，却都是宽袍大袖，南边样儿。右边的是瘦长脸儿，高鼻子，骨秀神清，举止豪宕，虽然默默的坐着，自有一种上下千古的气概，两道如炬的日光，不知被他抹杀了多少眼前人物，身上服装，却穿得很朴雅的。这两个阳伯却不认得。下来，挨着这瘦长脸儿来，是曾侯爷敬华；对面儿坐着的，却就是在龚尚书府上陪阳伯谈天的珠公子。只听右座那一个道：“稚燕，你又来了！这有什么麻烦，胡乱点几样就得了。”右座淡淡的道：“兄弟还要赴杨淑乔、林敦古两兄的预约，恐怕不能久坐，随便吃一样汤就行了。”言下，仿佛显出厌倦的脸色。稚燕一面点菜，一面又问道：“既到了这里，那十二吊头总得花吧！”珠公子皱着眉道：“你们还闹这玩意儿呢？我可不敢奉陪！”敬华笑道：“我倒要叫，我可不叫别人！”稚燕道：“得了，不用说了，我把小玉让给你就是了！”说罢，就吩咐仆欧去叫小玉。胜佛推说就要走，不肯叫局。稚燕也不勉强，只给凤孙叫了一人，连自己共是三人。仆欧连声“着”，答应下去。

阳伯在里面听得清楚，忙推着小玉道："侯爷叫你了，还不出去！"小玉笑道："哪有那么容易！今儿老妈儿都没带，只好回去一趟再来。"阳伯随手就指着那桌上两个不认得的问小玉道："那两个是谁，你认识么？"小玉道："你不认识么？那个胖脸儿，听说姓章，也是一个爵爷，从杭州来的；一个瘦长脸，是戴制台的公子，是个古怪的阔少爷，还有人说他是革命党。这些话都是庄制台的少爷庄立人告诉我的，不晓得是确不确，他们都是新到京的。"两人正说话，恰好有个仆欧推门进来，招呼小玉上座儿。小玉站起身，抖搂了衣服，凑近那仆欧耳旁道："你出去，别说我在这里。我回家一趟，换换衣服就来。"回头给阳伯、郭掌柜点点头道："鱼大人，我走了，回头你再来叫啊！郭爷，你得闲儿，到我们那儿去坐坐。"赶说话当儿，早已转入床后，一溜烟的出便门去了。

这里阳伯顺便就叫仆欧点菜，先给郭掌柜点了蕃茄牛尾汤、炸板鱼、牛排、出骨鹌鹑、加利鸡饭、勃朗补丁，共是六样。自己也点了葱头汤、煨黄鱼、牛舌、通心粉雀肉、香蕉补丁五样。仆欧拿了菜单，打上号码，自去叫菜。这里两人方谈起正事来。

郭掌柜先开口道："刚才我仿佛听见小玉给你说什么姓章的，那个人你知道吗？"阳伯道："我不知道，就听见庄稚燕叫他凤孙。"郭掌柜道："他就是前任山东抚台章一豪的公子，如今新袭了爵，到里头想法子来的。我才信上说的就是他。"阳伯道："那怕什么？他既走了那一边儿，如今余道台才闹了乱子，走道儿总有点不得劲。这个机会，我们正好下手呢！"郭掌柜道："话是不差，可就坏在余道台这件事。余道台的银子原说定先付一半，还有一半也是永丰庄垫付的，出了一张见缺即付的支票。谁晓得赶放的明文一见，果然就收了去了。如今出了这意外的事，如何收得回来呢！他的款子，收不回来不要紧，倒是咱们的款子，可有点儿付不出去了。我想你在先自己付的十二万正款，固然要紧，就是这永丰庄担承的六万，虽说是小费，里头帮忙的人大家分的，可比正款还要紧些呢！要有什么三差五错，那事情就难说了！我瞅着永丰的当手，着急得很，我倒也替你担忧，所以特地赶来给你商量个办法。”

阳伯呆了呆，皱着眉道：“兄弟原只带了十二万银子进京，后来添出六万，力量本来就不济的了。亏了永丰庄肯担承这宗款子，虽觉得累点儿，那么树上开花，到底儿总有结果，兄弟才敢豁出做这件事。如今照你这么说，有点儿靠不住了，叫兄弟一时哪儿去弄这么大的款？可怎么好呢？”郭掌柜道：“你好好儿想想，总有法子的。”阳伯踌躇了半天，忽然站起来，正对着郭掌柜，兜头唱了一个大喏道：“兄弟才短，实在想不出法子来。兄弟第一妙法，只有‘一总费心’四个字儿，还求你给我想法儿吧！”郭掌柜还礼不迭道：“你别这么猴急。你且坐下，我给你说。”阳伯又作了一揖，方肯坐了。

郭掌柜慢慢道：“法子是有一个，俗语道：‘巧媳妇做不出无米饭。’不过又要你破费一点儿才行。”阳伯跳起来道：“老郭，你别这么婆婆妈妈的绕弯儿说话，这会儿只要你有法子，你要什么就什么！”郭掌柜道：“哪个是我要呢？咱们够交情，给你办事，一个大都不要，这才是真朋友。只等将来你上了任，我跟你上南边去玩儿一趟，闲着没事，你派我做个账房，消遣消遣，那就是你的好处了。”阳伯道：“那好办。你快说，有什么好法子呢？”郭掌柜道：“别忙。你瞧菜来了，咱们先吃菜，慢慢儿地讲。”阳伯一抬头，果然仆欧托着两盘汤、几块面包来。安放好了，阳伯

又叫仆欧开了一瓶香槟。

郭掌柜一头啖着面包、喝着汤，一头说道：“你别看永丰庄怎么大场面，一天到晚整千整万的出入，实在也不过东拉西扯、撑着个空架子罢了！遇着一点儿风浪就挡不住。本来呢，他的架子空也罢、实也罢，不与我们相干。如今他既给我们办了事，答应了这么大的款子，他的架子撑得满，我们的事情就办得完全；倘或他有点破绽，不但他的架子撑不成，只怕连我们的架子都要坍了。这会儿也没有别的法子，只有大家伙儿帮着他，把这个架子扶稳了才对。要扶稳这个架子，也不是空口说白话做得了的，要紧的就是银子。但是这银子，从哪儿来呢？”阳伯道：“说得是，银子哪儿来呢？”

郭掌柜道：“哈哈，说也不信，天下事真有凑巧，也是你老的运气来了！这会儿天津镇台不是有个鲁通一鲁军门吗？这个人，你总该知道吧！”阳伯想了想道：“不差，那是淮军里头有名的老将啊！”郭掌柜笑道：“哪里是淮军里头有名的老将！光是财神手下出色的健将罢！他当了几十年的老营务，别的都不知道，只知道他撑了好儿百万的家财。他的主意可很高，有的银子都存给外国银行里，什么汇丰呀、道胜呀，我们中国号家钱庄，休想摸着他一个边儿。可奇怪，到了今年，忽然变了卦了，要想把银子匀点出来，分存京、津各号，特地派他的总管鲁升带了银子，进京看看风色。这位鲁总管可巧是我的好朋友，昨日他自己上门来找我，我想这是个好主儿，好好儿恭维他一下。后来讲到存银的事情，我就把永丰荐给他。他说：‘来招揽这买卖的可不少，我们都没答应呢！你不知道我们那里有个老规矩，不论哪家，要是成交，我们朋友都是加一扣头，只要肯出扣头就行。’今天我把这话告诉永丰，谁晓得永丰的当手倒给我装假，出扣头的存银他不要。我想这事永丰的关系原小，我们的关系倒大，这扣头不如你暂时先垫一下子，事情就成了。这事一成，永丰就流通了，我们的付款也就有着了。就有一百个章爵爷，那上海道也不怕跑到哪儿去了。你看怎么着？使得吗？”阳伯道：“他带多少银子来呢？存给永丰多少呢？”郭掌柜道：“他带着五六十万呢！我们只要他十万，多也不犯着，你说好不好？”阳伯顿时得意起来道：“好好，再好没有了。事不宜迟，这儿吃完，你就去找那总管说定了，要银子，你到永丰庄在我旅用的折子上取就得了。”

两人胡乱把点菜吃完，叫仆欧来算了账，正要站起，郭掌柜忽然咦了一声道：“怎么外边已经散了？”阳伯侧耳一听，果然鸦雀无声，伛身凑近风窗向外一望，只见那大餐桌上还排列着多少咖啡空杯，座位上却没个人影儿。阳伯随手拉开风门道：“我们就打前面走吧！”于是阳伯前行，郭掌柜后跟，闯出厅来，一直的往外跑。不提防一阵嘁嘁喳喳说话声音，发出在那厅东墙角边一张小炕床上，瞥眼看见有两人头接头的紧靠着炕几，一个仿佛是庄稚燕，那一个就是小玉说的章凤孙。见那凤孙手里颤索索的拿着一张纸片儿，递与稚燕。阳伯恐被瞧破，不敢细看，别转头，跟郭掌柜一溜烟地溜出那番菜馆来，各自登车，分头干事去了。

如今且按下阳伯，只说那番菜馆外厅上庄稚燕给章凤孙，偷偷摸摸守着黑厅干什么事呢？原来事有凑巧，两间房里的人做了一条路上的事。那边鱼阳伯与郭掌柜摩拳擦掌的时候，正这边庄稚燕替章凤孙钻天打洞的当儿。看官须知道这章凤孙，是中兴名将前任山东巡抚章一豪的公子，单名一个“谊”字。章一豪在山东任时，早就给他弄了个记名特用道。前年章一豪死了，朝廷眷

念功臣，又加恤典，把他原有的一等轻车都尉，改袭了子爵。这章凤孙年不满三十，做了爵爷，已是心满意足，倒也没有别的妄想了。这回三年服满，进京谢恩，因为与庄稚燕是世交兄弟，一到京就住在他家里，只晓得寻花夕醉，挟弹晨游，过着快乐光阴。挡不住稚燕是宦海的神龙，官场的怪杰，看见凤孙门阀又高，资财又广，是个好吃的果儿。一听见上海道出缺的机会，就一心一意调唆凤孙去走连公公的门路。可巧连公公为了余敏的事失败了，憋着一肚子闷气没得出处，正想在这上海道上找个好主儿，争回这口气来。所以稚燕去一说，就满口担承，彼此讲定了数目，约了日期，就趁稚燕在番菜馆请客这一天，等待客散了，在黑影里开办交涉。却不防冤家路窄，倒被阳伯偷看了去。

闲话少表。当时稚燕乖觉，劈手把凤孙手里拿的纸片夺过来折好，急忙藏在里衣袋里。凤孙道："这是整整十二万的汇票，全数儿交给你了。可是我要问你一句，到底靠得住靠不住？"稚燕不理他，只望着外面努嘴儿，半晌又望外张了一张，方低低说道："你放心，我连夜给你办去。有什么差错，你问我，好不好？"凤孙道："那么我先回去，在家里等回音。"稚燕点点头，正要说话，蓦的走进一个仆欧说道："曾侯爷打发管家来说，各位爷都在小玉家里打茶围，请这里两位大人就去。"凤孙一头掀帘望外走，一头说道："我不去了。你若也不去，替我写个条儿道谢吧！"说毕，自管自的上车回家去了。

不说这里稚燕写谢信、算菜账，尽他做主人的义务。单讲凤孙独自归来，失张失智的走进自己房中，把贴身伏侍的两个家人打发开了，亲自把房门关上，在枕边慢慢摸出一只紫楠雕花小手箱，只见那箱里头放着个金漆小佛龛，佛龛里坐着一尊羊脂白玉的观世音。你道凤孙百忙里，拿出这个做什么呢？原来凤孙虽说是世间纨袴，却有些佛地根芽。平生别的都不信，只崇拜白衣观世音，所以特地请上等玉工雕成这尊玉佛，不论到哪里都要带着他走，不论有何事都要望着他求。只见当时凤孙取了出来，恭恭敬敬，双手捧到靠窗方桌上居中供了；再从箱里搬出一只宣德铜炉，炷上一枝西藏线香，一本大悲神咒，一串菩提念珠，都摆在那玉佛面前。布置好了，自己方退下两步，整一整冠，拍去了衣上尘土，合掌跪在当地里，望上说道："弟子章谊，一心敬礼观世音菩萨。"说罢，匍匐下去，叨叨絮絮了好一会，好像醮台里拜表的法师一般。口中念念有词，足足默祷了半个钟头方才立起。转身坐在一张大躺椅上，提起念珠，摊开神咒，正想虔诵经文，却不知怎的心上总是七上八下，一会儿神飞色舞，一会儿肉跳心惊，对着经文一句也念不下去。看看桌上一盏半明不灭的灯儿，被炉里的烟气一股一股冲上去，那灯光只是碧沉沉地。侧耳听着窗外静悄悄的没些声息，知道稚燕还没回来。凤孙没法，只得垂头闭目，养了一回神，才觉心地清净点儿。忽听门外帖帖达达飞也似的一阵脚步声，随即发一声狂喊道："凤孙，怎么样？你不信，如今果真放了上海道了！你拿什么谢我？"这话未了，就砌的一响踢开门，钻将进来。凤孙抬头一看，正是稚燕，心里一慌，倒说不出话来。正是：

富贵百年忙里过，功名一例梦中求。

欲知凤孙得着上海道到底是真是假？且听下回分解。

第二十三回

天威不测蜚语中词臣　隐恨难平违心驱俊仆

却说凤孙忽听稚燕一路喊将进来，只说他放了上海道，一时心慌，倒说不出话来，呆呆地半晌方道：“你别大惊小怪的吓我，说正经，连公公那里端的怎样？”稚燕道：“谁吓你？你不信，看这个！”说着，就怀里掏出个黄面泥板的小本儿。凤孙见是京报，接来只一揭，第一行就写着“苏、松、太兵备道着章谊补授”。凤孙还道是自己眼花，忙把大号墨晶镜往鼻梁上一推，揉一揉眼皮，凑着纸细认，果然仍是“苏、松、太兵备道着章谊补授”十一个字。心中一喜，不免颂了一声佛号，正要向那玉琢观音顶礼一番，却恍恍惚惚就不见了稚燕。

抬起头来，却只见左右两旁站着六七个红缨青褂、短靴长带的家人，一个托着顶帽，一个捧着翎盒，提着朝珠的，抱着护书的，有替他披褂的，有代他束带的，有一个豁琅琅的摇着静鞭，有一个就向上请了个安，报道：“外面伺候已齐，请爵爷立刻上任！”真个是前呼后拥，呵幺喝六，把个蒙懂小爵爷七手八脚的送出门来。只见门外齐臻臻的排列着红呢伞、金字牌、旗锣轿马，一队一队长蛇似的立等在当街，只等凤孙掀帘进轿。只听如雷价一声呵殿，那一溜排衙，顿时蜿蜿蜒蜒的向前走动。走去的道儿，也辨不清是东是西，只觉得先走的倒都是平如砥、直如绳的通衢广陌，一片太阳光照着马蹄蹴起的香尘，一闪一闪的发出金光。谁知后来忽然转了一个弯，就走进了一条羊肠小径。又走了一程，益发不像，索性只容得一人一骑慢慢的挨上去了，而且曲曲折折，高高低低，一边是恶木凶林，一边是危崖乱石。凤孙见了这些凶险景象，心中疑惑，暗忖道："我如今到底往哪里去呢？记得出门时有人请我上任，怎么倒走到这荒山野径来呢？"原来此时凤孙早觉得自己身体不在轿中，就是刚才所见的仪仗从人，一霎时也都随着荒烟蔓草，消灭得无影无踪，连放上海道的事情也都忘了一半。独自一个在这七高八低的小路上，一脚绊一脚的望前走去。

正走间，忽然眼前一黑，一阵寒风拂上面来，疾忙抬头一看，只见一座郁郁苍苍的高冈横在面前。凤孙暗喜道："好了，如今找着了正路了！"正想寻个上去的路径，才想走近前来，却见那冈子前面蹲着一对巨大的狮子，张了磨牙吮血的大口，睁了奔霆掣电的双瞳，竖起长鬣，舒开铁爪，只待吃人。在云烟缥缈中也看不清是真是假。再望进去，隐隐约约显出画栋雕梁，长廊石舫，丹楼映日，香阁排云，山径中还时见白鹤文鹿，彩凤金牛，游行自在。但气象虽然庄严，总带些阴森肃杀的样子，好像几百年前的古堡。恐怕冒昧进去，倒要碰着些吃人的虎豹豺狼、迷人的山精木怪，反为不美。凤孙踌躇了一回，忽听各郎各郎一阵马官铃声，从自己路上飞来，就见一匹跳涧爬山的骏马，驮着个扬翎矗顶的贵官，挺着腰，仰着脸儿，得意洋洋的只顾往前窜。凤孙看着那贵官的面貌好像在那里见过的，不等他近前，连忙迎上去，拦着马头施礼道："老兄想也是上冈去的？兄弟正为摸不着头路不敢上去。如今老兄来了，是极好了，总求您携带携带。"那贵官听了，哈哈的笑道："你要想上那冈子么？你莫非是疯子吧！那道儿谁不知道？如今是走不得的了！你要走道儿，还是跟着我上东边儿去。"说着话，就把鞭儿向东一指。凤孙忙依着他鞭的去向只一望，

果然显出一条不广不狭的小径，看那里边倒是暖日融融，香尘细细，夹岸桃花，烂如云锦，那径口却有一棵夭矫不群的海楠，卓立在万木之上。下面一层层排列着七八棵大树，大约是檀槐杨柳、灵杏棠杞等类，无不蟠干梢云，浓阴垂盖，的是一条好路，倒把凤孙看得呆了。

正想细问情由，不道那贵官就匆匆的向着凤孙拱了拱手道："兄弟先偏了！"说罢，提起马头，四蹄翻盏的走进那东路去了。凤孙这一急非同小可，拔起脚要追，忽听一阵悠悠扬扬的歌声，从西边一条道儿上梨花林吹来，歌道：

> 东边一条路，西边一条路。西边梨花东边桃，白的云来红的雨。红白争娇，雨落云飘；东海龙女，偷了半年桃；西池王母，怒挖明珠苗，造化小儿折了腰。君欲东行，休行，我道不如西边儿平！

凤孙寻着歌声，回身西望，才看见径对着东路那一条道儿上，处处夹着梨树，开的花如云如雪，一白无际，把天上地下罩得密密层层，风也不通。

凤孙正在忖量，那歌声倒越唱越近了，就见有八九个野童儿，头戴遮日帽，身穿背心衣，脚踏无底靴，面上乌墨涂得黑一搭白一搭，一面拍着手，一头唱着歌，穿出梨花林来。一见凤孙，齐连连招手道："来，来，快上西边儿来！"凤孙被这些童儿一唱一招，心里倒没了主意，立在那可东可西的高冈面前，东一张，西一张，发恨道："照这样儿，不如回去吧！"一语未了，不提防西边树林里，陡起了一阵撼天震地的狂风，飞沙走石，直向东边路上刮剌剌的卷去。一会价，就日淡云凄，神号鬼哭起来。远远望去，那先去的骑马官儿，早被风刮得帽飞靴落，人仰马翻，万树桃花，也吹得七零八落。连路口七八株大树，用尽了撑霆喝月的力量，终不敌排山倒海的神威，只抵抗了三分钟工夫，唏唰嗯喇倒断了六株。连那海楠和几株可称梁栋之材的都连根带土，飞入云霄，不知飘到哪里去了。这当儿，只听那梨花林边，一个大孩子领了八九个狂童，欢呼雷动，摇头顿足的喊道："好了！好了！倒了！倒了！"谁知这些童儿不喊犹可，这一喊，顿时把几个乌嘴油脸的小孩，变了一群青面獠牙的妖怪，有的摇着驱山铎，有的拿着迷魂播，背了骊山老母的剑，佩了九天玄女的符，踏了哪吒太子的风火轮，使了齐天大圣的金箍棒，张着嘴，瞪着眼，耀武扬威，如潮似海的直向凤孙身边扑来。凤孙这一吓，直吓得魂魄飞散，尿屁滚流，不觉狂叫一声："救苦救难观世音菩萨！"

正危急间，忽听面前有人喊道："凤孙休慌，我在这里。"凤孙迷离中抬头一看，仿佛立在面前是一个浑身白衣的老妇人，心里只当是观音显圣来救他的，忙又叫道："菩萨救命呀！"只听那人笑道："什么菩萨？菩萨坐在桌儿上呢！"凤孙被这话一提，心里倒清爽了一半，重又定眼细认了一认，呸！哪里是南海白衣观世音，倒是个北京纨袴庄稚燕，嘻着嘴立在他面前。看看自己身体还坐在佛桌旁的一张大椅上，炉里供的藏香只烧了一寸，高冈飞了，梨花林、桃花径迷了，童儿妖怪灭了，窗外半钩斜月，床前一粒残灯，静悄悄一些风声也没有，方晓得刚才闹轰轰的倒是一场大梦。

想起刚才自己狼狈的神情，对着稚燕倒有些惶愧，把白日托他到连公公那里谋干的事倒忘怀了，只顾有要没紧地道："你在哪儿乐？这早晚才回来！"稚燕道："啊呀呀，这个人可疯了！人家为你的事，脚不着地跑了一整夜，你倒还乐呀乐呀地挖苦人！"

凤孙听了这话，才把番菜馆里递给他汇票、托他到连公公那里讨准信的一总事都想起来，不觉心里勃的一跳，忙问道："事情办妥了没有？"稚燕笑道："好风凉话儿！天下哪儿有这么容易的事儿！我从番菜馆里出来，曾敬华那里这么热闹的窝儿，我也不敢踹，一口气跑上连公公家里，只道约会的事不会脱卯儿的，谁知道还是扑了一个空。老等了半天，不见回来，问着他们，敢情为了预备老佛爷万寿的事情，内务府请了去商量，说不定多早才回家呢。我想横竖事儿早说妥了，只要这边票儿交出去，自然那边官儿送上来，不怕他有红孩儿来抢了唐僧人参果去，你说对不对？"

凤孙一听"红孩儿"三个字，不觉把梦中境界直提起来，一面顺口说道："这么说，那汇票你仍旧带回来了？"一面呆呆的只管想那梦儿，从那一群小孩变了妖怪、扑上身来想起，直想到自己放了上海道，稚燕踢门狂喊，看看稚燕此时的形状宛然梦里，忽然暗暗吃惊道："不好了，我上了小人的当了！照梦详来，小孩者，小人也，变了妖怪扑上身来，明明说这班小人在那里变着法儿的捉弄我。小径者，小路也，已经有人比我走在头里，我是没路可走的了。若然硬要走，必然惹起风波。"想到这里，猛地又想起梦醒时候，看见一个白衣老妇，不觉恍然大悟道："这是我一向虔诚供奉了观音，今日特地来托梦点醒我的。罢了！罢了！上海道我决计不要了，倒是十二万的一张汇票，总要想法儿骗回到手才好。"想了一想，就接着说道："既然你带回来，很好，那票儿本来差着，你给我改正了再拿去。"稚燕愕然道："哪儿的事？数目对了就得了。"凤孙道："你不用管，你拿出来，看我改正，你就知道了。"稚燕似信不信的，本不愿意掏出来，到底碍着凤孙是物主儿，不好十分揹着不放，只得慢慢地从靴页里抽出，挪到灯边远远的一照道:“没有错呀！”一语未了，不防被凤孙劈手夺去，就往自己衣袋里一塞。稚燕倒吃了个惊道：“这怎么说？咦，改也不改，索性收起来了！”凤孙笑道:“不瞒稚兄说，票子是没有错，倒是兄弟的主意打错了。如今想过来，不干这事了。稚兄高兴，倒是稚兄去顶替了吧！兄弟是情愿留着这宗银子，去孝敬韩家潭口袋底的哥儿姐儿的了。”稚燕跳起来道：“岂有此理！你这话到底是真话是梦话？你要想想，这上海道的缺，是不容易谋的！连公公的路，是不容易走的！我给你闹神闹鬼，跑了半个多月，这才摸着点边儿。你倒好意思，轻轻松松说不要了。我可没脸去回复人家。你倒把不要的道理说给我听听！”凤孙仍笑嘻嘻的道:“回复不回复，横竖没有我的事，我是打定主意不要的了。”那当儿，一个是斩钉截铁的咬定不要了，一个是面红颈赤的死问他为何不要呢；一个笑眯眯只管赖皮，一个急吽吽无非撒泼。

正闹得没得开交，忽听砰的一声，房门开处，走进一个家人，手里拿着一封电报，走到凤孙身旁道：“这是南边发来给章大人的。”说着，伸手递给凤孙，就回身走了。凤孙忙接来一望，知道是从杭州家里打来的，就吃了一吓，拆开看了看，不觉说声“侥幸”，就手递给稚燕道：“如今不用争吵了，我丁了艰了！”稚燕看着，方晓得凤孙的继母病故，一封报丧的电报。到此地位，也没得说了，把刚才的一团怒火霎时消灭，倒只好敷衍了几句安慰的套话，问他几时动身。凤孙道：“这里的事情料理清楚，也得六七天。”当时彼此没兴，各自安歇去了。从此凤孙每日忙忙碌碌，预备回南的事。到了第五日，就看见京报上果然上海道放了鱼邦礼，外面就沸沸扬扬议论起来。有的说姓鱼的托了后门估衣铺，走王府

的门路的；有的说姓鱼的认得了皇妃的亲戚，在皇上御前保举的。凤孙听了这些话，倒也如风过耳，毫不在意，只管把自己的事尽着赶办。又歇了一两天，就偃旗息鼓的回南奔丧去了。

单说稚燕替凤孙白忙了半个多月，得了这个结果，大为扫兴。他本意原想做鱼阳伯的引线的，后来看看鱼阳伯的门第、资财、气概都不如章凤孙，所以倒过头来，就搁起阳伯，全力注在凤孙身上。谁知如今阳伯果真得了上海道，自己的好窝儿反给估衣铺里的郭掌柜占了去，你想他心里怎么不又悔又恨呢！连公公那里又不敢去回复，只好私下告诉他父亲转说，还求他想个法儿出出这口恶气。

一日清早，稚燕还没起来，家人来回："老爷上头下来，有事请少爷即刻就去。"稚燕慌忙披衣出房，不及梳洗，一径奔到小燕平常退朝坐起的一间书房内，掀帘进去，满屋静悄悄的，只见两三个家人垂手侍立。小燕正在那里低着头写一封书信，看见稚燕走来，一抬眼道："你且坐着，让我把高丽商务总办方安堂的一封要紧信写了再说。"稚燕只得在旁坐了，偷看那封信上写的，全是高丽东学党谋乱的事情。原来那东学党是高丽国的守旧党，向来专与开化党为仇，他的党魁叫崔时亨，自号讳大夫的，忽然现在在全罗道的古阜地方起事，有众五六万，首蒙白巾，手执黄旗，倡言要驱逐倭夷，扫除权贵。高丽君臣惶急万状，要借中国护商的靖远兵船前去助剿。那时驻扎高丽的商务总办，就是方安堂官印叫代胜的，不敢擅主，发电到总理衙门请示。小燕昨日已经会商王大臣，发了许借的回电，现在所写的，不过要他留心观察，随时禀报罢了。

稚燕看着信，随口道："原来高丽反起了乱事了！"小燕道：

“这回比甲申年金玉均、洪英植的乱事更要厉害，恐怕要求中朝发兵赴援哩！”说着，那信已写好，搁在一边，笑嘻嘻道：“叫你不为别的，你知道今天上头出了一件奇事吗？鱼邦礼革职了，倒连累金贵妃、宝贵妃都革了妃号，降做贵人。宝贵妃还脱衣受了七十廷杖。两妃的哥哥致敏，贬谪到边远地方，老佛爷怒的了不得。听说还牵涉到闻韵高太史，只为他是两妃的师傅。幸亏他闻风远避，总算免了。”稚燕半惊半喜地道：“爹爹知道这事怎么作的呢？”小燕道：“我也摸不清。不知道老佛爷听了谁的话，忽然从园里回来，一径就到皇妃宫中，拿出一个小拜匣，里头都是些没用的字纸，不知道老佛爷为什么就天威不测起来，只说金、宝两贵妃近来习尚浮华，屡有乞请，所以立刻下了这道严旨。”稚燕立起来仰着头道：“原来也有今日！论理这会儿事情闹得也太不像了，总得这位老圣人出来整顿整顿！”说着话，一抬头忽见一个眉清目秀、初交二十岁的俊童，站在他父亲身旁，穿着娃儿脸万字绉纱袍，罩着美人蕉团花绒马褂，额上根青，鬓边发黑，差不多的相公还比不上他娇艳，心想我家从没有过这样俊俏童儿，忽然想起来道：“呀，这是金雯青那里的阿福，怎么到了我家来呢！”

稚燕正在上下打量，早被小燕看见，因笑道：“这是雯青那里有名的人儿，你从前给他同路进京，大概总认得吧！如今他在雯青那里歇了出来，还没投着主儿呢！求我赏饭，我可用不着，只好留着等机会荐出去吧！”小燕一面说，一面阿福红着脸，就走到稚燕跟前请了一个安。小燕忽然向稚燕道：“不差，你给我上金雯青那里去走一趟吧！这几天听说他病又重了，我也没工夫去看他，你替我去走走，礼到就得了。”当时稚燕答应下来，自去预备出门。按下慢表。

如今先要把阿福如何歇出、雯青如何病重的细情叙述一番，免得读书的说我抛荒本题。原来雯青那日，看张夫人出房后，就叫小丫头把帐子放了，自把被窝蒙了头，只管装睡，并不瞅睬彩云。彩云见雯青颜色不好，也不敢上来兜搭，自在外房呆呆地坐着嗑瓜子儿。房里冷清清的无事可说，我却先要说张夫人那日在房时，听了雯青的口气，看了彩云的神情，早就把那事儿瞧破了几分。后来回到自己房中，不消说有那班献殷勤的婆儿姐儿，半真半假的传说，张夫人心里更明白了。料想雯青这回必然要扬锣捣鼓的大闹，所以张夫人身虽在这边，心却在那边，常常听候消息。谁知道直候到二更以后，雯青那边总是寂无人声，张夫人倒诧异起来，暗道："难道就这么罢了不成？"忽一念转到雯青新病初愈，感了气，不要有什么反复吗？想到这里，倒不放心起来。

那时更深人静，万籁无声，房里也空空洞洞的，老妈儿都去歇息了，小丫头都躲在灯背黑影里去打盹儿。张夫人只得独自个蹑手蹑脚，穿过外套房，来到堂屋。各处灯都灭了，黑魆魆的好不怕人！张夫人正有些胆怯，想缩回来，却望见雯青那边厢房里一点灯光，窗帘上映出三四个长长短短的人影。接着一阵嘁嘁嗾嗾的讲话声音，知道那边老妈丫头还没睡哩。张夫人趁势三脚两步跨进雯青外房，径到房门口。正要揭起软帘，忽听雯青床上悉悉索索地响，响过处，就听雯青低低儿的叫了"彩云、彩云"两声。并没人答应。张夫人忖道："且慢，他们要说话了，我且站着听一听。"

这当儿，张夫人靠在门框上，从帘缝里张进去，只见靠床一张鸳鸯戏水的镜台上，摆着一盏二龙抢珠的洋灯，罩着个碧玻璃的灯罩儿，发出光来，映得粉壁锦帷，都变了绿沉沉地。那时见雯青一手慢慢的钩起一角帐儿，伸出头来，脸上似笑不笑的睐着靠西壁一张如意软云榻，只管发愣。张夫人连忙随着雯青的眼光看去，原来彩云正卸了晚妆，和衣睡着在那里，身上穿着件同心珠扣水红小紧身儿，单束着一条合欢粉荷洒花裤，一搦柳腰，两钩莲辫，头上枕着湖绿卍纹小洋枕，一挽半散不散的青丝，斜拖枕畔，一手托着香腮，一手掩着酥胸，眉儿蹙着，眼儿闭着，颊上酒窝儿还揾着点泪痕，真有说不出、画不像的一种妖艳，连张夫人见了心里也不觉动了一动。

忽听雯青叹了口气，微微的拍着床道："嗐，哪世里的冤家！我拼着做……"说到此咽住了，顿了顿道："我死也不舍她的呀！"说话时，雯青就挣身坐起，喘吁吁披上衣服，套上袜儿，好容易把腿挪下床沿，趿着鞋儿，摇摇摆摆的直晃到那榻儿上，挨着彩云身体倒下。好一会，颤声推着彩云道："你到底怎么样呢？你知道我的心为你都使碎了！你只管装睡，给谁呕气呢？"原来彩云本未睡着，只为雯青不理她，摸不透雯青是何主意，自己怀着鬼胎，只好装睡。后来听见雯青几句情急话，又力疾起来反凑她，不免心肠一软，觉得自己行为太对不住他，一阵心酸，趁着此时雯青一推，就把双手捧了脸，钻到雯青腋下，一言不发，呜呜咽咽哭个不了。

雯青道："这算什么呢？这件事你到底叫我怎么样办嗄？有这会儿哭的工夫，刚才为什么拿那些没天理的话来顶撞我呢！"说着，也垂下泪来。彩云听了，益发把头贴紧在雯青怀里，哽噎着道："我只当你从此再不近我身的了。我也拼着把你一天到晚千怜万惜的身儿，由你去割也罢，勒也罢，你就弄死我，我也不敢怨你。我只怨着我死了，再没一个知心着意的人服伺你了！我只恨我一

时糊涂，上了人家的当，只当嬉皮赖脸一会儿不要紧，谁知倒害了你一生一世受苦了！这会儿后悔也来不及了！”雯青睐定彩云，紧紧的拉了她手，一手不知不觉的替她拭泪道：“你真后悔了么？你要真悔，我就不恨你了。谁没有一时的过失？我倒恨我自己用了这种没良心的人来害你了。这会儿没有别的，好在这事只有你知我知，过几天儿借着一件事，把那个人打发了就完了。可是你心里要明白，你负了我，我还是这么呕心挖胆的爱你，往后你也该体谅我一点儿了！”

彩云听了这些话，索性撒娇起来，一条粉臂钩住雯青的脖子，仰着脸，三分像哭、二分像笑的道：“我的爷，你算白疼了我了！你还不知道你那人的脾气儿，从小只爱玩儿。这会儿闷在家里，自个儿也保不定一时高兴，给人家说着笑着，又该叫你犯疑了！我想倒不如死了，好叫你放心。”雯青道：“死呀活的做什么，在家腻烦了，听戏也罢、逛庙也罢，我不来管你就是了。”雯青说了这话，忽然牙儿作对的打了几个寒噤。彩云道：“你怎么了？你瞧！我一不管，你就着了凉了。本来天气怪冷的，你怎么皮袍儿也不披一件就下床来呢！”雯青笑道：“就是怕冷，今儿个你肯给我先暖一暖被窝儿吗？”说时，又凑到彩云耳边，低低的不知讲些什么。只见彩云笑了笑，一面连连摇着头坐起来，一面挽上头发道：“算了吧，你别作死了！”那当儿，张夫人看了彩云一派狂样儿，雯青一味没气性，倒憋了一肚子的没好气，不耐烦再听那间壁戏了，只得迈步回房，自去安歇。晚景无话。

从此一连三日，雯青病已渐愈，每日起来只在房中与彩云说说笑笑，倒无一毫别的动静。直到第四天早上，张夫人还没起来，就听见雯青出了房门，到外书房会客去了。等到张夫人起来，正在外套房靠着窗朝外梳妆，忽见一个小丫头慌慌张张、飞也似的在院子里跑进来。张夫人喝住道："大惊小怪做什么！"那小丫头道："老爷在外书房发脾气哩，连阿福哥都打了嘴巴赶出去了。"张夫人道："知道为什么呢？"小丫头道："听说阿福拿一个西瓜水的料烟壶儿递给老爷，不知怎么的，说老爷没接好，掉在地上打破了。阿福只道老爷还是往常的好性儿，正弯了腰低头拾了那碎片儿，嘴里倒咕噜道：'怪可惜的一个好壶儿。'这话未了，不防拍的一响，脸上早着了一个嘴巴。阿福吃一吓，抬起头来，又是一下。这才看见老爷抖索索的指着他骂道：'没良心的忘八羔！白养活你这么大。不想我心爱的东西，都送在你手里。我再留你，那就不用想有完全的东西了！'阿福吃了打，倒还嘴强说：'老爷自不防备，砸了倒怪我！'老爷越发拍桌的动怒，立刻要送坊办，还是金升伯伯求下来。这会儿卷铺盖去了。"张夫人听了，情知是那事儿发作了，倒淡淡的道："走了就完了，嚷什么的！"只管梳洗，也不去管他。一时间，就听雯青出门拜客去了。正是：

宦海波涛蹲百怪，情天云雨证三生。

不知雯青赶去阿福，后事如何？且听下回分解。

第二十四回

愤舆论学士修文　救藩邦名流主战

话说雯青赶出了阿福，自以为去了个花城的强敌，爱河的毒龙，从此彩云必能回首面内，委心帖耳的了，衽席之间不用力征经营，倒也是一桩快心的事。这日出去，倒安心乐意的办他的官事了。先到龚尚书那里，谢他帕米尔一事维持之恩；又到钱唐卿处，商量写着薛、许两钦差的信。到了第二日，就销假到衙，照常办事。光阴荏苒，倏忽又过了几月。那时帕米尔的事情，杨谊柱也查复进来，知道国界之误，已经几十年，并不始于雯青；又有薛淑云、许祝云在外边，给英、俄两政府交涉了一番，终究靠着英国的势力，把国界重新画定，雯青的事从此也就平静了。

却说有一天，雯青到了总署，也是冤家路窄，不知有一件什么事，给庄小燕忽然意见不合争论起来，争到后来，小燕就对雯青道："雯兄久不来了，不怪于这里公事有些隔膜了。大凡交涉的事是瞬息千变的，只看雯兄养疴一个月，国家已经蹙地八百里了。这件事，雯兄就没有知道吧？"雯青一听这话，分明讥诮他，不觉红了脸，一语答不出来。少时，小燕道："我们别尽论国事了，我倒要请教雯兄一个典故：李玉溪道'梁家宅里秦宫入'，兄弟记得秦宫是被梁大将军赶出西第来的，这个'入'字，好像改做'出'字的妥当。雯兄，你看如何？"说完，只管望着雯青笑。雯青到此真有些耐不得了，待要发作，又怕蜂虿有毒，惹出祸来，只好纳着头，生生地咽了下来。坐了一会，到底儿坐不住，不免站起来拱了拱手道：“我先走了。”说罢，回身就往外走，昏昏沉沉忘了招呼从人。刚从办事处走到大堂廊下，忽听有两三个赶车儿的聚在堂下台阶儿上，密密切切说话，一个仿佛是庄小燕的车夫，一个就是自己的车夫。只听自己那车夫道：“别再说我们那位姨太太了，真个像馋嘴猫儿似的，贪多嚼不烂，才扔下一个小仔，倒又刮上一个戏子了！”那个车夫问道：“又是谁呢？”一个低低的说道：“也是有名的角儿，好像叫作孙三儿的。我们那位大人不晓得前世作了什么孽，碰上这位姨太太。这会儿天天儿赶着堂会戏，当着千人万人面前，一个在台上，一个在台下，丢眉弄眼，穿梭似地来去，这才叫现世报呢！”这些车夫原是无意闲谈，不料一句一句被雯青听得齐全，此时恍如一个霹雳，从青天里打入顶门，顿时眼前火爆、耳内雷鸣，心里又恨、又悔、又羞、又愤，迷迷糊糊欻地一步跨出门来，睁着眼喝道：“你们嚷什么？快给我套车儿回家去！”那班赶车的本没防雯青此时散衙，倒都吃了一惊。幸亏那一辆油绿围红拖泥的大鞍车，驾着匹菊花青的高背骡儿，好好儿停在当院里没有卸，五六个前顶后跟的家人也都闻声赶来。那当儿，赶车的预备了车踏凳，要扶雯青上车，不想雯青只把手在车沿儿上一搭，倏的钻进了车厢，嘴里连喊着：“走！走！”不一时，蹄翻轮动，出了衙门，几十只马蹄蹴得烟尘堆乱，直向纱帽胡同而来。

才到门口，雯青一言不发，跳下车来，铁青着脸，直瞪着眼，一口气只望上房跑。几个家人在背后手忙脚乱的还跟不上。金升手里抱着门簿函牍，正想回事，看这光景，倒不敢，缩了回来。雯青一到上房，堂屋里老妈丫头正乱糟糟嚷做一团，看见主人连跌带撞的进来，背后有个家人只管给她们摇手儿，一个个都吓得

往四下里躲着。雯青却一概没有看见，只望着彩云的房门认了一认，揭起毡帘直抢人去。

那当儿，彩云恰从城外湖南会馆看了堂会戏回来，卸了浓妆，脱了艳服，正在梳妆台上支起了金粉镜，重添眉翠，再整鬟云，听见雯青掀帘跨进房来，手里只管调匀脂粉，要往脸上扑，嘴里说道："今儿回来多早呀！别有什么不……"说到这里，才回过头来。忽见雯青已撞到了上回并枕谈心的那张如意软云榻边，却是气色青白，神情恍惚，睁着眼愣愣的直盯在自己身上，顿了半晌，才说道："你好！你骗得我好呀！"彩云摸不着头脑，心里一跳，脸上一红，倒也愣住了。正想听雯青的下文，打算支架的话，忽见雯青说罢这两句话，身体一晃，两手一撒，便要往前磕来。彩云是吃过吓来的人，见势不好，说声："怎么了，老爷？"抢步过来，拦腰一抱，脱了官帽，禁不住雯青体重，骨碌碌倒金山、摧玉柱的两个人一齐滚在榻上。等到那班跟进来的家人从外套房赶来，雯青早已直挺挺躺好在榻上。彩云喘吁吁腾出身来，在那里老爷老爷的推叫。谁知雯青此时索性闭了眼，呼呼的鼾声大作起来。

彩云轻轻摸着雯青头上，原来火辣辣热得烫手，倒也急得哭起来，问着家人们道："这是怎么说的？早起好好儿出去，这会儿到底儿打哪儿回来，成了这个样儿呢？"家人们笑着道："老爷今儿的病多管有些古怪，在衙门里给庄大人谈公事，还是有说有笑的，就从衙内出来，不晓得半路上听了些什么话，顿时变了，叫奴才们哪儿知道呢！"正说着，只见张夫人也皱着眉、颤巍巍地走进来，问着彩云道："老爷呢？怎么又病了！我真不懂你们是怎么样的了！"彩云低头不语，只好跟着张夫人走到雯青身边，低低道："老爷发烧哩！"随口又把刚才进房的情形说了几句。张夫人就坐在榻边儿上，把雯青推了几推，叫了两声，只是不应。张夫人道："看样儿，来势不轻呢！难道由着病人睡在榻上不成？总得想法儿挪到床上去才对！"彩云道："太太说得是。可是老爷总喊不醒，怎么好呢？"正为难间，忽听雯青嗽了一声，一翻身就硬挣着要抬起头来，睁开眼，一见彩云，就目不转睛的看她，看得彩云吃吓，不免倒退了几步。忽见雯青手指着墙上挂的一幅德将毛奇的画像道："哪，哪，哪！你们看一个雄赳赳的外国人，头顶铜兜，身挂勋章，他多管是来抢我彩云的呀！"张夫人忙上前扶了雯青的头，凑着雯青道："老爷醒醒，我扶你上床去，睡在家里，哪儿有外国人！"雯青点点头道："好了，太太来了！我把彩云托给你，你给我好好收管住了，别给那些贼人拐了去！"张夫人一面呒呒的答应，一面就趁势托了雯青颈脖，坐了起来，忙给彩云招手道："你来，你先把老爷的腿挪下榻来，然后我抱着左臂，你扶着右臂，好歹弄到床上去。"彩云正听着雯青的话有些胆怯，忽听张夫人又叫她，磨蹭了一会，没奈何，只得硬着头皮走上来，帮着张夫人半拖半抱，把雯青扶下地来，站直了，卸去袍褂，慢慢地一步晃一步的迈到了床边儿上。

此时雯青并不直视彩云，倒伸着头东张西望，好像要找一件东西似的。一时间眼光溜到床前镜台上摆设的一只八音琴，就看住了。原来这八音琴与寻常不同，是雯青从德国带回来的，外面看着是一只火轮船的雏型，里面机栝，却包含着无数音谱，开了机关，放在水面上，就会一面启轮，一面奏乐的。不想雯青愣了一会，喊道："啊呀，不好了！萨克森船上的质克，驾着大火轮，又要来给彩云寄什么信了！太太，这个外国人贼头鬼脑，我总疑

着他。我告你，防着点儿，别叫他上我门！”雯青这句话把张夫人倒蒙住了，顺口道："你放心，有我呢，谁敢来！”彩云却一阵心慌，一松手，几乎把雯青放了一跤。张夫人看了彩云一眼道："你怎么的？”于是妻妾两人轻轻的把雯青放平在床上，垫平了枕，盖严了被，张夫人已经累得面红气促，斜靠在床栏上。

彩云刚刚跨下床来，忽见雯青脸色一红，双眉直竖，满面怒容，两只手只管望空乱抓。张夫人倒吃一吓道："老爷要拿什么？”雯青睁着眼道："阿福这狗才，今儿我抓住了，一定要打死他！”张夫人道："你怎么忘了？阿福早给你赶出去了！”雯青道："我明明看见他笑嘻嘻，手里还拿了彩云的一支钻石莲蓬簪，一闪就闪到床背后去了。”张夫人道："没有的事，那簪儿好好儿插在彩云头上呢！”雯青道："太太你哪里知道？那簪儿是一对儿呢，花了五千马克，在德国买来的。你不见如今只剩了一支了吗？这一支，保不定明儿还要落到戏子手里去呢！”说罢，嗐了一声。

张夫人听到这些话，无言可答，就揭起了半角帐儿，望着彩云。只见彩云倒躲在墙边一张躺椅上，低头弄着手帕儿。张夫人不免有气，就喊道："彩云！你听老爷尽说胡话，我又搅不清你们那些故事儿，还是你来对答两句，倒怕要清醒些哩！”彩云半抬身挪步前行，说道："老爷今天七搭八搭，不知道说些什么，别说太太不懂，连我也不明白，倒怪怕的。”说时已到床前，钻进帐来，刚与雯青打个照面。谁知这个照面不打倒也罢了，这一照面，顿时雯青鼻搧唇动，一手颤索索拉了张夫人的袖，一手指着彩云道："这是谁？”张夫人道："是彩云呀！怎么也不认得了？”雯青咽着嗓子道："你别冤我，哪里是彩云？这个人明明是赠我盘费进京赶考的那个烟台妓女梁新燕。我不该中了状元，就背了旧约，送她五百银子，赶走她的。”说到此，咽住了，倒只管紧靠了张夫人道：“你救我呀！我当时只为了怕人耻笑，想不到她竟会吊死，她是来报仇！”一言未了，眼睛往上一翻，两脚往上一伸，一口气接不上，就厥了过去。张夫人和彩云一见这光景，顿时吓做一团。满房的老妈丫头也都鸟飞鹊乱起来，喊的喊，拍的拍，握头发的，掐人中的，闹了一个时辰，才算回了过来。寒热越发重了，神智越发昏了，直到天黑，也没有清楚一刻。张夫人知道这病厉害，忙叫金升拿片子去请陆大人来看脉。

原来菶如这几年在京没事，倒很研究了些医学，读几句《汤头歌诀》，看两卷《本草从新》，有时碰上些儿不死不活的病症，也要开个把半凉半热的方儿，虽不能说卢扁重生，和缓再世，倒也平正通达，死不担差，所以满京城的王公大人都相信他，不称他名殿撰，倒叫他名太医了。就是雯青家里，一年到头，上下多少人，七病八痛，都是他包圆儿的，何况此时是雯青自己生病呢！本是个管、鲍旧交，又结了朱、陈新好，一得了信息，不用说车不俟驾地奔来，听几句张夫人说来的病源，看一回雯青发现的气色，一切脉，就摇头说不好，这是伤寒重症，还夹着气郁房劳，倒有些棘手。少不得尽着平生的本事，连底儿掏摸出来，足足磋磨了一个更次，才把那张方儿的君臣佐使配搭好了，交给张夫人，再三嘱咐，必要浓煎多服。菶如自以为用了背城借一的力量，必然有旋乾转坤的功劳。谁知一帖不灵，两帖更凶，到了第三日爽性药都不能吃了。

等到小燕叫稚燕来看雯青，却已到了香迷铜雀、雨送文鸳的时候。那时雯青的至好龚和甫、钱唐卿都聚在那里，帮着菶如商量医药。稚燕走进来，彼此见了，稚燕就顺口荐了个外国医生，

和甫、唐卿倒都极口赞成，劝莑如立刻去延请。莑如摇着头道："我记得从前曾小侯信奉西医，后来生了伤寒症，发热时候，西医叫预备五六个冰桶围绕他，还搁一块冰在胸口，要赶退他的热。谁知热可退了，气却断了。这事我可不敢作主。请不请，去问雯青夫人吧！"和甫、唐卿还想说话，忽听见里面一片哭声，沸腾起来，却把个文园病渴的司马相如，竟做了玉楼赴召的李长吉了。稚燕趁着他们扰乱的时候，也就溜之大吉。倒是龚和甫、钱唐卿，究竟与雯青道义之交，肝胆相托，竟与莑如同做了托孤寄命的至友，每日从公之余，彼来此往，帮着莑如料理雯青的后事。一面劝慰张夫人，安顿彩云；一面发电苏州，去叫雯青的长子金继元到京，奔丧成服。后来发讣开丧，倒也异常热闹。

开丧之后，过了些时，龚和甫、钱唐卿正和莑如商量想劝张夫人全家回南。还未议定，谁知那时中国外交上恰正起了一个绝大的风波，龚、钱两人也就无暇来管这些事了。就是做书的，也顾不得来叙这些事了。

你道那风波是怎么起的？原来就为朝鲜东学党的乱事闹得大起来，果然朝王到我国来请兵救援。我国因朝鲜是数百年极恭顺的藩属，况甲申年金玉均、洪英植的乱事，也靠着天兵戡平祸乱的。这回来请兵，也就按着故事，叫北洋大臣威毅伯先派了总兵鲁通一统了盛军马步三千，提督言紫朝领了淮军一千五百人，前去救援。不料日本听见我国派兵，借口那回天津的攻守同盟条约，也派大鸟介圭带兵径赴汉城。后来党匪略平，我国请其撤兵，日本不但不撤兵，反不认朝鲜为我国藩属，又约我国协力干预他的内政。我国严词驳斥了几回，日本就日日遣兵调将，势将与我国决裂。那时威毅伯虽然续派了马裕坤带了毅军，左伯圭统了奉军，由陆路渡鸭绿江到平壤设防，还是老成持重，不肯轻启兵端。请了英、俄、法、德各国出来，竭力调停，口舌焦敝，函电交驰，别的不论，只看北洋总督署给北京总理衙门往来的电报，少说一日中也有百来封。不料议论愈多，要挟愈甚，要害坐失，兵气不扬。这个风声传到京来，人人义愤填胸，个个忠肝裂血，朝励枕戈之志，野闻同袍之歌，不论茶坊酒肆、巷尾街头，一片声的喊道："战呀！开战呀！给倭子开战呀！"谁知就在这一片轰轰烈烈的开战声中，倒有两个潇潇洒洒的出奇人物，冒了炎风烈日，带了砚匣笔床，特地跑到后载门外的十刹海荷花荡畔一座酒楼上，凭栏寄傲，把盏论文。你道奇也不奇？

那当儿，一轮日大如盘，万顷花开似锦，隐隐约约的是西山岚翠，缥缥缈缈的是紫禁风烟，都趁着一阵熏风，向那酒楼扑来。看那酒楼，却开着六扇玻璃文窗，护着一桁冰纹画槛，靠那槛边，摆着个湘妃竹的小桌儿，桌上罗列些瓜果蔬菜、茶具酒壶，破砚残笺、断墨秃笔也七横八竖的抛在一旁。桌左边坐着个丰肌雄干，眉目开张，岸然不愧伟丈夫，却赤着膊，将辫子盘在头顶，打着一个椎结。右边那个，却是气凝骨重，顾视清高，眉宇之间，盎然秋色，身穿紫葛衫，手摇雕翎扇。你道这两个人到底是谁？原来倒是书中极熟的人儿，左边的就是有名太史闻韵高，右边的却是新点状元章直蜚。两人酒酣耳热，接膝谈心，把个看花饮酒的游观场，当了运筹决策的机密室了。

只见闻韵高眉一扬，鼻一掀，一手拿着一海碗的酒，望喉中直倒，一手把桌儿一拍，含糊的道："大事去了，大事去了！听说朝王虏了，朝妃囚了，牙山开了战了！威毅伯还在梦里，要等英、俄公使调停的消息哩！照这样因循坐误，无怪有名的御史韩以高

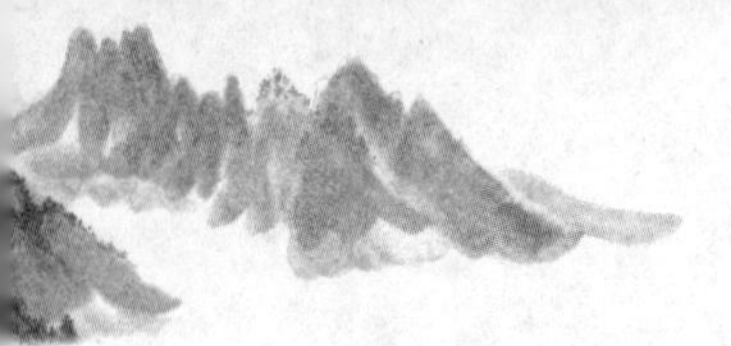

约会了全台，在宣武门外松筠庵开会，提议参劾哩！前儿庄焕英爽性领了日本公使小村寿太郎觐见起来，当着皇上说了多少放肆的话。我倒不责备庄焕英那班媚外的人，我就不懂我们那位龚老师身为辅弼，听见这些事也不阻挡，也没决断！我昨日谒见时，空费了无数的唇舌。难道老夫子心中，'和''战'两字，还没有拿稳吗？"章直蜚仰头微笑道："大概摸着些边儿了，拿稳我还不敢说。我问你，昨儿你到底说了些什么？"韵高道："你问我说的吗？我说日本想给我国开战并非临时起意的，其中倒有四个原因：甲申一回，李应昰被我国虏来，日本不能得志，这是想雪旧怨的原因；朝鲜通商，中国掌了海关，日廷无利可图，这是想夺实利的原因；前者王太妃薨逝，我朝遣使致唁，朝鲜执礼甚恭，日使相形见绌，这是想争虚文的原因；金玉均久受日本庇护，今死在中华，又戮了尸，大削日本的体面，这是想洗前羞的原因。攒积这四原因，酝酿了数十年，到了今日，不过借着朝鲜的内乱、中国的派兵做个题目，发泄出来。饿虎思斗，夜郎自大，我国若不大张挞伐，一奋神威，靠着各国的空文劝阻，他哪里肯甘心就范呢！多一日迟疑，便失一天机会，不要弄到他倒着着争先，我竟步步落后，那时悔之晚矣！我说的就是这些话，你看怎么样？"

直蜚点点头道："你的议论透辟极了。我也想我国自法、越战争以来，究竟镇南的小胜，不敌马尾的大败。国威久替，外侮丛生，我倒常怕英、俄、法、德各大国，不论哪一国来尝试尝试，都是不了的。不料如今首先发难的，倒是区区岛国。虽说几年来变法自强，蒸蒸日上，到底幅员不广，财力无多。他既要来螳臂当车，我何妨去全狮搏兔，给他一个下马威，也可发表我国的兵力，叫别国从此不敢正视。这是对外的情形，固利于速战，何况中国正办海军。上回南北会操时候，威毅伯的奏报也算得铺张扬厉了，但只是操演的虚文，并未经战斗的实验。即旗、绿、淮、湘，陆路各军，自平了太平军，也闲散久了，恐承平无事，士不知兵，正好趁着这番大战他一场，借硝烟弹雨之场，寓秋狝春苗之意，一旦烽烟有警，鼙鼓不惊。这是对内说，也不可不开战了。在今早就把这两层意思，在龚老师处递了一个手折，不瞒你说，老师现在是排斥众议，力持主战的了。听说高理惺中堂、钱唐卿侍郎，亦都持战论。你看不日就有宣战的明文了。你有条陈，快些趁此时上吧！"

韵高忙站起来，满满的斟了一大杯酒道："得此喜信，胜听挞音，当浮一大白！"于是一口气喝了酒，抓了一把鲜莲子过了口，朗吟道："东海湄，扶桑涘，欲往从之多蛇豕！乘风破浪从此始。"直蜚道："壮哉，韵高！你竟想投笔从戎吗？"韵高笑道："非也。我今天做了一篇请征倭的折了，想立刻递奏的，恐怕单衔独奏，太觉势孤，特地请你到这里来商酌商酌，会衔同奏何如？"说着，就从桌上乱纸堆中抽出一个折稿子，递给直蜚。直蜚一眼就见上面贴着一条红签儿，写着事由道：

> 奏为请饬海军，速整舰队游弋日本洋，择要施攻，以张国威而伸天讨事。

直蜚看了一遍，拍案道："此上策也！不入虎穴，焉得虎子。就怕海军提督胆小如鼠，到弄得画虎不成反类狗耳！"说着，就从衣袋里掏出一张白纸条儿，给韵高看道："你只看威毅伯寄丁雨汀的电报，真叫人又好气又好笑哩！"韵高接着看时，只见纸上写着道：

> 复丁提督：牙山并不在汉口内口，汝地图未看明，大队

到彼，倭未必即开仗！夜间若不酣睡，彼未必即能暗算，所谓人有七分怕鬼也。言紫朝在牙，尚能自固，暂用不着汝大队去。将来俄拟派兵船，届时或令汝随同观战，稍壮胆气。

韵高看罢，大笑道："这必然是威毅伯檄调海军，赴朝鲜海面为牙山接应，丁雨汀不敢出头，反饰词慎防日军暗袭，电商北洋，所以威毅伯有这复电，也算得善戏谑兮的了！传之千古，倒是一则绝好笑史。不过我想把国家数万里海权，付之若辈庸奴，一旦偾事，威毅伯的任用匪人，也就罪无可逭了。"直蜚道："我听说湘抚何太真，前日致书北洋，慷慨请行，愿分战舰队一队，身任司令，要仿杜元凯楼船直下江南故事。威毅伯得书哈哈大笑，置之不复。我看何珏斋虽系书生，然气旺胆壮，大有口吞东海之概，真派他统率海军，或者能建奇功也未可知。"

两人一面饮酒议论，一面把那征倭的疏稿反反复复看了几遍。直蜚提起笔来，斟酌了几个字，署好了衔名，说道："我想先带这疏稿送给龚老师看了，再递何如？"韵高想了想，还未回答，忽听楼梯上一阵脚步声，随后就见一个人满头是汗、气吁吁地掀帘进来，向着直蜚道："老爷原来在这里。即刻龚大人打发人来告诉老爷，说日本给我国已经开战了，载兵去的英国高升轮船已经击沉了，牙山大营也打了败仗了。龚大人和高扬藻高尚书忧急得了不得，现在都在龚府，说有要事要请老爷去商量哩！"两人听了都吃了一惊，连忙收起了折稿，付了酒钱，一同跑下楼来，跳上车儿，直向龚尚书府第而来。正是：

半夜文星惊黯淡，一轮旭日照玄黄。

不知龚尚书来招章直蜚有何要事？且听下回分解。

第二十五回

疑梦疑真司农访鹤　七擒七纵巡抚吹牛

话说章直蜚和闻韵高两人出了什刹海酒楼，同上了车，一路向东城而来。才过了东单牌楼，下了甬道，正想进二条胡同的口子，韵高的车走的快，忽望见口子边团团围着一群人，都仰着头向墙上看，只认做厅的告示，不经意的微微回着头，陡觉得那告示有些特别，不是楷书，是隶书，忙叫赶车儿勒住车缰，定睛一认，只见那纸上横写着四个大字“失鹤零丁”，而且写得奇古朴茂，不是龚尚书，谁写得出这一笔好字！疾忙跳下车来，恰好直蜚的车也赶到。直蜚半揭着车帘喊道：“韵高兄，你下车做什么？韵高招手道：“你快下来，看龚老夫子的妙文！”真的直蜚也下了车，两人一同挤到人堆里，抬头细看那墙上的白纸，写着道：

敬白诸君行路者：敢告我昨得奇梦，梦见东天起长虹，长虹绕屋变黑蛇，口吞我鹤甘如蔗，醒来风狂吼猛虎，鹤篱吹倒鹤飞去。失鹤应梦疑不祥，凝望辽东心惨伤！诸君如能代寻访，访着我当赠金偿！请为诸君说鹤状：我鹤翩跹白逾雪，玄裳丹顶脚三节。请复重陈其身躯：比天鹅略大，比鸵鸟不如，立时连头三尺余。请复重陈其神气：昂头侧目睨云际，俯视群鸡如蚂蚁，九皋清唳触天忌。诸君如能还我鹤，白金十两无扣剥；倘若知风报信者，半数相酬休嫌薄。

韵高道：“好一篇模仿后汉戴文让的《失父零丁》！不但字写得好，文章也做得古拙有趣。”直蜚道：“龚老夫子不常写隶书，

写出来倒是梁鹄派的纵姿崛强，不似中郎派的雍容俯仰，真是字如其人。”韵高叹道：“当此内忧外患接踵而来，老夫子系天下人望，我倒可惜他多此一段闲情逸致！”两人你一句我一句地议论着，不自觉地已走进胡同口。韵高道：“我们索性步行吧！”不一会，已到了龚府前，家人投了帖，早有个老门公把两人一直领到花园里。直蜚留心看那园庭里的鹤亭，是新近修编，扩大了些，亭里却剩下一只孤鹤。那四面厅上，窗槛全行卸去，挂了四扇晶莹夺目的穿珠帘，映着晚霞，一闪一闪的晕成虹彩。龚尚书已笑着迎上来道：“韵高也同来，好极了！你们在哪里碰见的？我和理惺中堂正有事和两位商量哩！”那时望见高理惺丰颐广颡，飘着花白的修髯，身穿葛纱淡黄袍，腰系汉玉带钩，挂着刻丝佩件，正在西首一张桌上坐着吃点心，也半伛身地招呼着，问吃过点心没有。直蜚道：“门生和韵高兄都在什刹海酒楼上痛饮过了。韵高有一个请海军游弋日本洋的折稿，和门生商量会衔同递，恰遇着龚老师派人来邀，晓得老师也在这里，所以拉了韵高一块儿来。门生想日本既已毁船接仗，是衅非我开，朝廷为什么还不下宣战的诏书呢？”

龚尚书道：“我和高中堂自奉派会议朝鲜交涉事后，天天到军机处。今天小燕报告了牙山炮毁运船的消息，我和高中堂都主张明发宣战谕旨，却被景亲王和祖荪山挡住，说威毅伯有电，要等英使欧格纳调停的回信，这有什么法子呢！”韵高愤然道：“这一次大局，全坏在威毅伯倚仗外人，名为持重，实是失机。外人各有所为，哪里靠得住呢！”高中堂道：“贤弟所论，我们何尝不知。但目前朝政，迥不如十年前了！外有枢臣把持，内有权珰播弄，威毅伯又刚愎骄纵如此，而且宫闱内讧日甚一日。这回我和龚尚书奉派会议，太后还传谕，叫我们整顿精神，不要再像前次办理失当。咳！我看这回的军事一定要糟。不是我迷信灾祥，你想，二月初一日中的黄晕，前日打坏了宫门的大风，雨中下降的沙弹，陶然亭的地鸣，若汇集了编起《五行志》来，都是非常的灾异。把人事天变参合起来，只怕国运要从此大变。”

龚尚书忽然蹙着眉头叹道：“被理翁一提，我倒想起前天的奇梦来了。我从八瀛故后，本做过一个很古怪的梦，梦见一个白须老人在一座石楼梯上，领我走下一道很深的地道，地道尽处豁然开朗，倒进了一间似庙宇式的正殿。看那正殿里，居中挂着一盏琉璃长明灯，上面供着个高大的朱漆神龛，龛里塑着三尊神像：中坐的是面目轩露，头戴幞头，身穿仿佛武梁祠画像的古衣服，左手里握着个大龟，面目活像八瀛；上首一个披着一件袈裟似的长衣，身旁站着一只白鹤；下首一个怀中抱一个猴子，满身花绣，可不是我们穿的蟒袍，却都把红巾蒙了脸，看不清楚。我问白须老人：‘这是什么神像？’那老人只对我笑，老不开口。我做这梦时，只当是思念故友，偶然凑合。谁知一梦再梦，不知做了多少次，总是一般。这已经够希奇了！不想前天，我又做了个更奇的梦，我入梦时好像正当午后，一轮斜日沉在惨淡的暮云里。忽见东天又升起一个光轮，红得和晓日一般，倏忽间，那光轮中发出一声怪响，顿时化成数百丈长虹，长蛇似的绕了我屋宇。我吃一吓，定睛细认，哪里是长虹，红的忽变了黑，长虹变了大蟒，屋宇变了那三尊神像的正殿。那大蟒伸进头来，张开大口，把那上首神像身边的白鹤，生生吞下肚去。我狂喊一声，猛的醒来，才知道是一场午梦，耳中只听得排山倒海的风声，园中树木的摧折声，门窗砰磞的开关声。恰好我的侄孙弓夫和珠哥儿，他们父子俩踉

跄的奔进来，嘴里喊着：‘今天好大风，把鹤亭吹坏，一只鹤向南飞去了！’我听了这话，心里觉得梦兆不祥，也和理翁的见解一样，大有风声鹤唳、草木皆兵之感。后来弓夫见我不快，只道是为了失鹤，就说：‘飞去的鹤，大概不会过远，我们何妨出个招贴，悬赏访求。’我便不由自主的提起笔来，仿戴良《失父零丁》，做了一篇《失鹤零丁》，写了几张八分书的‘零丁’，叫拿去贴在街头巷口。贤弟们在路上大概总看见过罢？贤弟们要知道，这篇小品文字虽是戏墨，却不是蒙庄的《逍遥游》，倒是韩非的《孤愤》！”

直蜚正色道：“两位老师误了！两位老师是朝廷柱石，苍生霖雨，现在一个谈灾变，一个说梦占。这些颓唐愤慨的议论，该是不得志的文士在草庐吟啸中发的，身为台辅，手执斧柯，像两位老师一样，怎么好说这样咨嗟叹息的风凉话呢！依门生愚见，国事越是艰难，越要打起全副精神，挽救这个危局。第一不讲空言，要定办法。”高中堂笑道：“贤弟责备得不错。但一说到办法，就是难乎其难。韵高请饬海军游弋日本洋，这到底是空谈还是办法呢？”韵高道：“门生这个折稿，是未闻牙山消息以前做的，现在本不适用了。目前替两位老师画策，门生倒有几个扼要的办法。”龚尚书道：“我们请两位来，为的是要商量定一个入手的办法。”

韵高道：“门生的办法：一、宣示宗旨。照眼下形势，没有讲和的余地了，只有赶速明降宣战谕旨，布告中外，不要再上威毅伯的当。二、更定首辅，近来枢府疲顽已极，若仍靠着景王和祖荪山的阿私固宠，庄庆藩的龙锺衰迈，格拉和博的颟顸庸懦，如何能应付这种非常之事？不如仍请敬王出来做个领袖，两位老师也该当仁不让，恢复光绪十年前的局面。三、慎选主帅。前敌陆军鲁、言、马、左，各自为主，差不多有将无帅，必须另简资深望重的宿将，如刘益焜、刘瞻民等。海军提督丁雨汀，坐视牙危，畏葸纵敌，极应查办更换。”直蜚抢说道：“门生还要参加些意见，此时最要的内政，还有停止万寿的点景，驱除弄权的内监，调和两宫的意见。军事方面，不要专靠淮军，该参用湘军的将领。陆军统帅，最好就派刘益焜。海军必要个有胆识、不怕死的人，何太真既然自告奋勇，何妨利用他的朝气。彭刚直初出来时，并非水师出身，也是个倔强书呆……”

正说到这里，家人通报钱大人端敏来见。龚尚书刚说声“请”，唐卿已抢步上厅，见了龚尚书和高中堂，又和章、闻二人彼此招呼了，就坐下便开口道：“刚才接到珏斋由湘来电，听见牙山消息，愤激得了不得，情愿牺牲生命，坚请分统海军舰队，直捣东京。倘这层做不到，便自率湘军出关，独当陆路。恐怕枢廷有意阻挠，托我求中堂和老师玉成其志，否则他便自己北来。现在电奏还没发，专候复电。我知道中堂也在这里，所以特地赶来相商。”龚尚书微笑道：“珏斋可称戆冠一时。直蜚正在这里保他统率海军，不想他已急不可待了！”高中堂道：“威毅伯始终回护丁雨汀，枢廷也非常左袒，海军换人，目前万办不到。”龚尚书道：“接统海军虽然一时办不到，唐卿可以先复一电，阻他北来。电奏请他尽管发。他这一片舍易就难、忠诚勇敢的心肠，实在令人敬佩。无论如何，我们定要叫他们不虚所望。理翁以为如何？”高中堂点头称是。当时大家又把刚才商量的话，一一告诉了唐卿。唐卿也很赞成闻、章的办法，彼此再细细计议了一番，总算把应付时局的大纲决定了。唐卿也就在龚尚书那里拟好了复电，叫人送到电局拍发。谈

了一回闲话，各自散了。

你道珏斋为何安安稳稳的抚台不要做，要告奋勇去打仗呢？虽出于书生投笔从戎的素志，然在发端的时候，还有一段小小的考古轶史，可以顺便说一下。珏斋本是光绪初元清流党里一个重要人物，和庄仑樵、庄寿香、祝宝廷辈，都是人间麟凤台阁鹰鹯。珏斋尤其生就一付绝顶聪明的头脑，带些好高骛远的性情，恨不得把古往今来名人的学问事业，被他一个人做尽了才称心。金石书画，固是他的生平嗜好，也是他的独擅胜场，但他哪里肯这么小就呢！讲心情，说知行，自命陆、王不及；补大籀，考古器，居然薛、阮复生！山西办赈，郑州治河，鸿儒变了名臣；吉林划界，北洋佐军，翰苑遂兼戎幕。本来法、越启衅时节，京朝士大夫企慕曾、左功业，人人欢喜纸上谈兵，成了一阵风尚，珏斋尤为高兴。朝廷也很信任文臣，所以庄仑樵派了帮办福建海疆事宜，珏斋也派了帮办北洋事宜。后来仑樵失败，受了严谴，珏斋却只出使了一次朝鲜，办结了甲申金玉均一案，又曾同威毅伯和日本伊藤博文定了出兵朝鲜彼此知会的条约，总算一帆风顺，文武全才的金字招牌，还高高挂着。做了几章《孙子十家疏》，刻了一篇《枪炮准头说》，天下仰望丰采的，谁不道是江左夷吾、东山谢傅呢！直到放了湘抚，一到任，便勤政爱民，孜孜不倦，一方面提倡风雅，幕府中罗致了不少的名下士，就是同乡中稍有一才一艺的，如编修汪子升、中书洪英石、河南知县鲁师曾，连著画家廉菉夫、骨董掮客余汉青，都追随而来，跻跻跄跄，极一时之盛。一方面联络湘军宿将，如韦广涛、季九光等，又引俞虎丞做了心腹，预备一朝边陲有事，替国家出一身汗血，仿裴岑纪功、窦宪勒铭的故事，使威扬域外，功盖曾、胡，这才志得意满哩。

恰好中日交涉事起，北洋着着退让，舆论激昂。有一天，公余无事，珏斋正邀集了幕中同乡在衙斋小宴，浏览了一回书画，摩挲了几件鼎彝，忽然论到日本、朝鲜的事。珏斋道：“那年天津定约，我也是全权大臣之一。条约只有三款，第二款两国派兵交互知会这一条，如今想来，真是大错特错！若没这条，此时日本如何能借口派兵呢！我既经参与，不曾纠正，真是件疚心的事！如果日本和我们真的开衅，我只有投袂而起，效死疆场，赎我的前愆了！”汪子升道：“老帅的话，不免自责过严了。日本此时的蛮横，实是看破了我国国势的衰落、朝政的纷歧，起了轻侮之意，便想借此机会一试他新军的战术。兵的派不派，全不系乎条约的有无，就算条约有关，定约究是威毅伯的主裁，老帅何独任其咎！兵凶战危，未可轻以身试！”洪英石、鲁师曾也附和着说了几句不犯着出位冒险的话。珏斋哈哈大笑道：“你们倒这样替我胆小！那么叫我 辈子埋在书画骨董里，不许苏州再出个陆伯言吗？”

正说得高兴，忽见余汉青手里捧着个古锦的小方匣，得意洋洋的走进来，嘴里喊道：“我今天替老帅找到一件宝贝，不但东西真，而且兆头好，老帅要看，必要先喝了一杯贺酒。”理斋笑道：“你别先吹，只怕是马蹄烧饼印的古钱。我可不是潘八瀛，不上你骨董鬼的当，看了再说。”汉青道：“冤屈死人了！这是个流传有绪的真汉印，是人家祖传不肯出卖的，我好容易托了许多人，出了二百两湘平银才挖了出来。还有附着一本名人题识的册页，明天再补送来。老帅你自己瞧吧。”说时双手递上去。珏斋接了，揭开盖来，只见一个一寸见方、背上缕着个伏虎纽的汉铜印，制作极精，翻过正面，刻着“度辽将军”四个奇古的缪篆，不觉喜形于色，忙擎起一杯才斟满的酒，一饮而尽，拍着桌子道：“此印正合孤意！

度者，古通‘渡’，要渡非舰不可。我意决矣！”连喊“快拿纸笔来”，倒弄得大家相顾诧异。家人送上一枝蘸满墨水的笔。珏斋提笔，在纸上挥洒自如的写了一百多字。大家方看清是打给北洋威毅伯的电报，大力主张和日本开战，自己愿分领海军一舰队以充前驱。写完，加上“速发”两字，随手交给家人送电报处去发了，大家便不敢再劝。这便是珏斋请告奋勇最初的动机。

不想这个电报发去后，好像石沉大海，消息杳然，倒是两国交涉破裂的消息，一天紧似一天。高升运船击沉了，牙山不守，成欢打败，不好的警信雪片似地飞来。统帅言紫朝还在那里捏报胜仗，邀朝廷二万两的奖赏、将弁数十人的奖叙。珏斋不禁义愤填膺，自己办了个长电奏，力请宣战，并自请帮办海军，兼募湘勇，水陆并进，身临前敌。立待要发，被鲁师曾拦住，劝他先电唐卿，一探龚、高两尚书的意旨如何，再发也不为迟。珏斋听了有理，所以有唐卿这番的洽商。唐卿的电复，差不多当夜就接到。珏斋看了，很觉满意，把电奏又修改了些，添保了几个湘军宿将韦广涛、季九光、柳书元等，索性把俞虎丞也加入了。发电后，就唤了俞虎丞来，限他一个月内募足湘勇八营做亲军。又吩咐修整枪械，勤速操练。又把生平得意的《枪炮准头练习法》，印刷了数千本，发给各营将领实习。又召集了司、道、府、县，筹议服装饷糈，并结束许多未了的公事，足足忙了一个多月。

那时，与日本宣战的明谕早发布了。日公使匡次芳也下旗回国了。陆军方面，言、鲁、马、左四路人马，在平壤和日军第一次正式开战，被日军杀得辙乱旗靡，只有左伯圭在玄武门死守血战，中弹阵亡。海军方面，丁雨汀领了定远、镇远、致远等十一舰，和日海军十二舰在大东沟大战，又被日军打得落花流水，沉了五舰，只有致远管带邓士昶血战弹尽，猛扑敌舰，误中鱼雷，投海而死。朝旨把言、鲁逮问；丁雨汀革职戴罪自效；威毅伯也拔去三眼花翎，褫去黄马褂。起用了老敬王会办军务，添派宋钦领毅军、刘成佑领铭军、依唐阿领镇边军，都命开赴九连城。大局颇有岌岌可危的现象。同时珏斋也迭奉电旨，申饬他的率请帮办海军，却准他募足湘军二十营，除俞虎丞八营本属亲军外，韦广涛六营、柳书元六营，也都归节制，命他即日准备，开赴关外。好在珏斋布置早已就绪，军士操演亦渐纯熟，一奉旨意，一面饬令俞虎丞星夜整装，逐批开拔，一面自己把抚署的事部署停当，便带了一班亲信的幕僚随后启行，先到天津，一来和威毅伯商购精枪快炮，二来和户部筹拨饷款。

谁知到了天津，发生了许多困难，定购的枪炮，一时也到不了手。光阴如驶，忙忙碌碌中，不觉徊翔了三个多月，时局益发不堪了。自九连城挫败后，日兵长驱直入，连破了凤凰、岫严，直到海城，旅顺、威海卫也相继失守，弄得陵寝震惊，畿辅摇动，天颜有喜的老佛爷，也变了低眉入定的法相，只得把六旬庆典，停止了点景。把老敬王派在军务处，节制各路兵马，兼领军机；把枢廷里庄庆藩、格拉和博两中堂开去，补上龚平、高扬藻，又添上一个广东巡抚耿义；把刘益焜派了钦差大臣，节制关内外防剿各军；珏斋和宋钦派了帮办，而且下了严旨，催促开拔。在这种人心惶惶的时候，珏斋却好整以暇，大有轻裘缓带的气象，只把军队移驻山海关，还是老等他未到的枪炮。一直到开了年，正月元宵后，才浩浩荡荡地出了关门，直抵田庄台，进逼海城。一到之后，便择了一所大庙宇做了大营。只为那庙门前有一片百来亩的大广场，很可做打靶操演之用，合了珏斋之意。跟去的一班幕僚，看看珏斋这种从容不迫

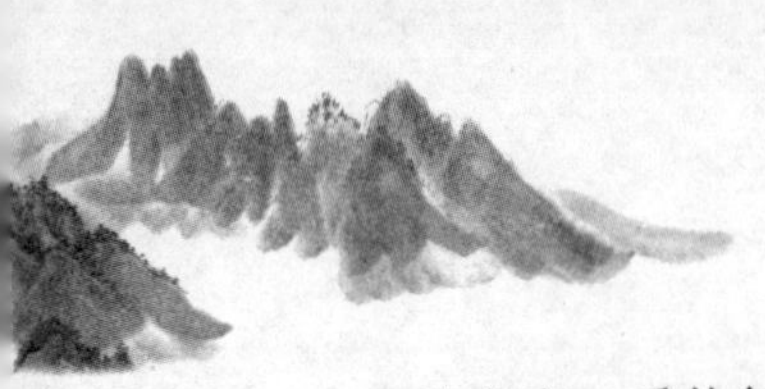

的态度，看他每天一早，总领他新练专门打靶的护勇三百人，他称做虎贲营的，逐日认真习练准头，打完靶后，随后便会客办公。吃过午饭，不是邀了廉菉夫、余汉青几个清客画山水、拓金石，便是一到晚上，关起门来，秉烛观书。大家都疑惑起来。汪子升尤其替他担忧，想劝谏几句，老没得到机会。

却说那天，正是刚到田庄台的第一个早晨，晓色朦胧，鸟声初噪，子升还在睡眼惺忪、寒恋重衾的时候，忽然一个弁兵推门进来喊道："大帅就要上操场，大人们都到那边候着，我们洪大人先去，叫我招呼汪大人马上去！"说完，那弁兵就走了。子升连忙起来，盥漱好，穿上衣冠，迤逦走将出来，一路朔风扑面，凝霜满阶，好不凄冷！看看庙内外进进出出的人，已经不少。门口有两个红漆木架，上首架上，插着一面随风飞舞的帅字大纛旗；下首竖起一扇五六尺高白地黑字的木牌，牌上写着"投诚免死牌"五个大字，是方棱出角的北魏书法。抬起头来，又见门右粉墙上，贴着一张很大的告示，写来伸掌躺脚，是仿黄山谷体的，都是珏斋的亲笔。走近细看那告示时，只见上面先写一行全衔，全衔下却写着道：

为出示晓谕事：本大臣恭奉简命，统率湘军，训练三月，现由山海关拔队东征，不久当与日本决一胜负。本大臣讲求枪炮准头，十五六年，所练兵勇，均以精枪快炮为前队，堂堂之阵，正正之旗，能进不能退，能胜不能败，日本以久顿之兵，岂能当此生力军乎！惟本大臣率仁义之师，素以不嗜杀人为贵，念尔日本人民，迫于将令，暴师在外，拚千万人之性命，以博大鸟圭介之喜快。本大臣欲救两国人民之命，自当剀切晓谕：两军交战之后，凡尔日本兵官，逃生无路，但见本大臣所设投诚免死牌，即缴出刀枪，跪伏牌下，本大臣专派妥员，收尔入营，一日两餐，与中国人民，一律看待。事平之后，送尔归国。本大臣出此告示，天神共鉴，决不食言。若竟执迷死拒，与本大臣接战三次，胜负不难立见。迨至该兵三战三北之时，本大臣自有七纵七擒之计，请鉴前车，毋贻后悔！切切特示！

子升一口气把告示读完，正在那里赞叹他的文章，纳罕他的举动，忽听里面一片声的嚷着大帅出来了，就见珏斋头戴珊瑚顶的貂皮帽，身穿曲襟蓝绸獭袖青狐皮箭衣，罩上天青绸天马出风马褂，腰垂两条白缎忠孝带，仰着头，缓步出来。前面走着几个戈什哈，廉菉夫和余汉青左右夹侍，后边跟着一群护兵，蜂拥般的出庙。子升只好上前参谒，跟着同到前面操场。只见场上远远立着一个红心枪靶，虎贲三百人都穿了一色的号衣，肩上掮着有刺刀的快枪，在晓日里耀得寒光凛凛，一字儿两边分开；还有各色翎顶的文武官员，也班分左右。子升见英石、师督已经先到，就挤入他们班里。

那时珏斋一人站在中央，高声道："我们今天是到前敌的第一日，说不定一二天里就要决战。趁着这打靶的闲暇，本帅有几句话和大家讲讲。你们看本帅在湘出发时候，勇往直前，性急如火，一比从天津到这里，这三个多月的从容不迫，迟迟我行，我想一定有许多人要怀疑不解。大家要知道，这不是本帅的先勇后怯，这正是儒将异乎武夫的所在。本帅在先的意思，何尝不想杀敌致果，气吞东海呢！后来在操兵之余，专读《孙子兵法》，读到第三卷《谋攻篇》，颇有心得，彻悟孙子所说'不战而屈人之兵'的道理，完全和孟子'仁者无敌'的精神是一贯的，所以我的用兵更上了一层。仰体天地好生之德，不愿多杀人为战功，只要有确实把握的三大捷，约毙日兵三五千人，就可借军威以行仁政，使日人不战自溃。今天发布的告示和免死牌，就是这个战略的发端。但你们一定要问本帅大捷的把握在哪里呢？本帅不是故作惊人的话，就在这场上打靶的三百虎贲身上。本帅练成这虎贲营，已经用去一二万元的赏金。这打靶的规则，立着五百步的小靶，每人各打五枪，五枪都中红心，叫作‘全红’，便赏银八两。近来每天赏银多至一千余串，一勇有得银二三十两的，可见全红的越多了。这种精技西人偶然也有，决没有多至数百人，便和泰西各国交绥，他们也要退避三舍，何况区区日本！所以本帅只看技术的成否，不管出战的迟速，枪炮的精良、湘勇的勇壮，还是其次。胜仗搁在荷包里，何必急急呢！到了现在，可已到了炉火纯青的气候，正是弟兄们各显身手的时期。本帅希望弟兄们牢牢记着的训词，只有‘不怕死，不想逃’六个大字，不但恢复辽东，日本人也不足平了。本帅的话，也说完了。我们还是来打一次练习的靶，仍旧是本帅自己先试，以后便要实行了。”说罢，叫拿枪来。

戈什献上一支德国五响的新式快枪。珏斋手托了枪，埋好脚步，侧着头，挤紧眼，瞄好准头，一缕白烟起处，砌然一声，一颗弹丸呼的恰从红心里穿过，烟还未散，第二声又响，一连五响，都中在原洞里。合场欢呼，唱着新编的凯旋歌，奏起军乐，大家都严肃的站得齐齐的。只有廉菉夫跨出了班，左手拿着一张白纸，右手握了一根烧残的细柳条，在那里东抹西涂。珏斋回顾他道：“菉夫，你做什么？”菉夫道：“我想今天的胜举，不可无图以纪之。我在这里起一幅田庄打靶图的稿子，将来流传下去，画史上也好添一段英雄佳话。”珏斋道：“这也算个新式的雅歌投壶吧！”说罢，仰面而笑。就在这笑声里，俞虎丞忽在人丛里挤了出来，向珏斋行了个军礼，呈上一个电报信儿。珏斋拆开看时，原来是个廷寄，看罢，叹了一口气。正是：

半日偷闲谈异梦，一封传电警雄心。

不知廷寄说的何事？且待下回细说。

第二十六回

主妇索书房中飞赤凤　天家脱辐被底卧乌龙

话说珏斋在田庄台大营操场上演习打靶，自己连中五枪，正在唱凯歌、留图画、志得意满的当儿，忽然接到一个廷寄，拆开看时，方知道他被御史参了三款：第一款逗遛不进，第二滥用军饷，第三虐待兵士。枢廷传谕，着他明白回奏。看完，叹了一口气道："悠悠之口不谅人，怎能不使英雄短气！"就手递给子升道："贤弟替我去办个电奏吧！第一款的理由，我刚才已经说明；第二款大约就指打靶赏号而言；只有第三，适得其反，真叫人无从索解，尽贤弟去斟酌措词就是了。龚尚书和唐卿处该另办一电，把这里的情形尽量详告。好在唐卿新派了总理衙门大臣，也管得着这些事了，让他们奏对时有个准备。"子升唯唯地答应了。

我且暂不表珏斋在这里的操练军士，预备迎战。再说唐卿那日在龚尚书那里发了珏斋复电，大家散后，正想回家再给珏斋写一封详信报告情形。走到中途，忽见自己一个亲随骑马迎来，情知家里有事，忙远远地问什么事。那家人道："金太太派金升来请老爷，说有要事商量，立刻就去。陆大人已在那里候着。"唐卿心里很觉诧异，吩咐不必回家，拨转马头，径向纱帽胡同而来。进了金宅，只见雯青的嗣子金继元，早在倒厅门口迎候，嘴里说着："请世伯里面坐，陆姻伯早来了。"唐卿跨进门来，一见菶如就问道："雯青夫人邀我们什么事？"菶如笑道："左不过那些雯青留下的罪孽罢咧！"道言未了，只听家人喊着"太太出来了"。

毡帘一揭，张夫人全身缟素的走进来，向钱、陆两人叩了个头，请两人上炕坐，自己靠门坐着，含泪说道："今天请两位伯伯来，并无别事，为的就是彩云。这些原是家务小事，两位伯伯都是忙人，本来不敢惊动，无奈妾身向来懦弱，继元又是小辈，真弄得没有办法。两位伯伯是雯青的至交，所以特地请过来，替我出个主意。"唐卿道："嫂嫂且别说客气话，彩云到底怎样呢？"张夫人道："彩云的行为脾气，两位是都知道的。自从雯青去世，我早就知道是一件难了的事。在七里，看她倒很悲伤，哭着时，口口声声说要守，我倒放些心了。谁晓得一终了七，她的原形渐渐显了，常常不告诉我，出去玩耍，后来索性天天看戏，深更半夜的回来，不干不净的风声又刮到我耳边来。我老记着雯青临终托我收管的话，不免说她几句，她就不三不四给我瞎吵。近来越闹越不成话，不客气要求我放她出去了。二位伯伯想，热辣辣不满百天的新丧，怎么能把死者心爱的人让她出这门呢！不要说旁人背后要议论我，就是我自问良心，如何对得起雯青呢！可是不放她出去，她又闹得你天翻地覆、鸡犬不宁，真叫我左右为难。"说着，声音都变了哽噎了。荃如一听这话，气得跳起来道："岂有此理！嫂嫂本来太好说话！照这种没天良的行径，你该拿出做太太的身分来，把家法责打了再和她讲话！"唐卿忙拦住道："荃如，你且不用先怒，这不是蛮干得来的事。嫂嫂请我们来，是要给她想个两全的办法，不是请我们来代行家长职权的。依我说……"

正要说下去，忽见彩云倏的进了厅来，身穿珠边滚鱼肚白洋纱衫，缕空衬白挖云玄色明绡裙，梳着个乌光如镜的风凉髻，不戴首饰，也不涂脂粉，打扮得越是素靓，越显出丰神绝世，一进门，就站在张夫人身旁朗朗的道："陆大人说我没天良，其实我正为了天良发现，才一点不装假，老老实实求太太放我走。我说这

句话，仿佛有意和陆大人别扭似的，其实不相干，陆大人千万别多心！老爷一向待我的恩义，我是个人，岂有不知；半路里丢我死了，十多年的情分，怎么说不悲伤呢！刚才太太说在七里悲伤，愿意守，这都是真话，也是真情。在那时候，我何尝不想给老爷挣口气，图一个好名儿呢！可是天生就我这一副爱热闹、寻快活的坏脾气，事到临头，自个儿也做不了主。老爷在的时候，我尽管不好，我一颗心，还给老爷的柔情蜜意管束住了不少；现在没人能管我，我自个儿又管不了，若硬把我留在这里，保不定要闹出不好听的笑话，到那一步田地，我更要对不住老爷了！再者我的手头散漫惯的，从小没学过做人家的道理，到了老爷这里，又由着我的性儿成千累万的花。如今老爷一死，进款是少了，太太纵然贤惠，我怎么能随随便便的要？但是我阔绰的手一时缩不回，只怕老爷留下来这点子死产业，供给不上我的挥霍，所以我彻底一想，与其装着假幌子糊弄下去，结果还是替老爷伤体面、害子孙，不如直截了当让我走路，好歹死活不干姓金的事，至多我一个人背着个没天良的罪名，我觉得天良上倒安稳得多呢！趁今天太太、少爷和老爷的好友都在这里，我把心里的话全都说明了，我是斩钉截铁地走定的了。要不然，就请你们把我弄死，倒也爽快。”

彩云这一套话，把满厅的人说得都愣住了。张夫人只顾拿绢子擦着眼泪，却并不惊异，倒把菶如气得胡须倒竖，紫胀了脸，一句话都说不出。唐卿瞧着张夫人的态度，早猜透了几分，怕菶如发呆，就向彩云道：“姨娘的话倒很直爽，你既然不愿意守，那是谁也不能强你。不过今天你们太太为你请了我们来，你既照直说，我们也不能不照直给你说几句话。你要出去是可以的，但是要依我们三件事：第一不能在北京走，得回南后才许走。只为现在满城里传遍你和孙三儿的事，不管他是谎是真，你在这里一走，便坐实了。你要给老爷留面子，这里熟人太多，你不能给他丢这个脸。第二这时候不能去，该满了一年才去。你既然晓得老爷待你的恩义，这也承认和老爷有多年的情分，这一点短孝，你总得给他戴满了。第三你不肯挥霍老爷留下的遗产，这是你的好心。现在答应你出去，那么除了老爷从前已经给你的，自然你带去，其余不能再向太太少爷要求什么。这三件，你如依得，我就替你求太太，放你出去。”

彩云听着唐卿的话来得厉害，句句和自己的话针锋相对，暗忖只有答应了再说，便道：“钱大人的话，都是我心里要说的话，不要说三件，再多些我都依。”唐卿回头望着张夫人道：“嫂嫂怎么样？我劝嫂嫂看她年轻可怜，答应了她罢！”张夫人道：“这也叫作没法，只好如此。”莘如道：“答应尽管答应，可是在这一年内，姨娘不能在外胡闹，在家瞎吵，要好好儿守孝伴灵，伺候太太。”彩云道：“这个请陆大人放心，我再吵闹，好在陆大人会请太太拿家法来责打的。”说着，冷笑一声，一扭身就走出去了。莘如看彩云走后，向唐卿伸伸舌头道：“好厉害的家伙！这种人放在家里，如何得了！我也劝嫂嫂越早打发越好！”张夫人道：“我何尝不知道呢！就怕不清楚的人，反要说我不明大体。”唐卿道：“好在今天许她走，都是我和莘如作的主，谁还能说嫂嫂什么话！就是一年的限期，也不过说说罢了。可是我再有一句要紧话告诉嫂嫂，府上万不能在京耽搁了。固然中日开战，这种世乱荒荒，雯青的灵柩，该早些回南安葬，再晚下去，只怕海道不通。就是彩云，也该离开北京，免得再闹笑话。”莘如也极端赞成。于是就和张夫人同继元商定了尽十天里出京回南，所有扶柩出城以及轮船定舱

等事，都由奉如、唐卿两人分别妥托城门上和津海关道成木生招呼，自然十分周到。

张夫人天天忙着收拾行李，彩云倒也规规矩矩的帮着料理，一步也不曾出门。到了临动身的上一晚，张夫人已经累了一整天，想着明天还要一早上路，一吃完夜饭，即便进房睡了。睡到中间，忽然想着日里继元的话，雯青有一部《元史补证》的手稿，是他一生的心血，一向搁在彩云房里，叮嘱我去收回放好，省得糟蹋，便叫一个老妈子向彩云去要。

谁知不要倒平安无事，这一要，不多会儿，外边闹得沸反盈天，一片声地喊着："捉贼，捉贼！"张夫人正想起来，只见彩云身上只穿一件浅绯色的小紧身，头发蓬松，两手捧着一包东西，索索的抖个不住，走到床面前，把包递给张夫人道："太太要的是不是这个？太太自己去瞧罢！啊呀呀！今天真把我吓死了！"说着话，和身倒在床前面一张安乐椅里，两手揿住胸口吁吁的喘。张夫人一面打开包看着，一面问道："到底怎么回事？吓得那样儿！"彩云颤声答道："太太打发人来的时候，我已经关上门睡了。在睡梦中听见敲门，知道太太房里的人，爬起来，半天找不到火柴匣子，摸黑儿的去开门。进来的老妈才把话说明了，我正待点着支洋烛去找，那老妈忽然狂喊一声，吓得我洋烛都掉在地下，眼犄角里仿佛看见一个黑人，向房门外直窜。那老妈就一头追，一头喊捉贼，奔出去了。我还不敢动，怕还有第二个。按定了神，勉勉强强的找着了，自己送过来。"张夫人包好书，说道："书倒不差，现在贼捉到了没有呢？"彩云还未回答，那老妈倒先回来，接口道："哪里去捉呢？我亲眼看见他在姨太的床背后冲出，挨近我身，我一把揪住他衣襟，被他用力洒脱。我一路追，一路喊，等到更夫打杂的到来，他早一纵跳上了房，瓦都没响一声，逃得无影无踪了。”张夫人道：“彩云，这贼既然藏在你床背后，你回去看看，走失什么没有？”彩云道声：“啊呀，我真吓昏了！太太不提，我还在这里写意呢！”说时，慌慌张张的奔回自己房里去。不到三分钟工夫，彩云在那边房里果真大哭大跳起来，喊着她的首饰箱丢了，丢了首饰箱就是丢了她的命。张夫人只得叫老妈子过去，劝她不要闹，东西已失，夜静更深，闹也无益，等明天动身时候，陆、钱两大人都要来送，托他们报坊追查便了。彩云也渐渐地安静下去。一宿无话。

果然，菶如、唐卿都一早来送。张夫人把昨夜的事说了，彩云又说了些恳求报坊追查的话。唐卿笑着答应，并向彩云要了失单。那时门外卤簿和车马都已齐备，于是仪仗引着雯青的灵柩先行，眷属行李后随，菶如、唐卿都一直送到二闸上船才回。张夫人护了灵柩，领了继元、彩云，从北通州水路到津。到津后，自有津海关道成木生来招待登轮，一路平安回南，不必细说。

如今再说唐卿自送雯青夫人回南之后，不多几天，就奉了着在总理各国事务衙门行走的谕旨，从此每天要上两处衙门，上头又常叫起儿。高中堂、龚尚书新进军机，遇着军国要事，每要请去商量；回得家来，又总是宾客盈门，大有日不暇给的气象。连素爱摩挲的宋、元精椠，黄、顾校文，也只好似荀束袜材，暂置高阁。在自身上看起来，也算得富贵场中的骄子，政治界里的巨灵了。但是国事日糟一日，战局是愈弄愈僵。从他受事到今，两三个月里，水陆处处失败，关隘节节陷落，反觉得忧心如捣，寝馈不安。

这日刚在为国焦劳的时候，门上来报闻韵高闻大人要见。唐

卿疾忙请进，寒暄了几句，韵高说有机密的话，请屏退仆从。唐卿吓了一跳，挥去左右。韵高低声道："目前朝政，快有个非常大变，老师知道吗？"唐卿道："怎么变动？"韵高道："就是我们常怕今上做唐中宗，这件事要实行了。"唐卿道："何以见得？"韵高道："金、宝两妃的贬谪，老师是知道的了。今天早上，又把宝妃名下的太监高万枝，发交内务府扑杀。太后原拟是要明发谕旨审问的，还是龚老师恐兴大狱，有碍国体，再三求了，才换了这个办法。这不是废立的发端吗？"唐卿道："这还是两宫的冲突，说不到废立上去。"韵高道："还有一事，就是这回耿义的入军机，原是太后的特简。只为耿义祝嘏来京，骗了他属吏造币厅总办三万个新铸银圆，托连公公献给太后，说给老佛爷预备万寿时赏赐用的。太后见银色新、花样巧，赏收了，所以有这个特简。不知是谁把这话告诉了今上，太后和今上商量时，今上说耿义是个贪鄙小人，不可用。太后定要用，今上垂泪道：'这是亲爷爷逼臣儿做亡国之君了！'太后大怒，亲手打了皇上两个嘴巴，牙齿也打掉了。皇上就病不临朝了好久。恰好太后的幸臣西安将军永潞也来京祝嘏，太后就把废立的事和他商量。永潞说：'只怕疆臣不伏。'这是最近的事。由此看来，主意是早经决定，不过不敢昧然宣布罢了。"唐卿道："两宫失和的原因，我也略有所闻了。"

且慢，唐卿如何晓得失和的原因呢？失和的原因，到底是什么呢？我且把唐卿和韵高的谈话搁一搁，说一段帝王的婚姻史吧！原来清帝的母亲是太后的胞妹，清后的母亲也是太后的胞妹，结这重亲的意思，全为了亲上加亲，要叫爱新觉罗的血统里，永远混着那拉氏的血统，这是太后的目的。在清帝初登基时，一直到大婚前，太后虽然严厉，待皇帝倒很仁慈的。皇后因为亲戚关系，常在宫里充宫眷，太后也很宠遇。其实早有配给皇帝的意思，不过皇帝不知道罢了。那时他他拉氏，也有两个女儿在宫中，就是金妃、宝妃。宫里唤金妃做大妞儿，宝妃做二妞儿，都生得清丽文秀。二妞儿更是出色，活泼机警，能诗会画，清帝很喜欢她，常常瞒着太后和她亲近。二妞儿是个千伶百俐的人，岂有不懂清帝的意思呢！世上只有恋爱是没阶级的，也是大无畏的。尽管清帝的尊贵，太后的威严，不自禁的眉目往来，语言试探，彼此都有了心了。可是清帝虽有这个心，向来惧怕太后，不敢说一句话。

一天，清帝在乐寿堂侍奉太后看完奏章后，走出寝宫，恰遇见二妞儿，那天穿了一件粉荷绣袍，衬着嫩白的脸，澄碧的眼，越显娇媚，正捧着物件，经过厅堂，不觉看出神了。二妞也愣着。大家站定，相视一笑。不想太后此时正身穿了海青色满绣仙鹤大袍，外罩紫色珠缨披肩，头上戴一支银镂珠穿的鹤簪，大袍钮扣上还挂着一串梅花式的珠练，颤巍巍地也走出来，看见了。清帝慌得像逃的一样跑了。太后立刻叫二妞儿进了寝宫，屏退宫眷。二妞儿吓得浑身抖战，不晓得有什么祸事，看看太后面上，却并无怒容，只听太后问道："刚才皇帝站着和你干吗？"二妞儿嗫嚅道："没有什么。"太后笑道："你不要欺蒙我，当我是傻子！"二妞儿忙跪下去，碰着头道："臣妾不敢。"太后道："只怕皇上宠爱了你吧。"二妞儿红了脸道："臣妾不知道。"太后道："那么你爱皇帝不爱呢？"二妞儿连连的碰头，只是不开口。太后哈哈笑道："那么我叫你们称心好不好？"二妞儿俯伏着低声奏道："这是佛爷的天恩。"太后道："算了，起来吧！"这么着，太后就上朝堂见大臣去了。二妞儿听了太后这一番话，认以为真，晓得清帝快要大婚，皇后还未册定，自己倒大有希望，暗暗欣幸。既存

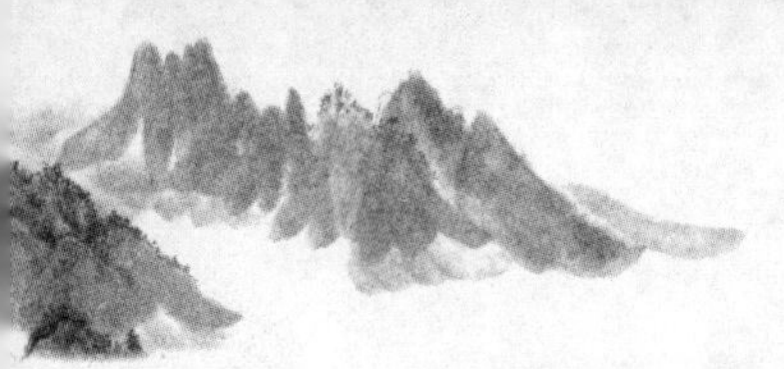

了这个心，和清帝自然要格外亲密，趁没人时，见了清帝，清帝问起那天的事，曾否受太后责罚，便含羞答答的把实话奏明了。清帝也自喜欢。

歇了不多几天，太后忽然传出懿旨来，择定明晨寅正，册定皇后，宣召大臣提早在排云殿伺候。清帝在玉澜堂得了这个消息，心里不觉突突跳个不住，不知太后意中到底选中了哪一个？是不是二妞儿？对二妞儿说的话，是假是真？七上八落了一夜。一交寅初，便打发心腹太监前去听宣。正是等人心慌，心里越急，时间走得越慢，看看东窗已渗进淡白的晓色，才听院里橐橐的脚步声。那听宣的太监兴兴头头的奔进来，就跪下碰头，喊着替万岁爷贺喜。清帝在床上坐起来着急道："你胡嚷些什么？皇后定的是谁呀？"太监道："叶赫那拉氏。"这一句话，好像一个霹雳，把清帝震呆了，手里正拿着一顶帽子，恨恨的往地上一扔道："她也配吗！"太监见皇帝震怒，不敢往下说。停了一会，清帝忽然想起喊道："还有妃嫔呢？你怎么不奏？"太监道："妃是大妞儿，封了金贵妃；嫔是二妞儿，封了宝贵妃。"清帝心里略略安慰了一点，总算没有全落空，不过记挂着二妞儿，一定在那儿不快活了，微微叹口气道："这也是她的命运吧！皇帝有什么用处！碰到自己的婚姻，一般做了命运的奴隶。"原来皇后虽是清帝的姨表姊妹，也常住宫中，但相貌平常，为人长厚老实，一心向着太后，不大理会清帝。清帝不但是不喜欢，而且有些厌恶，如今倒做了皇后，清帝心中自然一百个不高兴。然既由太后作主，没法挽回，当时只好憋了一肚子的委曲，照例上去向太后谢了恩。太后还说许多勉励的话。皇后和妃嫔倒都各归府第，专候大婚的典礼。

自册定了皇后，只隔了一个月，正是那年的二月里，春气氤氲、万象和乐的时候，清帝便结了婚，亲了政。太后非常快慰，天天在园里唱戏。又手编了几出宗教神怪戏，造了个机关活动的戏台，天精从上降，鬼怪由地出，亲自教导太监们搬演。又常常自扮了观音，叫妃嫔福晋扮了龙女、善财、善男女等，连公公扮了韦驮，坐了小火轮，在昆明湖中游戏，真是说不尽的天家富贵、上界风流。正在皆大欢喜间，忽然太后密召了清帝的本生父贤王来宫。那天龙颜很为不快，告诉贤王：“皇帝自从大婚后，没临幸过皇后宫一次，倒是金、宝二妃非常宠幸。这是任性妄为，不合祖制的，朕劝了几次，总是不听。”当下就很严厉的责成贤王，务劝皇帝同皇后和睦。贤王领了严旨，知道是个难题。这天正是早朝时候，军机退了班，太后独召贤王。谈了一回国政，太后推说要更衣，转入屏后，领着宫眷们回宫去了。此时朝堂里，只有清帝和贤王两人，贤王还是直挺挺的跪在御案前。清帝忽觉心中不安，在宝座上下来，直趋上前，恭恭敬敬请了个双腿安，吓得贤王汗流浃背，连连碰头，请清帝归座。清帝没法，也只好坐下。贤王奏道：“请皇上以后不可如此，这是国家体制。孝亲事小，渎国事大，请皇上三思！”当时又把和皇后不睦的事，恳切劝谏了一番。清帝凄然道：“连房帏的事，朕都没有主权吗？但既连累皇父为难，朕可勉如所请，今夜便临幸宜芸馆便了。”清帝说罢，便也退了朝。

再说那个皇后，正位中宫以来，几同虚设，不要说羊车不至、凤枕常孤，连清帝的天颜，除在太后那里偶然望见，永无接近的机缘。纵然身贵齐天，常是愁深似海。不想那晚，忽有个宫娥来报道：“万岁爷来了！”皇后这一喜非同小可，当下跪接进宫，小心承值，百样逢迎。清帝总是淡淡的，一连住了三天，到第四天早朝出去，就不来了。皇后等到鼍楼三鼓，鸾鞭不鸣，知道今夜

是无望的了。正卸了晚妆，命宫娥们整理衾枕，猛见被窝好好的敷着，中央鼓起一块，好像一个小孩睡在里面，心中暗暗纳罕，忙叫宫娥揭起看时，不觉吓了一大跳。你道是什么？原来被里睡着一只赤条条的白哈叭狗，浑身不留一根绒毛，却洗剥得干干净净，血丝都没有，但是死的，不是活的。这明明有意做的把戏。宫娥都面面相觑，惊呆了。皇后看了，顿时大怒道："这是谁做的魔殃？暗害朕的？怪不得万岁爷平白地给朕不和了。这个狠毒的贼，反正出不了你们这一堆人！"满房的宫娥都跪下来，喊冤枉。内有一个年纪大些的道："请皇后详察，奴婢们谁长着三个头、六个臂，敢犯这种弥天大罪！奴婢想，今天早上，万岁爷和皇后起了身，被窝都叠起过了；后来万岁不是说头晕，叫皇后和奴婢们都出寝宫，万岁静养一会吗？等到万岁爷出去坐朝，皇后也上太后那里去了，奴婢们没有进寝宫来重敷衾褥，这是奴婢们的罪该万死！"说罢，叩头出血。谁知皇后一听这些话，眉头一蹙，脸色铁青，一阵痉挛，牙关咬紧，在龙椅里晕厥过去了。正是：

风花未脱沾泥相，婚媾终成误国因。

未知皇后因何晕厥，被里的白狗是谁弄的玩意？等下回评说。

第二十七回

秋狩记遗闻白妖转劫　春帆开协议黑眚临头

话说皇后听了那宫娥的一番话，虽不曾明说，但言外便见得这件事，不是万岁爷，没有第二个人敢干的。一时又气、又怒、又恨、又羞、又怨，说不出的百千烦恼，直攻心窝，一口气转不过来，不知不觉的闷倒了。大家慌做一团，七手八脚的捶拍叫唤，全不中用。皇后梳头房太监小德张在外头得了消息，飞也似奔来，忙喊道："你们快去皇后的百宝架里，取那瓶龙脑香来。"一面喊，一面就在龙床前的一张朱红雕漆抽屉桌上，捧出一个嵌宝五彩镂花景泰香炉，先焚着了些水沉香，然后把宫娥们拿来的龙脑香末儿撒些在上面。一霎时，在袅袅的青烟里，扬起一股红色的烟缕，顿时满房氤氲地布散了一种说不出的奇香。小德张两手抖抖的捧着那香炉，移到皇后坐的那张大椅旁边一个矮凳上，再看皇后时，直视的眼光慢慢放下来，脸上也微微泛红晕了，喉间咽咽嘟嘟的响，眼泪漉漉地流下来，忽然嗯的一声，口中吐出一块顽痰，头只往前倒。宫娥忙在后面扶着。小德张跪着，揭起衣襟，承受了皇后的吐。皇后这才放声哭了出来。大家都说："好了，好了。"

皇后足足哭了一刻多钟，欻地洒脱宫娥们，很有力的站了起来，一直往外跑，宫娥们拉也拉不住，只认皇后发了疯。小德张早猜透了皇后的意思，三脚两步抄过皇后前面，拦路跪伏着，奏道："奴才大胆劝陛下一句话，刚才宫娥们说万岁爷早上玩的把戏，不怪陛下要生气！但据奴才愚见，陛下倒不可趁了一时之气，连夜去惊动老佛爷。”皇后道：“照你说，难道就罢了不成？”小德张道：“万岁爷是个长厚人，决想不出这种刁钻古怪的主意，这件事一定是和陛下有仇的人唆使的。”皇后道：“宫里谁和我有仇呢？”小德张道:“奴才本不该胡说，只为天恩高厚，心里有话也不敢隐瞒。陛下该知道宝妃和万岁在大婚前的故事了！陛下得了正宫，宝妃对着陛下，自然不会有好感情。万岁爷不来正宫还好，这几天来了，哪里会安稳呢！这件事十分倒有九分是她的主意。”皇后被小德张这几句话触动心事，顿时脸上飞起一朵红云，咬着银牙道：“这贱丫头一向自命不凡地霸占着皇帝，不放朕在眼里，朕没和她计较，她倒敢向朕作祟！得好好儿处置她一下子才好！你有法子吗！你说！”小德张道：“奴才的法子，就叫作‘即以其人之道，还治其人之身’。请陛下就把那小白狗装在礼盒里，打发人送到宝妃那里，传命说是皇后的赏赐。这个滑稽的办法，一则万岁爷来侮辱陛下，陛下把它转敬了宝妃，表示不承受的意思；二则也可试出这事是不是宝妃的使坏。若然于她无关，她岂肯平白地受这羞辱？不和陛下吵闹？若受了不声不响，那就是贼人心虚，和自己承认了一样。”皇后点头道：“咱们就这么干，那么你明天好好给我办去！”小德张诺诺连声的起来。皇后也领着宫娥们自回寝宫去安息，不提。

如今且说清帝这回的临幸宜芸馆，原是敷衍他父王的敦劝，万分勉强，住了两夜，实在冷冰冰没甚动弹。照宫里的老规矩，皇帝和后妃交欢，有敬事房太监专司其事：凡皇帝临幸皇后的次日，敬事房太监必要跪在帝前请训。如皇帝曾与皇后行房，须告以行房的时间，太监就记在册上，某年月日某时，皇帝幸某皇后；若没事，则说“去”。在园里虽说比宫里自由一点，然请训的事，仍要举行。清帝这回在皇后那里出来，敬事房太监永禄请训了两次，清帝都说个“去”字。在第二次说“去”的时候，永禄就碰头。清帝诧异道：“你做什么？”永禄奏道：“这册子，老佛爷天天要吊去查看的。现在万岁爷两夜在皇后宫里，册子上两夜空白，奴才怕老佛爷又要动怒，求万岁爷详察！”清帝听了，变色道：“你管我的事！”永禄道：“不是奴才敢管万岁爷的事，这是老佛爷的懿旨。”清帝本已憋着一肚子的恶气，听见这话，又抬出懿旨来压他，不觉勃然大怒，也不开口，就在御座上伸腿把永禄重重踢了一脚。永禄一壁抱头往外逃，一壁嘴里还是咕噜。也是事有凑巧，那时恰有个小太监领着玉澜堂里喂养的一只小袖狗，摇头摆尾的进来。这只袖狗生得精致乖巧，清帝没事时，常常放在膝上抚弄。此时那狗一进门，畜生哪里晓得人的喜怒不测，还和平时一样，纵身往清帝膝上一跳。清帝正在有火没发处，嘴里骂一声“逆畜”，顺手抓起那狗来，向地上用力只 甩。这种狗是最娇嫩不过，经不起摧残，一着地，哀号一声，滚了几滚，四脚一伸死了。清帝看见那狗的死，心中也有些可惜，但已经死了，也是没法。忽然眉头一皱，触动了他半孩气的计较来，叫小太监来嘱咐了一番，自己当晚还到皇后宫里，早晨临走时候就闹了这个小玩意，算借着死袖狗的尸，稍出些苦皇帝的气罢了。

次日，上半天忙忙碌碌的过了，到了晚饭时，太监们已知道清帝不会再到皇后那里，就把妃嫔的绿头签放在银盘里，顶着跪献。清帝把宝妃的签翻转了，吩咐立刻宣召。原来园里的仪制和宫里不同，用不着太监驼送，也用不着脱衣裹氅，不到一刻钟，太监领着宝妃袅袅婷婷的来了。宝妃行过了礼，站在案旁，一面帮着传递汤点，一面睐了清帝，只是抿着嘴笑，倒把清帝的脸都

腆得红了，腼腆着问道："你什么事这样乐？"宝妃道："我看万岁爷尝了时鲜，所以替万岁爷乐。"清帝见案上食品虽列了三长行，数去倒有百来件，无一时鲜品，且稍远的多恶臭不堪，晓得宝妃含着醋意了，便叹口气道："别说乐，倒惹了一肚子的气！你何苦再带酸味儿？这里反正没外人，你坐着陪我吃吧！"说时，小太监捧了个坐凳来，放在清帝的横头。宝妃坐着笑道："一气就气了三天，万岁爷倒唱了一出三气周瑜。"清帝道："你还是不信？你也学着老佛爷一样，天天去查敬事房的册子好了。"宝妃诧异道："怎么老佛爷来查咱们的账呢？"清帝面现惊恐的样子，四面望了一望，叫小太监们都出去，说："御膳的事有妃子在这里伺候，用不着你们。"

几个小太监奉谕，都退了出去。清帝方把昨天敬事房太监永禄的事和今早闹的玩意儿，一五一十告诉了宝妃。宝妃道："老佛爷实在太操心了！面子上算归了政，底子里哪一件事肯让万岁爷作一点主儿呢？现在索性管到咱们床上来了。这实在难怪万岁爷要生气！但这一下子的闹，只怕闯祸不小，皇后如何肯干休呢？老佛爷一定护着皇后，不知要和万岁爷闹到什么地步，大家都不得安生了！"清帝发恨道："我看唐朝武则天的淫凶，也不过如此。她特地叫缪素筠画了一幅《金轮皇帝衮冠临朝图》，挂在寝宫里，这是明明有意对我示威的。"

宝妃道："武则天相传是锁骨菩萨转世，所以做出这一番惊天动地的事业。我们老佛爷也是有来历的，万岁爷晓得这一段故事吗？"清帝道："我倒不晓得，难道你晓得吗？"宝妃道："那还是老佛爷初选进宫来时一件奇异的传说。寇连材在昌平州时，听见一个告退的老太监说的。寇太监又私下和我名下的高万枝说了，因此我也晓得了些。”清帝道：“怎么传说呢？你何妨说给我知。”

宝妃道：“他们说宣宗皇帝每年秋天，照例要到热河打围。有一次，宣宗正率领了一班阿哥王公们去打围，走到半路，忽然有一只很大的白狐，伸着前腿，俯伏当地，拦住御骑的前进。宣宗拉了宝弓，拔一枝箭正待要射。那时文宗皇帝还在青宫，一同扈跸前去，就启奏道：‘这是陛下圣德广敷，百兽效顺，所以使修炼通灵的千年老狐也来接驾。乞免其一死！’宣宗笑了一笑，就收了弓，掖起马头，绕着弯儿走过去了。谁知道猎罢回銮，走到原处，那白狐调转头来，依然迎着御马俯伏。那时宣宗正在弓燥手柔的时候，不禁拉起弓来就是一箭，仍旧把它射死。过了十多年，到了文宗皇帝手里，遇着选绣女的那年，内务府呈进绣女的花名册。那绣女花名册，照例要把绣女的姓名、旗色、生年月日详细记载。文宗翻到老佛爷的一页，只见上面写着‘那拉氏，正黄旗，名翠，年若干岁，道光十四年十月初十日生’。看到生年月日上，忽然触着什么事似的，回顾一个管起居注的老太监道：‘那年这个日子，记得过一个很稀罕的事，你给我去查一下子。’那老太监领命，把那年的起居册子翻出来，恰就是射死白狐的那个日子。文宗皇帝笑道：‘难道这女子倒是老狐转世！’当时就把老佛爷发到圆明园桐荫深处承值去了。老佛爷生长南边，会唱各种小调，恰遇文宗游园时听见了，立时召见，命在廊栏上唱了一曲。次日，就把老佛爷调充压帐宫娥。不久因深夜进茶得幸，生了同治皇上，封了懿贵妃了。这些话都是内监们私下互相传说，还加上许多无稽的议论：有的说老佛爷是来给文宗报恩；有的说是来报一箭之仇，要扰乱江山；有的说是特为讨了人身，来享世间福乐，补偿他千年的苦修。话多着呢。”清帝冷笑道：“哪儿是报恩！简直说是扰

乱江山，报仇享福，就得了！”

宝妃道：“老佛爷倒也罢了，最可恶的是连总管仗着老佛爷的势，胆大妄为，什么事都敢干！白云观就是他纳贿的机关，高道士就是他作恶的心腹，京外的官员，哪个不趋之若鹜呢？近来更上一层了！把他妹子引进宫来，老佛爷宠得了不得，称呼她做大姑娘。现在和老佛爷并吃并坐的，只有女画师缪太太和大姑娘两个人。前天万岁爷的圣母贤亲王福晋进来，忽然赐坐，福晋因为是非常恩宠，惶悚不敢就坐。老佛爷道：‘这个恩典并不为的是你，只为大姑娘脚小站不动，你不坐，她如何好坐！’这几句话，把圣母几乎气死。照这样儿做下去，魏忠贤和奉圣夫人的旧戏，很容易的重演。这一层，倒要请万岁爷预防的！”清帝皱着眉道：“我有什么法子防呢？”宝妃道：“这全在乎平时召见臣子时，识拔几个公忠体国的大臣，遇事密商，补苴万一。无事时固可借以潜移默化，一遇紧要，便可锄奸摘伏。臣妾愚见，大学士高扬藻和尚书龚平，侍郎钱端敏、常璘，侍读学士闻鼎儒，都是忠于陛下有力量的人，陛下该相机授以实权。此外新进之士，有奇才异能的，亦应时时破格录用，结合士心。里面敬王爷的大公主，耿直严正，老佛爷倒怕她几分，陛下也要格外地和她亲热。总之，要自成一种势力，才是万全之计。陛下待臣妾厚，故敢冒死的说。”清帝道：“你说的全是赤心向朕的话。这会儿，满宫里除了你一人，还有谁真心忠朕呢？”说着，放下筷碗说：“我不吃了。”一面把小手巾揩着泪痕。

宝妃见清帝这样，也不自觉的泪珠扑索索的坠下来，投在清帝怀里，两臂绕了清帝的脖子道：“这倒是臣妾的不是，惹起陛下的伤心。干脆的说一句，老佛爷和万岁爷打吵子，大婚后才起的。

不是为了万岁爷爱臣妾不爱皇后吗？依这么说，害陛下的不是别人，就是臣妾。请陛下顾全大局，舍了臣妾吧！”清帝紧紧的抱着，温存道：“我宁死也舍不了你，决不做硬心肠的李三郎。”宝妃道：“就怕万岁爷到那时自己也做不了主。”清帝道：“我只有依着你才说的主意，慢慢地做去，不收回政权，连爱妃都保不住，还成个男子汉吗？”说罢，拂衣起立道：“我们不要谈这些话吧！”

宝妃忙出去招呼小太监来撤了筵席。彼此又絮絮情话了一会。正是三日之别，如隔三秋；一夕之欢，愿闰一纪。天帷昵就，搅留仙以龙拏；钿盒承恩，寓脱簪于鸡旦。情长夜短，春透梦酣，一觉醒来，已是丑末寅初。宝妃急忙忙的起床，穿好衣服，把头发掠了一掠，就先回自己的住屋去了。

清帝消停了几分钟，也就起来，盥漱完了，吃了些早点，照着平时请安的时候，带了两个太监，迤逦来到乐寿堂。刚走到廊下，只见一片清晨的太阳光，照在黄缎的窗帘上，气象很是严肃，静悄悄的没一点声息，只有太后爱的一只叭儿黑狗叫作海獭的，躺在门槛外呼呼的打鼾。宫眷里景王的女儿四格格和太后的侄媳袁大奶奶，在那里逗着铜架上的五彩鹦哥。缪太太坐在廊栏上，仰着头正看天上的行云。一见清帝走来，大家一面照例的请安，一面各现着惊异的脸色。大姑娘却浓装艳抹，体态轻盈的靠在寝宫门口，仿佛在那里偷听什么似的，见了清帝，一面屈了屈膝，一面打起帘子让清帝进去。清帝一脚跨进宫门，抬头一看，倒吃了一惊，只见太后满面怒容，脸色似岩石一般的冷酷，端坐在宝座上。皇后斜倚在太后的宝座旁，头枕着一个膀子呜咽的哭。宝妃眼看鼻子，身体抖抖的跪在太后面前。金妃和许多宫眷宫娥都站在窗口，面面相觑的不则一声。

太后望见清帝进门，就冷冷的道："皇帝来了！我正要请教皇帝！我哪一点儿待亏了你？你事事来反对我！听了人家的唆掇，胆敢来欺负我！"清帝忙跪下道："臣儿哪儿敢反对亲爷爷，'欺负'两字更当不起！谁又生了三头六臂敢唆掇臣儿！求亲爷爷息怒。"太后鼻子里哼了一声道："朕是瞎了眼，抬举你这没良心的做皇帝；把自己的侄女儿，配你这风吹得倒的人做皇后，哪些儿配不上你？你倒听了长舌妇的枕边话，想出法儿欺负她！昨天玩的好把戏，那简直儿是骂了！她是我的侄女儿，你骂她，就是骂我！"回顾皇后道："我已叫腾出一间屋子，你来跟我住，世上快活事多着呢，何必跟人家去争这个病虫呢！"说时，怒气冲冲的拉了皇后往外就走，道："你跟我挑屋子去！"又对皇帝和宝妃道："别假惺惺了，除了眼中钉，尽着你们去乐吧！"一壁说着，一壁领了皇后宫眷，也不管清帝和宝妃跪着，自管自蜂拥般的出去了。

这里清帝和宝妃见太后如此的盛怒，也不敢说什么，等太后出了门，各自站了起来。清帝问宝妃："这到底是怎么一回事呢？"宝妃道："臣在万岁爷那里回宫时，宫娥们就告诉说：'刚才皇后的太监小德张，传皇后的谕，赏给一盒礼物。'臣打开来一看，原来就是那只死狗。臣猜皇后的意思，一定把这件事错疑到臣身上了，正想到皇后那里去辩明，谁知老佛爷已经来传了。一见面，就不由分说的痛骂，硬派是臣给万岁爷出的主意。臣从没见过老佛爷这样的发火，知道说也无益，只好跪着忍受。那当儿，万岁爷就进来了。这一场大闹，本来是意中的，不过万岁爷的一时孩子气，把臣妾葬送在里头就是了。"清帝正欲有言，宝妃瞥见窗外廊下，有几个太监在那里探头探脑，宝妃就催着道："万岁爷快上朝堂去吧，时候不早，只怕王公大臣都在那里候着了！"清帝点了点头，没趣搭拉的上朝去了。宝妃想了一想，这回如不去见一见太后，以后更难相处，只好硬着头皮，老着脸子，追踪前往，不管太后的款待如何，照旧的殷勤伺候。

这些事，都是大婚以后第二年的故事。从这次一闹后，清帝去请安时，总是给他一个不理。这样过了三四个月，以后外面虽算和蔼了一点，但心里已筑成很深的沟堑。又忽把皇帝的寝宫和佛爷的住屋中间造了一座墙，无论皇帝到后妃那里，或后妃到皇帝寝宫，必要经过太后寝宫的廊下。这就是严重监督金、宝二妃的举动。直到余敏的事闹出来，连公公在太后前完全推在宝妃的身上，又加上许多美言，更触了太后的忌。然而这件事，清帝办得非常正大，太后又不好说甚，心里却益发愤恨，只向宝妃去寻瑕索瘢。不想鱼阳伯的上海道，外间传言说是宝妃的关节。那时清帝和嫔妃都在禁城。忽一天，太后忽然回宫，搜出了闻鼎儒给二妃一封没名姓的请托信，就一口咬定是罪案的凭据，立刻把宝妃廷杖，金、宝二妃都降了贵人。二妃名下的太监，扑杀的扑杀，驱逐的驱逐。从此不准清帝再召幸二妃了。你想清帝以九五之尊，受此家庭惨变，如何能低头默受呢？这便是两宫失和的原因。

本来闻韵高是金、宝两宫的师傅，自然知道宫闱的事，比别人详细。龚尚书在毓庆宫讲书的时候，清帝每遇太后虐待，也要向师傅哭诉。这两人都和唐卿往来最密，此时谈论到此，所以唐卿也略知大概。当下唐卿接着说道："两宫失和的事，我也略知一二。但讲到废立，当此战祸方殷，大局濒危之际，我料太后虽有成竹，决不敢冒昧举行。这是贤弟关心太切，所以有此杞人之忧。如不放心，好在刘益焜现在北京，贤弟可去谒见，秘密告知，嘱他防范。我再去和高、龚两尚书密商，借翊卫畿辅为名，把淮

军夙将倪巩廷调进关来。这人忠诚勇敢，可以防制非常。又函托署江督庄寿香把冯子材一军留驻淮、徐。经这一番布置，使西边有所顾忌，也可有备无患了。”韵高附掌称善。

唐卿道："据我看来，目前切要之图，还在战局的糜烂。贤弟，你也是主战派中有力的一人，对于目前的事，不能不负些责任。你看，上月刘公岛的陷落，数年来全力经营的海军完全覆没，丁雨汀服毒自尽了，从此山东文登、宁海一带，也被日军占领。海盖方面，说也羞人，宋钦领了十万雄兵，攻打海城日兵六千人，五次不能下，现在只靠珏斋所率的湘军六万人，还未一试。前天他有信来，为了台谏的参案，很觉灰心；又道伊唐阿忽然借口救辽，率军宵遁，军心颇被摇动。他虽然还是口出大言，我却很替他十分担忧。至于议和一层，到了如此地步，自然不能不认他是个急救的方策。但小燕和召廉村徒然奉了全权的使命，还被日本挑剔国书上的字句拒绝了，白走一趟。其实不客气说，这个全权大臣，非威毅伯去不可！非威毅伯带了赔款割地的权柄去不可！这还成个平等国的议和吗？就是城下之盟罢了！丧失的巨大，可想而知。这几天威毅伯已奉谕开复了一切处分，派了头等全权大臣，正在和敬王、祖荪山等计议和议的方针，高中堂和龚尚书都不愿参预，那还不是掩耳盗铃的态度吗？我想，最好珏斋能在这时候争一口气，打一个大胜仗，给法、越战争时候的冯子材一样，和议也好讲得多哩！”韵高道："门生听说江苏同乡今天在江苏会馆公宴威毅伯的参赞马美菽、乌赤云，老师是不是主人？”唐卿道："我也是主人，正待要去。美菽本是熟人，他的《文通》一书也曾读过。乌君听说是粤中的名士，不但是外交能手，而且深通西方理学，倒不可不去谈谈，看他们对于时局有什么意见。”韵高知道唐卿尚须赴宴，也不便多谈，就此告辞出来。

唐卿送客后，看看时候不早，连忙换了一套宴客的礼服，吩咐套车，直向米市胡同江苏会馆而来。到得馆中，同乡京官都朝珠补褂，跻跻跄跄的挤满了馆里东花厅，陆荃如、章直蜚、米筱亭、易缘常、尹震生、龚弓夫，这一班人也都到了。唐卿一一招呼了。不一会，长班引进两位特客来。第一个是神清骨秀，气概昂藏，上唇翘起两簇乌须，唐卿认得就是马美菽；第二个却生得方面大耳，神情肃穆，须髯丰满，大概是乌赤云了。同乡本已推定唐卿做主人的领袖，于是送了茶，寒暄了几句，马上就请到大厅上，斟酒坐定。

套礼已毕，大家慢慢谈声渐终，唐卿便先开口道："这几天中堂为国宣劳，政躬想必健适，行旌何日徂东？全国正深翘企！"美菽道："战局日危，迟留一日，即多一日损失，中堂也迫不及待，已定明日请训后，即便启行。"直蜚道："言和是全国臣民所耻，中堂冒不韪而独行其是，足见首辅孤忠。但究竟开议后，有无把握，不致断送国脉？"赤云道："孙子曰：'知彼知己，百战百胜。'中堂何尝不主战！不过战必量力，中堂知己力不足，人力有余，不敢附和一般不明内容而自大轻敌者，轻言开战。现时战的效验，已大张晓喻了，中堂以国为重，决不负气。但事势到此，只好尽力做去，做一分是一分，讲不到有把握没把握的话了。"弓夫道："海军是中堂精心编练，会操复奏，颇自夸张。前敌各军亦多淮军精锐。何以大东遇敌，一蹶不振；平壤交绥，望风而靡？中堂武勋盖代，身总师干，国力之足不足，似应稍负责任！"美菽笑道："弓夫兄，你不是局外人，海军经费，每年曾否移作别用？中堂曾否声明不敷展布？此次失败，与机械不具有无关系？其他军事上是否毫无掣肘？弓夫兄回去一问令叔祖，当可了然。但现在当局，自应各负各责，中堂也并不诿卸。”震生忽愤愤插言道：“我不是袒护中堂，前几个月，大家发狂似的主战，现在战败了，又动辄痛骂中堂。我独以为这回致败的原因，不在天津，全在京师。中堂思深虑远，承平之日，何尝不建议整饬武备？无奈封章一到，几乎无一事不遭总署及户部的驳斥，直到高升击沉，中堂还请拨巨帑构械和倡议买进南美洲铁甲船一大队，又不批准。有人说蕞尔日本，北洋的预备已足破敌，他说这话，大概已忘却了历年自己驳斥的案子了！诸位想，中堂的被骂，冤不冤呢？”

筱亭见大家越说越到争论上去，大非敬客之道，就出来调解其间道：“往事何必重提，各负各责，自是美菽先生的名论。以后还望中堂忍辱负重，化险为夷，两公左辅右弼，折冲御侮，是此次中堂一行，实中国四万万人所托命，敢致一觥，为中国前途祝福！为中堂及二公祝福！”筱亭说罢，立起来满饮了一杯。大家也都饮了一杯。美菽和赤云也就趁势告辞，离了江苏会馆，到别处去了。这里同乡京官也各自散归。

话分两头。我现在把京朝的事暂且慢说，要叙叙威毅伯议和一边的事了。且说马、乌两参赞到各处酬应了一番，回到东城贤良寺威毅伯的行辕，已在黄昏时候。门口伺候的人们看见两人，忙迎上来道：“中堂才回来，便找两位大人说话。”两人听了，先回住屋换上便衣，来到威毅伯的办公室，只见威毅伯很威严的端坐在公事桌上，左手捋着下颔的白须，两只奕奕的眼光射在几张电报纸上。望见两人进来，微微的动了一动头，举着右手仿佛表示请坐的样子，两人便在那文案两头分坐了。威毅伯一壁不断的翻阅文件，一壁说道：“今天在敬王那里，把一切话都说明了。请他第一不要拿法、越的议和来比较，这次的议和，就算有结果，一定要受万人唾骂。但我为扶危定倾起见，决不学京朝名流，只顾迎合舆论，博一时好名誉，不问大计的安危。这一层要请王爷注意！又把要带荫白大儿做参赞的事，请他代奏。敬王倒很明白爽快，都答应了。明天我们一准出京，你们可发一电给罗道积丞、曾守润孙，赶紧把放洋的船预备好，到津一径下船，不再耽搁了。”赤云道：“我们国书的款式，转托美使田贝去电给伊藤，是否满意，尚未得复。应否等一等？”威毅伯道：“复电才来，伊藤转呈日皇，非常满意。日皇现在广岛，已派定内阁总理伊藤博文、外务大臣陆奥宗光为全权大臣，在马关开议，并先期到彼相候。”美菽道：“职道正欲回明中堂，适间得到福参赞世德的来电，我们的船已雇了公义、生义两艘。何时启碇？悉听中堂的命令。”威毅伯忽面现惊奇的样子道：“这是个匿名信，奇怪极了！”两人都站起凑上来看，见 张青格子的白绵纸上写着几句似通非通的汉文，信封上却写明是“日本群马县邑乐郡大岛村小山”发的。信文道：

支那全权大使殿：汝记得小山清之介乎？清之介死，汝乃可独生乎？明治二十八年二月十一日预告。

马、乌二人猜想了半天，想不出一个道理来。威毅伯掀髯微笑道：“这又是日本浪人的鬼祟！七十老翁，死生早置度外，由他去吧！我们干我们的。”随手就把它撩下了，一宿匆匆过去。

次日，威毅伯果然在皇上、皇太后那里请训下来，随即率同马、乌等一班随员乘了专轮回津。到津后，也不停留，自己和大公子、美国前国务卿福世德、马美菽、乌赤云等坐了公义船，其余罗积丞、曾润孙一班随员翻译等坐了生义船。那天正是光绪二十一年二月二十日，在风雪漫天之际，战云四逼之中，鼓轮而东，海程

不到三天，二十三的清晨，已到了马关。日本外务省派员登舟敬迓，并说明伊藤、陆奥两大臣均已在此恭候，会议场所择定春帆楼，另外备有大使的行馆。威毅伯当日便派公子荫白同着福参赞先行登岸，会了伊藤、陆奥两全权，约定会议的时间。第二天，就交换了国书，移入行馆。第三天，正式开议，威毅伯先提出停战的要求。不料伊藤竟严酷的要挟，非将天津、大沽、山海关三处准由日军暂驻，作为抵押，不允停战。威毅伯屡次力争，竟不让步。这日正二十八日四点钟光景，在第三次会议散后，威毅伯积着满腔愤怒，从春帆楼出来，想到甲申年伊藤在天津定约的时候，自己何等的骄横，现在何等的屈辱！恰好调换了一个地位。一路的想，猛抬头，忽见一轮落日已照在自己行馆的门口，满含了惨淡的色彩，不觉发了一声长叹。叹声未毕，人丛里忽然挤出一个少年，向轿边直扑上来，崩的一声，四围人声鼎沸起来，轿子也停下来了，觉得面上有些异样，伸手一摸，全是湿血，方知自己中了枪了。正是：

问谁当道狐狸在？何事惊人霹雳飞。

不知威毅伯性命如何？且听下回分解。

第二十八回

棣萼双绝武士道舍生　霹雳一声革命团特起

话说上回说到威毅伯正从春帆楼会议出来，刚刚走近行馆门口，忽被人丛中一少年打了一枪。此时大家急要知道的，第一是威毅伯中枪后的性命如何？第二是放枪谋刺的是谁？第三是谋刺的目的为了什么？我现在却先向看官们告一个罪，要把这三个重要问题暂时都搁一搁，去叙一件很遥远海边山岛里田庄人家的事情。

且说那一家人家，本是从祖父以来，一向是种田的。直传到这一代，是兄弟两个，曾经在小学校里读过几年书，父母现都亡故了。这兄弟俩在这村里，要算个特色的人，大家很恭维的各送他们一个雅绰，大的叫“大痴”，二的叫“狂二”。只为他们性情虽完全相反，却各有各的特性。哥哥是很聪明，可惜聪明过了界，一言一动，不免有些疯癫了。不过不是直率的疯癫，是带些乖觉的疯癫。他自己常说：“我的脑子里是全空虚的，只等着人家的好主意，就抓来发狂似的干。”兄弟是很愚笨，然而愚笨透了顶，一言一动，倒变成了骄矜了。不过不是豪迈的骄矜，是一种褊急的骄矜。他自己也常说：“我的眼光是一直线，只看前面的，两旁和后方，都悍然不屑一顾了。”他们兄弟俩，各依着天赋的特性，各自向极端方面去发展，然却有一点是完全一致，就为他们是海边人，在惊涛骇浪里生长的，都是胆大而不怕死。就是讲到兄弟俩的嗜好，也不一样。前一个是好酒，倒是醉乡里的优秀分子；后一个是好赌，成了赌经上的忠实宗徒。你想他们各具天才，各怀

野心，几亩祖传下来的薄田，哪个放在眼里？自然地荒废了。他们既不种田，自然就性之所近，各寻职业。大的先做村里酒吧间跳舞厅里的狂舞配角，后来到京城帝国大戏院里充了一名狂剧俳优。小的先在邻村赌场上做帮闲，不久，他哥哥把他荐到京城里一家轮盘赌场上做个管事。

说了半天，这兄弟俩究是谁呢？原来哥哥叫作小山清之介，弟弟叫作小山六之介，是日本群马县邑乐郡大岛村人氏。他们俩虽然在东京都觅得了些小事，然比到在大岛村出发的时候，大家满怀着希望，气概却不同了。自从第一步踏上了社会的战线，只觉得面前跌脚绊手的布满了敌军，第二步再也跨不出。每月赚到的工资，连喝酒和赌钱的欲望都不能满足，不觉彼此全有些垂头丧气的失望了。

况且清之介近来又受了性欲上重大的打击，他独身住在戏院的宿舍里。有一回，在大醉后失了本性的时候，糊糊涂涂和一个宿舍里的下女花子有了染。那花子是个粗蠢的女子，而且有遗传的恶疾，清之介并不是不知道，但花子自己说已经医好了。清之介等到酒醒，已是悔之无及。不久，传染病的症象，渐渐地显现，也渐渐地增剧。清之介着急，瞒了人请医生去诊治几次，花去不少的冤钱，只是终于无效。他生活上本觉着困难，如今又添了病痛，不免怨着天道的不公，更把花子的乘机诱惑，恨得牙痒痒的。偏偏不知趣的花子，还要来和他歪缠，益发挑起他的怒火。每回不是一飞脚，便是一巴掌，弄得花子也莫名其妙。

有一夜，在三更人静时，他在床上呻吟着病苦的刺激，辗转睡不稳，忽然恶狠狠起了一念，想道："我原是清洁的身体，为什么沾染了污瘢？舒泰的精神，为什么纠缠了痛苦？现在人家还不知道，一知道了，不但要被人讥笑，还要受人憎厌。现在我还没有爱恋，若真有了爱恋，不但没人肯爱我，连我也不忍爱人家，叫人受骗。这么说，我一生的荣誉幸福，都被花子一手断送了。在花子呢，不过图逞淫荡的肉欲，冀希无餍的金钱，害到我如此。我一世聪明，倒钻了蠢奴的圈套；全部人格，却受了贱婢的蹂躏。想起来，好不恨呀！花子简直是我唯一的仇人！我既是个汉子，如何不报此仇？报仇只有杀！”想罢，在地铺上倏的坐起来，在桌子上摸着了演剧时常用的小佩刀，也没换衣服，在黑暗中轻轻开了房门，一路扶墙挨壁下了楼。他是知道下女室的所在，刚掂着光脚，趁着窗外射进来的月光，认准了花子卧房的门，一手耀着明晃晃的刀光，一手去推。门恰虚掩着，清之介咬了一咬牙，正待撺进去，忽然一阵凛冽的寒风扑上面来，吹得清之介毛发悚然，昂着火热的头，慢慢低了下来，竖着执刀的手，徐徐垂了下来，惊醒似的道：“我在这里做什么？杀人吗？杀人，是个罪；杀人的人，是个凶手。那么，花子到底该杀不该杀呢？她不过受了生理上性的使命，不自觉的成就了这个行为，并不是她的意志。遗传的病，是她祖父留下的种手，她也是被害人，不是故意下毒害人。至于图快乐，想金钱，这是人类普遍的自私心，若把这个来做花子的罪案，那么全世界人没一个不该杀！花子不是耶稣，不能独自强逼她替全人类受惨刑！花子没有可杀的罪，在我更没有杀她的理。我为什么要酒醉呢？冲动呢？明知故犯的去冒险呢？无爱恋而对女性纵欲，便是蹂躏女权，传染就是报应！人家先向你报了仇，你如何再有向人报仇的权？”

清之介想到这里，只好没精打采的倒拖了佩刀，踅回自己房里，把刀一丢，倒在地铺上，把被窝蒙了头，心上好像火一般的烧炙，知道仇是报不成，恨是消不了，看着人生真要不得，自己这样的人生更是要不得！病痛的袭击，没处逃避；经济的压迫，没法推开；讥笑的耻辱，无从洗涤；憎厌的丑恶，无可遮盖。想来想去，很坚决的下了结论：自己只有一条路可走，只有一个法子可以解脱一切的苦。什么路？什么法子？就是自杀！那么马上就下手吗？他想：还不能。只因他和兄弟六之介是很友爱的，还想见他一面，嘱咐他几句话，等到明晚再干还不迟。

当夜清之介搅扰了一整夜，没有合过眼，好容易巴到天明，慌忙起来盥洗了，就奔到六之介的寓所。那时六之介还没起，被他闯进去叫了起来，六之介倒吃惊似地问道："哥哥，只怕天不早了罢？我真睡糊涂了！"说着，看了看手表道："呀，还不到七点钟呢！哥哥，什么事？老早的跑来！"忽然映着斜射的太阳光，见清之介死白的脸色，蹙着眉，垂着头，有气没力的倒在一张藤躺椅上，只不开口，心里吓了一跳，连连问道："你怎么？你怎么？"清之介没见兄弟之前，预备了许多话要说。谁知一见面，喉间好像有什么鲠住似的，一句话也挣不出来。等了好半天，被六之介逼得无可如何，才吞吞吐吐把昨夜的事说了出来。原定的计划，想把自杀一节瞒过。谁知临说时，舌头不听你意志的使唤，顺着口全淌了出来。六之介听完，立刻板了脸，发表他的意见道："死倒没有什么关系。不过哥哥自杀的目的，做兄弟的实在不懂！怕人家讥笑吗？我眼睛里就没有看见过什么人！怕人家憎厌我吗？我先憎厌别人的亲近我！怕痛苦吗？这一点病的痛苦都熬不住，如何算得武士道的日本人！自杀是我赞美的，像哥哥这样的自杀，是盲目的自杀，否则便是疯狂的自杀。我的眼，只看前面，前面有路走，还有很阔大的路，我决不自杀。"清之介被六之介这一套的演说倒堵住了口。

当下六之介拉了他哥哥同到一家咖啡馆里，吃了早餐，后来又送他回戏院，劝慰了一番，晚间又陪他同睡，监视着。直到清之介说明不再起自杀的念头，六之介方放心回了自己的寓。过了些时，六之介不见哥哥来，终有些牵挂，偷个空儿，又到戏院宿舍里来探望他哥哥。谁知一到宿舍里卧房前，只见房门紧闭，推了几遍没人应，叫个仆欧来问时，说小山先生请假回大岛村去已经五六天了。六之介听了惊疑，暗忖哥哥决不会回家，难道真做出来，这倒是我误了事了。转念一想，下女花子，虽则哥哥恨她，哥哥的真去向，只怕她倒知些影响，回头就向仆欧道："这里有个下女花子，可能叫她来问一下？"仆欧微笑答道："先生倒问起花子？可巧花子在小山先生走后第二天，也歇了出去，不知去向了。"说时咬着唇，露出含有恶意的笑容。这一来，倒把六之介提到浑水里，再也摸不清路头，知道在这里也无益，出来顺便到戏院里打听管事人和他的同事，大家只知道他正式请假。不过有几个说，他请假之前，觉得样子是很慌忙的，也问不出个道理来。六之介回家，忙写了一封给大岛村亲戚的信，一面又到各酒吧间、咖啡馆、妓馆去查访，整整闹了一星期，一点踪迹也无。六之介弄得没法摆布，寻访的念头渐渐淡了。

那时日本海军，正在大东沟战胜了中国海军，举国若狂，庆祝凯胜，东京的市民尤其高兴得手舞足蹈。轮盘赌场里，赌客来得如潮如海，成日成夜，整千累万的输赢。生意越好，事务越忙，意气越高，连六之介向前的眼光里，觉得自己矮小的身量也顿时暗涨一篙，平升三级，只想做东亚的大国民，把哥哥的失踪早撇在九霄云外。那天在赌场里整奔忙了一夜，两眼装在额上的踱回

寓所，已在早晨七点钟，只见门口站着个女房东，手里捏着一封信，见他来，老远的喊道："好了，先生回来了。这里有一封信，刚才有个剌骚胡子的怪人特地送来，说是从支那带回，只为等先生不及，托我代收转交。"六之介听了有点惊异，不等他说完就取了过来，瞥眼望见那写的字，好像是哥哥的笔迹，心里倒勃的一跳。看那封面上写着道：

东京　下谷区　龙泉寺町四百十三番地

小山六之介

山清之介自支那天津

六之介看见的确是他哥哥的信，而且是亲笔，不觉喜出望外，慌忙撕开看时，上面写的道：

我的挚爱的弟弟：我想你接到这封信时，一定非常的喜欢而惊奇。你欢喜的，是可以相信我没有去实行疯狂的自杀；你惊奇的，是半月来一个不知去向的亲人，忽然知道了他确实的去向。但是我这次要写信给你，还不仅是为了这两个简单的目的，我这回从自杀的主意里，忽然变成了旅行支那的主意。这里面的起因和经过，决定和实现，待我来从头至尾的报告给你：

自从那天承你的提醒，又受你的看护，我顿然把盲目或疯狂的自杀断了念。不过这个人生，我还是觉得倦厌；这个世界，我还是不能安居。自杀的基本论据，始终没有变动，仅把不择手段的自杀，换个有价值的自杀，却只好等着机会，选着题目。不想第二天，恰在我们的戏院里排演一出悲剧，剧名叫《谍牺》，是表现一个爱国男子，在两国战争时，化装混入敌国一个要人家里。那要人的女儿本是他的情人，靠着她探得敌军战略上的秘密，报告本国，因此转败为胜。后来终于秘密泄漏，男人被敌国斩杀，连情人都受了死刑。

我看了这本戏，大大的彻悟。我本是个富有模仿性的人，况在自己不毛的脑田里，把别人栽培好的作物，整个移植过来，做自己人生的收获，又是件最聪明的事。我想如今我们正和支那开战，听说我国男女去做间谍的也不少，我何妨学那爱国少年，拚着一条命去侦探一两件重大的秘密。做成了固然是无比的光荣，做不成也达了解脱的目的。当下想定主意，就投参谋部陈明志愿。恰值参谋部正有一种计划，要盗窃一二处险要的地图，我去得正好，经部里考验合格，我就秘密受了这个重要的使命，人不知鬼不觉的离了东京，来到这里。我走时，别的没有牵挂，就是害你吃惊不小，这是我的罪过。我现在正在进行我的任务，成功不成功，是命运的事；勉力不勉力，是我的事。不成便是死，成是我的日的，死也是我的目的。我只有勉力，勉力即达目的。

我却有最后一句话要告诉你：死以前的事，是我的事，我的事是舍生；死以后的事，是你的事，你的事是复仇。我希望你替我复仇，这才不愧武士道的国民！这封信关系军机，不便付邮，幸亏我国一个大侠天弢龙伯正要回国，他是个忠实男子，不会泄漏，我便托付了他，携带给你。并祝你的健康！

你的可怜的哥哥清之介白

六之介看完了信，心中又喜又急。喜的是哥哥总算有了下落；急的是做敌国的侦探，又是盗窃险要的地图，何等危险的事，一定凶多吉少。自肚里想：人家叫哥哥“大痴”，这些行径，只怕有

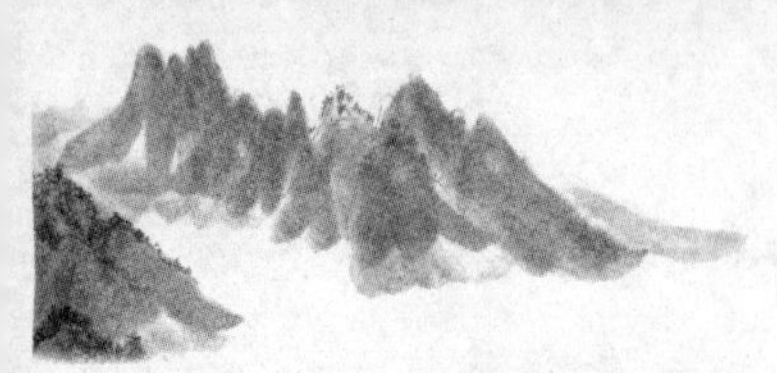

些痴。好好生活不要过，为了一个下女要自杀；自杀不成功，又千方百计去找死法。既去找死，那么死是你自愿的，人家杀你，正如了你的愿，该感谢，为什么要报仇？强逼着替你报仇，益发可笑！难道报仇是件好玩的事吗？况且花子的同时失踪，更是奇事。哥哥是恨花子的，决不会带了走。花子不是跟哥哥，又到哪里去呢？这真是个打不破的哑谜！忽然又想到天弢龙伯是主张扶助支那革命的奇人，可惜迟来一步，没有见识见识怎样一个人物，不晓得有再见的机会没有？若然打听得到他的住址，一定要去谢谢他。

六之介心里乱七八糟地想了一阵，到底也没有理出个头绪来，只得把信收起，自顾自去歇他的午觉。从此胸口总仿佛压着一块大石，拨不开来，时时留心看看报纸，打听打听中国的消息，却从来没有关涉他哥哥的事。只有战胜的捷报，连珠炮价传来；欢呼的声浪，溢涨全国，好似火山爆裂一般，岛根都隆隆地震动了。不多时，天险的旅顺都攻破了，威海崴也占领了，刘公岛一役，索性把中国的海军全都毁灭了。骄傲成性的六之介，此时他的心理上以为从此可以口吞渤海，脚踢神州，大和魂要来代替神明胄了，连哥哥的性命也被这权威呵护，决无妨碍。忽然听见美国出来调停，他就破口大骂。后来日政府拒绝了庄、召两公使，他的愤气又平了一点。不想不久，日政府竟承认了威毅伯的全权大使，直把他气得三尸出窍，六魄飞天，终日在家里椎壁拍几的骂政府混蛋。

正骂得高兴时，房门呀的开了，女房东拿了张卡片道：“前天送信来的那怪人要见先生。”六之介知道是天弢龙伯，忙说“请”。只见一个伟大躯干的人，乱髯戟张，目光电闪，蓬发阔面，胆鼻剑眉，身穿和服，洒洒落落地跨了进来，便道："前日没缘见面，今天又冒昧来打你的搅。"六之介一壁招呼坐地，一壁道："早想到府，谢先生带信的高义，苦在不知住址，倒耽误了。今天反蒙枉顾，又惭愧，又欢喜。"天弢龙伯道："我向不会说客气话，没事也不会来找先生。先生晓得令兄的消息吗？"六之介道："从先生带信后，直到如今，没接过哥哥只字。"天弢龙伯惨然道："怎么能写字？令兄早被清国威毅伯杀了！"六之介突受这句话的猛击，直立了起来道："这话可真？"天弢龙伯道："令兄虽被杀，却替国家立了大功。"六之介被天性所激，眼眶里的泪，似泉一般直流，哽噎道："杀了，怎么还立功呢？"

天弢龙伯道："先生且休悲愤，这件事政府至今还守秘密，我却全知道。我把这事的根底细细告诉你。令兄是受了参谋部的秘密委任，去偷盗支那海军根据地旅顺、威海、刘公岛三处设备详图的。我替令兄传信时，还没知道内容，但知道是我国的军事侦探罢了。直到女谍花子回国，才把令兄盗得的地图带了回来。令兄殉国的惨史，也哄动了政府。"六之介诧异道："是帝国戏院的下女花子吗？怎么也做了间谍？哥哥既已被杀，怎么还盗得地图？带回来的，怎么倒是花子呢？"

天弢龙伯道："这事说来很奇。据花子说，她在戏院里早和令兄发生关系，后来不知为什么，令兄和她闹翻了。令兄因为悔恨，才发狠去冒侦探的大险。花子知道他的意思，有时去劝慰，令兄不是骂便是打，但花子一点不怨，反处处留心令兄的动作。令兄充侦探的事，竟被她探明白了，所以令兄动身到支那，她也暗地跟去。在先，令兄一点不知道，到了天津，还是她自己投到，跪在令兄身边，说明她的跟来并不来求爱，是来求死。不愿做同

情，只愿做同志，凡可以帮助的，水里火里都去。令兄只得容受了。后来令兄做的事，她都预闻。令兄先探明了这些地图共有两份,一份存在威毅伯衙门里,一份却在丁雨汀公馆。督署禁卫森严，无隙可乘，只好决定向丁公馆下手。令兄又打听得这些图，向来放在签押房公事桌抽屉里，丁雨汀出门后，签押房牢牢锁闭，家里的一切钥匙，却都交给一个最信任的老总管丁成掌管，丁成就住在那签押房的耳房里监守着。那耳房的院子，只隔一座墙，外面便是马路横头的荒僻死弄。这种情形，令兄都记在肚里，可还没有入脚处。恰好令兄有两种特长，便是他成功之母：一是在戏院里学会了很纯熟的支那话，一是欢喜喝酒。不想丁成也是个酒鬼，没一天不到三不管一爿小酒店里去买醉。令兄晓得了，就借这一点做了两人认识的媒介，渐渐地交谈了，渐渐地合伙了。不上十天，成了酒友，不但天天替他会钞付账，而且时时给他送东送西，做得十分的殷勤亲密。丁成虽是个算小爱恭维的人，倒也有些过意不去，有一天，忽然来约他道：'我有一坛女儿红，今晚为你开了，请你到公馆来，在我房间里咱们较一较酒量，喝个畅。'令兄暗忖机会来了,当下满口应承。临赴约之前,却私下嘱咐花子,三更时分，叫她到死弄里去等，彼此掷石子为号，便来接受盗到的东西，立刻拿回寓所。令兄那夜在丁公馆里，果真把丁成灌得烂醉，果真在他身上偷到钥匙，开了签押房和抽屉，果真把地图盗到了手，包好结上一块石头，丢出墙外，果真花子接到，拿回了寓。令兄还在丁公馆里,和丁成同榻宿了一宵,平平安安的回来。令兄看着这一套图虽然盗出来，但尺寸很大，纸张又硬又厚，总、分图不下三十张，路上如何藏匿，决逃不过侦查的眼目。苦思力索了半天，想出一个办法，先尽着两日夜的工夫，把最薄的软绵纸套画了三件总图，郑重交给花子，嘱她另找个地方去住，把图纸缝在衣裤里，等自己走后两三天再走。自己没事，多一副本也好；若出了事，还有这第二次的希望。自己决带全份的正图，定做了一只夹底木箱，把图放在夹层里，外面却装了一箱书。计议已定，令兄第三天在天津出发。可怜就在这一天，在轮船码头竟被稽查员查获，送到督署，立刻枪毙了。倒是花子有智有勇，听见了令兄的消息，她一点不胆怯，把三张副图裁分为六，用极薄的橡皮包成六个大丸子，再用线穿了，临上船时，生生的都吞下肚去，线头含在嘴里，路上碰到几次检查，都被她逃过，靠着牛乳汤水维持生命，千辛万苦竟把地图带回国来。这回旅顺、威海崴的容易得手，虽说支那守将的无能，几张地图的助力也就不小。不过花子经医生把地图取出后，胃肠受伤，至今病倒医院，性命只在呼吸之间了。六之介先生，你想，令兄的不负国，花子的不负友，真是一时无两，我怕你不知道，所以今天特来报告你。"

六之介忽然瞪着眼，握着拳狂呼道："可恨！可恨！必报此仇！花子不负友，我也决不负兄！"天弢龙伯道："你恨的是威毅伯吗？他就在这几天要到马关了！这是我们国际上的大计，你要报仇，却不可在这些时期去胡做。"六之介默然。天弢龙伯又劝慰了几句，也便飘然而去。

且说六之介本恨威毅伯的讲和，阻碍了大和魂的发展；如今又悲痛哥哥的被杀，感动花子的义气。他想花子还能死守哥哥托付的遗命，他倒不能恪遵哥哥的预嘱，那还成个人吗？他的眼光是一直线的，现在他只看见前面晃着"报仇"两个大字，其余一概不屑顾了，当时就写了一封汉文的简单警告，径寄威毅伯，就算他的哀的美敦书了。从此就天天只盼望威毅伯的速来，打听他

的到达日期。后来听见他果真到了，并且在春帆楼开议，就决意去暗杀。在神奈川县横滨街上金丸谦次郎店里，买了一支五响短枪，并买了弹子，在东京起早，赶到赤间关。恰遇威毅伯从春帆楼会议回来，刚走到外滨町，被六之介在轿前五尺许，砌的一枪，竟把威毅伯打伤了。幸亏弹子打破眼镜，中了左颧，深入左目下。当时警察一面驱逐路人，让轿子抬推行馆；一面追捕刺客，把六之介获住。威毅伯进了卧室，因流血过多，晕了过去。随即两医官赶来诊视，知道伤不致命，连忙用了止血药，将伤处包裹。威毅伯已清醒过来。伊藤、陆奥两大臣得了消息，慌忙亲来慰问谢罪，地方文武官员也来得络绎不绝。第二天，日皇派遣医官两员并皇后手制裹伤绷带，降谕存问，且把山口县知事和警察长都革了职，也算闹得满城风雨了。其实威毅伯受伤后，弹子虽未取出，病势倒日有起色，和议的进行也并未停止。日本恐挑起世界的罪责，气焰倒因此减了不少，竟无条件的允了停战。威毅伯虽耗了一袍袖的老血，和议的速度却添了满锅炉的猛火，只再议了两次，马关条约的大纲差不多快都议定了。

这日，正是山口地方裁判所判决小山六之介的谋刺罪案，参观的人非常拥挤。马美菽和乌赤云在行馆没事，也相约而往，看他如何判决。刚听到堂上书记宣读判词，由死刑减一等办以无期徒刑这一句的时候，乌赤云忽见人丛中一个虬髯乱发的日本大汉身旁，坐着个年轻英发的中国人，好生面善，一时想不起是谁。那人被乌赤云一看，面上似露惊疑之色，拉了那大汉匆匆的就走了。赤云恍然回顾美菽道："才走出去的中国人你看见吗？"美菽看了看道："我不认得，是谁呢？"赤云道："这就是陈千秋，是有名的革命党，支那青年会的会员。昨天我还接到广东同乡的信，说近来青年会很是活动，只怕不日就要起事哩！现在陈千秋又到日本来，其中必有缘故。”两人正要立起，忽见行馆里的随员罗积丞奔来喊道：“中堂请赤云兄速回，说两广总督李大先生有急电，要和赤云兄商量哩！”赤云向美萩道：“只怕是革命党起事了。”正是：

输他海国风云壮，还我轩皇土地来。

不知两广总督的急电，到底发生了甚事？下回再说。

第二十九回

龙吟虎啸跳出人豪　燕语莺啼惊逢逋客

却说乌赤云正和马美菽在山口县裁判所听审刺客，行馆随员罗积丞传了威毅伯的谕，来请赤云回馆，商量两广督署来的急电。你道这急电为的是件什么事？原来此时两广总督就是威毅伯的哥哥李大先生，新近接到了两江总督的密电，在上海破获了青年会运广的大批军火，军火虽然全数扣留，运军火的人却都在逃。探得内中有个重要人犯陈千秋即陈青，是青年会里的首领，或言先已回广，或言由日本浪人天弢龙伯保护，逃往日本，难保不潜回本国，图谋大举。电中请其防范，并转请威毅伯在日密探党人内容。大先生得了此电，很为着急，在省城里迭派干员侦查，虽有些风言雾语，到底探不出个实在。所以打了一个万急电，托威毅伯顺便侦探，如能运动日政府将陈千秋逮捕，尤为满意。

当时，威毅伯恰和荫白大公子在那里修改第五次会议问答节略的稿子，预备电致军机和总署，做确定条约的张本。看见了大先生这个电，他是不相信中国有这些事发生的，就捋着胡子笑道："你们大伯伯又在那里瞎担心了。这种都是穷极无聊的文丐没把鼻的炒蛋，怕他们做什么。我们的兵虽然打不了外国人，杀家里个把毛贼，还是不费吹灰之力。但大伯伯既然当一件事来托我，也得敷衍他一下。不过我不大明白，这些事怎么办呢？"荫白道："这是广东的事，青年会的总机关也在广东，只有广东人知道底细。父亲何妨去请赤云来商量商量。"威毅伯点点头，所以就叫罗积丞来请赤云。

当下赤云来见威毅伯，威毅伯把电报给他看了。赤云一壁看，一壁笑着道："无巧不成书！说到曹操，曹操就到。职道才和美菽在裁判所里遇见陈千秋，正和美菽讲哩！这个人，职道从小认识的，是个极聪明的少年，可惜做了革命党。"荫白道："那么这人的确在日本了！我国正好设法逮捕。"赤云道："这个谈何容易！我们固然没有逮捕之权，国事犯日本又定照公法保护，况且还有天弢龙伯自命侠客的做他的护身符！"荫白道："我们可以把他骗到行馆里来，私下监禁，带回去。"威毅伯道："使不得，使不得。现在和议的事一发千钧，在他国内私行捕禁，虽说行馆有治外法权，万一漏了些消息，连累和议，不是玩的！"赤云道："中堂所见极是，还是让职道去探听些党人的举动，照实电复就是了。"议定了这事，威毅伯仍注意到节略稿子，赤云便告退出来，自去想法侦查不题。

却说吾人以肉眼对着社会，好像一个混沌世界，熙熙攘攘，不知为着何事这般忙碌。记得从前不晓得哪一个皇帝南巡时节，在金山上望着扬子江心多少船，问个和尚，共是几船？和尚回说，只有两船：一为名，一为利。我想这个和尚，一定是个肉眼。人类自有灵魂，即有感觉；自有社会，即有历史。那历史上的方面最多，有名誉的，有痛苦的。名誉的历史，自然兴兴头头，夸着说着，虽传下几千年，祖宗的名誉，子孙还不会忘记。即如吾们老祖黄帝，当日战胜蚩尤，驱除苗族的伟绩，岂不是永远纪念呢！至那痛苦的历史，当时接触灵魂，没有一个不感觉，张拳怒目，誓报国仇。就是过了几百年，隔了几百代，总有一班人牢牢记着，不能甘心的。我常常听见故老传闻，那日满洲入关之始，亡国遗民起兵抗拒的原也不少，只是东起西灭，运命不长，后来只剩个

郑成功，占领厦门，叫作思明州，到底立脚不住，逃往台湾。其时成功年老，晓得后世子孙也不能保住这一寸山河，不如下了一粒民族的种子，使他数百年后慢慢膨胀起来。

列位想这种子，是什么东西？原来就是秘密会社。成功立的秘密会社，起先叫作“天地会”，后来分做两派：一派叫作“三合会”，起点于福建，盛行于广东，而膨胀于暹罗、新加坡、新旧金山檀岛；一派叫作“哥老会”，起点于湖南，而蔓延于长江上下游。两派总叫作“洪帮”，取太祖洪武的意思，那“三合”亦取着洪字偏旁三点的意思。却好那时北部，同时起了八卦教、在理会、大力、小刀会等名目，只是各派内力不足，不敢轻动。直到西历一千七百六十七年间，川楚一面，蠢动了数十年，就叫“川楚教匪”。教匪平而三合会始出现于世界。

膨胀到一千八百五十年间金田革命，而洪秀全、杨秀清遂起立了太平天国，占了十二行省。那时政府就利用着同类相残的政策，就引起哥老会党，去扑灭那三合会。这也是成功当时万万料不到此的。哥老会既扑灭了三合会，顿时安富尊荣，不知出了多少公侯将相，所以两江总督一缺，就是哥老会用着几十万头颅血肉，去购定的衣食饭碗。凡是会员做了总督，一年总要贴出几十万银子，孝敬旧时的兄弟们，不然他们就要不依哩。然而因此以后，三合会与哥老会结成个不世之仇，他们会党之人出来也不立标帜，医卜星相江湖卖技之流，赶车行船驿夫走卒之辈，烟灯饭馆药堂质铺等地，挂单云游衲僧贫道之亚，无一不是。劈面相逢，也有些子仪式、几句口号，肉眼看来，毫不觉得。他们甘心做叛徒逆党，情愿去破家毁产，名在哪里？利在哪里？奔波往来，为着何事？不过老祖传下这一点民族主义，各处运动，不肯叫他埋没永不发现罢了。如此看来，吾人天天所遇的人，难保无英雄帝王侠客大盗在内，要在放出慧眼看去，或能见得一二分，也未可知。

方三合、哥老同类相残的时候，欧洲大西洋内，流出两股暗潮：一股沿阿非利加洲大西洋，折好望角，直渡印度洋，以向广东；一股沿阿美利加南角，直渡太平洋，以向香港、上海。这两股潮流，就是载着革命主义。那广东地方受着这潮流的影响最大，于是三合会残党内跳出了多少少年英雄，立时组成一个支那青年会，发表宗旨，就是民族共和主义。虽然实力未充，比不得玛志尼的少年意大利，济格士奇的俄罗斯革命团，却是比着前朝的几社、复社，现在上海的教育会，实在强多！该党会员，时时在各处侦察动静，调查实情，即如此时赤云在山口县裁判所内看见的陈千秋，此人就是青年会会员。

如今且说那陈千秋在未逃到日本之先，曾经在会中担任了调查江、浙内情，联络各处党会的责任，来到上海地方，心里总想物色几个伟大人物，替会里扩张些权力。谁知四下里物色遍了，遇着的，倒大多数是醉生梦死、花天酒地的浪子，不然便是胆小怕事、买进卖出的商人。再进一步，是王紫诠派向太平天国献计的斗方名士，或是蔡尔康派替广学会宣传的救国学说。又在应酬场中，遇见同乡里大家推崇的维新外交家王子度，也只主张废科举、兴学堂。众人惊诧的改制新教王唐猷辉，不过说到开国会、定宪法，都是些扶墙摸壁的政论，没一个挥戈回日的奇才。

正自纳闷，忽一日，走过虹口一条马路上一座巍焕的洋房前，门上横着一块白漆匾额，上写“常磐馆”三个黑字，心里顿时记起这旅馆里，很多日本的浪人寄寓。他有个旧友叫作曾根的，是馆中的老旅客，暗忖自己反正没事，何妨访访他，也许得些机会。

想罢，就到那旅馆里，找着一个仆欧似的同乡人，在怀里掏出卡片，说明要看曾根君。那仆欧笑了笑道："先生来得巧，曾根先生才和一个朋友在外边回来，请你等一等，我去回。"不一会仆欧出来，道声"请"，千秋就跟他进了一个陈设得古雅幽静的小客厅上，却不是东洋式的。一个瘦长条子上唇堆着两簇小胡子的人，站起身来，张着滴溜溜转动的小眼，微笑地和他握手道："陈先生久违了！想不到你会到这里，我还冒昧介绍一位同志，是热心扶助贵国改革的侠士南万里君，也是天弢龙伯的好友。先生该知道些吧！"

千秋一面口里连说"久仰久仰"，一面抢上客座和那人去拉手。只见那人生得黑苍苍的马脸，一部乌大胡，身干虽不高大，气概倒很豪迈，回顾曾根道："这位就是你常说起的青年会干事陈青君吗？"曾根道："可不是？上回天弢龙伯住在这馆里时，就要我介绍，可惜没会到。今天有缘遇见先生，也是一样。你把这回去湖南的事可以说下去，好在陈先生不是外人。"千秋道："天弢龙伯君，我虽没会过，他的令兄宫畸豹二郎，是我的好友。他主张亚洲革命，先从中国革起，中国一克服，然后印度可兴，暹罗、安南可振，菲律宾、埃及可救，实是东亚黄种的明灯。他可惜死了。天弢龙伯君还是继续他未竟之志，正是我们最忠恳的同志。不知南万里君这次湖南之行得到了什么成绩？极愿请教！"南万里道："我这回的来贵国，目的专在联合各种秘密党会。湖南是哥老会老巢，我这回去结识了他的大头目毕嘉铭，陈说利害，把他感化了。又解释了和三合会的世仇，正要想到贵省去。只为这次出发，我和天弢龙伯是分任南北，他到北方，我到南方。贵会是南方一个有力的革命团，今天遇见阁下，岂不是天假之缘吗？请先生将贵会的宗旨、人物详细赐教，并求一封介绍书，以便往联合。"

千秋听了，非常欢喜，就把青年会的主义、组织和中坚分子，倾筐倒箧的告诉了他，并依他的要求，写了一封切实的信。声气相通，山钟互应，自然谈得十分痛快。直到日暮，方告别出来。刚刚到得寓所，忽接到本部密电，连忙照通信暗码译出来，上写着：

上海某处陈千秋鉴：星加坡裘叔远助本会德国新式洋枪一千杆，连子，在上海瑞记洋行交付。设法运广。

汶密

千秋看毕，将电文烧了，就赶到瑞记军装帐房，知道果有此事。那帐房细细问明来历，千秋一一回答妥当，就领见了大班，告诉他裘叔远已经托他安置在公司船上，只要请千秋押往。千秋与大班诸事谈妥，打算明日坐公司船回广东。恰从洋行内走出来，忽见门外站着两个雄壮大汉，年纪都不过三十许，两目灼灼，望着千秋，形状可怕得很。千秋连忙低着头，只顾往前走，已经走了一里路光景，回头一看，那两人仍旧在后头跟着走，一直送到千秋寓所，在人丛里一混，忽然不见了。千秋甚是疑惑。在寓吃了晚饭，看着钟上正是六点，走出了寓来，要想到虹口去访一个英国的朋友，刚走到外白渡桥，在桥上慢慢的徘徊，看黄浦江的景致。正是明月在地，清风拂衣，觉得身上异常凉爽，心上十分快活。

恰赏玩间，忽然背后飞跑的来了一人，把他臂膀一拉道：“你是陈千秋吗？”千秋抬头一看，仿佛是巡捕的装束，就说：“是陈千秋，便怎么样？”那人道：“你自己犯了弥天大罪，私买军火，谋为不轨，还想赖么？警署奉了道台的照会，叫我来捉你。”千秋匆忙间也不辨真假，被那人拉下桥来，早有一辆罗车等在那里，就把千秋推入车厢。那人也上了车，随手将玻璃门带上，四面围

着黑色帘子，黑洞洞不见一物，正如牢狱一般。马夫拉动缰绳，一会儿风驰电卷，把一个青年会会员陈千秋，不知赶到哪里去了。

谁知这里白渡桥陈千秋被捕之夜，却正是那边广东省青年会开会之时。话说广东城内国民街上，有一所高大房屋，里头崇楼杰阁，好像三四造，这晚上坐着几十位青年志士，点着保险洋灯，听得壁上钟鸣铛铛敲九下，人丛里走出一人，但见跑到当中的一张百灵台后，向众点头，便开口道："我热心共和、投身革命的诸君听着！诸君晓得现在欧洲各国，是经着革命一次，国权发达一次的了！诸君亦晓得现在中国是少不得革命的了！但是不能用着从前野蛮的革命，无知识的革命。从前的革命，扑了专制政府，又添一个专制政府；现在的革命，要组织我黄帝子孙民族共和的政府。今日查一查会册，好在我们同志亦已不少，现在要分做两部：一部出洋游学，须备他日建立新政之用；一部分往内地，招集同志，以为扩张势力，他日实行破坏旧政府之用。夏间派往各处调查运动员，除南洋、广西、檀岛、新金山的，已经回来了，惟江、浙两省的调查员陈千秋，尚未到来。前日有电信，说不日当到。待到本部，大家决议方针。我想……"刚说到这里，忽然外面走进一位眉宇轩爽、神情活泼的伟大人物，众皆喊道："孙君来说！孙君来说！"那孙君一头走，一头说，就发出洪亮之口音道："上海有要电来！上海有要电来！"

你道这说的是谁呢？原来此人姓孙，名汶，号一仙，广东香山县人。先世业农。一仙还在香山种过田地，既而弃农学商，复想到商业也不中用，遂到香港去读书。天生异禀，不数年，英语、汉籍无不通晓，且又学得专门医学。他的宗旨，本来主张耶教的博爱平等，加以日在香港，接近西洋社会，呼吸自由空气，俯瞰民族帝国主义的潮流，因是养成一种共和革命思想，而且不尚空言，最爱实行的。那青年会组织之始，筹划之力，算他为最多呢！他年纪不过二十左右，面目英秀，辩才无碍，穿着一身黑呢衣服，脑后还拖根辫子。当时走进来，只见会场中一片欢迎拍掌之声，如雷而起。演台上走下来的，正是副议长杨云衢君。两边却坐着四位评议员：左边二位，却是欧世杰、何大雄；右边也是二位，是张怀民、史坚如。还有常议员、稽察员、干事员、侦探员、司机员，个个精神焕发，神采飞扬，气吞全球，目无此虏。

一仙步上演台，高声道："诸君静听上海陈千秋之要电！"说罢，会众忽然静肃，雅雀无声，但听一仙朗诵电文道：

> 午电悉。军火妥，明日装德公司船，秋亲运归。再顷访友过白渡桥，忽来警察装之一人，传警署令，以私运军火捕秋。

会众听到此句，人人相顾错愕。杨云衢却满面狐疑，目不旁瞬，耳不旁听，只抬头望着一仙。史坚如更自怒目切齿，顿时如玉之娇面，发出如霞之血色。一仙笑一笑，续念道：

> 推秋入一黑暗之马车，狂奔二三里，抵一旷野中高大洋房，昏夜不辨何地。下车入门，置秋于接待所，灯光下，走出一雄壮大汉。秋狂惑不解。大汉笑曰："捕君诳耳！我乃老会头目毕嘉铭是也。

一仙读至此，顿一顿，向众人道："诸君试猜一猜，哥老会劫去陈君，是何主意！"欧世杰、何大雄一齐说道："莫非是劫夺新办的军火吗？"一仙道："非也，此事有绝大关系哩！"又念道：

> 尾君非一日，知君确系青年会会员，今日又从瑞记军装处

出，故以私运军火伪为捕君之警察也者，实欲要君介绍于会长孙一仙君，为哥老、三合两会媾和之媒介。哥老、三合本出一源，中以太平革命之役顿起衅端，现在黄族濒危，外忧内患，岂可同室操戈，自相残杀乎？自今伊始，三会联盟，齐心同德，汉土或有光复之一日乎？愿君速电会长，我辈当率江上健儿，共隶于青年会会长孙君五色旗之下，誓死不贰。”秋得此意外之大助力，欣喜欲狂，特电贺我黄帝子孙万岁！青年会万岁！青年会会长孙君万岁！

一仙将电文诵毕，道：“哥老会既悔罪而愿投于我青年会民族共和之大革命团，我愿我会友忘旧恶、释前嫌，以至公至大之心欢迎之。想三合会会长梁君，当亦表同情。诸君以为如何？”众人方转惊为喜的时候，听见此议，皆拍掌赞成。

忽右边座中一十四岁的美少年史坚如，一跃离座，向孙君发议道：“时哉不可失！愿会长速电陈君，令其要结哥老会，克日举事于长江！一面遣员，约定三合会及三洲田虎门、博罗城诸同志同时并起。坚如愿以一粒爆裂药和着一腔热血，抛掷于广东总督之头上。霹雳一声，四方响应，正我汉族如荼如火之国民，执国旗而跳上舞台之日也。愿会长速发电！”一仙道：“壮哉！轰轰烈烈革命军之勇少年！”杨云衢道：“愿少安勿躁！且待千秋军火到此，一探彼会之内情，如有实际，再谋举事。一面暗中关会三合会，彼此呼应，庶不至轻率偾事。”一仙道：“沉毅哉！老谋深算，革命军之军事家！”欧世杰道：“本会经济问题，近甚窘迫，宜遣员往南洋各岛募集，再求星加坡裘叔远臂助。内地则南关陈龙、桂林超兰生，皆肯破家效命，为革命军大资本家，毋使临渴而掘井，功败垂成！”一仙道：“周至哉！绸缪惨淡之革命军理财家！哈哈！本会有如许英雄崛起，怪杰来归，羽翼成矣！股肱张矣！洋洋中土，何患不雄飞于二十世纪哉！自今日始，改青年会曰兴中会。革命谋画，俟千秋一到，次第布置何如？”众皆鼓掌狂呼道：“兴中会万岁！兴中会民族共和万岁！”一仙当时看看钟上已指十一下，知道时候晚了，即忙摇铃散会，自己也就下台出去。各自散归，专候千秋回到本部，再议大计。过了五六日，毫无消息。会友每日到香港探听，德公司船来了好几只，却没千秋的影。大家都慌了。发电往询，又恐走漏消息，只好又耐了两日，依然石沉大海。

这日，一仙开了个临时议会，筹议此事。有的说应该派一侦探员前往的，有的说还是打电报给那边会里人问信的，有的说不要紧，总是为着别事未了，不日就可到的，议论纷纷。一仙却一言不发，知道这事有些古怪，难道哥老会有什么变动吗？细想又决无是事。正在摸不着头，忽见门上通报道：“有 位外国人在门外要求见。”众皆面面相觑。一仙道：“有名片没有？”门上道：“他说姓摩尔肯。”一仙道：“快请进来！”

少间走进一个英国人来，见是一身教士装束，面上似有慌张之色，一见众人，即忙摘帽致礼。一仙上前，与他握手道：“密斯脱摩尔肯，从哪里来？”那人答道：“顷从上海到此。我要问句话，贵会会友陈千秋回来了没有？”一仙一愣道：“正是至今还没到。密斯脱从上海来，总知道些消息。”摩尔肯愕然道：“真没有到么？奇了，难道走上天了？”一仙道：“密斯脱在上海，会见没有呢？”摩尔肯道：“见过好几次。就为那日约定了夜饭后七点钟到敝寓来谈天，直等到天亮，没有来。次日去访，寓主说昨天夜饭后出门了，没有回寓。后来又歇两天去问问，还是没有回来，行李一件都没

有来拿。我就有点诧异，四处暗暗打听，连个影儿都没有。我想一定是本部有了什么要事回去了，所以赶着搭船来此问个底细。谁知也没回来，不是奇事么？”一仙道：“最怪的是他已有电报说五月初十日，搭德公司船回本部的。”摩尔肯忽拍案道：“坏了！初十日出口的德公司船么？听说那船上被税关搜出无数洋枪子药，公司里大班都因此要上公堂哩！不过听说运军火的人一个没有捉得，都在逃了。这军火是贵会的么？”于是大家听了，大惊失色。

一仙叹口气道：“这也天意了！”停一回道：“这事必然还有别的情节，要不然，千秋总有密电来招呼的。本意必须有一个机警谨慎的人去走一趟，探探千秋的实在消息才好。”当时座中杨云衢起立说道：“不才愿往。”摩尔肯道：“税关因那日军火的事情，盘查得很紧，倒要小心。”云衢笑道：“世界哪里有贪生怕死的革命男儿！管他紧不紧，干甚事！”摩尔肯笑向一仙道：“观杨君勇往之概，可见近日贵会团结力益发大了！兄弟在英国也组立了一个团体，名曰‘中文会’，英文便是Friend of China Society，设本部于伦敦，支部于各国，遍播民党种子于地球世界。将来贵会如有大举，我们同志必能挺身来助的。”一仙道了谢。杨云衢自去收拾行李，到香港趁轮船赴上海去了。一仙与摩尔肯也各自散去。

话分两头。且说杨云衢在海中走不上六日，便到了上海。那时青年会上海支部的总干事，姓陆，名崇溎，号皓冬，是个意志坚强的志士，和云衢是一人之交。云衢一上岸，就去找他，便寄宿在他家里。皓冬是电报局翻译生，外面消息本甚灵通，只有对于陈千秋的踪迹，一点影响都探不出。自从云衢到后，自然格外替他奔走。一连十余日毫无进步，云衢闷闷不乐。皓东怕他闷出病来，有一晚，高高兴兴的闯进他房里道：“云衢，你不要尽在这里纳闷了，我们今夜去乐一下子吧！你知道状元夫人傅彩云吗？”云衢道：“就是和德国皇后拍照的傅彩云吗？怎么样？”皓冬道：“他在金家出来了，改名曹梦兰，在燕庆里挂了牌子了。我昨天在应酬场中，叫了她一个局，今夜定下一台酒，特地请你去玩玩。”说着，不管云衢肯不肯，拉了就走。

门口早备下马车，一鞭得得，不一会到了燕庆里，登了彩云妆阁。此时彩云早已堂差出外，家中只有几个时髦大姐，在那里七手八脚的支应不开。三间楼面都挤得满满的客，连亭子间都有客占了，只替皓冬留得一间客堂房间。一个大姐阿毛笑眯眯的说道：“陆大少，今天实在对不起，回来大小姐自己来多坐一会儿赔补吧！”皓冬一笑，也不在意。云衢却留心看那房间，敷设得又华丽，又文雅，一色柚木锦面的大榻椅，一张雕镂褂络的金铜床，壁挂名家的油画，地铺俄国的彩毡，又看到上首正房间里已摆好了 席酒，许多客已团团的坐着，都是气概昂藏，谈吐风雅。忽然飘来一阵广东口音，云衢倒注意起来。忽听一个老者道：“东也要找陈千秋，西也要找陈千秋，再想不到他会逃到日本去！再想不到人家正找他，我们恰遇着他。”又一个道：“遇见也拿不到，他还是和天弢龙伯天天在一起，计议革命的事。”老者道：“就是拿得到，我也不愿拿。拿了一个，还有别个，中什么用呢！”云衢听了，喜得手舞足蹈起来，推推皓冬低声道：“踏破铁鞋无觅处，得来全不费工夫！”皓冬道：“这一班是什么人呢？让我来探问一下。”说着，就向那边房里窗口站着的阿毛招了招手，阿毛连忙掀帘进来。正是：

拏云攫去无双士，堕溷重看第一花。

不知阿毛说出那边房里的客究是何人？且听下回分解。

第三十回

白水滩名伶掷帽　青阳港好鸟离笼

上回书里，正说兴中会党员陆皓冬，请他党友杨云衢，到燕庆里新挂牌子改名曹梦兰的傅彩云家去吃酒解闷。在间壁房间里一班广东阔客口中，得到了陈千秋在日本的消息，皓冬要向大姐阿毛问那班人的来历。我想读书的看到这里，一定说我叙事脱了榫了，彩云跟了张夫人出京，路上如何情形，没有叙过。而且彩云曾经斩钉截铁的说定守一年的孝，怎么没有满期，一踏上南边的地，好像等不及的就走马上章台呢？这里头，到底怎么一回事呢？请读书的恕我一张嘴，说不了两头话。既然大家性急，只好先把彩云的事，从头细说。

原来彩云在雯青未死时，早和有名武生孙三儿勾搭上手，算顶了阿福的缺。他们的结识，是在宣武门外的文昌馆里。那天是内务府红郎中官庆家的寿事，堂会戏唱得非常热闹，只为官庆原是个纨袴班头，最喜欢听戏。他的姑娘叫作五妞儿，虽然容貌平常，却是风流放诞，常常假扮了男装上馆子、逛戏园，京师里出名的女戏迷。所以那一回的堂会，差不多把满京城的名角都叫齐了，孙三儿自然也在其列。雯青是翰院名流，向来瞧不起官庆的，只是彩云和五妞儿气味相投，往来很密，这日官家如此热闹的场面，不用说老早的鱼轩莅止了。彩云和五妞儿还有几个内城里有体面的堂客，占了一座楼厢，一壁听着戏曲，一壁纵情谈笑，有的批评生角旦角相貌打扮的优劣，有的考究胡子青衣唱工做工的好坏，倒也议论风生，兴高采烈。看到得意时，和爷儿们一般，在怀里掏出红封，叫丫鬟们向戏台上抛掷。台上就有人打千谢赏，嘴里还喊着谢某太太或某姑娘的赏！有些得窍一点的优伶，竟亲自上楼来叩谢。这班堂客，居然言来语去地搭讪。彩云看了这般行径，心里暗想：我在京堂会戏虽然看得多，看旗人堂会戏却还是第一遭，不想有这般兴趣，比起巴黎、柏林的跳舞会和茶会自由快乐，也不相上下了。

正是人逢乐事，光阴如驶，彩云看了十多出戏，天已渐渐的黑了。彩云心里有些忐忑不安，恐怕回去得晚，雯青又要罗嗦。不是彩云胆小谨慎，只因自从阿福的事，雯青把柔情战胜了她。终究人是有天良的，纵然乐事赏心，到底牵肠挂肚，当下站了起来，向五妞儿告辞。五妞儿把她一拉，往椅子上只一揿，笑着道："金太太，您忙什么？别提走的话，我们的好戏，还没登场呢！"彩云道："今儿的戏，已够瞧了，还有什么好戏呢？"五妞儿道："孙三儿的《白水滩》，您不知道吗？快上场了！您听完他这出拿手戏再走不迟。"彩云听了这几句话，也是孽缘前定，身不由主地软软儿坐住了。

一霎时，锣鼓喧天，池子里一片叫好声里，上场门绣帘一掀，孙三儿扮着十一郎，头戴范阳卷檐白缘毡笠子，身穿攒珠满镶净色银战袍，一根两头垂穗雪线编成的白蜡杆儿当了扁担，扛着行囊，放在双肩上，在万盏明灯下，映出他红白分明、又威又俊的椭圆脸，一双旋转不定、神光四射的吊梢眼，高鼻长眉，丹唇白齿，真是女娘们一向意想里酝酿着的年少英雄，忽然活现在舞台上，高视阔步的向你走来。这一来，把个风流透顶的傅彩云直看得眼花缭乱，心头捺不住突突的跳，连阿福的伶俐、瓦德西的英武都压下去了。彩云这边如此的出神，谁知那边孙三儿一出台，

瞥眼瞟见彩云，虽不认是谁家宅眷，也似张君瑞遇见莺莺，魂灵儿飞去半天，不住的把眼光向楼厢上睃，不期然而然的两条阴阳电，几次三番的要合成交流，爆出火星来。可是三儿那场戏文，不但没有脱卯，反而越发卖力，刚刚演到紧要的打棍前面，跳下山来，嘴里说着“忍气吞声是君子，见死不救是小人”两句，说完后，将头上戴的圆笠向后一丢，不知道有心还是无意，用力太大，那圆笠子好像有眼似的滴溜溜飞出舞台，不偏不倚恰好落在彩云怀里。

那时楼上楼下一阵鼓噪，像吆喝，又像欢呼，主人官庆有些下不来，大声叫戏提调去责问掌班。哪里晓得彩云倒坦然无事，顺手把那笠儿丢还戏台上，向三儿嫣然一笑。三儿劈手接着，红着脸，对彩云请了个安。此时满园里千万只眼，全忘了看戏文，倒在那里看他们串的真戏了。官庆却打发一个家人上来，给彩云道歉，还说耽一会儿戏完了要重处孙三儿。彩云忙道：“请你们老爷千万别难为他们，这是无心失手，又没碰我什么。”五妞儿笑着道：“可不是，金太太是在龙宫月殿里翻过身来的人，不像那些南豆腐的娘儿们遮遮掩掩的。你瞧，她多么大方！我们谁都赶不上！你告诉爷，不用问了！等这出完了，叫孙三儿亲自上楼来，给金太太赔个礼就得了！”回过头，眯缝着眼，向彩云道：“是不是？”彩云只点着头，那家人诺诺连声的去了。

不一会，真的那家人领了孙三儿跑到边厢栏杆外，靠近彩云，笑眯眯的又请了一个安，嘴里说道：“谢太太恕我失礼！”彩云只少得没有去搀扶，半抬身，眼斜睐着道：“这算得什么！”两人见面，表面上彼此只说了一句话，但四目相视，你来我往，不知传递了多少说不出的衷肠。这一段便是彩云和孙三儿初次结识的历史。

后来渐渐热络，每逢堂会，或在财神馆，或在天和馆，或在贵家的宅门子里，彩云先还随着五妞儿各处的闯，和三儿也到处厮混，越混越密切，竟如胶如漆起来，便瞒了五妞儿，买通了自己的赶车儿的贵儿，就在东交民巷的番菜馆里幽会了几次。还不痛快，索性两下私租了杨梅竹斜街一所小四合房子，做了私宅。在雯青未病以前，两人正打得火一般的热，以致风声四布，竟传到雯青耳中，把一个名闻中外的状元郎生生气死。

等到雯青一死，孙三儿心里暗喜，以为从此彩云就是他的专利品了。他料想金家决不能容彩云，彩云也决不会在金家守节，只要等遮掩世人眼目的七七四十九天，或一百天过了，彩云一定要跳出樊笼，另寻主顾。这个主顾，除了他，还有谁呢？第一使他欢喜的，彩云固然是人才出众，而且做了廿多年得宠的姨太太，一任公使夫人，听得手头着实有些积蓄，单讲珠宝金钻，也够一生吃着不尽了。他现在只盼彩云见面，放出他征服女娘们的看家本事来迷惑。他又深知道彩云虽则一生宠擅专房，心上时常不足，只为没有做着大老母，仿佛做官的捐班出身，哪怕做到督抚，还要去羡慕正途的穷翰林一样。他就想利用彩云这一个弱点，把自己实在已娶过亲的事瞒起，只说讨他做正妻，拚着自己再低头服小些，使彩云觉得他知趣而又好打发，不怕她不上钩。一上了钩，就由得他摆布了。到了那其间，不是人财两得吗？

孙三儿想到这里，禁不往心花怒放，忽然一个转念，口对口自语道："且慢，别瞎得意！彩云不是个雏儿，是个精灵古怪、见过大世面的女光棍！做个把戏子的大老母，就骗得动他的心吗？况金雯青也是风流班首，难道不会对她陪小心、说矮话吗？她还是馋嘴猫儿似的东偷西摸。现在看着，好像她很迷恋我，老实说，

也不过像公子哥儿嫖姑娘一样，吃着碗里，瞧着碟里，把我当做家常例饭的消闲果子吧咧！”三儿顿了顿，又沉思了一回，笑着点头道：“有了，山珍海味，来得容易吃得多，尽你爱吃，也会厌烦，等到一厌烦，那就没救了。我既要弄她到手，说不得，只好趁她紧急的当口，使些刁计的了。”这些都是孙三儿得了雯青死信后，心上的一番算盘。

若说到彩云这一边呢，在雯青新丧之际，目睹病中几番含胡的嘱咐，回想多年宠爱的恩情，明明雯青为自己而死，自己实在对不起雯青，人非木石，岂能漠然！所以倒也哀痛异常，因哀生悔，在守七时期，把孙三儿差不多淡忘了。

但彩云终究不是安分的人，第一她从来没有一个人独睡过，这回居然规规矩矩守了五十多天的孤寂，在她已是石破天惊的苦节了。日月一天一天的走，悲痛也一点一点的减，先觉得每夜回到空房，四壁阴森，一灯低黯，有些儿胆怯；渐感到一人坐守长夜，拥衾对影，倚枕听更，有些儿愁烦；到后来只要一听到鼠子厮叫、猫儿打架，便禁不住动心。自己很知道自己，这种孤苦的生活，万不能熬守长久，与其顾惜场面、硬充好汉，到临了弄得一塌糊涂，还不如一老一实，揭破真情，自寻生路。她想：就是雯青在天之灵，也会原谅她的苦衷。所以不守节，去自由，在她是天经地义的办法，不必迟疑的，所难的是得到自由后，她的生活该如何安顿？再嫁呢，还是住家？还是索性大张旗鼓的重理旧业？这倒是个大问题，费了她好久的考量。她也想到若再嫁人，再要像雯青一样的丈夫，才貌双全，风流富贵，而且性情温厚，凡事随顺，只怕世界上找不到第二个了。那么去嫁孙三儿吗？那如何使得！这种人，不过是一时解闷的玩意儿，只可我玩他，不可被他玩了去。况且一嫁人，就不得自由，何苦脱了一个不自由，再找一个不自由呢？住家呢，那就得自立门户，固然支撑的经费不易持久，自己一点儿小积蓄，不够自己的挥霍。况一挂上人家的假招牌，便有许多面子来拘束你，使你不得不藏头露尾，寻欢取乐，如何能称心适意！她彻底的想来想去，终究决定了公开的去重理旧业。等到这个主意一定，她便野心勃发，不顾一切的立地进行。她进行的步骤，第一要脱离金家的关系，第二要脱离金家后过渡时期的安排。要脱离金家，当然要把不能守节的态度，逐渐充分的表现，使金家难堪。要过渡时期的安排，先得找一个临时心腹的忠奴，外间供她驱使，暗中做她保护。为这两种步骤上，她不能不伸出她敏巧的纤腕，顺手牵羊的来利用孙三儿了。

闲话少说。却说那一天，正是雯青终七后十天上，张夫人照例的借了城外的法源寺替雯青化库诵经，领了继元和彩云同去，在寺中忙了整一天。等到纸宅冥器焚化佛事完毕后，大家都上车回家，彩云那天坐的车，便是她向来坐的那一辆极华美的大鞍车，驾着一匹菊花青的高头大骡，赶车的是她的心腹贵儿，出来时她本带着个小丫头，却老早先打发了回家。此时她故意落后，等张夫人和少爷的车先开走了，她才慢吞吞的出寺上车。贵儿是个很乖觉的小子，伺候彩云上车后，放了车帘，站在身旁问道："太太好久没出门了，这儿离杨梅竹斜街没多远儿，太太去散散心吧？"彩云笑道："小油嘴儿，你怎么知道我要上那儿去呢？你这一向见过他没有？"贵儿道："不遇见，我也不说了。昨天三爷还请我喝了四两白干儿，说了一大堆的话。他正惦记着你呢！"彩云道："别胡说了！我就依你上那儿去。"贵儿一笑，口中就得儿得儿赶着车前进，不一会，到了他们私宅门口。

彩云下了车，吩咐贵儿把车子寄了厂，马上去知照孙三儿快来。彩云走进一家高台级、黑漆双扇大门的小宅门子，早有看守的一对男女，男的叫赵大，女的就是赵大家的，在门房里接了出来，扶了彩云向左转弯进了六扇绿色侧墙门，穿过倒厅小院，跨入垂花门。门内便是一座三间两厢的小院落，虽然小小结构，却也布置得极其精致。东首便是卧房，地敷氍毹，屏围纱绣，一色朱红细工雕漆的桌椅，一张金匡镜面宫式的踏步床，衬着蚊帐窗帘，几毯门幕，全用雪白的纱绸，越显得光色迷离，荡人心魄。这是彩云独出心裁敷设的。当下一进房来，便坐在床前一张小圆矮椅上。赵家的忙着去预备茶水，捧上一只粉定茶杯，杯内满盛着绿沉沉新泡的碧螺春。

彩云一壁接在手里喝着，一壁向赵家的问道："我一个多月不来，三爷到这儿来过没有？"赵家的道："三爷差不多还是天天来，有时和朋友在这儿喝酒、唱曲、赌牌，有时就住下了。"彩云道："他给你们说些什么来？"赵家的道："他尽发愁，不大说话。说起话来，老是愁着太太在家里逼闷出病来。"彩云点点头儿。此时彩云被满房火一般的颜色，挑动了她久郁的情焰，只巴着三儿立刻飞到面前。正盼哩，忽听院中脚步响，见贵儿一人来了。彩云忙问道："怎样没有一块儿来？你瞧见了没有呢？"贵儿道："瞧是瞧见了，他也急得什么似的，想会你。巧了景王府里堂会戏，贞贝子贞大爷一定要叫他和敷二爷合串《四杰村》，十二道金牌似的把他调了去。他托我转告您，戏唱完了就来，请您耐心等一等。"

彩云听了，心上十分的不快，但也没有法儿，就此回去也不甘心，只好叫贵儿且出去候着，自己懒懒的仍旧坐下，和赵家的七搭八扯的胡讲了一会，觉得不耐烦，爽性躺在床上养神。静极而倦，朦胧睡去。等到醒来，见房中已点上灯，忙叫赵家的问什么时候。赵家的道："已经晚饭时候了。晚饭已给太太预备着，要开不要开？"彩云觉得有些饥饿，就叫开上来，没情没绪吃了一顿哑饭。又等了两个钟头，还是杳无消息，真有些耐不住了，忽见贵儿奔也似的进来道："三爷打发人来了，说今夜不得出城，请太太不要等了，明天再会吧。"这个消息，真似一盆冷水，直浇到彩云心里。当下鼻子里哼了一声道："明天再会，说得好风凉的话儿！管他呢！我们走我们的！"说着，气愤愤的叫贵儿套车，一径回家。

到得家里，已在二更时候，明知张夫人还没睡，她也不去，自管自径到自己房里，把衣服脱下一撂，小丫头接也接不及，撒得一地，倒在床上就睡。其实哪里睡得着，嘴里虽怨恨三儿，一颗心却不由自主的只想三儿好处：多么勇猛，多么伶俐，又多么熨贴。满拟今天和他取乐一天，填补一月以来的苦况。千不巧，万不巧，碰上王府的堂会，害我白等了一天。可是越等不着他，心里越要他，越爱他，有什么办法呢！如此翻来覆去，直想了一夜，等天一亮，偷偷儿叫贵儿先去约定了。梳洗完了，照例到张夫人那里去照面。

那天，张夫人颜色自然不会好看，问她昨天到了哪里，这样回来的晚。她随便捏了几句在哪里听戏的谎话。张夫人却正颜厉色的教训起来说："现在比不得老爷在的时节，可以由着你的性儿闹。你既要守节，就该循规蹈矩，岂可百天未满，整夜在外，成何体统！"彩云不等张夫人说完，别转脸冷笑道："什么叫作体统？动不动就抬出体统来吓唬人！你们做大老母的有体统，尽管开口体统、闭口体统。我们既做了小老母，早就失了体统，那儿轮得

到我们讲体统呢！你们怕失体统，那么老实不客气的放我出去就得了！否则除非把你的诰封借给我不还。”说着，仰了头转背自回卧房。张夫人陡受了这意外的顶撞，气得一佛出世，二佛涅槃。彩云也不管，回到房里，贵儿已经回来，告诉她三儿约好在私宅等候。彩云饭也不吃，人也不带，竟自上车，直向杨梅竹斜街而来。

到得门口，三儿早已纱衫团扇，玉琢粉装，倚门等待。一见面，便亲手拿了车踏凳，扶了彩云下车，一路走一路说道："昨儿个真把人措死了！明知您空等了一天，一定要骂我，可是这班王爷阿哥儿们死钉住了人不放，只顾寻他们的乐，不管人家的死活，这只好求您饶我该死了！”彩云洒脱了他手向前跑，含着半恼恨的眼光回瞪着三儿道："算了吧，别给我猫儿哭耗子似的，知道你昨儿玩的是什么把戏呢！除了我这傻子，谁上你这当！”三儿追上一步，捱着喊道:"屈天冤枉，造诳的害疔疮！”说着话，已进了房。

两人坐在中央放的一张雕漆百龄小圆桌上，一般的四个鼓墩，都罩着银地红花的锦垫，桌上摆着一盘精巧糖果，一双康熙五彩的茶缸。赵家的上来伺候了一回，彩云吩咐她去休息，她退出去了。房中只剩他们俩面对面，彼此久别重逢，自不免诉说了些别后相思之苦。三儿看了彩云半晌道："你现在打算怎么样？难道真的替老金守节吗？我想你不会那么傻吧！”彩云道："说的是，我正为难哩！我是个孤拐儿，自己又没有见识，心口自商量，难给我出主意呢？”三儿涎着脸道:"难道我不是你的体己人吗？”彩云道："那么你为什么不替我想个主意呢？”三儿暗忖那话儿来了，但是我不可卤莽，便把心事露出，火候还没有熟呢，回说道："我很知道你的心，照良心说，你自然愿意守。但是实际上，你就是愿守，金家人未必容你守，守下去，没得好收场。所以我替你想，除了出来，没有你的活路。”彩云道：“出来了，怎么样呢？”三儿道：“像你这样儿身分，再落烟花，实在有一点犯不着了。而且金家就算许你出来，不见得许你做生意。论正理，自然该好好儿再嫁一个人。不过‘吃了河豚，百样无味’，你嫁过了金状元，只怕合得上你胃口的丈夫就难找了。”彩云忽低下头去，拿帕子只揾着脸，哽噎的道：“谁还要我这苦命的人呢？若是有人真心爱我，肯体贴我的痴心，不把人一夜一夜的向冰缸里搁，倒满不在乎状元不状元，我都肯跟他走。”三儿听了这些话，忙走过来，一手替她拭泪，一手搂着她道：“这都是我不好，倒提起你心事来了。快不要哭，我们到床上去躺会子吧！”此时彩云不由自主的两条玉臂勾住了三儿项脖，三儿轻轻的抱起彩云，迈到床心，双双倒在枕上。

正当春云初展、渐入佳境之际，赵家的突然闯进房来喊道：“三爷，外边儿有客立等会你。”三儿倏的坐起来，向彩云道：“让我去看一看是谁再来！”彩云没防到这阵横风，恨得牙痒痒的，在三儿臂上狠狠的咬了一口，用力一推道：“去罢，我认得你了！”三儿趁势儿嘻皮赖脸的往外跑。彩云赌气一翻身，朝里床睡了。原想不过一时扫兴，谁知越等越没有消息，心里有些着慌，一叠连声喊赵家的。赵家的带笑走到床边道：“太太并没睡着哩？我倒不敢惊动。天下真有不讲理的人！三爷又给景王府派人邀了去了，真和提犯人一般的，连三爷要到里面来说一声都不准。我眼睁睁看他拉了走。”

这几句话，把彩云可听呆了，心里又气又诧异，暗想怎么会两天出来，恰巧碰上两天都有堂会？三儿尽管红，从前没有这么忙过，不要三儿有了别的花样吧？要是这样，还是趁早和他一刀两断的好，省得牵肠挂肚不爽快。沉思了一会，哝哝独语道：“不

会，不会！昨天赵家的不是说我不出来时，他差不多天天来的吗？若然他有了别人，哪有工夫光顾这空屋子呢？就是他刚才对我的神情，并不冷淡，这是在我老练的眼光下逃不了的。也许事有凑巧，正遇到他真的忙。”忽又悟到什么似的道：“不对，不对！这里是我们的秘密小房子，谁都不知道的。景王府里派的人，怎么会跑到这里来邀了？这明明是假的，是三儿的捣鬼。但他捣这个鬼什么用意呢？既不是为别人，那定在我身上。噢，我明白了，该死的小王八，他准看透了我贪恋他的一点，想借此做服我，叫我看得见、吃不着，吊得我胃口火热辣辣的，不怕我不自投罗网。吓，好厉害的家伙！这两天，我已经被他弄得昏头昏脑了，可是我傅彩云也不是窝子货，今儿个既猜破了你的鬼计，也要叫你认识认识我的手段。”

彩云想到这里，倒笑逐颜开的坐了起来，立刻叫贵儿套车回家。一路上心里盘算：“三儿弄这种手腕虽则可恶，然目的不过要我真心嫁他，并无恶意。若然我设法报复，揭破机关，原不是件难事，不过结果倒弄得大家没趣，这又何苦来呢！我现在既要跳出金门，外面正要个连手，不如将计就计，假装上钩，他为自己利益起见，必然出死力相助。等到我立定了脚，嫁他不嫁他，权还在我，怕什么呢！”这个主意，是彩云最后的决定，一路心上的轮和车上的轮一般的旋转，不觉已到了家门。谁知一进门，恰碰上张夫人为她的事，正请了钱唐卿、陆莽如在那里商量，她在窗外听得不耐烦，爽性趁此机会直闯进去，把出去的问题直捷痛快的解决了。

上面所叙的事，都是在未解决以前彩云在外放浪的内容。解决以后，彩云既当众声明不再出门，她倒很守信义，并不学时髦派的言行相违。不过叫贵儿暗中通知了孙三儿，若要见面，除非他肯冒险一试武生的好身手，夜间从屋上来。这也是彩云作难三儿的一种策略。三儿也晓得彩云的用意，竟不顾死活的先约定时刻，在三更人定后，真做了黄衫客从檐而下。彩云倒出于意外，自然惊喜欲狂，不觉绸缪备至。三儿乘机把愿娶她做正妻的话说了。彩云要求他只要肯同到南边，凡事任凭处置。三儿也答应了。从此夜来明去，幽会了好几次。那夜彩云正为密运首饰箱出去，约得时间早了一点，以致被张夫人的老妈撞破，闹了一个贼案。这些情节，我已经在二十六回里叙过，这里不过补叙些事情的根源，不必絮烦。

幸亏第二天，彩云就跟了张夫人和金继元护了雯青灵柩，由水路出京，这案子自然不去深究了。孙三儿也在此时，从旱路到津。等到张夫人等在津，把雯青的柩由津海关道成木生招呼，安排在招商局最新下水的新铭船上，家眷包了三个头等舱，平平安安的出海。孙三儿早坐了怡和公司的船，先到上海，替彩云暗中布置一切去了。这边张夫人和彩云等坐的新铭船，在海中走了五天。那天午后，进了吴淞口，直抵金利源码头，码头上扎起了素彩松枝，排列了旗锣牌伞，道、县官员的公祭，招商局的路祭，虽比不上生前的煊赫排衙，却还留些子身后的风光余韵。只为那时招商局的总办便是顾肇廷，是雯青的至交，先本是台湾的臬台，因蒿目时艰，急流勇退，威毅伯笃念故旧，派了这个清闲的差使。听见雯青灵柩南归，知照了当地官厅，顾全了一时场面，也是惺惺惜惺惺，略尽友谊的意思。当下张夫人不愿在沪耽搁，已先嘱家里雇好两只大船在苏州河候着，由轮船上将灵柩运到大船上，人也跟了上去，招商局派了一只小火轮来拖带。那时彩云向张夫人要求另雇一只小船，附拖在后，张夫人也马马虎虎的应允了。等到灵柩安顿妥帖，吊送亲友齐散，即便鼓轮开行。刚刚走过青阳港，已在二更以后，大家都沉沉的睡熟了，忽然后面船上人声鼎沸起来，把张夫人惊醒，只听后面船上高叫停轮，嚷着："姨太太的小船没有了！姨太太的小船不知到哪里去了？"正是：

但愿有情成眷属，却看出岫便行云。

第三十一回

抟云搓雨弄神女阴符　瞒凤栖鸾惹英雌决斗

话说张夫人正在睡梦之中，忽听后面船上高叫停轮，嚷着姨太太的小船不见了。你想，张夫人是何等明亮的人，彩云一路的行径，她早已看得像玻璃一般的透彻，等到彩云要求另坐一船拖在后面，心里更清楚了。如今果然半途解缆，这明明是预定的布置，她也落得趁势落篷，省了许多周折。当下继元过船来请示办法。张夫人吩咐尽管照旧开轮，大家也都心照不宣了。不一时，机轮鼓动，连夜前进。次早到了苏州，有一班官场亲友前来祭吊。开丧出殡，又热闹了十多日。从此红颜轩冕，变成黄土松楸，一棺附身，万事都已。这便是富贵风流的金雯青，一场幻梦的结局。按下不提。

如今且说彩云怎么会半路脱逃呢？这原是彩云在北京临行时和孙三儿预定的计划。当时孙三儿答应了彩云同到南边，顺便在上海搭班唱戏。彩云也许了一出金门，便明公正气的嫁他。两人定议后，彩云便叫三儿赶先出京，替她租定一所小洋房，地点要僻静一点，买些灵巧雅致的中西器具，雇好使唤的仆役，等自己一到上海就有安身之所。她料定在上海总有一两天耽搁，趁此机会溜之大吉。不料张夫人到上海后，一天也不耽搁，船过船的就走。在大众面前，穿麻戴孝的护送灵柩，没有法儿可以脱得了身。幸亏彩云心灵手敏，立刻变了计，也靠着她带出来的心腹车夫贵儿，给约在码头等候的三儿通了信，就另雇了一只串通好的拖船。

好在彩云身边的老妈、丫头都是一条藤儿，爽性把三儿藏在船中。开船时掩人眼目的同开，一到更深人静，老早就解了缆。等着大家叫喊起来，其实已离开了十多里路了。这便叫作钱可通神。

当下一解缆，调转船头，恰遇顺风，拉起满篷向上海直驶。差不多同轮船一样的快，后面也一点没有追寻的紧信，大家都放了心了。彩云是跳出了金枷玉锁，去换新鲜的生活，不用说是快活。三儿是把名震世界的美人据为己有，新近又搭上了夏氏兄弟的班，每月包银也够了旅居的浇裹，不用说也是快活。船靠了码头，不用说三儿早准备了一辆扎彩的双马车，十名鲜衣的军乐队，来迎接新夫人；不用说新租定的静安寺路虞园近旁一所清幽精雅的小别墅内，灯彩辉煌，音乐响亮；不用说彩云一到，一般拜堂、祭祖、坐床、撤帐，行了正式大礼；不用说三儿同班的子弟们，夏氏三兄弟同着向菊笑、萧紫荷、筱莲笙等，都来参观大典，一哄的聚在洞房里，喝着、唱着、闹着，直闹得把彩云的鞋也硬脱了下来做鞋杯。三儿只得逃避了，彩云倒有些窘急。还是向菊笑做好人，抢回来还给她。当下彩云很感念他一种包围下的解救，对他微笑地道了谢。当晚直闹到天亮，方始散去。

彩云虽说过惯放浪的生活，或终没有跳出高贵温文的空气圈里。这种粗犷而带流氓式的放浪，在她还是第一次经历呢，却并不觉得讨厌，反觉新鲜有兴。从此彩云就和三儿双宿双栖在新居里，度他们优伶社会的生涯。三儿每天除了夜晚登台唱戏，不是伴着彩云出门游玩，就是引着子弟们在家里弹丝品竹、喝酒赌钱。彩云毫不避嫌，搅在一起，倒和这班戏子厮混得熟了。向菊笑最会献小殷勤，和彩云买俏调情，自然一天比一天亲热了。

自古道快活光阴容易过，糊涂的光阴尤其容易。不知不觉离了金门跟了孙三儿，已经两个月了。有一天，正是夏天的晚上，三儿出了门，彩云新浴初罢，晚妆已竟，独自觉得无聊，靠在阳台上乘凉闲眺。忽听东西邻家车马喧阗，人声嘈杂。抬头一望，只见满屋里电灯和保险灯相间着开得雪亮，客厅上坐满了衣冠齐楚的宾客，大餐间里摆满了鲜花，排列了金银器皿，刀叉碗碟，知道是开筵宴客。

原来这家乡邻，是个比他们局面阔大的一所有庭园的住宅，和他们紧紧相靠，只隔一道短墙。那家人家非常奇怪，男主人是个很俊伟倜傥的中国人，三十来岁年纪，雪白的长方脸，清疏的八字须，像个阔绰的绅士。女主人却是个外国人，生得肌肤富丽，褐发碧眼，三十已过的人，还是风姿婀娜，家常西装打扮时，不失为西方美人。可是出门起来，偏欢喜朝珠补褂，梳上个船形长髻，拖一根孔雀小翎，弄得奇形怪状，惹起彩云注意来。曾经留心打听过，知道是福建人姓陈，北洋海军的官员，娶的是法国太太。往常彩云出来乘凉时，总见他们俩口子一块儿坐着说笑。近几天来，只剩那老爷独自了，而且满面含愁，仿佛有心事的样子。有一天，忽然把目光注视了她半晌，向她微微的一笑，要想说话似的，彩云慌忙避了进来。昨天早上，索性和贵儿在门口搭话起来。不知怎地被他晓得了彩云的来历，托贵儿探问肯不肯接见像他一样的人。彩云生性本喜拈花惹草，听了贵儿的传话，面子上虽说了几声诧异，心里却暗自得意。正在盘算和猜想间，那晚忽见间壁如此兴高采烈的盛会，使她顿起了一种莫名其妙的感触，益发看得关心了。

那晚的女主人似乎不在家，男主人也没到过阳台上，只在楼下殷勤招待宾客。忙了一阵，就见那庭园中旋风也似的涌进两乘

四角流苏、黑蝶堆花蓝呢轿。轿帘打起，走出两个艳臻臻、颤巍巍的妙人儿：前一个是长身玉立，浓眉大眼，认得是林黛玉；后一个是丰容盛鬋，光彩照人，便是金小宝。娘姨大姐，簇拥着进去了。后来又轮蹄碌碌的来了一辆钢丝皮篷车，一直冲到阶前，却载了个娇如没骨、弱不胜衣的陆兰芬。陆陆续续，花翠琴坐了自拉缰的亨斯美，张书玉坐了橡皮轮的轿式马车，还有诗妓李苹香、花榜状元林绛雪等，都花枝招展，姗姗其来。一时粉白黛绿，燕语莺啼，顿把餐室客厅，化做碧城锦谷。一群客人也如醉如狂，有哗笑的，有打闹的，有拇战的，有耳语的。歌唱声，丝竹声，热闹繁华，好像另是一个世界。那边的喧哗，越显得这边的寂寞，愣愣的倒把彩云看呆了。突然惊醒似的自言自语道："我真发昏死了！我这么一个人，难不成就这样冷冷清清守着孙三儿胡拢一辈子吗？我真嫁了戏子，不要被天下人笑歪了嘴！怪不得连隔壁姓陈的都要来哨探我的出处了。我赶快的打主意，但是怎么办呢？一面要防范金家的干涉，一边又要断绝三儿的纠缠。"低头沉思了一会，蹙着眉道："非找几个上海有势力的人保护一下，撑不起这个……"

一语未了，忽然背后有人在她肩上一拍道："为什么不和我商量呢？"彩云大吃一惊，回过头来一看，原来是向菊笑，立在她背后，嘻开嘴笑。彩云手揿住胸口，瞪了他一眼道："该死的，吓死人了！怎么不唱戏，这早晚跑到这儿来！"向菊笑涎着脸伏在她椅背上道："我特地为了你，今晚推托嗓子哑，请了两天假，跑来瞧你。不想倒吓着了你，求你别怪。"彩云道："你多恁来的？"菊笑道："我早就来了。"彩云道："那么我的话，你全听见了。"菊笑道："差不多。"彩云道："你知道我为的是谁？"菊笑踌躇道：

“为谁呢？”彩云披了嘴道：“没良心的，全为的是你！你不知道吗？老实和你说，我和三儿过得好好儿的日子，犯不上起这些念头。就为心里爱上你，面子上碍着他，不能称我的心。要称我的心，除非自立门户。你要真心和我好，快些给我想法子。你要我和你商量，除了你，我本就没有第二个人好商量。”菊笑忸怩地拉了彩云的手，低着头，顿了顿道：“你这话是真吗？你要我想法子，法子是多着呢。找几个保护人，我也现成。我可不是三岁小孩子，不能叫我见了舔不着的糖就跑。我也不是不信你，请你原谅我真爱你，给我一点实惠的保证，死也甘心。”说话时，直扑上来，把彩云紧紧抱住不放。彩云看他情急，嗤的一笑，轻轻推开了他的手道：“急什么，锅里馒头嘴边食，有你的总是你的。我又不是不肯，今儿个太晚了，倘或冷不防他回来，倒不好。赶明儿早一点来，我准不哄你。你先把法子告诉我，找谁去保护，怎么样安排，我们规规矩矩大家商量一下子。”

菊笑情知性急不来，只好讪讪的去斜靠在东首的铁栏杆上，努着嘴向间壁道：“你要寻保护人，恰好今天保护人就摆在你眼前。那不是上海著名的四庭柱都聚在一桌上吗？”彩云诧异的问道：“什么叫作四庭柱？四庭柱在哪里？”菊笑道：“第一个就是你们的乡邻，姓陈，名叫骥东。因为他做了许多外国文的书，又住过外国不少时候，这里各国领事佩服他的才情，他说的话差不多说一句听一句，所以人家叫他‘领事馆的庭柱’。”彩云道：“还有三个呢？”菊笑指着主人上首坐的一个四方脸、没髭须，衣服穿得挺挺脱脱像旗人一般的道：“这就是会审公堂的正谳官宝子固，赫赫有名租界上的活阎罗。人家都叫他做‘新衙门的庭柱’。还有在主人下首的那一位，黑苍苍的脸色，唇上翘起几根淡须，瘦瘦

儿，神气有些呆头呆脑的，是广东古冥鸿。也是有名的外国才子，读尽了外国书，做得外国人都做不出的外国文章。字林西报馆请他做了编辑员，别的报馆也欢迎他，这叫作‘外国报馆的庭柱’。又对着我们坐在中间的那个年轻的小胖子，打扮华丽，意气飞扬，是上海滩上有名的金逊卿，绰号金狮子，专门在堂子里称王道霸，龟儿鸨妇没个不怕他，这便是‘堂子里的庭柱’。今天不晓得什么事，恰好把四庭柱配了四金刚，都在一起。也是你的天缘凑巧，只要他们出来帮你一下，你还怕什么？”彩云道："你且别吹牓。我一个都不认得，怎么会来帮我呢？”菊笑笑道："这还不容易？你不认识，我可都认识。只要你不要过桥抽板，我马上去找他们，一定有个办法，明天来回复你。”彩云欣然道："那么，一准请你就去。我不是那样人，你放心。”说着，就催菊笑走。菊笑又和彩云歪缠了半天，彩云只好稍微给了些甜头，才把他打发了。等到三儿回家，彩云一点不露痕迹的敷衍了一夜。

次日饭后，三儿怕彩云在家厌倦，约她去逛虞园。彩云情不可却，故意装得很高兴的直玩到日落西山，方出园门。三儿自去戏园，叫彩云独自回去。彩云一到家里，提早洗了浴，重新对镜整妆，只梳了一条淌三股的朴辫，穿上肉色紧身汗裤，套了玉雪的长丝袜，披着法国式的蔷薇色半臂。把丫鬟仆妇都打发开了，一人懒懒地斜卧在卧房里一张凉榻上，手里摇着一柄小蒲扇，眼睛半开半闭的候着菊笑。满房静悄悄的，忽听挂钟镗镗地敲了六下，心里便有些烦闷起来。一会儿猜想菊笑接洽的结果，一会儿又模拟菊笑狂热的神情，不知不觉情思迷离，梦魂颠倒，意沉沉睡去。朦胧间，仿佛菊笑一声不响的闪了进来，像猫儿戏蝶一般，擒擒纵纵地把自己搏弄。但觉轻飘飘的身体在绵软的虚空里，一点没撑拒的气力。又似乎菊笑变了一条灵幻的金蛇，温腻的潜势力，蜿蜒地把自己灌顶醍醐似的软化了全身，要动也动不得。忽然又见菊笑成了一只脱链的猕猴，在自己前后左右只管跳跃，再也捉摸不着。心里一极，顿时吓醒过来。

睁眼一看，可不是呢，自己早在菊笑怀中，和他搂抱的睡着。彩云佯嗔的瞅着他道："你要的，我都依了你，该心满意足了。我要的，你一句还没有给我说呢！"菊笑道："你的事，我也都给你办妥了。昨天在这儿出去，我就上隔壁去。他们看见我去，都很诧异。我先把宝大人约了出来，一五一十的把你的事告诉了。他一听你出来，欢喜得了不得，什么事他都一力担当，叫你尽管放胆做事。挂牌的那天，他来吃开台酒，替你做场面。说不定，一两天，他还要来看你呢！谁知我们这些话，都被金狮子偷听了去，又转告诉了陈大人。金狮子没说什么。陈大人在我临走时，却很热心的偷偷儿向我说，他很关心你， 定出力帮忙，等你正式挂牌后，他要天天来和你谈心呢！我想你的事，有三个庭柱给你支撑，还怕什么！现在只要商量租定房子和脱离老三的方法了。"彩云道："租房子的事，就托你办。"菊笑道："今天我已经看了一所房子，在燕庆里，是三楼三底，前后厢房带亭子间，倒很宽敞合用的，得空你自己去看一回。"

彩云正要说话，忽听贵儿在外间咳嗽一声。彩云知道有事，便问道："贵儿，什么事？"贵儿道："外边有个姓宝的客人，说太太知道的，要见太太。"彩云随口答道："请他楼上外间坐。"菊笑发起极来道："你怎么一请就请到楼上，我在这里，怎么样呢？"彩云钩住了菊笑的项脖，面对面热辣辣的送了一个口亲道："好人，我总归是你的人。我们既要仗着人家的势力，来圆全我们的快乐，怎么第一次就冷了人家的心呢？只好委屈你避一避罢！”菊笑被彩云这一阵迷惑，早弄得神摇魂荡，不能自主，勉强说道：“那么让我就在房里躲一躲。”彩云一手掠着蓬松的云鬓，一手徐徐的撑起娇躯，笑着道：“我知道你不放心，不过怕我和人家去好。你真疯了，我和他初见面，有什么关系呢？不过你们男人家妒忌心是没有理讲的，在我是虚情假意，你听了一样的难过。我舍不得你受冤枉的难过，所以我宁可求你走远一点儿倒干净。”一壁说，一壁挽了菊笑的手，拉到她卧房后的小楼梯口道：“你在这里下去，不会遇见人。咱们明天再见罢！”菊笑不知不觉好像受了催眠术一般，一步一步的走出去了。

且说彩云踅回卧房，心想这回正式悬牌，第一怕的是金家来搅她的局。但是金家的势力无论如何的大，总跳不出新衙门。这么说，她的生死关头，全捏在宝子固的手里。她只有放出全身本事，笼络住了他再说。想罢，走到穿衣镜前，把弄乱的鬓发重新刷了一回，也不去开箱另换衣裤，就手拣了一件本色玻璃纱的浴衣，裹在身上。雪肤皓腕，隐现在一朵飘缈的白云中，绝妙的一幅杨妃出浴图。自己看了，也觉可爱。一挪步，轻轻地拽开房门，就袅袅婷婷的走了出来，向宝子固嫣然一笑，莺声呖呖地叫了一声“宝大人”。

宝子固虽是个花丛宿将，却从没见过这样赤裸的装束，妖艳的姿态。顿时把一只看花的老眼，仿佛突然遇见了四射的太阳光，耀得睁不开了，痴立着只管呆看。彩云羞答答的别转了头笑着道：“宝大人，您瞧得人怪臊的。您怎么不请坐呀！您来的当儿，巧了我在那儿洗澡，急得什么似的，连衣裤都没有穿好，就冒冒失失跑出来了。求您恕我失礼，倒亵渎了您了。”宝子固这才坐定了，捉准了神，徐徐的说道："我仰慕你十多年，今天一见面，真是名不虚传。昨天的话，菊笑大概都给你说过了罢！你只管放心。"彩云挨着子固身旁坐下道："我和宝大人面都没有见过，哪世里结下的缘分，就承您这样的怜爱我、搭救我，还要自各儿老远的跑来看我，我真不晓得怎么报答您才好呢！"

子固道："你嫁孙三儿，本来太自糟蹋了，大家听了都不服气。我今天的来，不是光来看你，为的就虑到你不容易摆脱他的牢笼。"子固说到这里，四面望了一望。彩云道："宝大人尽管说，这里都是我心腹。"子固低声接说道："陈大人倒替你出了一个主意，他恰好有一所新空下来的房子，在虹口，本来他一个英国夫人住的，今天回国去了。我们商量，暂时把你接到那里去住，先走出了姓孙的门，才好出手出脚的做事。你说好不好？"彩云本在那里为难这事，听了这话正中下怀，很喜欢的道："那是再好也没有了。"子固附耳又道："既然你愿意这么办，事不宜迟，那么马上就乘了我马车走，行不行呢？那一边什么都现成的。"彩云想了一想道："也只有这么给他冷不防的一走，省了多少噜苏。咱们马上走。"子固道："你的东西怎么样呢？"彩云道："我只带一个首饰箱和随身的小衣包，其余一概不带。连下人都瞒了，只说和您去听戏的就得了。那么请您在这里等一等，让我去归着归着就走。"说罢，丢下子固，匆匆的进了房去。不到十分钟，见彩云换了一身时髦的中装，笑嘻嘻提了一个小包儿，对子固道："宝大人，您今天不做官，倒做了犯人了。"子固诧异道："怎么我是犯人？"彩云笑道："这难道不算拐逃吗？"子固也忍不住笑起来。

正说笑间，忽然一个丫鬟推开门，向彩云招手。彩云慌忙走出去，只见贵儿走来，给他低低道："又来了一个客，说姓金，要见太太。”彩云知道是金狮子，又是个不好得罪的人。她又摸不清楚他和宝子固是不是一路，心想两雄不并立，还是不叫他们见面的好，攒出自己多费一点精神，哄他们人人满意，甘心做她裙带下的忠奴。当下暗嘱贵儿请他在客厅上坐，自己回到房里向子固道：“讨人厌的来了个三儿的朋友，要见我说几句话。没有法儿，只好请您耐心等一会儿，我去支使他走了，我们才好走。”子固簇着眉道：“这怎么好呢？那么你赶快去打发他走！”

子固眼睁睁看彩云扶着丫鬟下楼去了。这一回，可不比上一次来得爽快了。一个人闷坐在屋里，左等也不来，右等也不来。一阵微风中，飘来笑语的声音。侧耳再听，寂静了半天，忽又听见断续的呢喃细语。掏出时计看时，已经快到九下钟了。心里正在烦闷，房门呀的一声，彩云闪了进来，喘吁吁地道：“您等得不耐烦了罢！真缠死人。好容易把他哄跑，我们现在可以走了。”子固在灯下瞥见彩云两颊绯红，云鬓不整，平添了几多春色，心里暗暗惊异。彩云拿了小包，催着子固动身，一路走着，一路吩咐丫鬟仆妇们好生照顾家里。一到门口，跳上子固的马车。

轮蹄得得，不一会，已经到了虹口靶子路一座美丽的洋房门前停下。子固扶她下车，轻按门铃，便有老仆开了门。彩云跟进门来，过了一片小草地，跨上一个高台阶。子固领了她各处看了一看，都铺设的整齐洁净，文雅精工。来到楼上，一间卧室，一间起坐，器具帏幕，色色华美，的确是外国妇女的闺阁。还留着一个女仆、两个仆欧，可供使用。彩云看了，心里非常愉快，又非常疑怪，忽然向着子固道：“你刚才说这房子是陈骥东的英国夫人住的，陈骥东怎么有了法国夫人，又有英国夫人呢？外国人不是不许一个男人讨两个老婆的吗？为什么放着这样好的住宅不住，倒回了国呢？”

子固笑道：“这话长哩，险些儿弄出人命来。陈骥东就为这事，这两天正在那里伤心。我们都是替他调停这公案的人，所以前天他请酒酬谢。我从头至尾的告诉你罢！原来陈骥东是福建船厂学堂出身，在法国留学多年。他在留学时代，已经才情横溢，中外兼通，成了个倜傥不群的青年。就有一个美丽的女学生，名叫佛伦西的，和他发生了恋爱，结为夫妇。这就是现在的法国夫人。学成回国后，威毅伯赏识了他，留在幕府里办理海军事务，又常常差他出洋接洽外交。四五年间，就保到了镇台的位子。可是骥东官职虽是武夫，性情却完全文士，恃才傲物，落拓不羁。中国的诗词固然挥洒自如，法文的作品更是出色。他做了许多小说戏剧，在巴黎风行一时。中国人看得他一钱不值，法国文坛上却很露惊奇的眼光，料不到中国也有这样的人物。尤其是一班时髦女子，差不多都像文君的慕相如、俞姑的爱若士，他一到来，到处蜂围蝶绕，他也乐得来者不拒。

“有一次，威毅伯叫他带了三十万银子到伦敦去买一艘兵轮，他心里不赞成，不但没有给他去购买船只，反把这笔款子，一古脑儿胡花在巴黎、伦敦的交际社会里。做了一部名叫作《我国》的书，专门宣传中国文化，他自己以为比购买铁甲船有用的多。结果又被一个英国女子叫玛德的爱上了。有人说是商人的姑娘，有人说是歌女。压根儿还是迷惑了他的虚名，明知他有老婆，情愿跟他一块儿回国。威毅伯知道了，勃然大怒，说他贻误军机，定要军法从事。后来亏得乌赤云、马美菽几个同事替他求情，方才免了。骥东从此在北洋站不住，只好带了两个娇妻，到上海隐居来了。但骥东的娶英女玛德，始终瞒着法国夫人。到了上海还

是分居，一个住在静安寺，一个就住在这里。骥东夜里总在静安寺，白天多在虹口。法国夫人只道他丈夫沾染中国名士积习，问柳寻花，逢场作戏，不算什么事。别人知道是性命交关的事，又谁敢多嘴，倒放骥东兼收并蓄，西食东眠，安享一年多的艳福了。

“不想前礼拜一的早上，骥东已到了这里，玛德也起了床，正在水晶帘下看梳头的时候，法国夫人欻地一阵风似的卷上楼来。玛德要避也来不及，骥东站在房门口，若迎若拒的不知所为。法国夫人倒很大方的坐在骥东先坐的椅里，对玛德凝视半晌道：‘果然很美，不怪骥东要迷了！姑娘不必害怕，我今天是来请教几句话的。先请教姑娘什么名字？’玛德抖声答道：‘我叫玛德。’法国夫人道：‘贵国是否英国？’道：‘是的。’法国夫人指着骥东道：‘你是不是爱这个人？’玛德微微点了一点头。法国夫人正色道：‘现在我要告诉你了。我叫佛伦西，是法国人。你爱的陈骥东是我的丈夫，我也爱他，那么我们俩合爱一个人了。你要是中国人，向来马马虎虎的，我原可以恕你。可惜你是英国人，和我站在一条人权法律保护之下。我虽不能除灭你心的自由，但爱的世界里，我和你两人里面，总多余了一个。现在只有一个法子，就是除去一个。’说罢，在衣袋里掏出两支雪亮的白郎宁，自己拿了一支，一支放在桌上，推到玛德面前，很温和的说道：‘我们俩谁该爱骥东，凭他来解决罢！密斯玛德，请你自卫。’说着，已一手举起了手枪，瞄准玛德，只待要扳机。说时迟，那时快，骥东横身一跳，隔在两女的中间，喊道：‘你们要打，先打死我！’法国夫人机械地立时把枪口向了地道：“你别着急，死的不一定是她。我们终要解决，你挡着有什么用呢？’玛德也哭喊道：‘你别挡，我愿意死！’，正闹得不得了，可巧古冥鸿和金逊卿有事来访骥东。仆欧们告知了，两人连忙奔上楼来，好容易把玛德拉到别一间屋里。玛德只是哭，佛伦西只是要决斗，骥东只是哀恳。古、金两人刚要向佛伦西劝解，佛伦西倏的站起来，发狂似的往外跑。大家追出来，她已自驾了亨斯美飞也似的向前路奔去。”

子固讲到这里，彩云急问道：“她奔到哪里去，难道寻死吗？”子固笑道：“哪里是寻死。”刚说到这里，听得楼下门铃叮铃铃的响起来，两人倒吃了一吓。正是：

　　皆大欢喜锁骨佛，为难左右跪池郎。

不知如此深更半夜，敲门的果是何人？且听下回分解。

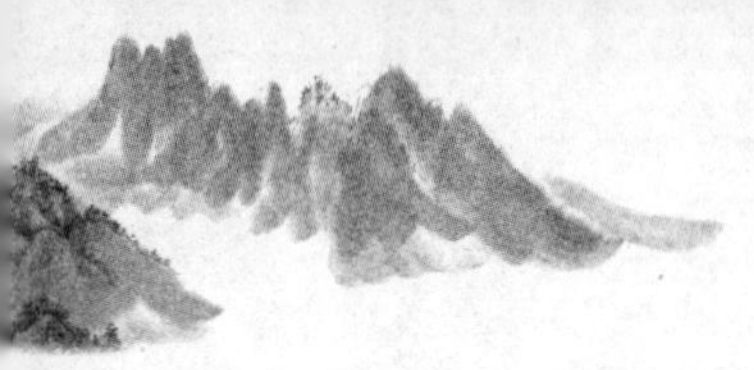

第三十二回

艳帜重张悬牌燕庆里　义旗不振弃甲鸡隆山

话说宝子固正和彩云讲到法国夫人自拉了亨斯美狂奔的话，忽听门铃乱响，两人都吃了一惊。子固怕的是三儿得信赶来，彩云知道不是三儿，却当是菊笑暗地跟踪而至。方各怀着鬼胎，想根问间，只听下面大门的开关声，接着一阵楼梯上历碌的脚步声、谈话声。一到房门口，就有人带着笑的高声喊道："好个阎罗包老，拐了美人偷跑，现在我陈大爷到了，捉奸捉双，看你从哪里逃！"宝子固在里面哈哈一笑的应道："不要紧，我有的是朋友会调停。只要把美人送回大英，随他天大的事情也告不成。"

就在这一阵笑语声中，有一个长身鹤立的人，肩披熟罗衫，手摇白团扇，翘起八字须，眯了一线眼，两脸绯红，醉态可掬，七跌八撞的冲进房来道："子固不要胡扯，我只问你，把你的美人、我的芳邻藏到哪里去了？"子固笑道："不要慌，还你的好乡邻。"回过头来向彩云道："这便是刚才和你谈的那个英、法两夫人决斗抢夺的陈骥东。"又向骥东道："这便是你从前的乡邻、现在的房客，大名鼎鼎的傅彩云。我来给你们俩介绍了罢！"骥东啐了一口道："嗄，多肉麻的话！好像傅彩云只有你一个人配认识。我们做了半年多乡邻，一天里在露台上见两三回的时候也有，还用得着你来介绍吗？"彩云微微的一笑道："可不是，不但陈大人我们见的熟了，连陈大人的太太也差不多天天见面。"子固道："你该谢谢这位太太哩！"彩云道："呀，我真忘死了！陈大人帮我的忙，替我想法，容我到这里住，我该谢陈大人是真的。"骥东道："这算不了什么，何消谢得！”子固拍着手道：“着啊，何消谢得！若不是法国太太逼走了玛德姑娘，骥东哪里有空房子给你住呢！你不是该谢太太吗？”骥东道：“子固尽在那里胡说八道，你别听他的鬼话。”彩云道：“刚才宝大人正告诉我法国太太和英国太太吵翻的事呢，后来法国太太自拉了亨斯美上哪儿去了呢？就请陈大人讲给我听罢。”骥东听到这里，脸上立时罩上一层愁云，懒懒的道：“还提她做什么，左不过到活阎罗那里去告我的状罢咧！这件事总是我的罪过，害了我可怜的玛德。你要知道这段历史，有玛德临行时留给我的一封信，一看便知道了。”骥东正去床面前镜台抽屉里寻出一个小小洋信封的时候，一个仆欧上来，报告晚餐已备好了。骥东道：“下去用了晚餐再看罢。”三人一起下楼，来到大餐间。

只见那大餐间里围满火红的壁衣，映着海绿的电灯，越显出碧沉沉幽静的境界。子固瞥眼望见餐桌上只放着两副食具，忙问道：“骥东，你怎么不吃了？”骥东道：“我今天在密采里请几个瑞记朋友，为的是谢他们密派商轮到台南救了刘永福军门出险，已吃得醉饱了，你们请用罢！”彩云此时一心只想看玛德的信，向骥东手里要了过来。一面吃着，一面读着，但见写的很沉痛的文章，很娟秀的字迹道：

骥东我爱：我们从此永诀了。我们俩的结合，本是一种热情的结合。在相爱的开始，你是迷惑，差不多全忘了既往；我是痴狂，毫没有顾虑到未来。你爱了我这了解你的女子，存心决非欺骗；我爱了你那有妻的男子，根本便是牺牲。所以我和你两人间的连属，是超道德和超法律的。彼此都是意志的自动，一点不生怨和悔的问题。我随你来华，同居了一年多，也享了些人生的快乐，感了些共鸣的交响，这便是我

该感谢你赐我的幸福了。

前日你夫人的突然而来，破了我们的秘密，固然是我们的不幸。然当你夫人实弹举枪时，我极愿意无抵抗的死在她一击之下，解除了我们难解的纠纷。不料被你横身救护，使你夫人和我的目的,两都不达。顿把你夫人向我决斗的意思，变了对你控诉，一直就跑到新衙门告状去了。幸亏宝谳官是你的朋友，当场拦住，不曾到堂宣布。把你夫人请到他公馆中，再三劝解，总算保全了你的名誉。可是你夫人提出的条件，要她不告，除非我和你脱离关系，立刻离华回国。宝子固明知这个刻酷的条件你断然不肯答应，反瞒了你，等你走后，私下来和我商量。

骥东我爱：你想罢，他们为了你社会声望计，为了你家庭幸福计，苦苦的要求我成全你。他们对你的热忱，实在可感，不过太苦了我了！

骥东我爱：咳！罢了，罢了！我既为了你肯牺牲身分，为了你并肯牺牲生命，如今索性连我的爱恋、我的快乐，一起为你牺牲了罢！子固代我定了轮船，我便在今晨上了船了。

骥东我爱：从此长别了！恕我临行时竟未向你告别。相见无益，徒多一番伤心，不如免了罢！身虽回英，心常在沪。愿你夫妇白头永好，不必再念海外三岛间的薄命人了。

玛德留书

彩云看完了信，向骥东道：“你这位英国夫人实在太好说话了。叫我做了她，她要决斗，我便给她拚个死活；她要告状，我也和她见个输赢。就算官司输了，我也不能甘心情愿输给她整个儿的丈夫。”

骥东叹一口气道：“英国女子性质大半高傲，玛德何尝是个好打发的人。这回的忽然隐忍退让，真出我意料之外，但决不是她的怯懦。她不惜破坏了自己来成全我，这完全受了小仲马《茶花女》剧本的影响。想起来，不但我把爱情误了她，还中了我文学的毒哩！怎叫我不终身抱恨呢！”彩云道：“那么，你怎么放她走的呢？她一走之后，难道就这么死活不管她了？陈大人你也太没良心了！”骥东还没回答，子固抢说道：“这个你倒不要怪陈大人，都是我和金逊卿、古冥鸿几个朋友，替陈大人彻底打算，只好硬劝玛德吃些亏，解救这一个结。难得玛德深明大义，竟毫不为难的答应了。所以自始至终，把陈大人瞒在鼓里。直到开了船，方才宣布出来。陈大人除了哭一场，也没有别的法儿了。至于玛德的生活费，是每月由陈大人津贴二十金镑，直到她改嫁为止。不嫁便永远照贴，这都是当时讲明白的。现在陈大人如有良心，依然可以和她通信，将来有机会时，依然可以团聚。在我们朋友们，替他处理这件为难的公案，总算十分圆满了。”

骥东站起身来，向沙发上一躺道：“子固，算我感激你们的盛情就是了，求你别再提这事罢！到底彩云正式悬牌的事，你们商量过没有？我想，最要紧的是解决三儿的问题。这件事，只好你去办的了。”子固道：“这事包在我身上，明天就叫人去和他开谈判，料他也不敢不依。”彩云道：“此外就是租房子、铺房间、雇用大姐相帮这些不相干的小事，我自己来张罗，不敢再烦两位了。”骥东道：“这些也好叫菊笑来帮帮你的忙，让我去暗地通知他一声便了。”彩云听了骥东的话，正中下怀，自然十分的欢喜称谢。子固虽然有些不愿菊笑的参加，但也不便反对骥东的提议，也就含胡

道好。

当下骥东在沙发上起来，掏出时计来一看，道声："啊哟，已经十一点钟了。时候不早，我要回去，明天再来和你们道喜罢！"说着，对彩云一笑。彩云也笑了一笑道："我也不敢多留，害陈大人回去受罚。"子固道："骥兄先走一步，我稍坐一会儿也就要走。"子固说这话时，骥东早已头也不回，扬长出门而去。一到门外，跳上马车，吩咐马夫，一径回静安寺路公馆。骥东和他夫人，表面上虽已恢复和平，心里自然存了芥蒂，夫妇分居了好久了。当骥东到家的时候，他夫人已经息灯安寝。骥东独睡一室，对此茫茫长夜，未免百感交集。在转辗不眠间，倒听见了隔壁三儿家，终夜人声不绝，明知是寻觅彩云，心中暗暗好笑。

次日，一早起来，打发人去把菊笑叫来，告诉了一切，又嘱咐了一番。菊笑自然奉命惟谨的和彩云接头办理。子固也把孙三儿一面安排得妥妥帖帖，所有彩云的东西一概要回，不少一件。不到三天，彩云就择定了吉日良时，搬进燕庆里。子固作主，改换新名，去了原来养母的姓，改从自己的姓，叫了曹梦兰。定制了一块朱字铜牌，插了金花，挂上彩球，高高挂在门口。第一天的开台酒，当然子固来报效了双双台，叫了两班灯担堂名，请了三四十位客人，把上海滩有名的人物，差不多一网打尽，做了一个群英大会。从此芳名大震，哄动一时，窟号销金，城开不夜，说不尽的繁华热闹。曹梦兰三字，比四金刚还要响亮，和琴楼梦的女主人花翠琴齐名，当时号称"哼哈二将。"

闲言少表。却说那一天，骥东正为了随侍威毅伯到马关办理中日和议的两个同僚，乌赤云和马美菽新从天津请假回南，到了上海。骥东替他们接风，就借曹梦兰妆阁，备了一席盛筵，邀请子固、冥鸿、逊卿，又加上一个招商局总办、从台湾回来的过肇廷做陪客。骥东这一局，一来是替梦兰捧场，了却护花的心愿；二来那天所请的特客，都是刎颈旧交，济时人杰，所以老早就到。就是赤云、美菽一班客人，因为知道曹梦兰便是傅彩云的化身，人人怀着先睹为快的念头，不到天黑，陆陆续续的全来了。梦兰本是交际场中的女王，来做姐妹花中的翘楚，不用说灵心四照，妙舌连环，周旋得春风满座。等到华灯初上，豪宴甫开，骥东招呼诸人就座。梦兰亲手执了一把写生镂银壶，遍斟座客。赤云坐了首席，美菽第二，其余肇廷、子固、冥鸿、逊卿依次坐定。梦兰告了一个罪，自己出外应征去了。这里诸客叫的条子，大概不外林、陆、金、张四金刚，翁梅倩、胡宝玉等一群时髦倌人。翠暖红酣，花团锦簇，不必细表。

当下骥东先发议道："我们今日这个盛会，列座的都是名流，侑酒的尽属名花，女主人又是中外驰名的美人，我要把《清平调》的'名花倾国两相欢'，改做'倾城名士两相欢'了。"大家拍手道好。子固道："骥兄固然改得好，但我的意思，这一句该注重在一个'欢'字。倾城名士，两两相遇，虽然是件韵事，倘使相遇在烽火连天之下，便不欢乐了。今天的所以相欢，为的是战祸已消，和议新结。照这样说来，岂不是全亏了威毅伯春帆楼五次的磋商，两公在下关密勿的赞助，方换到这一晌之欢。我们该给赤兄、美兄公敬一杯，以表感谢。"逊卿道："在烟台和日使伊东已正治交换和约，是赤翁去的，这是和议的成功。赤翁该敬个双杯。"

赤云捋须微笑道："诸位快不要过奖，大家能骂得含蓄一点，就十分的叨情了。这回议和的事，本是定做去串吃力不讨好的戏文。在威毅伯的鞠躬尽瘁、忍辱负重，不论从前交涉上的功罪如何，

我们就事论事，这一副不要性命并不顾名誉的牺牲精神，真叫人不能不钦服。但是议约的结果，总是赔款割地，大损国威。自奉三品以上官公议和战的朝命，反对的封章电奏，不下百十通。台湾臣民，争得最为激烈。尤其奇怪的，连老成持重的江督刘焜益，也说战而不胜，尚可设法撑持。鄂督庄寿香极端反对割地，洋洋洒洒上了一篇‘理有三不可、势有六不能’的鸿文，还要请将威毅伯拿交刑部治罪哩！我们这班附和的人，在衮衮诸公心目中，只怕寸磔不足蔽辜呢！”

美菽道：“其实我们何尝有什么成见，还够不上像荫白副使一般，有一个日本姨太太，人家可以说他是东洋驸马。自从刘公岛海军覆没后，很希望主战派推戴的湘军，在陆路上得个胜仗，稍挽危局。无奈这位自命知兵的何太真，只在田庄台挂了一面受降的大言牌，等到依唐阿一逃，营口一失，想不到纶巾羽扇的风流，脱不了弃甲曳兵的故事，狂奔了一夜，败退石家站。从此湘军也绝了望了。危急到如此地步，除了议和，还有甚办法？然都中一班名流，如章直蜚、闻鼎儒辈，还在松筠庵大集议，植髭奋鬣，飞短流长，攻击威毅伯，奏参他十可杀的罪状呢！”

肇廷道：“何太真轻敌取败，完全中了书毒。其事可笑，其心可哀，我辈似不宜苛责。我最不解的，庄寿香号称名臣，听说在和议开始时，他主张把台湾赠英。政府竟密电翁养鱼使臣，通款英廷。幸亏英相罗士勃雷婉言谢绝，否则一个女儿受了两家茶，不特破坏垂成的和局，而且丧失大信。国将不国，这才是糊涂到底呢！”冥鸿插嘴道：“割台原是不得已之举，台民不甘臣日，公车上书反抗，列名的千数百人。在籍主事邱逢甲，创议建立台湾民主国，誓众新竹，宣布独立。我还记得他们第一个电奏，只有十六个字道：'台湾士民，义不臣倭，愿为岛国，永戴圣清'。这是一时公愤中当然有的事。可恨唐景崧身为疆吏，何至不明利害！竟昧然徇台民之请，凭众抗旨，直受伯理玺天德印信，建蓝地黄虎的国旗，用永清元年的年号，开议院，设部署，行使钞币，俨然以海外扶余自命。既做此非常举动，却又无丝毫预备。不及十日，外兵未至，内乱先起，贻害台疆，腾笑海外！真是'画虎不成'，应了他的旗谶了！就是大家崇拜的刘永福，在台南继起，困守了三个多月，至今铺张战绩，还有人替刘大将军草平倭露布的呢！没一个不说得他来像生龙活虎、牛鬼蛇神，其实都是主战派的造言生事，凭空结撰。守台的结果，不过牺牲了几个敢死义民，糟蹋了一般无辜百姓，等到计穷身竭，也是一逃了事罢了。"

骥东听到这里，勃然作色道："冥鸿兄，你这些都是成败论人的话，实在不敢奉教！割让台湾一事，在威毅伯为全局安危，策万全，忍痛承诺，国人自应予以谅解。在唐、刘替民族存亡争一线，仗义挥戈，我们何忍不表同情！我并不是为了曾替薇卿运动外交上的承认，代渊亭营救战败后的出险，私交上有心袒护。只凭我良心评判，觉得甲午战史中，这两人虽都失败，还不失为有血气的国民。我比较他人知道些内幕，诸位今天如不厌烦，我倒可以详告。"赤云、美菽齐声道："台事传闻异辞，我们如坠五里雾中。骥兄既经参预大计，必明真相，愿闻其详。"骥东道："现在大家说到唐景崧七天的大总统，谁不笑他虎头蛇尾，唱了一出滑稽剧。其实正是一部民族灭亡的伤心史，说来好不凄惶。当割台约定，朝命景崧率军民离台内渡的时候，全台震动，万众一心，誓不屈服，明知无济，愿以死抗。邱逢甲、林朝栋二三人登台一呼，宣言自主，赞成者万人。立即雕成台湾民主国大总统印绶，鼓吹前导，

民众后拥，一路哭送抚署。这正是民族根本精神的表现。景菘受了这种精神的激荡，一时义愤勃发，便不顾利害，朝服出堂，先望阙叩了九个头，然后北面受任。这时节的景菘，未尝不是个赴义扶危的豪杰。再想不到变起仓皇，一蹶不振。议论他的，不说他文吏不知军机，便说他卤莽漫无布置，实际都是隔靴搔痒的话。他的失败，并不失败在外患，却失败在内变。内变的主动，便是他的宠将李文魁。李文魁的所以内变，原因还是发生在女祸。

"原来景菘从法、越罢战后，因招降黑旗兵的功劳，由吏部主事外放了台湾道，不到一年升了藩司，在宦途上总算一帆风顺的了。景菘却自命知兵，不甘做庸碌官僚，只想建些英雄事业，所以最喜欢招罗些江湖无赖做他的扈从。内中有两个是他最赏识的，一个姓方，名德义；还有一个便是李文魁。方德义本是哥老会的会员，在湘军里充过管带，年纪不过三十来岁，为人勇敢忠直，相貌也魁梧奇伟。李文魁不过一个直隶游匪，混在淮军里做了几年营混子。只为他诡计多端，生相凶恶，大家送他绰号，叫作'李鬼子'。两人都有些膂力。景菘在越南替徐延旭护军时，收抚来充自己心腹的。后来景菘和刘永福、丁槐合攻宣光，两人都很出力。景菘把方德义保了守备，文魁只授了把总。文魁因此心上不愤，常常和德义发生冲突。等到景菘到了台湾，两人自然跟去，各派差使。又为了差使的好坏，意见越闹越深。文魁是个有心计的人，那时驻台提督杨岐珍统带的又都是淮军，被文魁暗中勾结，结识了不少党羽，势力渐渐扩大起来。景菘一升抚台，便马马虎虎委了德义武巡捕，文魁亲兵管带。文魁更加不服。

"景菘知道了，心里想代为调和，又要深结文魁的心，正没有办法，也是合当有事，一日方在内衙闲坐，妻妾子女围聚谈天，忽见他已出嫁的大女儿余姑太身边站着一个美貌丫鬟，名唤银荷。那银荷本是景菘向来注意，款待得和群婢不同，合衙人都戏唤她做候补姨太太。其实景菘倒并没自己享用的意思，他想把她来做钩饵，在紧急时钓取将士们死力的。那时，他既代台廉村接了巡抚印，已移刘永福军去守台南，自任守台北。日本军舰有来攻文良港消息，正在用人之际，也是利用银荷的好时机，不觉就动了把银荷许配文魁的心。当下出去，立刻把文魁叫到签押房，私下把亲事当面说定，勉励了一番，又吩咐以后不许再和德义结仇。在景菘自以为操纵得法，总可得到两人的同心协力。谁知事实恰与思想相反。只为德义同文魁平常都算景菘的心腹，一般穿房入户，一般看中了银荷，彼此都要向她献些小殷勤，不过因为景菘的态度不明，大家不敢十分放肆罢了。如今景菘忽然把银荷赏配了文魁，文魁狼子野心，未必能知恩敛迹。这个消息一传到德义耳中，好似打了个焦雷。最奇怪的，连银荷也哭泣了数天。

“不久，景菘的中军黄翼德出差到广东募兵，就派德义署了中军。文魁恃宠骄纵，往往不服从他的命令，德义真有些耐不得了。有一次，竟查到文魁在外结党招摇的事，拿到了唽血的盟书，不客气地揭禀景菘。景菘见事情闹的实了，只得从宽发落，把文魁斥革驱逐了。文魁大恨，暗暗先将他的党羽布满城中和抚署内外，日夜图谋报仇雪恨。恰好独立宣布，景菘命女婿余鋆保护家眷行李，乘轮内渡，银荷当然随行。文魁知道了哪里肯依，立时集合了同党，商议定计，一来抢回银荷，二来趁此机会反戈抚署，把景菘连德义一并戕杀，投效日军献功。这是文魁原定的办法。当时文魁率领了党徒三百多人，在城外要道分散埋伏下了，等到余鋆等一行人走近的当儿，呼哨一声，无数涂花脸的强徒蜂拥四出。

余鋆见不是头，忙叫护送的一队抚标兵，排开了放枪抵御，自己弹压着轿夫，抬着女眷们飞奔的逃回。抚标兵究竟寡不敌众，死的死，逃的逃，差不多全打散了。幸亏余鋆已进了城，将近抚署。

“那时德义正在署中，闻知有变，急急奔出，正要严令闭门，余鋆已押了眷轿踉跄而入。背后枪声，随着似连珠般的轰发，门前已开了火了。德义还未举步，不提防文魁手持大朴刀，突门冲进。正是仇人相见，分外眼明，兜头一刀斫下，血肉淋漓，飞去了半个头颅。德义狂叫一声，返奔了十余步倒在大堂阶下。人声枪声鼎沸中，忽然眷轿里跳出一人，扑在德义血泊的尸身上号啕痛哭。原来便是银荷。文魁提刀赶到，看见了倒怔住了。忽然暖阁门砰硼的大开，景崧昂然的走了出来。那时大堂外的甬道上立满了叛徒，人人怒容满面，个个杀气冲天。文魁两眼只注射染血的刀锋上。忽然尸旁的哭声停了，银荷倏的站了起来，突然拉住了文魁的右臂喊道：‘你看见了吗？我们的恩主唐抚台出来了。’如疯狗一般的文魁，被银荷这句话一提，仿佛梦中惊醒似的，文魁的刀锋慢慢的朝了下。景崧已走到他面前，很从容的问道：‘李文魁，你来做什么？’文魁低了头，垂了手，忸怩似的道：‘来保护大帅。’景崧道：‘好。’手执一支令箭，递给文魁，吩咐道：‘我正要添募新兵，你认得的兄弟们很多，限你两天招足六营。派你做统领，星夜开拔，赴狮球岭驻扎。’文魁叩头受命。各统领闻警来救，景崧托言叛徒已散，都抚慰遣归。另行出示，缉拿戕官凶犯。一天大祸，无形消弥。也亏了景崧应变的急智，而银荷的寥寥数语，魔力更大。景崧正待另服相看，不想隔了一夜，银荷竟在署中投缳自尽。大家也猜不透她死的缘故，有人说她和方德义早发生了关系，这回见德义惨死，誓不独生。这也是情理中或有之事。

"但银荷的死，看似平常，其实却有关台湾的存亡、景崧的成败。为什么呢？就为李文魁的肯服从命令，募兵赴防，目的还在欲得银荷。一听见银荷死信，便绝了希望，还疑心景崧藏匿起来，假造死信哄他，所以又生了叛心，想驱逐景崧，去迎降日军。等到日军攻破基隆的这一日，三貂岭正在危急，文魁在狮球岭领了他的大队，挟了快枪，驰回城中，直入抚署，向景崧大呼道：'狮球岭破在旦夕了，职已计穷力竭，请大帅亲往督战罢！'景崧见前后左右，狞目张牙，环侍的都是他的党徒，自己亲兵反而瑟缩退后。知道事不可为，强自震慑，举案上令箭掷下，拍案道：'什么话！速去传令，敢退后的军法从事！'说罢，拂袖而入。叹道：'文魁误我，我误台民！'就在此时，景崧带印潜登了英国商轮，内渡回国，署中竟没一个人知道，连文魁都瞒过了。这样说来，景崧守台的失败，原因全在李文魁的内变。这种内变，事生肘腋，无从预防，固不关于军略，也无所施其才能，只好委之于命了。我们责备景崧说他用人不当，他固无辞。若把他助无告、御外侮的一片苦心一笔抹杀，倒责他违旨失信，这变了日本人的论调了，我是极端反对的。"

肇廷举起一大杯酒，一口吸尽道："骥兄快人，这段议论，一泄我数月以来的闷气，当浮一大白！就是刘永福的事，前天有个从台湾回来的友人，谈起来也和传闻的不同。今天索性把台湾的事，谈个痛快罢！"大家都说道："那更好了，快说，快说！"正是：

华筵会合皆名宿，孤岛兴亡属女戎。

不知肇廷说出如何的不同？且听下回分解。

第三十三回

保残疆血战台南府　谋革命举义广东城

话说肇廷提起了刘永福守台南的事，大家知道他离开台湾还不甚久，从那边内渡的熟人又多，听到的一定比别人要真确，都催着他讲。

肇廷道："刘永福虽然现在已一败涂地，听说没多时，才给德国人营救了出险。但外面议论，还是沸沸扬扬，有赞的，有骂的。赞他说的神出鬼没，成了《封神榜》上的姜子牙，骂他的又看做抗旨害民，像是《平台记》里的朱一桂，其实这些都是挟持成见的话。平心而论，刘永福固然不是什么天神天将，也决不会谋反叛逆，不过是个有些胆略、有些经验的老军务罢了。他的死抗日军，并不想建什么功，立什么业，并且也不是和威毅伯有意别扭着，闹法、越战争时被排斥的旧意见。他明知道马关议约时，威毅伯曾经向伊藤博文声明过，如果日本去收台，台民反抗，自己不能负责。现在台民真的反抗了。自从台北一陷，邱逢甲、林朝栋这班士绅，率领了全台民众，慷慨激昂地把总统印绶硬献给他。你们想，刘永福是和外国人打过死仗的老将，岂有不晓得四无援助的孤岛，怎抗得过乘胜长驱的日军呢！无如他被全台的公愤，逼迫得没有回旋余地，只好挺身而出，作孤注一掷了。只看他不就总统任，仍用帮办名义担任防守，足见他不得已的态度了。老实说，就是大家喧传刘大将军在安平炮台上亲手开炮，打退日本的海军，这才是笑话呢！要晓得台南海上，常有极利害的风暴，在四五月里起的，土人叫作台风，比着英、法海峡上的雪风还要凶恶。那一次，日舰来犯安平，恰恰遇到这危险的风暴。永福在炮台上只发了三炮，日舰就不还炮地从容退去，那全靠着台风的威力，何尝是黑旗的本领呢？讲到永福手下的将领，也只有杨紫云、吴彭年、袁锡清三四个人肯出些死力，其余都是不中用的。所以据愚见看来，对于刘永福，我们不必给他捧场，也不忍加以攻击，我们认他是个有志未成的老将罢了。我现在要讲的，是台湾民族的一部惨史。虽然后来依然葬送在一班无耻的土人手里，然内中却出了几个为种族牺牲、死抗强权的志士。”合座都鼓着掌道：“有这等奇事，愿闻，愿闻！”

那当儿，席面上刚刚上到鱼翅，梦兰出堂唱尚未回来。娘姨大姐满张罗的斟酒，各人叫的林、陆、金、张四金刚等几个名妓，都还花枝招展的坐在肩下。

肇廷道：“自从永福击退了日舰后，台民自然益发兴高采烈。不到十日，投军效命的已有万余人。永福趁这机会，把防务严密部署了一番。又将民团编成二十营，选定台民中著名勇士二人分统了。一个最勇敢的叫徐骧，生得矮小精悍，膂力过人，跳山越涧，如履平地，不论生番和土人，都有些怕他。一个林义成，原是福州人，从他祖上落籍在嘉义县，是个魁伟的丈夫，和徐骧是师兄弟，本事也相仿。把这两个人统率民团，自然是永福的善于驾驭。还有一个叫作刘通华，是朱一桂部将刘国基的子孙，在当地也有些势力，和徐、林两人常在一起，台人称做‘台南三虎’。不过刘通华生得獐头鼠目，心计很深，远不如徐、林两人的豪侠。徐骧因为是自己的同道，也把他引荐给永福，做了自己部下的帮统。编派已定，徐、林两人日夜操练兵马。甫有头绪，那时日军大队已

猛攻新竹。守将杨紫云只抗月余，大小二十余战，势危请援。徐骧和林义成都奉了永福命令，星夜开赴前敌。刚走过太甲溪，半路遇见吴彭年，方知道赴援不及，新竹已失，杨紫云阵亡。日军乘胜长驱，势不可当。于是大家商定，只好退守太甲溪。

“且说那太甲溪，原是一个临河依山的要隘，沿着溪河的左岸，还留下旧时的砖垒，山巅上可以安置炮位。当下徐骧、林义成领着民团，帮同吴彭年把队伍分扎在岸旁和山上，专候日兵来攻。那天正是布置好了防务的临晚，一轮火红的落日，已渐渐没入树一般粗的高竹林后面，在竹罅里散出万道紫光，返照在正在埋锅造饭的野营和沿河的古垒上，映得满地都成了血色。夏天炙蒸已过，吹来的湿风，还是热烘烘的。就在这惨澹的暮霭里，有两个少年在砖垒上面，肩并肩的靠在古垒的炮堵子上低低讲话。两人头上都绕着黑布，身上穿着黑布短衣，黑缠腰。腰带上左挂马枪，右插标枪。两腿满缠着一色的布，脚蹬草鞋。一个长不满五尺，面似干柴一般的瘦，两眼炯炯有威；一个是个稍长大汉，圆而黑的一张巨脸。那瘦小的不用说是徐骧，长大的便是林义成。

“那时徐骧眼望着对岸，愤愤的道：‘他妈的！那矮鬼的枪炮真利害，凭你多大本领，皮肉总挡不住子弹。我们总得想一个巧妙的法子，不管他成不成，杀他一个痛快，也是好的！’林义成道：‘说的是！有什么法子呢？’徐骧沉吟了一回道：‘大冈山上的女武师郑姑姑，不是你晓得的吗？拳脚固然练得不坏，又会一手好标枪，懂得兵法，有神出鬼没的手段，番人没个不畏服，奉她做女神圣。我想若能请她出来带助我们，或者有些办法。’林义成扬了一扬眉，望着徐骧道：‘她肯出来吗？你该知道郑姑姑是郑芝龙的子孙，世代传着仇满的祖训。他们宁可和生番打交道，怎肯出来帮助官军呢！’徐骧摇头道：‘老林，你差了！我们现在和满清政府有什么关系呢？他们早把我们和死狗一般的丢了！我们目前和日本打仗，原是台湾人自争种族的存亡，胜固可贺，败也留些悲壮的纪念，下后来复仇的种子。况且这回日军到处，不但掳掠，而且任意奸淫，台中妇女全做了异族纵欲的机械。郑姑姑也是个女子，就这一点讲，她也一定肯挺身而出。’林义成道：‘就算她肯，谁去请呢？’徐骧指着自己道：‘是我。’林义成正要说话，忽听背后一人喊道：‘团长，你敢吗？’两人却吃了一吓。回过头来，见是自己的帮统刘通华，满脸毛茸茸未剃的胡子，两条板刷般的眉毛下露出狡猾的笑容。

“徐骧怒道：‘为什么我不敢！’刘通华道：‘郑姑姑住在二鲲身大冈山铁猫椗龙耳瓮旁边。从这里去，路程不过十来里，可是要经过几处危险的山洞溪涧。瘴气毒蛇，不算一回事，最凶险的是那猴闷溪。那是两个山岬中间的急流溪，在两崖巅冲下像银龙般的一大条瀑布。凡到大冈山的，必要越过这溪。除了番人，任你好汉，都要淌下海去。团长，你敢冒这个险吗？’徐骧道：‘什么险不险，去的，就敢！’通华道：‘敢去我也不赞成。台湾的男子汉都死绝了，要请一个半人半鬼的女妖去杀敌？说也羞人！’义成冷笑道：‘老刘不必说了，你不过为了从前迷恋郑姑姑的美貌，想吃天鹅肉吃不到，倒受了她一标枪，记着旧仇来反对，这又何苦呢！’通华道：‘我是好意相劝，反惹你们许多话。’徐骧瞪起眼，手按枪靶喝道：‘今天我是团长，你敢反抗我的命令吗？再说，看枪！’通华连连冷笑了几声，转背扬长的去了。

“这里徐骧被刘通华几句话一激，倒下了决心，一声不响，涨紫了露骨的脸，一口气奔下垒来。跑到一座较高的营帐前系着一匹青鬃大马的一棵椰子树旁，自己解下缰绳，取了鞭子，翻身跨上鞍鞒。义成连忙追上来问道：'你就这么去吗？还是我跟着你同走罢！'徐骧回头答道：'再不去，被老刘也笑死！你还是照顾这里的防务，也许矮子今天就来。去不得，去不得！吴统领那里，你给我代禀一声。明天这时，我一定回来，再见罢！'说着，把鞭一扬，在万灶炊烟中，早飞上山坡，向峰密深处疾驰而去。

"林义成到底有些不放心，疾忙回到自己营中，嘱咐几句他的副手，拉了一匹马，依着徐骧去的路，加紧了马力追上去。翻了几个山头，穿了几处山洞，越过了几条溪涧，天色已黑了下来。在微茫月光里，只看见些洪荒的古树、蟠屈的粗藤，除了自己外，再找不到一人一骑，暗暗诧异道：'难道他不走这条路吗？'正勒住马探望间，一阵风忽地送来一声悠扬的马嘶。踏紧了镫，耸身随了声音来处望去，只见一匹马恰系在溪边一株半倒的怪树下，鞍韂完全，却不见人到。义成有些慌了，想上前去察看，忽听砌的一声，是马枪的爆响。一瞥眼里，溪下现出徐骧的身量，一手插好了枪，一手拉缰，跳上马背，只一提，那马似生了翅膀似地飞过溪流去了。义成才记起这溪是有名多蛇的，溪那边便是雅猴林，雅猴林的尽头就是猴闷溪，那是土人和生番的界线。义成一边想，一边催马前进。到了溪边，在月光下，依稀看见浅滩上蠕动着通身花斑的几堆闪光。忙下了鞍，牵了马，涉水过溪，方见清溪流里横着两条比人腿还粗的花蛇，尾稍向上开着，红色的尖瓣和花一般。靠左一条是中标枪死的，右面一条是马枪打死的。看那样儿，方想到刚才徐骧被这些畜生袭击的危险，亏得他开了路，自己倒安然的渡过溪来。看着溪那边，是一座深密的大树林，在夏夜浓荫下，简直成了无边的黑海，全靠了叶孔枝缝中筛簸下一些淡白月影，照见前面弯曲林径里忽隐忽现的徐骧背影。义成遥远的紧跟着前进。两人骑行的距离，虽隔着半里多，却是一般的速度。

“过了一会儿，树林尽处，豁然开朗。面前突起了冲天高的一个危崖，耳边听见澎湃的水声。在云月朦胧里，瞥见从天泻下一条挟着万星跳跃的银河，义成认得这就是最可怕的猴闷溪了。忽见徐骧一出了林，纵马直上那陡绝的坂路。义成怕他觉得，只好在后缓缓的跟上去，过了危坂，显出一块较平坦的坡地。见那坡地罩出的高崖下，有几间像船一般狭长的板屋，屋檐离地不过四五尺高，门柱上仿佛现出五采的画。屋前种着七八株椰树，屋后围着竹林。那竹子都和斗一样的粗，数十丈的高，确是番人的住宅。看见徐骧到了椰树前就跳下马来，系好马，去那矮屋前敲门。

“只听那屋前的竹窗洞里一个干哑的人声问道：‘谁？半夜打门！狗贼吗？看箭！’言未了，硼的一响，一根没翎毛尖长的箭，向徐骧射来。幸亏徐骧避得快，没射着，就喊道：‘我是老徐。’咿哑的一扇板门开了，走出一个矮老人来。草缚着头上半截的披发，一张人腊的脸藏在一大簇刺猬的粗毛里，露着一口漆黑的染齿，两耳垂着两个大木环。赤了脚，裸着刺花的上半身，腰里围了一幅布，把编藤束得紧紧的。一见徐骧，现出凶狡的笑容道：‘原来是你，我只当来了一个红毛鬼。’徐骧也笑道：‘我不是红毛鬼，我是想杀黄毛小鬼的钟馗。’老人道：‘我们山里只有红花的大蛇，没有黄毛的小鬼，你深夜来做什么？’徐骧道：‘小鬼要来，尽你有大蛇也挡不住，我特地来请一位杀鬼的帮手。’老人道：‘谁？’徐骧道：‘你们的郑姑姑。你们往常找郑姑姑，必要经过猴闷溪。怎样越过，你们肯帮我吗？’老人像怪鸟一样的笑了一声道：‘小鬼是要仙女来杀的，我们一定帮你。’说着，把手向屋里一招，出来了一对十五六岁的一男一女，赤条条的一丝不挂，头上都戴满了花草，两臂刺着青色的红毛文。女的胸悬贝壳，手带铜镯，右手挽着男的臂，左手托着猪腰似的果肉，自己咬了一口，喂到男的嘴边。一壁嬉笑，一壁跳跃的出来，看见徐骧，诧异似的眼望老人傻看。老人向徐骧道：‘这就是我的女儿和她自己招来的丈夫。你瞧，这对呆鸟，只晓得自己对吃樣果，也不分敬些客。可是你不要看轻他们，能帮你过溪的只有他们俩。’徐骧莫名其妙地听着那老番很高兴的讲，随后又很高兴的吩咐那两孩子领客人过溪。于是两个孩子和猴子般向前窜，老番也拉了徐骧一同往高崖下瀑布冲激的斜坡奔去。

“义成看到这里，正想举步再跟，忽见木屋的侧壁上，细碎的月光中闪过一个很长的黑影，好像是个人影转过屋后不见了。心里好生奇怪，不由自主的抄到竹林里，又寻不到一些踪迹，暗忖道：‘难不成这里有鬼？’回过脸来，恰对着那屋后的一个大窗洞。向里一望，大吃一惊！只见一片月光，正斜照在沿窗悬挂着的一排七八个人头上，都是瞪着无光的大眼，眦露着黑或白的齿，脸皮也有金箔色的，也有银色的，惨赖的怕人。义成被这一吓，不拣方向的乱跑，一跑就跑出竹林以外，恰遇到岩石的缺口处。在依稀斜月中，望见下面奔雷似的大溪河，溪河这边站着老番和徐骧。看那老番，正望着怒瀑的两岬间，指指点点的给徐骧讲话。义成随着他手指地方看去，忽见崖顶上仿佛天河决了口倒下的洪涛里，翻滚着两个赤条条的孩子。再细认时，方辨明有一条饭碗粗的长藤，中段暗结在爆布下两岬夹缝的深谷里，两端却生根似的各牢系在两岸的土中。此时正被两孩解放了谷中的结，趁势同秋千一样同冲激的水空里直荡进去，简直是天盖下挂着一座穿云的水晶壶，跳跃着一对戏水的金鱼。一瞬目间，两孩已离开了瀑流，缘着藤直滑到溪岸。

“只听溪边徐骧拍着掌欢呼道：‘妙啊！好一双绝技的弄潮儿。奇啊！好一条自然秘藏的飞桥。’说着话，抢上几步，纵身只一跃，两臂早挽上了悬藤。全身悬垂在空，手和臂变了肉翅。一屈一伸，一路飞行而进，恰钻入了雪崩的洪水圈里，倏地豁刺一声，徐骧全体随了一边脱拴的老藤，突落下沸成危潭的涡旋里，被几个狂浪打击，卷入溪中不可控制的急湍，向下海直淌。但见水花飞溅了几阵，一些人影也找不到了。老番站在岸边，张手顿足，嘴里狂喊道：‘怎么千年的古藤，今天会拔了根，送了老徐的性命？你俩到底怎么弄的？’两孩也喊道：‘太奇怪了！这棵藤根本长在我们屋后竹林外的石壁上，若不是有人安心把刀斧砍断，任什么都拔不了根。’老番道：‘是呀，一定有歹人暗算！我们已没法救老徐的命，只有赶快去杀那害人贼，替他报仇！’一声呼啸，三人一齐向崖上跑。义成正着急他同伴遇险，想跳下崖去营救，忽听到这几句话，顿悟自己犯了嫌疑，一落番人手里，定遭惨杀。三十六着，走为上着，只好不顾一切，逃出竹林，飞身上马，没命地向来路狂奔。奔够了一两个钟头，不知越过了多少深林巨壑，估量着离猴闷溪已远，心头略略安定。刚放松缰绳，忽地望见远远月光中，闪电般飞过一个骑影，等到再定睛时，已转入山弯里不见了。义成十分惊诧，料定就是害徐骧的人，不觉怒从心起，加紧一鞭，追寻前去。正追得紧时，风中传来隆隆的炮声，又一阵阵连珠似的枪声，越走越听得清楚。义成猛吃一惊，抬头远望，已见天空中偶然飞起的弹火，疾忙催马向火发处驰去。又走了半个钟头，才现出一个平坦宽广的坂路，上面屯聚着一堆堆的人马营帐，旗帜刀枪，认得是吴统领的队伍。那坂路上面，恰当着两座高峰夹峙的隘口。那隘口边，已临时把沙土筑成了一条城堡般的防障，吴统领正指挥许多兵士轮流着抵御下面猛攻的敌军。义成赶到，下马上前谒见。

“吴彭年一望是他，就喊道：‘你和徐骧到哪里去了？日军偷渡了太甲溪半夜来攻，你们的队伍先自溃退，牵动了全军。我们当然也抵挡不住，直退到这凹底山的隘口，好容易才扎住了。你们民团被日军追逼到东面的密菁中，至今不知下落。咦！怎么你只剩一人，徐骧呢？’义成知道自己坏了事，很惭愧的把徐骧去寻郑姑姑和自己跟踪目睹的事，详细说了一遍。吴彭年惊道：‘啊哟！这样说来，徐骧是被人害死了。害死他的，一定是刘通华！’义成问道：‘统领怎么知道是他害的？’吴彭年道：‘刘通华早已不知去向了！如今事已如此，说他无益，由他去罢，还是请你振作精神，帮助我一同防守要紧。’义成到此地步，既悲伤徐骧的惨死，又悔恨自己的失机，心里十分的难过。现在看见吴统领不但不斥责他，反奖励他，岂有不感激效命的呢！虽然敌人炮火连天，我军死伤山积，义成竟奋不顾身，日夜不懈的足足帮着守御了三天。

“到第四天的清晓，日军忽然停止了攻击。义成随着吴彭年在大帐里休憩，计议些防务。忽见几个兵士捉住了一个番女，嚷着奸细，簇拥进帐来，请统领审问。谁知那番女一踏进帐门，望见吴、林二人，就高声说道：‘我不是奸细，也不是番女！我是从间道来报告秘密事情的，请统领屏退从人。如不相信，尽可叫兵士们先搜我身上，有无军器，或者留林义士在这里护卫，都听统领的便。’吴、林二人听了，暗暗纳罕。当时照例搜检了一通，真的身无寸铁。吴统领立刻喝退了护卫，只叫义成执枪侍立。那番女忽地转身向外，拔除了头上满插的花草，卸下了耳边悬垂的木环，扯掉了肩头抖张的鸟翅，拉去了项下联络的贝壳，等到回过脸来，倏变成了一个垂辫丰艳的美貌少女。义成先惊叫道：‘你是郑姑姑，怎会跑到这里？’言犹未了，把吴彭年也惊得呆了。郑姑姑微笑从容说道：‘我自有我的跑法，林义士不必考问。我现在来报告的，是我预定的破敌奇计。’

“吴彭年诧问道：‘你有奇计吗？’郑姑姑把眉一扬道：‘原也算不了奇，不过老套罢了。我从前夜里在大冈山，领了百十个壮健些的番女一同下来，刚到傀儡内山的郎娇社，就遇到民团溃兵窜过，向着山后卑南觅逃走。日军见穷山深菁，不敢穷追，便在社内扎住了。幸我先到一步，把带来的番女都暗暗安顿在番众家里。我只留了老妇二人、小番女一人认做亲属，也占住了一座番屋。日兵一到，在休战时间，第一件事，当然是搜寻妇女取乐，补偿他们血战之苦。番女中稍有姿色的全被掳去，注目到我的格外的多。正谋劫夺，忽然闯进一个会说中国话的青年军官，自称炮兵队长，相貌魁梧，态度温雅，不愧武士道风。进得门来，便把老妇、少女支使出去，亲手关上了门，转身挨我身旁坐下，很婉转的和我搭话。我先垂着头，佯羞不答，也不峻拒。他有些迷惑了，絮絮叨叨，说了许多求爱的软话。我故意斜看了他一眼，低低说道：‘像将军这般英雄年少，我在中国还没有遇见过。若能正式娶我，我岂有不愿。’队长道：‘令娘真好眼力，我恰正没有娶妻。’说罢，就拉我就抱，将施无礼。我却徐徐把他推开，带着嘲弄的样子和他说：'哪有堂堂大国男儿，想做苟合之事。'他倒窘了，问我：'该怎么办呢。'我说：'我们既是正式婚嫁，难道不用媒证？'他说：'一时哪里去找？'我问：'围绕在门外的那些人是谁？'他说：'是同伍。'我道：'何妨请他们进来，做我们的媒证。'那队长见我说得诚恳，很欢喜的答应，竟招众人进门，宣布了大意。大家都欢呼赞成，并且要求我立刻成婚。我推托嫁衣未备，便做和服至快也得三天。这么着，磋商的结果，定了后天下午成婚。我又要他当夜在我家里开一个大宴会，他允许我请到同僚里许多重要官佐，替我装场面，内中我知道就有这里的炮队长和机关枪队长。这些都是昨夜约定的话。老实说，我早准备下虎阱龙窝，就打算在这筵席上关门杀贼。可恨那些小鬼，一向看扁了中国人，这回也叫他们尝尝老娘的辣手，可见汉族还有人在，不是个个像辽东将帅的阘茸。我探知统领被困在此，所以特地偷空从小路冒险而来，通知一声。请你们记好，在后天夜饭后，见东南角上流星起时，尽管放队猛攻，做我声援，必可获胜。

"郑姑姑说完这一席话，吴、林二人都咋舌惊叹。还没有等到林义成告诉她徐骧往访被害的话，一眨眼早把原来的番装重新扎扮停当，上前一把拉了义成说道：'我不能久留在此，请义士伴送出营。只须说明是旧识的番女，免得大家疑心。其余的事，请统领依着我的话做就得了。'当下吴彭年惟有唯唯听命，义成也一一照了她的话，恭恭敬敬送到营外山角一座树林边，看她跨上骑来的一匹骏马，丝鞭一动，就风驰电掣地卷入林云深处不见了。

"话分两头。如今且说郑姑姑久住番中，熟悉路径，随你日光不照处，也能循藤跳石，如履平地。不一刻，已赶回了郎娇社自己家里，招集了她的心腹女门徒，有替她裁缝的，有替她烹调的，有替她奔走的。备了十坛美酒，十桌筵席，又请了许多同社的番女。那队长见她这样的高兴忙碌，居然深信不疑。到了结婚那一天，家中挂灯结彩，小番女打着铜鼓，吹着口琴，当做音乐。满屋陈列着四季锦边莲等各种花卉。日到中天时候，一排军乐队和一班肩襚辉煌、袖章璀粲的军官，簇拥了扬扬得意的队长进门。推了两位年长的做了证婚人。郑姑姑穿了极美丽的日本礼服，就在大厅上举行了半中半日式的结婚典礼。黄昏将近，厅上已排开了十个盛筵。筵上鲜果罗列，最可口的是味敌荔枝的樣果，其他如波罗蜜、梨仔茇、王梨、芭蕉果、椰子、槟榔、甘马弼等，不计其数。肴馔中，有奇异的海味、泥鳅、乌鱼之外，又有蚊港的鲟虾，坑子口的蚶螯和蚝螺，样样投合日人的口味。络绎左右的，又都是些野趣横生的年轻番女。那些日军官刚离了硝烟弹雨之中，倏进了酒绿灯红之境，没一个不兴高采烈，猜忌全忘。队长则美人在抱，目眩魂消，不知不觉的和人家狂饮大嚼起来。

“酒过数巡，陡见满堂的灯烛逐渐熄灭，伺候的番女逐渐减退。大家觉得有些诧异，互相诘问，人人都道腹痛如裂，正要质问郑姑姑。郑姑姑出其不意，已袖出匕首，直洞队长之胸，立时倒地，拔出刀来，顺手又杀一人。其余番女各持兵器，从暗中窜出，逢人便斫。日人都徒手袒露，无可抵御。众人想夺门而走，谁知前后门都落了大闩，锁上铁锁。日人无奈，只好应用他国粹的柔术来抵敌。郑姑姑率领了一大队亲练的蛮学生，刀劈枪挑，杀人真如刈草。一刹那间，死尸枕藉满庭。即不受刀枪刺死的，也都中毒死了。这一场恶战，大约来赴宴的百余人，没有一个幸免。

“那时忽听西北方凹底山边枪炮声一阵紧似一阵，郑姑姑知道她放射流星的效力，吴彭年军队已响应了。门外知风的日兵，也

围得铁桶般的剧烈撞击。郑姑姑忙收拾了屋内和场上纵横倒毙的日人身上许多枪弹，分配给众番女，高声喊道：‘我们的死期到了！一样的死，与其在此等死，不如冲出去战死！’大家同声附和。郑姑姑举起一块大石，打破边墙，率领了众番妇，长枪短铳，和着铁镖弩箭，一窝风的向日兵聚集处杀去。日兵正集中在攻门，没有提防到一大群见人即噬的雌狼在外面反攻，一时措手不及，等到转身抵御，已经成了肉搏的形势，火器失了效用。虽然杀伤了不少番女，究竟大和魂的勇猛，敌不住傀儡番的矫捷。还有郎娇社全社的番壮，一齐舞动蛮器，旋风似的卷来，只好往下直退。退到太甲溪相近，恰遇到吴彭年和林义成也率了大队，在凹底山冲下。郑姑姑和吴彭年合在一起，奋勇追奔。日兵本备下渡溪的船只，一到溪边，都争先上船，慌乱之际，落水和中弹的不计其数。数百只船舰正载着逃军荡到中流，岸上的追兵和船中的败兵还不断的矢弹横飞。忽地上流头顺着风淌下无数兵船，枪炮纷来，向日船中腰轰击，顿时把日船打得东飘西荡，不成行列。吴、林等在火把光中看时，只见来船船头上站着个伟丈夫不是别人，正是徐骧。全军中人人惊喜狂喊，都说是徐义士显灵助战，立时增加百倍的勇气，没个人不冒死向前，竟夺得许多渡船，把日军一直驱迫到海边，方始收兵回来。

“等到吴、林两人渡过太甲溪，忽不见了郑姑姑，番女们都四处奔驰的寻觅她们的贤师。吴、林两人忽在太甲溪的一个小湾水滩上，瞥见郑姑姑满身血污地横躺在砂土上，旁边坐着在那里掩面号哭的，正是大家认为已死的徐骧。义成跳上去问道：‘咦！徐统带你怎么没有死，倒在这里，郑姑姑怎么反死了呢？’徐骧呜咽道：‘我在猴闷溪断了藤，抓住了藤没脱手。幸遇到郑姑姑巡山看见，她救了我的性命，并且许我下山，设谋杀敌。谁知她的计成了功，她可在争渡时胸腹中了敌人的两弹，我竟眼睁睁看她死去，没法救活，这未免太惨伤了！’于是大家才明白这次战胜的首功，全是郑姑姑一人。大家都洒泪赞叹，不用说，第二天就举行了一个盛大的丧仪，全军替她缟素一天，把她葬在大冈山的龙耳瓮。这个捷报申报到刘永福那里，自然更增了徐骧和林义成的信用。虽然后来还是刘通华怀恨背叛，到了七月中，利用大帮土匪，造了大营哗溃的谣言，吓跑了新楚军统领李惟义，牵动前敌，袁锡清战死。日军仍袭据了太甲溪，进攻彰化。刘通华又导匪暗袭八卦山，破了彰化，吴彭年也殉了难。日军连陷云林、苗粟二县，进逼嘉义。当时和日军对垒的，只剩徐骧和林义成两人，还屡次设伏打败日人。然日军大集，用全力攻台南，徐骧和林义成相继中炮而亡。从此刘永福孤立无援，兵尽饷绝，只得逃登德国商轮，弃台内渡了。但至今谈到太甲溪一战，还算替中国民族吐一口气，在甲午战争史上最光荣的一页哩！不过大家不大知道罢了。”

肇廷讲完这一大篇的历史，赤云先叹了一口气道：“龚璱人《尊隐》上说的话真不差，凡在朝的人，恹恹无生气，在野自多任侠敢死之士。不但台湾的义民，即如我们在日本遇到和弢天龙伯在一起的陈千秋，也是一个奇怪的人。”被赤云这句话一提，合座的话机就转到陈千秋身上去了。又谁料知己倾谈，忘了隔墙有耳，全灌进了杨云衢的耳中。正和皓东在动问那大姐阿毛，忽然相帮送上皓东家里来的一个广东急电。拆封一看，知道是党里的商业隐语密电。皓东是电报生，当然一目了然。电文道：

大事准备已齐，不日在省起事，盼速来协谋。

当下递给云衢看了，两人正格外的高兴。倏地帘子一掀，一阵莺声呖呖地喊道："你们鬼鬼祟祟的干得好事！"两人猛吃一惊。正是：

血雨四天倾玉手，风雷八表动娇喉。

不知来者何人？下回再来交代。

第三十四回

双门底是烈女殉身处　万木堂作素王改制谈

上回掀帘进门来的不是别人，当然是主人曹梦兰。那时梦兰出局回家，先应酬了正房间里的一班阔客，挨次来到堂楼，皓东等方始放了心。恰好皓东邀请的几个同乡陪客，也陆续而来。这台花酒，本是皓东替云衢解闷而设，如今陈千秋的行踪已在无意中探得，又接到了党中要电，醉翁之意不在酒，但既已到来，也只好招呼摆起台面，照例的欢呼畅饮，征歌召花，热闹了一场。梦兰也竭力招呼，知道杨、陆两人都不大会讲上海白，就把英语来对答，倒也说得清脆悠扬，娓娓动听。顿使杨、陆两志士，在刹那间浑忘了血花弹雨的前途。等到席散，两人匆匆回寓。

云衢固然为了责任所在，急欲返粤；皓东一般的义愤勃勃，情愿同行。两人商议定了。皓东把沪上的党务和私事料理清楚，就于八月十四日，和云衢同上了怡和公司的出口船，向南洋进发。那晚，正是中秋佳节，一轮分外皎洁的圆月涌上涛头，仿佛要荡涤世间的腥秽。皓东和云衢餐后无事，都攀登甲板，凭阑赏月。两人四顾无人，渐渐密谈起来。

皓东道：“来电说，准备已齐，不知到底准备了些什么？”云衢道：“你是乾亨行会议里参预大计的一人，主张用青天白日国旗的是你，主张先袭取广州也是你。你是个重要党员，怎么你猜不到如何准备？”皓东道：“我到上海后，只管些交际和宣传事务，怎及你在香港总揽一切财政和接应的任务，知道的多！革命的第一要着，是在财政。我们会长在檀香山也没有募到许多钱，我倒很不解这次起事的钱从哪里来。”云衢道：“别的我不晓得，我离开广东前，就是党员黄永襄捐助了苏杭街一座大楼房，变价得了八千元，后来或者又有增加。”皓东道：“军火也是准备中的要事。上次被扣后，现在不知在哪里购运？”云衢道：“这件事，香港日本领事暗中很帮忙罢！况且陈千秋现在日本，他本来和日本一班志士弢天龙伯父子，还有曾根，都是通同一气，购运当然有路。我这回特地来沪，跟寻陈千秋，也为了这事的关系重大。”皓东道：“革命事业，决不能专靠拿笔杆儿的人物。从前三会联盟，党势扩大了不少。其实不但秘密会党，就是绿林中也不少可用之才。这回不知道曾否罗致一二？”云衢道：“这层早已想到。现在党中已和北江的大炮梁，香山隆都的李杞侯艾存，接洽联络。关于这些，党员郑良士十分出力。恰好遇到粤督谈钟灵裁汰绿营的机会，军心摇动，前任水师统带程奎光就利用了去运动城中防营和水师，大半就绪了。所以就事势上讲，举事倒有九分的把握，只等金钱和军火罢了。”

皓东道：“我听说我们会长，和谈督结交得很好，这话确不确？”云衢笑道:“这是孙先生扮的滑稽剧。一则靠他的外科医学，虽然为葡医妒忌，葡领禁止他在澳门行医，并封闭了他开设的药店,然上流人都异常信任,当道也一般欢迎。二则借振兴农业为名，创办农学会，立了两个机关：一在双门底王家祠云岗别墅，一在东门外咸虾栏张公馆。就用这两种名义结纳官绅，出入衙署。谈督也震于虚声,另眼款接。农学会中还有不少政界要人,列名赞助。再想不到那两处都是革命重要机关，你想那些官僚糊涂不糊涂！孙先生的行动滑稽不滑稽！”皓东正想再开口，忽听有一阵清朗激越的吟诗声，飞出他们的背后，吟道：

云冥冥兮天压水，黄祖小儿挺剑起。大笑语黄祖，如汝差可喜。丈夫呰窳岂偷生，固当伏剑断头死。生亦我所欲，死亦贵其所。邺城有人怒目视，如此头颅不敢取。乃汝黄祖真英雄，尊酒相雠意气何栩栩！蜮者谁？彼魏武。虎者谁？汝黄祖。与其死于蜮，孰若死于虎！

两人都吃了一惊。听那声音是从离他们很近的对过船舷上发出，却被大烟囱和网具遮蔽，看不见人影。细辨诗调和口音，是个湘人。他们面面相觑了一晌，疑心刚才的密谈被那人偷听了去，有意吟这几句诗来揶揄他们的。此时再听，就悄无声息了。皓东忽地眉头一皱，英俊的脸色涨满了血潮，一手在衣袋里掏出一支防身的小手枪，拔步往前就冲。云衢抢上去，拉住他低问道："你做什么？"皓东着急道："你不要拉我，宁我负人，毋人负我。我今天只好学曹孟德！"云衢道："枪声一发，惊动大众，事机更显露了，如何使得！"皓东道："打什么紧！我打死了他，就往海中一跳，使大家认做仇杀就完了。结果不过牺牲我一个人，于大局无关。"说完，把手用力一摔，终被他挣脱，在中间网具上直跳过去。谁知跳过这边一望，只有铺满在甲板上霜雪般的月光，冷静得鬼也找不到一个，哪里有人！皓东心里诧异，一壁四处搜寻，一壁低喊道："活见鬼哩！"云衢那时也在船头上绕了过来道："皓兄不必找了，你跳过来时，我瞥见月下一个影子掠过前面，下舱去了。这样看来，我们的机密的确给他听去。不过这个人机警得出人意表，决不是平常人，我们倒要留心访察，好在有他的湖南口音可以做标准。探访明白，再作商量，千万不要造次。"皓东听了，哭丧着脸，也只好懒洋洋的随着云衢一同归舱。

次早，云衢先醒。第一灌进他耳鼓的，就是几声湖南口音，

不觉提起了注意。好在他睡的是下铺，一骨碌爬起来，拉开门向外一望，只见同舱对面十号房门，门口正站着一个广额丰颐、长身玉立的人，飞扬名俊的神气里，带一些狂傲高贵的意味，刚打着他半杂湘音的官话，吩咐他身旁侍立的管家道："你拿我的片子送到对过六号房间里二位西装先生，你对他说，我要去拜访谈谈。"那管家答应了，忙走过来，把片子交给也站到门外的云衢。云衢拿起来一看，只见上面写着："戴同时，号胜佛，湖南浏阳人。"云衢知道他是当代知名之士，也是热心改革政治人物，一壁向管家道："就请过来。"一壁唤醒睡在上铺上的皓东。

皓东睡眼蒙眬爬起来，莫名其妙的招待来客。那时戴胜佛已一脚跨进了房门，微笑的说道："昨夜太惊动了，不该，不该！但是我先要声明一句，我辈都是同志，虽然主张各异，救国之心总是殊途而同归。兄等秘密的谈话，我就全听见了，决不会泄漏一句，请只管放心！"皓东听了这一套话，这才明白来客就是昨天甲板上吟诗、自己要去杀他的人。现在倒被他一种伉爽诚恳的气概笼罩住了，固然起不了什么激烈的心思，就是云衢也觉来得突兀，心里只有惊奇佩服，先开口答道："既蒙先生引为同志，许守秘密，我们实在荣幸得很。但先生又说主张各异，究竟先生的主张和我们不同在哪里，倒要请教。"胜佛道："兄等首领孙先生兴中会的宗旨，我们大概都晓得些。下手方策，就是排满。政治归宿，就是民主。但照愚见看来，似乎太急进了。从世界革命的演进史讲，政治进化都有一定程序，先立宪而后民主，已成了普遍的公例。大政治家孟德斯鸠的《法意》，就是主张立宪政体的。就拿事实来讲，英国的虚君位制度、日本的万世一系法规，都能发扬国权，力致富强。这便是立宪政体的效果。至于种族问题，在我以为无甚关系。我们中国虽然常受外族侵夺，然我们族性里实在含有一种不可思议的潜在力，结果外族决不能控制我们，往往反受了我们的同化。你看如今满洲人的风俗和性质，哪一样不和我们一样，再也没有鞑靼人一些气味了！”

皓东道：“足下的见解差了。兄弟从前也这样主张过，所以曾经和孙先生去游说威毅伯变法自强。后来孙先生彻底觉悟，知道是不可能的。立宪政体，在他国还可以做，中国则不可。第一要知道国家就是一个完整民族的大团集，依着相同的气候、人情、风俗、习惯，自然地结合。这个结合的表演，就是国性。从这个国性里才产生出宪法。现在我们国家在异族人的掌握中，奴役了我们二百多年，在他们心目中，贱视我们当做劣种，卑视我们当做财产，何尝和他们的人一样看待。宪法的精神，全在人民获得自由平等，他们肯和我们平等吗？他们肯许我们自由吗？譬如一个恶霸或强盗，霸占了我们的房屋财产，弄得我们乱七八糟。一朝自己想整理起来，我们请那个恶霸去做总管，天下哪里有这种笨人呢！至于政治进行的程序，本来没有一定。目的就在去恶从善，方法总求适合国情。我们既认民主政体，是适合国情的政体，我们就该奋勇直前，何必绕着弯儿走远道呢？”

胜佛忙插言道：“皓兄既说到适合国情，这个合不合，倒是一个很有研究的问题。我觉得国人尊君亲上的思想，牢据在一般人的脑海里，比种族思想强得多。假如忽地主张推翻君主，反对的定是多而且烈。不如立宪政体，大可趁现在和日本战败后，人人觉悟自危的当儿，引诱他去上路。也叫一班自命每饭不忘的士大夫还有个存身之地，可以减少许多反动的力量。”

云衢接着道：“先生只怕还没透彻罢！我国人是生就的固定性，

最怕的是变动。只要是变，任什么都要反对的。改造民主，固然要反对；就是主张立宪，一般也要反对。我们革命，本来预备牺牲。一样的牺牲，与其做委屈的牺牲，宁可直捷了当的做一次彻底的牺牲。我们本还没敢请教先生这回到粤的目的。照先生这样热心爱国，我们是很钦佩的，何不帮助我们去一同举事？”云衢说到这里，皓东睃了他一眼。

胜佛笑着说道：“不瞒两位说，我这回到粤，是专诚到万木草堂去访一位做《孔子改制考》、大名鼎鼎的唐常肃先生。我在北京本和闻鼎儒、章骞等想发起一个自强学会，想请唐先生去主持一切，而且督促他政治上的进行。至于兄等这回的大举，精神上，我们当然表同情。遇到可以援助的机会，也无不尽力。两位见到孙先生时，请代达我的敬意罢！”

于是大家渐渐脱离了政见的舌战，倒讲了许多时事和学问，说得很是投机。皓东的敏锐活泼，和胜佛的豪迈灵警，两雄相遇，尤其沆瀣一气。一路上你来我往，倒安慰了不少长途的寂寞。没多几天，船抵了广州埠。大家上岸，珍重道别。胜佛口里祝颂他们的成功，心里着实替他们担心。

话分两头。如今且说胜佛足迹遍天下，却没到过广东。如今为了崇拜唐常肃的缘故，想捧他做改革派的首领，秘密来此，先托他的门人梁超如作书介绍。一上岸，就问明了长兴里万木草堂唐常肃讲学的地方，就一径前去。一路上听见不少杰格钩辀的语调，看见许多丰富奇瑰的地方色采，不必细表。忽到了一个幽旷所在，四面围绕满了郁葱的树木，树木里榕和桂为最多，在萧疏秋色里，飘来浓郁的天香。两扇铜环黑漆洞开着的墙门，在深深的绿荫中涌现出来。门口早有无数上流人在那里进进出出，胜佛忙上前去投刺，并且说明来意。一个很伶俐像很忙碌的门公接了片子，端相了一回，带笑说道："我们老爷此时恰在万木堂上讲孔夫子呢！他讲得正高兴，差不多和耶稣会里教士们讲道理一样，讲得津津有味。你看，来听讲的人这么热闹。先生来得也算巧，也算不巧了！"胜佛诧问道："怎么又巧又不巧呢？"门公笑道："我们老爷，大家都叫他清朝孔夫子。他今天讲的题目，就是讲孔夫子道理里的真道理，所以格外重要。从来没有讲过，在大众面前开讲，今天还是第一遭。先生刚刚来碰上，那不是巧吗？可是我们老爷定的学规，大概也是孔夫子当日的学规罢！他老人家一上了讲座，在讲的时候，就是当今万岁爷来，也不接驾的。先生老远奔来，只好委屈在听讲席上，等候一下。"

胜佛听着，倒也笑了。当下就随着那门公，蜿蜒走着一条长廊。长廊尽处，巍然显出一座很宏敞的堂楼。迎面就望见楼檐下两楹间，悬着一块黑漆绿字的大匾额，上面是唐先生自写的"万木草堂"四个飞舞倔强的大字。堂中间，设起一个一丈见方、三四尺高的讲台。台中间，摆上一把太师椅，一张半桌。台下，紧靠台横放着一张长方桌，两头坐着两个书记。外面是排满了一层层听讲席，此时已人头如浪般波动，差不多快满座了。唐先生方站在台上，兴高采烈，指天划地的在那里开始他的雄辩。

那门公把胜佛领进堂来，替他找到一个座位。听众的眼光，都惊异地注射到这个生客。那门公和台边并坐着的两少年，低低交换了几句话。见那两少年仿佛得了喜信似的，慌忙站起向胜佛这边来招呼。唐先生在台上，眼光里也表示一种欢迎。第一个相貌丰腴的先向胜佛拱手道："想不到先生到得怎快，使我们来不及来迎驾。"第二个瘦长的随着道："超如没告诉我们先生动身日期

和坐的船名，倒累我们老师盼念了好久。”胜佛谦逊了几句，动问两少年的姓名。前一个说姓徐，名勉；后一个说姓麦，名化蒙。这两个都是唐门高弟，胜佛本来知道的。不免说了些久慕套话，大家仍旧各归了原位。

那时唐先生在讲台上，正说到紧要关头。高声的喊道：

我们浑浑沌沌崇奉了孔子二千多年，谁不晓得孔子的大道在六经，又谁不晓得孔子的微言大义在《春秋》呢！但据现在一万八千余字的《春秋》看来，都是些会盟征伐的记载，看不出一些道理，类乎如今的《京报汇编》。孟子转述孔子的话：“《春秋》，天子之事也。”这个“事”在哪里？又道：“其事则齐桓晋文，其文则史，其义则丘窃取之矣。”这个“义”又在哪里？又说：“知我者，其惟《春秋》乎？罪我者，其惟《春秋》乎？”这种关系的重大，又在哪里？真令人莫名其妙！无怪朱子疑心他不可解，王安石蔑视他为断烂朝报，要束诸高阁了。那么孔子真欺骗我们吗？孟子也盲从瞎说吗？这断乎不是。我敢大胆地正告诸君：《春秋》不同他经，《春秋》不是空言，是孔子昭垂万世的功业。他本身是个平民，托王于鲁。自端门虹降，就成了素王受命的符瑞。借隐公元年，做了新文王的新元纪，实行他改制创教之权。生在乱世，立了三世之法。分别做据乱世、升平世、太平世。三朝三世中，又各具三世，三重而为八十一世。示现因时改制，各得其宜。演种种法，一以教权范围旧世新世。《公羊》《穀梁》所传笔削之义，如用夏时乘殷辂、服周冕等主张，都是些治据乱世的法。至于升平、太平二世的法，那便是《春秋》新王行仁大宪章，合鬼神山川、公侯庶人、昆虫草木全统于他的教。

大小精粗，六通四辟，无乎不在。所以孔子不是说教的先师，是继统的圣王。《春秋》不是一家的学说，是万世的宪法。他的伟大基础，就立在这一点改制垂教的伟绩上。

我说这套话，诸位定要想到《春秋》一万八千字的经文里，没有提过像这样的一个字，必然疑心是后人捏造，或是我的夸诞。其实这个黑幕，从秦、汉以来，老子、韩非刑名法术君尊臣卑之说，深中人心。新莽时，刘歆又创造伪经，改《国语》做《左传》，攻击《公》《穀》，贾逵、郑玄等竭力赞助。晋后，伪古文经大行，《公》《穀》被摈，把千年以来学人的眼都蒙蔽了，不但诸位哩！若照卢仝和孙明复的主张，独抱遗经究终始，那么《春秋》简直是一种帐薄式的记事，没甚深意。只为他们所抱的是古《鲁史》，并没抱着孔子的遗经。

我们第一要晓得《春秋》要分文、事和义三样。孔子明明自己说过，“其事则齐桓晋文，其文则史，其义则丘窃取之。”孔子作《春秋》的目的，不重在事和文，独重在义。这个“义”在哪里？《公羊》说，制《春秋》之义，以俟后圣。汉人引用，廷议断狱。《汉书》上常大书特书道：“《春秋》大一统大居正，《春秋》之义，王者无外。《春秋》之义，大夫无遂事。《春秋》之义，子以母贵，母以子贵。《春秋》之义，不以父命辞王父命，不以家事辞王事。”像这样的，指不胜屈。明明是传文，然都郑重地称为《春秋》。可见所称的《春秋》，别有一书，不是现在共尊的《春秋》经文。

第二要晓得《春秋》的义，传在口说。《汉书·艺文志》说，《春秋》贬损大人，不可书见，口授弟子。刘歆《移太

常博士文》，也道信口说而背传记。许慎亦称师师口口相传。只因孔子改制所托，升平太平并陈，有非常怪论，故口授而不能写出，七十子传于后学。直到汉时，全国诵讲，都是些口说罢了。

第三要晓得这些口说还分两种：一种像汉世廷臣，断事折狱，动引《春秋》之义，奉为宪法遵行，那些都是成文宪法。就是《公》《穀》上所传，在孔门叫作大义，都属治据乱世的宪法。不过孔子是匹夫制宪，贬天子，刺诸侯，所以不能著于竹帛，只好借口说传授。便是后来董仲舒、何休的陈口说，那些都是不成文宪法。在孔门叫作微言，大概全属于升平世、太平世的宪法。那么这些不在《公》《穀》所传的《春秋》义，附丽在什么地方呢？我考《公羊》"曹世子来朝"，《传》《春秋》有"讥父老子代从政者，不知其在曹欤、在齐欤"这几句话，非常奇特，《传》上大书特书。称做《春秋》的，明明不把现有一万八千文字的《春秋》当《春秋》。确乎别有所传的《春秋》，"讥父老子代从政"七字，今本经文所无。而且今本经文，全是记事，无发义，体裁也不同。这样看来，便可推知《春秋》真有口传别本，专发义的。孟子所指其义则丘窃取之，《公羊》所说制《春秋》之义，都是指此。并可推知孔子虽明定此义，以为发之空言，不如托之行事之博深切明。故分缀各义，附入《春秋》史文。特笔削一下，做成符号。然口传既久，渐有误乱。故《公羊》先师，对于本条，已忘记附缀的史文，该附在"曹世子来朝"条，还该在"齐世子光会于相"条，只好疑以传疑了。

第四就要晓得《春秋》确有四本。我从《公羊传》庄七年经文“夜中星陨如雨”,《公羊传》“《不修春秋》曰:雨星不及地尺而复,君子修之曰:星陨如雨”,《不修春秋》,就是《鲁春秋》,君子修之,就是孔子笔削的《春秋》,因此可以证知《不修春秋》,《公羊》先师还亲见过他的本子,曾和笔削的《春秋》两两对校过。凡《公羊》有名无名,或详或略,有日月,无日月,何以书,何以不书等等,都从《不修春秋》上校对知道。那么连笔削的《春秋》,成文的已有两本。其他口说的《春秋》大义,《公》《穀》所传的是一本。口说的《春秋》微言,七十子直传至董仲舒和何休,又是一本。其实四本里面,口说的微言一本,最能表现《春秋》改制创教的精神。

请诸位把我今天提出的四要点,去详细研究一下,向来对于《春秋》的疑点,一切都可迎刃而解。只要不被刘歆伪经所蛊惑,不受伪古文学家的欺蒙,确信孔子《春秋》的真义,决不在一万八千余字的经文,并不在《公》《穀》两家的笔削大义,而反在董仲舒、何休所传的秘密口说。这样一经了彻,不但素王因时立法的宪治重放光明,便是我辈通经致用的趋向也可以确立基础了。

当时唐先生演讲完了,台下听众倒也整齐严肃,一个都不敢叫嚣纷乱,挨次的退下堂去。足见长兴学规的气象,或者有些仿佛杏坛。胜佛还是初次见到这现代圣人的面,见他身中、面白、无须,圆圆的脸盘,两目炯炯有光,于盎然春气里,时时流露不可一世的精神。在台上整刷了一下衣服,从容不迫的迈下台来。早有徐勉、麦化蒙两大弟子疾趋而进,在步踏旁报告胜佛的来谒,一面由徐勉递上卡片。其实唐先生早在台上料知,一看卡片,立

时显露惊喜的样子，抢步下台，直奔胜佛座次。胜佛起迎不迭，被唐常肃早紧拉住了手，哈哈大笑道：“多年神交，今天竟先辱临草堂，直是梦想不到。刚才鄙人的胡言乱道，先生休要见笑。反劳久待，抱歉得很！”

胜佛答道：“振聋发聩，开二千年久埋的宝藏。素王法治，继统有人。我辈系门墙外的人，得闻非常教义，该敬谢先生的宽容，何反道歉？”常肃道：“上次超如寄来大作《仁学》初稿，拜读一过。冶宗教、科学、哲学于一炉。提出仁字为学术主脑，把以太来解释仁的体用变化，把代数来演绎仁的事象错综，对于内学相宗各法门，尤能贯彻始终。真是无坚不破，无微不发，中国自周、秦以后，思想独立的伟大作品，要算先生这一部是第一部书了。”胜佛道：“这种萌芽时代浅薄的思想，不足挂齿，请先生不要过誉。我现在急欲告诉先生的，是我这次从北京来南，受着几个热心同志的委托，特来敦促先生早日出山。希望先生本《春秋》之义，不徒托之空言，该建诸事实。还有许多预备组织事，要请先生指示主持哩！”常肃道：“我们要谈的话多着呢。我们到里面内书室里去谈罢，而且那里已代先生粗备了卧具。”

于是徐、麦二人就来招呼前导，唐常肃在后陪着，领到了一间很幽雅的小书室里，布置得异常精美安适，两人就在那里上天下地的纵谈起来，徐、麦两高弟也出入轮替来照顾。当夜不免要尽地主之义，替胜佛开宴洗尘。席间，胜佛既尝到些响螺、干翅、蛇酒、蚝油南天的异味，又介绍见了常肃的胞弟常博，认识了几个唐门有名弟子陈万春、欧矩甲、龙子积、罗伯约等。

从此往来酬酢，热闹了好几天。有暇时，便研究学问，讨论讨论政治。彼此都意气相投，脱略形迹。胜佛知道了常肃不但是个模圣范贤的儒生，还是个富机智善权变能屈能伸的政治家。常肃也了解胜佛不是个缒幽凿险的空想人，倒是个任侠仗义的血性男子。不知不觉在万木草堂里流连了二十多天。看着已到了满城风雨的时季，胜佛提议和常肃同行。后来决定过重九节后，胜佛先行，常肃随后就到北京。

到了重九，常肃又替胜佛饯行，痛饮了一夜。次日胜佛病酒，起得很晚，正在自己屋里料理行装，常肃面现惊异之色走进来，喊道："胜佛，你倒睡得安稳，外面闹得翻天覆地了！"胜佛诧问道："什么事？"常肃道："革命党今天起事，被谈钟灵预先得信，破获了！"胜佛注意的问道："谁革命？怎么起得这么突然，破坏得又这样容易呢？"常肃道："革命的自然是孙汶。我只晓得香港来的保安轮船到埠时，被南海县李征庸率兵在码头搜截，捕获了丘四、朱贵全等四十余人。又派缉捕委员李家焯到双门底王家祠和咸虾栏张公馆两个农学会里，捉了许多党人，搜到了许多军器、军衣、铁釜等物。现在外面还是缇骑四出，徐、麦两人正出去打听哩！"胜佛心里着急，冲口的问道："陆皓东被捉吗？"常肃道："不知道。陆皓东是谁，你认得吗？"胜佛道："也是我才认识的。"方才滔滔地把轮船上遇见杨、陆两人的事，向常肃诉说。

徐勉外面回来道："这回革命的事，几乎成功。真是谈督的官运亨通，阴差阳错里倒被他糊里糊涂的扑灭了。我有一个亲戚，也是党里有关系的人，他说得很详细。这次的首领，当然是孙汶。其余重要人物，如杨云衢、郑良士、黄永襄、陆皓东、谢赞泰、尤烈、朱淇等，都在里面。这里的布置很周密，总分为两大任务：孙汶总管广州方面军事运动，杨云衢担任香港方面接应及财政上的调度。军事上，由郑良士结合了许多党会和附近绿林，由程奎元运动了城内防营和水师，集合起来，至少有三四千人。接应上，云衢购定小火轮两艘，用木桶装载短枪，充作士敏土瞒报税关。在省河南北，分设小机关数十处，以备临时呼应集合。先由朱淇撰讨满檄文，何启律师和英人邓勤起草对外宣言，约期重九日发难，等轮船到埠时，用刀劈开木桶，取出军械，首向城内重要衙署进攻。同时埋伏水上和附城各处的会党，分为北口顺德、香山、潮州、惠州大队，分路响应。更令陈清率领炸弹队在各要区施放，以壮声势。预定以红带为号，口号是'除暴安良'四字。哪里晓得这样严密的设备，偏偏被自己的党员走漏了消息。那天便是初八日，孙汶在一家绅士人家赴宴，忽见他的身旁有好几个兵勇轮流来往，情知不妙，反装得没事人一般，笑对座客道：'这些人，是来逮捕我的吗？'依然高谈阔论，旁若无人。等到饭罢回寓，兵勇们只见他进去，没有见他出来。那时杨云衢在港，又因布置不及，延期了两天。恰恰给予了官厅一个预备的机会，立即调到驻长洲的营勇一千五百人做防卫。海关上也截住了党军私运的军械。今早由南海县在埠头搜捕了丘四等一干党人，其余一哄而散。又起得七箱洋枪。原报告人李家焯在双门底农会里捉住了党人陆皓东、程耀臣等五人。"

胜佛顿足道："陆皓东真被捕了，可惜！可惜！到底是哪个党员走漏的消息呢？陆皓东捉到后，如何处置呢？"徐勉道："哪个走漏消息，至今还没明白。不过据原报告委员李家焯说，是党员自首的。"胜佛拍案道："这种卖友党员，可杀！可杀！"言犹未了，麦化蒙从外跳了进来，怒吽吽的道："陆皓东、丘四、朱贵全已在校场斩首了，程奎元在营务处把军棍打死了。陆皓东的供辞非常慷慨动人，临刑时神气也从容得很。这种人真是可敬！又谁知害他的就是自己党友朱淇，首告党中秘密，这种人真是可恨！”胜佛听到这里，又愤又痛，发狂似的直往外奔。常肃追上去，嘴里喊着：“胜佛，你做什么？”正是：

直向光明无反趾，推翻笔削逞雄心。

胜佛奔出，是何用意？下回再说。

第三十五回

燕市挥金豪公子无心结死士　辽天跃马老英雄仗义送孤臣

且说常肃追上去，一把抓住了胜佛道："你做什么？凡是一个团体，这些叛党卖友的把戏，历史上数见不鲜。何况朱淇自首，到底怎么一会事，还没十分证明。我们只管我们的事罢！"胜佛原是一时激于义愤，没加思索的动作，听见唐先生这般说，大家慨叹一番，只索罢休。

胜佛因省城还未解严，多留了一天。次日，就别过常肃，离开广州，途中不敢逗留，赶着未封河前，到了北京。胜佛和湖北制台庄寿香的儿子庄立人，名叫可权的，本是至交。上回来京，就下榻在立人寓所。这回为了奔走国事而来，当然一客不烦二主，不必胜佛通信关照，自有闻韵高、杨淑乔、林敦古一班同志预告立人，早已扫径而待。到京的第一天，便由韵高邀了立人、淑乔、敦古，又添上庄小燕、段扈桥、余仁寿、刘光地、梁超如等，主客凑了十人，都是当代维新人物，在虎坊桥韵高的新寓斋替胜佛洗尘。原来韵高本常借住在金、宝二妃的哥哥礼部侍郎支绥家里，有时在栖凤楼他的谈禅女友程夫人宅中勾留。近来因为宝妃的事犯了嫌疑，支绥已外放出去，所以只好寻了这个寓所暂住，今天还是第一天宴客。

当下席间，胜佛把在万木草堂和常肃讨论的事，连带革命党在广州的失败，一起报告了。韵高也滔滔地讲到最近的朝政："西后虽然退居颐和园，面子上不干涉朝政，但内有连公公，外有永潞、耿义暗做羽翼。授永潞直隶总督、北洋大臣，在天津设了练兵处，保定立了陆军大学。保方代胜升了兵部侍郎，做了练兵处的督办，专练新军，名为健军。更在京师神机营之外添募了虎神营，名为翊卫畿辅，实则拥护牝朝，差不多全国的兵权都在他掌握里。皇上虽有变政的心，可惜孤立无援。偶在西后前陈说几句，没一次不碰顶子，倒弄得两宫意见越深。在帝党一面的人物，又都是些老成持重的守旧大臣，不敢造作非常。所以我们要救国，只有先救皇上。要救皇上，只有集合一个新而有力的大团体，辅佐他清君侧，振朝纲。我竭力主张组织自强学会，请唐先生来主持，也就为此。照皇上的智识度量，别的我不敢保，我们赞襄他造成一个虚君位的立宪国家，免得革命流血，重演法国惨剧，这是做得到的。"

小燕道："韵高兄的高见，我是很赞同的。不过要创立整个的新政治，非用彻底的新人物不可。像我们这种在宫廷里旋进旋退惯的角色，尽管卖力唱做，掀帘出场，决不足震动观众的耳目。所以这出新剧，除了唐常肃，谁都不配做主角。所难的唐先生位卑职小，倘这回进京来，要叫他接近天颜，就是一件不合例的难题。而且一个小小主事，突然召见，定要惹起后党疑心，尤其不妥。我想司马相如借狗监而进身，论世者不以为辱，况欲举大事者何恤小辱，似乎唐先生应采用这种秘密手腕，做活动政治的入手方法。不识唐先生肯做不肯？"超如微笑道："不入虎穴，焉得虎子！佛不入地狱，谁入地狱。本师只求救国，决不计较这些。只是没有门径也难。"扈桥道："门径有何难哉！你们知道东华门内马加剌庙的历史吗？"韵高把桌子一拍道："着呀！我知道，那是帝党太监的秘密集会所。为头的是奏事处太监寇连才，这人很忠心今

上，常常代抱不平，我认得他。”敦古举起杯来向众人道：“有这样好的机缘，我们该浮一大白，预祝唐先生的成功。唐先生不肯做，我们也要逼着他去结合。”大家哄堂附和，都喊着：“该逼他做，该逼他做！”席上自从这番提议后，益发兴高采烈，仿佛变法已告成功，在那里大开功臣宴似的。真是飞觞惊日月，借箸动风雷。直吃到牙镜沉光，铜壶歇漏，方罢宴各自回家。

且说胜佛第二天起来，就听见外间一片谑浪笑傲声里，还混杂着吟哦声，心里好生诧异。原来胜佛住的本是立人的书斋，三大间的平房。立人把上首一间，陈设得最华美的让给他住，当中满摆着欧风的各色沙发和福端椅等。是立人起居处，也就是他的安乐窝。胜佛和立人虽然交谊很深，但性情各异。立人尽管也是个名士，不免带三分公子气。胜佛最不满意的，为他有两种癖好：第一喜欢蓄优童，随侍左右的都是些十五六岁的雏儿，打扮的花枝招展。乍一望，定要错认做成群的鸾燕。高兴起来，简直不分主仆，打情骂俏的搅做一团。第二喜欢养名马，所以他的马号特别大。不管是青海的、张家口外的、四川的、甚至于阿拉伯的，不惜重价买来。买到后，立刻分了颜色毛片，替他们题上一个赤电、紫骝等名儿。有两匹最得意的，一名“惊帆驶”，一名“望云骓”。总数不下二十余匹。春暖风和，常常驰骋康衢，或到白云观去比试，大有太原公子不可一世气象。胜佛现在惊异的不是笑语声，倒是吟哦声。因为这种拈断髭须的音调，在这个书斋里不容易听到的。

胜佛正想着，立人已笑嘻嘻的跨进房来，喊道：“胜佛兄，你睡够了罢！你一到京，就被他们讲变法，变得头脑都涨破了。今天我想给你换换口味，约几个洒脱些的朋友，在口袋底小玉家里去乐一天，恰好你的诗友程叔宽同苏郑盦都来瞧你，我已约好了，

他们都在外边等你呢。”胜佛忙道：“啊哟，真对不起！我出来了。”一语未了，已见一个瘦长条子，龙长脸儿，满肚子的天人策、阴符经，全堆积在脸上，那是苏胥；一个半干削瓜面容，蜜蜡颜色，澄清的眼光，小巧的嘴，三分名士气倒占了七分学究风，那便是程二铭。两人都是胜佛诗中畏友，当下一齐拥进来。

胜佛欢喜不迭的一壁招呼，一壁搭话道：“我想不到两位大诗人会一块儿来。叔宽本在吏部当差，没什么奇；怎么郑盦好好在广西，也会跑来呢？”郑盦道：“不瞒老兄说，我是为了宦海灰心，边防棘手，想在实业上下些种子，特地来此寻些机缘。”叔宽道：“不谈这些闲话。我且问你，我寄给新刻的《沧卧阁诗集》收到没有？连一封回信都不给人，岂有此理！”胜佛很谦恭的答道：“我接到你大集时，恰遇到我要上广东去，不及奉答，抱歉得很，但却已细细拜读过了。叔兄的大才，弟一不敢乱下批评，只觉得清淳幽远，如人邃谷回溪，景光倏忽，在近代诗家里确是独创，推崇你的或说追蹑草堂，或云继绳随州，弟独不敢附和，总带着宋人的色采。”郑盦道：“现代的诗，除了李纯老的《白华绛跗阁》，由温、李而上溯杜陵，不愧为一代词宗。其余便是王子度的《人境庐》，纵然气象万千，然辞语太没范围，不免鱼龙曼衍。袁尚秋的《安舫簃》，自我作古，戛戛独造，也有求生求新的迹象。哪一个不是宋诗呢？那也是承了乾、嘉极盛之后，不得不另辟蹊径，一唱百和，自然的成了一时风气了。”胜佛道：“郑盦兄承认乾、嘉诗风之盛，弟不敢承教。弟以为乾、嘉各种学问，都是超绝千古，惟独无诗。乾、嘉的诗人，只有黄仲则一人罢了。北江、茂芳辈，固然是学人的绪余；便是袁、蒋、舒、王，哪里比得上岭南江左曝书精华呢！”

立人听他们谈诗不已，有些不耐烦了，插口道：“诸位不必在

这里尽着论诗了，何妨把论坛乔迁到小玉家中。她那边固然窗明几净，比我这里精雅，而且还有两位三唐正统的诗王，早端坐在宝座上等你们去朝参哩！外边马车都准备好，请就此走罢！”胜佛等三人齐声问道：“那诗王是谁？你说明了才好走。”立人笑道：“当今称得起诗王的，除了万范水、叶笑庵，还有谁！”郑盦哈哈大笑道：“我道是谁，原来是他俩，的确是诗国里的名王。一个是宝笏下藏着脂粉合，一个是冕旒中露出白鼻子。好，我们快去肉袒献俘罢！要不然，尊大人就要骂我们白盲不识宝货了。”说着这话，连叔宽、胜佛也都跟着笑了。

立人气愤愤立起身来，一壁领着三人向外走，一壁咕噜着道：“谁断得定谁是王，谁是寇！今天姑且去舌战一场，看看你们的成败。”说时迟，那时快，已望见大门外，排列着一辆红拖泥大安车、一辆绿拖泥的小安车。请胜佛上了大安车，郑盦、叔宽坐了自己坐来的小安车。立人立刻跳上一辆墨绿色锦缎围子、镶着韦陀金一线滚边、嵌着十来块小玻璃格子的北京人叫作“十三太保”的车子，驾着一匹高头大骡，七八个华服的俊童骑着各色的马，一阵喧哗中，动轮奋鬣，电掣雷轰般卷起十丈软红，齐向口袋底而来。

原来那时京师的风气，还是盛行男妓，名为相公。士大夫懔于狎妓饮酒的官箴，帽影鞭丝，常出没于韩家潭畔。至于妓女，只有那三等茶室，上流人不能去。还没有南方书寓变相的清吟小班，有之，就从口袋底儿起。那妓院共有妓女四五人，小玉是此中的翘楚，有许多阔老名流迷恋着她，替她捧场。上回书里已经叙述过了。到了现在声名越大，场面越阔，缠头一掷，动辄万千，车马盈门，不间寒暑。而且这所妓院，本是旧家府第改的，并排两所五开间两层的大四合式房屋，庭院清旷，轩窗宏丽。小玉占住的是上首第一进，尤其布置得堂皇富丽，几等王宫。可是豪富到了极颠，危险因此暗伏。北京号称人海，鱼龙混杂，混混儿的派别，不知有多少。看见小玉多金，大家都想染指。又利用那班揩鼻子的嫖客们力不胜鸡，胆小如鼠，只要略施小计，无不如愿大来。所以近来流浪花丛的，至少要聘请几个保镖。立人既是个中人，当然不能例外。闲言少表。

且说小玉屋里，在立人等未到之先，已有三个客据坐在右首的像书室般敷设的房里。满房是一色用旧大理石雕嵌文梓的器具，随处摆上火逼的碧桃、山茶、牡丹等香色俱备的鲜花，当中供着一座很大的古铜薰笼，四扇阮元就石纹自然形成的山水画题句的嵌云石屏。三人恰在屏下，围绕着薰笼。屋主人小玉打扮得花枝招展的，在一旁殷勤招待。三人一壁烘火，一壁很激昂的在那里互相嘲笑。

一个方大耳，肤色雪白，虽在中年，还想得到他少年时的神俊，先带笑开口道："范水，你不要尽摆出正则词人每饭不忘的腔调，这哄谁呢！明明是《金荃集》的侧艳诗，偏要说香草美人的寄托。显然是《会真记》纪梦一类的偷情诗，却要说怀忠不谅，托讽悟君。我试问你那首沉浸浓郁的《彩云曲》，是不是妒羡雯青，骚情勃发？读过你范水判牍的，遇到关着奸情案件的批判，你格外来得风趣横生，这是为着什么来？"范水把三指拈着清瘦的尖下颏上一蕞稀疏的短须，带着调皮的神气道："陶令《闲情赋》、欧公《西江月》，大贤何尝没绮语？只要不失温柔敦厚的诗教罢了！难道定要像你桀纣式的诗王，只俯伏在琴梦楼一个女将军的神旗下，余下的便一任你鞭鸾笞凤吗！可惜我没有在大集上添上两个好诗题：一个《简内子背花重放感赋》，一个《题姬人雪中裸卧图》，倒是

一段诗人风流佳话。"旁边一个三十来岁、没留须的半少年，穿了一身很时髦的衣帽，面貌清腴，气象华贵，一望就猜得到是旗下贵人，当下听了，非常惊诧的问道："范公要添这两题目，倒底包孕什么事儿？"范水笑道："这样风趣横生的事，只有请笑庵自讲最妙。"

笑庵想接嘴，外面一片脚步声，接着一阵笑声。立人老远的喊道："呀，原来你也先到了！伯巇，这件事，笑庵自己和亲供一般的全告诉了小玉，不必他讲，叫小玉替他讲得了。"小玉涨红了脸，发极道："庄大人，看你不出，倒会搭桥。我怎么会晓得？怎么能讲？"立人随手招呼胜佛、郑盦、叔宽进门和这里三人见面，随口道："小玉，你别急！等会儿，我来讲给大家听。"说着话，就把伯巇介绍给胜佛、郑盦、叔宽，都是没见过面的，便道："这位便是'宗室八旗名士草'诗人祝宝廷先生的世兄富伯巇兄，单名一个寿字，是新创知耻学会的会长。曾有一篇《告八旗子弟书》，传诵的两句名论是'民权兴而大族之祸烈，戎祸兴而大族更烈'。是个当今志士，也是个诗人。"胜佛道："我还记得宝廷先生自劾回京时，曾有两句哄动京华的诗句，家大人常吟咏的。诗云：'微臣好色诚天性，只爱风流不爱官。'真是不可一世的奇士！有此父，斯有此子，今天真幸会了。"

伯巇道："诸君不要谬奖，我是一心只想听笑庵的故事，立人快讲罢！"立人笑道："真的几乎忘了。笑庵，我是秉笔直书，悬之国门，不能增损一字。"笑庵道："放屁！本来历史是最不可靠的东西。奉敕编纂的史官，不过是顶冠束带的抄胥；藏诸名山的史家，也都是借孝堂哭自己的造谎人。何况区区的小事，由你们胡说好了。"

立人道："你们看着笑庵外貌像个温雅书生，谁也想不到他的脾气倒是个凶残的恶霸。偏偏不公的天，配给他一位美貌柔顺的夫人，反引起了他多疑善妒的恶习性来。他名为爱护妻子，实在简直把她囚禁起来。一年到头，不许见一个人，也不许出一次门。偶然放她回娘家一次，便是他的皇恩大赦。然而先要把轿子的四面用黑布蒙得紧腾腾地，轿夫抬到娘家后放在厅上，可不许夫人就出轿，有四个跟轿的女仆，慢慢把轿子抬到内堂，才能抛头露面。而且当夜就得回来，稍迟了约定的钟点，就闹得你家宅翻腾。这已经不近人情了！有一次，冬天下雪的天气。一个他的姨娘，不知什么事触怒了他，毒打了一顿还不算数，把那姨娘剥得赤条条地丢在雪地里，眼看快冻死了。他的夫人看不过，暗地瞒了他，搭救了进来。恰被他查穿，他并不再去寻姨娘，反把夫人硬拉了出来，脱去上衣，揿在板凳上，自己动手，在粉嫩雪白的玉背上抽了一百皮鞭。这一来，把他最贤惠的夫人受不住这淫威了，和他拚死闹到了分离，回住娘家。他也就在这个时候，讨了名妓花翠琴。说也奇怪，真是一物一制，自从花翠琴嫁来后，竟把他这百炼钢化为绕指柔了，只怕花翠琴就是天天赏他一百皮鞭，他也绵羊般低头忍受了。范水先生，这些故事都是你诗里的好材料。你为什么不在《彩云曲》后，赓续一篇《琴楼歌》呢？"那当儿，立人讲得有些手舞足蹈起来。范水是本来晓得的，伯黻也有些风闻，倒把郑盦和叔宽听得呆了。

小玉袅袅婷婷的走近立人，在他肩上轻拍了一下，睨视娇笑着道："喂，庄大人你说话溜了缰了。且不说你全不问叶大人脸上的红和白，你连各位肚子里的饥和饱都不管。酒席也不叫摆，条子也不写一张，难道今天请各位来，专听你讲故事不成！"立人跳起来，自己只把拳凿着头，喊道："该死，该死！不是小玉提醒我，我连做主人的义务全忘怀了。小玉，快摆起酒来，拿局票来让我写！"小玉笑嘻嘻的满张罗，娘姨七手八脚照顾台面。小玉自己献上局票盘，立人一面问着各人应叫的堂唱名儿照写，一面向笑庵道歉，揭露了他的秘密。笑庵啐了他一口道："亏你说这种丑话。若然我厌恶那些话，听了会生气，老实说，你敢这般肆无忌惮吗？一人自然有一人的脾气，有好的，定有坏的，没有坏的，除非是伪君子，那就比坏的更坏了。大家如能个个像我，坦白地公开了自己的坏处，政治上用不着阴谋诡计，战争上用不着权谋策略，外交上用不着折冲欺诈，《阴符七术》可以烧，《风后握奇》可以废，《政书》可以不作，世界就太平了。"胜佛拍案叫绝道："不是快人，焉得快语！我从此认得笑庵，不是饭颗山头穷愁潦倒的诗人，倒是瑶台桃树下玩世不恭的奇士了。"

一语未了，抬起头来，忽见立人身畔、站在桌子角上的小玉，吓得面如土色，一双迷花的小眼，睁得大大的，注定了窗外。大家没留意，胜佛也吃了一惊。随着她的眼光，刚瞟到门口，只见毡帘一掀，已跨进一个六尺来长、红颜白发、一部银髯的老头儿，直向立人处走来。满房人都出乎意外，被他一种严重的气色压迫住了，都石像似的开不出口。小玉早颤抖的躲到壁角里去了。

立人是胆粗气壮的豪公子，突然见这个生人进来得奇怪，知道不妙。然不肯示弱，当下丢了笔，瞪着那老者道："咦，你是谁？怎么这般无礼地闯到我这里来！你认得我是谁吗？"那老头儿微笑了一笑，很恭敬地向立人打了一个千道："谁不认得您是庄制台的公子庄少大人。今天打听到您在这里玩，老汉约了弟兄们特地赶来伺候您的。"立人扮着很严厉的样子道："你既然知道我的名儿，你要来见我，你怎么不和我带来的镖师们接一个头呢！”老头儿冷笑了一声道：“您要问他们吗？脓包，中什么用！听见老汉一到，逃得影儿也没一个。”胜佛听到这里，忽然心上触着一个人，忙奔过来拉住那老头儿的手，哈哈笑喊道“你莫非是京师大侠大刀王二吗？我和立人念叨了你多少年，不想厮会在这里，这多侥幸的事！立人，我和你该合献三千金，为壮士寿。”那老头儿反惊得倒退了几步，喊道：“我不是王二，我是不爱虚名，只爱钱。老汉还不识这位大人是谁。既蒙这样豪爽的爱结交，老汉也就不客气的谢赏。”说罢，就向胜佛请了一个安。胜佛忙扶住了道：“我是戴胜佛，专爱结识江湖奇士，这一点儿算什么。”老头儿道：“原来是戴三公子，怪不得江湖上都爱重你好名儿。”

立人被胜佛这么一搅，真弄得莫名其妙，瞪着眼只望胜佛，又看看那老头儿，只见还是威风凛凛地矗立不动。满座宾客早已溜的溜、躲的躲，房中严静地只剩了四个人。忍不住的问道：“我和戴大人已经答应送给你三千金，那么你老人家也可以自便了。”那老人装了一个笑脸道：“刚才戴少大人说的三千金，是专赏给我的。众弟兄还没有发付，他们辛苦一场，难道好叫他们空手而回吗？”立人这回也爽快起来了，忙接口道：“好了，好了！我再给他们两千，归你去分派罢。”那老汉还是兀立不走。

胜佛倒也诧异起来，分外和气的说道：“壮士还有话说吗？要说，请说。”老头儿嘲讽似开口道：“两位少大人倒底还是书呆子，这笔款子难道好叫老汉上门请领吗？两位这般的仗义疏财，老汉在贵家子弟中还是第一次领教呢！那么索性请再爽利一点，当场现付罢！省得弟兄们在外边啰唣，惊动大家！”立人顿时发起极来道：“我们身边怎么会带这许多款子，小玉又垫不起。这怎么办呢？”回过头来向着胜佛和屋角里正在牙齿打架的小玉道：“是不是？我们既出口了，其实断不会失信。”那老儿道：“我们也知道两位身边不会有现款，好在有的是票号钱庄。没法儿，只好劳动哪一位大驾走一趟了。”立人道：“只怕我们赶车儿的一时叫不齐。”老头儿道：“不妨事，我早预备下一辆快车候在门口。老汉伺候了一块去走一遭。”立人和胜佛都惊讶这老头儿布置得太周密了。胜佛就站起来，拉了立人道：“咱们跟他去。那么上哪一家去呢？”立人此时只答了一句：“到蔚长厚去取。”身不由主的跟着那老人同到门口，果然见一辆很华美的小快车驾着一头菊花青骡子，旁边还系着一匹黑骡呢！只见那屋子四围的街路上东一簇、西一群，来来往往，满是些不三不四的人，明明是那话儿了。

那老头子一到门外，便满面春风的来招呼立人、胜佛上车，自己也跨上黑骡。鞭丝一扬，蹄声得得的引导他们前进。胜佛在车箱里和跨在车沿上的立人搭话。胜佛道：“今天的事全是我干的。这笔款子你不愿出，算我的账，将来划还你！”立人摇着头道：“你真说笑话了！我们的交情还计较这些？倒是今天这件事来得太奇怪，怕生出别的岔子。化几个钱满不在乎。”胜佛道：“你放心。你瞧那老儿多气魄、多豪爽、多周密，我猜准他一定是大刀王二。我们既然想在政治上做点事业，这些江湖上的英雄也该结识几个，将来自有用处。这些钱断不会白扔掉的。”

两人说说讲讲，不多会儿，车子已停在蔚长厚门前。立人等跳下车来，那老头子已恭恭敬敬的等候在下马石边，低声道：“老汉不便进去，请两位取了出来，就在这里交付。”立人点头会意，立刻进去开了两张票子。开好了就出来，把一张三千的亲手递给老头子，一张两千的托他去分配。那老儿又谢了，随口道：“老汉今天才知道两位都不是寻常纨袴，戴少大人尤其使我钦佩得五体投地。不瞒两位说，老汉平生最喜欢劫富济贫，抑强扶弱，打抱不平。只要意气相投的朋友，赴汤蹈火，全不顾的。今天既和两位在无意中结识了，以后老汉身体性命，全个儿奉赠给你们，有什么使唤，尽管来叫我。不过我还有一个不知进退的请求，明天早上，我们在西山碧云寺有一个聚会，请两位务要光临。”胜佛道：“我第一要问明的，你到底是不是王二？再者我还有叨教的话，何妨再到口袋底去细谈一回。”老头子笑道：“我是谁，明天到碧云寺便见分晓，何必急急呢！口袋底请两位不用再去了，我已吩咐了赶车的径送两位回府。老汉自去料理那边的事，众弟兄还等着我呢！”说完一席话，两手一拱，跳上骡背，疾驰而去。这里立人和胜佛只得依了他话，回得家来，商量明天赴会的事。胜佛坚决主张要去，立人拗不过，只得依了。

到了次日，胜佛天一亮就起来，叫醒立人，跨了两匹骏马，一个扈从也不带。刚刚在许多梢云蔽日的古桧下落马，一进头门，那老头子已迎候出来。一领就领到了大殿东首的一间客厅上，齐齐整整的排开了六桌筵席。席面上已坐满了奇形怪状肥的、瘠的、贫的、富的、华绚的、褴褛的、丑怪的、文雅的一大堆的人，看见胜佛、立人进来，都站起来拍掌狂呼地欢迎。那老人很殷勤的请胜佛和立人分了东西，各坐了最高的座位，自己却坐了中间一个最低的主位。筵席非常丰盛。

侍席的人遍斟了一巡酒，那老者才举起杯来，朗朗的说道：“老汉王二，今天请各位到这里来，有两个原因：一是欢迎会，二是告别筵。欢迎会，就为我们昨天结交了戴胜佛、庄立人两位先生，都是当今不易得的豪杰，能替国家出力的伟人。我们弟兄原该择主而事。得了这两位做我们的主人，我们就该替他效死。从今日起，凡我同会的人都是戴、庄两先生的人，无论叫我们做什么事、到什么地方，都不问生死的服从，而且明里暗里，随时随处，每日轮班保护。这就是欢迎会的意思。第二是因为当今第一忠臣，参威毅伯、连公公的韩惟荩侍御，奉上旨充发张家口。他是个寒士，又结了许多有势力的仇家，若无人帮助保护前去，路上一定要被人暗害。这种人是国家的元气，做大臣的榜样。我听见人说，他摺子里有几句话说到皇太后的道：'皇太后既归政皇上矣，若犹遇事牵制，将何以上对祖宗、下对天下臣民！'你们看，多么胆大，多么忠心！我因钦敬他的为人，已答应他亲身护送，又约了几个弟兄，替他押运行李。择定后日启程，顺便给诸位告别。"说罢，把斟满的一杯酒，向四周招呼。满厅掌声雷动中，忽然从外面气急败坏奔进一个人来，大家面色都吓变了。正是：

提挈玉龙为君死，驰驱紫塞为谁来。

欲知来者是何人？为何事？且听下文。